Wolfgang Brenner
Loreley

WOLFGANG BRENNER schreibt Romane und Sachbücher. Für seine Arbeit wurde er mehrfach ausgezeichnet. Er lebt seit über 40 Jahren in Berlin – und zwar genau dort, wo *Loreley* spielt. Im Jaron Verlag sind von ihm bisher zwei Kriminalromane erschienen: *Stinnes ist tot* und *Honeckers Geliebte*.

Wolfgang Brenner

Loreley

Kriminalroman

Jaron Verlag

Originalausgabe
1. Auflage 2023

www.jaron-verlag.de
Umschlaggestaltung: Bauer+Möhring, Berlin
Umschlagfoto: © iStock
Satz und Layout: Prill Partners | producing, Barcelona
Lithografie: Bild1Druck GmbH, Berlin
Druck und Bindung: Print Group Sp. z o.o., Szczecin

ISBN 978-3-89773-147-9

1. Kapitel

Lewandowski hat mich immer gefördert. Er hat sich für mich eingesetzt und mich vor den Kollegen in Schutz genommen. Aber nun machte er ein besorgtes Gesicht und sagte: »Liebe Frau Kubitko, es gibt ein Problem.«

Sonst nannte er mich beim Vornamen: Loreley. Für dieses Gespräch aber schien Loreley nicht geeignet. Die meisten sagen sowieso Lore, obwohl sie wissen, dass ich diese Verkürzung meines Namens hasse. Wenn der Vorname das einzige Schöne an einem ist, wird man empfindlich.

»Wir sind eine Behörde. Wir stehen im Licht der Öffentlichkeit. Lange Rede, kurzer Sinn, Frau Kubitko: Sie müssen was tun.« Lewandowskis Augen blitzten, seine Ohren waren rot angelaufen. Der fast kahle Schädel glühte, und die Hornbrille drohte ihm vor Eifer von der Nase zu rutschen. Es war also ernst.

Es gefiel mir, dass er sich meinetwegen so abquälte.

»Mein Gott, Sie wissen doch selbst am besten, dass Sie …« Er nahm die Brille ab, legte sie vorsichtig auf die Schreibtischkante und fuhr sich mit beiden Händen durch das Gesicht.

»Meinen Sie, dass ich zu dick bin?«

»Machen Sie es mir nicht so schwer, Frau Kubitko! Ich will nur Ihr Bestes.«

»Und das wäre?«

»Sie kommen in den Innendienst.«

»Dann nehme ich lieber ab!«

Das war doch ein Wort. Oder? Mein Chef strahlte mich an wie ein verliebter Hahn. »Wenn Sie das schaffen würden, Loreley …«

»Was dann?«

»Dann würde ich Sie als Abteilungsleiterin Kriminaldienst in der Landespolizeischule vorschlagen. Es gibt da eine Anfrage.« Er streckte sich. »An mich persönlich.«

Abteilungsleiterin in der Landespolizeischule. Das klang wie ein kräftiges Eintopfgericht. Ich als Abteilungsleiterin. Das gab mir Auftrieb. Das gab mir Zuversicht. Vielleicht hatte Lewandowski recht und mein Leben würde sich ändern, wenn ich abnahm.

Er selbst war alt und grau und dünn. Eigentlich war Bertrand Lewandowski körperlos, ein Geist. Ein hoch aufgeschossenes Skelett mit etwas Staffage, das gerne kleinkarierte Anzüge trug. Pepita – so nannte man das Muster wohl früher.

Abteilungsleiterin an der Landespolizeischule Loreley Kubitko.

Von nun an prangte die Leuchtschrift über meinem Computerarbeitsplatz.

Ich hatte ein Ziel. Eine schöne Stelle in der Leitung der Landespolizeischule. Nette Kollegen. Gestaltungsspielraum. Mehr Geld. Dienstreisen. Dienstessen.

Ich musste nur noch abnehmen.

Ja, ich bin dick. Nicht füllig oder wohlgenährt. Richtig dick. 105 Kilo. Beim letzten Wiegen. Irgendwann.

Das müssen Sie sich mal auf der Zunge zergehen lassen. 105 Kilo. Eine Frau von einem Meter siebenundsechzig. Da staucht sich was zusammen.

Ich war immer dick. Schon als Kind war ich dick. Meine Mutter sagte oft, ich sei so auf die Welt gekommen. Als rundes, gut gelauntes, strahlendes Wesen.

Die gute Laune hielt nicht an. Die anderen Kinder hänselten mich. Es gab keine passenden Klamotten für einen Wonneproppen wie mich. Kein Junge interessierte sich für mich.

Meine Mutter überschüttete mich mit Liebe – und mit Süßigkeiten. Ich war ihr Ein und Alles. Einen Mann hatte sie nicht. Und ich keinen Vater. Sie sagte immer, mein Vater sei im Krieg gefallen. Erst viel später bekam ich heraus, dass das biologisch nicht möglich war, denn der Krieg war schon einige Jahrzehnte vorbei, als ich geboren wurde – falls meine Mutter und ich denselben Krieg meinen.

Aus lauter Kummer fraß ich mir eine Rüstung aus Fett an. Das machte es nicht besser, aber das Leben wurde erträglicher. Manchmal wurde es sogar richtig schön. Mein ganzes Glück bestand über viele Jahre hinweg aus Zuckerwatte, Cola, Muffins, Hamburger, Würstchen, Pommes und gezuckerten Fruchtsäften. Essen war meine Droge. Eine hochwirksame Droge. Wenn es mir schlecht ging, aß ich ein Stück Torte. Schon war alles gut. Das funktionierte. Damit es so blieb, aß ich noch ein Stück Torte und noch ein Stück. Später kamen Liköre dazu. Eine Alkoholikerin wurde ich nicht, aber ich setzte immer mehr zu.

Adipositas ist ein Langzeitprojekt.

Ich machte also eine Diät. Nur noch Mineralwasser statt Cola. Trockenobst statt Muffins. Quark statt Hamburger. Lewandowski zuliebe und für den Body-Mass-Index-Durchschnitt als Abteilungsleiterin in der Landespolizeischule.

Das war nicht meine erste Diät. Als ich mich für den Polizeidienst beworben hatte, hatte ich in sechs Monaten über zwanzig Kilo abgenommen. Ich hatte Salate gegessen, keine Süßigkeiten mehr angerührt und Sport getrieben. Damals klappte das. Da war ich noch jung. Die Prüfung schaffte ich beim zweiten Anlauf – wegen Sport. Das war eine ziemliche Quälerei. Für die anderen auch, nicht nur für mich. Danach habe ich mir geschworen: Nie mehr Sport! Und ich habe wieder gegessen und getrunken, worauf ich Lust hatte.

Diesmal lief es anders. Es dauerte nicht lange und ich

wurde schwermütig. Ich setzte mich abends auf meinen winzigen Balkon und trank ein alkoholfreies Bier. Die Landespolizeischule war mir gar nicht mehr so wichtig. Wichtiger war mir mein Seelenzustand. Also beschloss ich, die Diät abzubrechen.

Ich ging zum Kühlschrank und trank Cola aus der Flasche. Es schmeckte himmlisch. Und sofort ging es mir besser. Ich fühlte mich wieder wie ein Mensch.

Nele stürzte herein und sah mich mit der Flasche. »Wenn du das darfst, darf ich das auch.« Da hatte ich den Salat. Nele sieht einfach alles. Vor allem wenn es mit stark kalorienhaltigen Lebensmitteln zu tun hat.

Ich schraubte die Flasche so fest zu, dass Nele sie nicht aufbekam. Habe ich schon erwähnt, dass ich über Bärenkräfte verfüge? Das ist ein Vorteil meiner Fettleibigkeit – allerdings so ziemlich der einzige.

»Du bist gemein«, leierte Nele.

»Ich weiß«, sagte ich. Nele ist mein Ein und Alles. Sie darf auch so ziemlich alles. Nur eines darf sie nicht: fett werden.

In der Kurfürstenstraße stand die Feuerwehr bereits in der zweiten Reihe. Ein Streifenwagen parkte mit eingeschaltetem Blaulicht ein Haus weiter. Dazwischen ein grauer Transporter. Das waren die Kollegen von der Spurensicherung.

Im Durchgang drängten sich die Nachbarn. Viele Türken und Araber. Auch Kinder.

Niemand machte mir Platz. Das ist immer so. Obwohl ein dicker Mensch doch viel mehr Raum braucht, macht niemand ihm Platz.

»Lassen Sie mich durch!«, herrschte ich einen älteren Herrn an, der den Hals streckte, um durch die Scheibe des Innenportals in den Hof sehen zu können.

»Hier darf niemand rein«, sagte er.

Ich schob ihn beiseite und drängte mich so rabiat zwischen zwei penetrant nach billigem Rasierwasser riechenden Jungmännern hindurch, dass einer der beiden ins Wanken geriet.

»He, was soll das, fette Kuh!?«

Diese Anrede ist mir nicht fremd. Sie regt mich nicht einmal mehr auf. Ich zeigte ihm nur aus Pflichtbewusstsein ein erbostes Gesicht. Man darf sich doch nicht alles gefallen lassen.

»Was hast du da gesagt?«

»Fette Kuh!«

»Dumpfbacke!«

Damit hatte er nicht gerechnet. Er schluckte. »He, pass auf! Ich zerquetsche dich. Verstehst du?«

Bevor ich etwas entgegnen konnte, stand ein Uniformierter zwischen uns. »Hau ab, los!«

Der junge Mann biss sich auf die Unterlippe. »Aber diese Frau hat mich beleidigt. Ich mache eine Anzeige.«

»Und was ist mit der fetten Kuh?«, fragte ich.

»Sie sind doch auch fett, oder?«, warf der zweite Junge ein. Er klang nicht mal aggressiv. Er wollte bloß einen Sachverhalt feststellen.

»Wenn ihr beide nicht sofort verschwindet, bekommt ihr Ärger. Das ist hier keine Volksbelustigung!«, sagte der Uniformierte. Das genügte: Die Jungs verdrückten sich.

Der Uniformierte war genervt. Dennoch hielt er mir die Tür auf. »Da hinten«, sagte er, obwohl es doch klar war.

Zwei Männer in weißen Overalls sammelten herumliegende Gegenstände in durchsichtigen Plastiktüten, die Nummern trugen. Fast der gesamte Hof war mit einem rot-weiß gestreiften Band abgesperrt. Der Uniformierte hob es für mich an. Ich bückte mich und betrat den Sperrkreis. Die Männer in den Overalls nickten mir zu. Sie machten mir sofort Platz. Sie kannten mich. Ich ging ein paar Schritte.

Dann sah ich es.

Die Plane lag zwar schon bereit, aber sie war noch nicht über dem Korpus ausgebreitet worden.

Es sah aus wie ein Packen ausgemusterter Klamotten. Viel pink- und rosafarbener Stoff. Auch ein transparentes Regencape. Und zwei giftgrüne Stiefel. Als hätte man dem Körper die Kleidungsstücke aus Pietät übergestreift, auch wenn sie nicht zueinander passten.

Niemand hatte etwas angerührt. Das war streng verboten, und die beiden in den Overalls wachten darüber, dass sich kein Mensch über das Verbot hinwegsetzte.

»Vierter Stock. Das sind gut und gerne 12 bis 15 Meter«, sagte eine weiche, freundliche Stimme.

Einer der beiden Overalls hatte zu mir gesprochen. Wegen des Mundschutzes konnte ich jedoch nicht sagen, welcher es gewesen war.

»Ungebremst auf den Asphalt. Da kommt dann sowas bei raus.« Die Stimme klang erstaunlich unaufgeregt angesichts des Schlamassels.

Es war viel Blut ausgetreten, der Asphalt hatte sich im Umkreis von mehr als einem Meter dunkelrot verfärbt. Nun kam nichts mehr dazu. Die sechs Liter waren geronnen. Dadurch entwickelte die Körpermasse eine helle, fast freundliche Färbung.

»Das Gelbe ist Körperfett. Das Weiße sind zersplitterte Knochenteile. Wie wir das vom Asphalt runterkriegen sollen, ist mir ein Rätsel. Aber daran denkt ja keiner, wenn er springt.«

Ich legte den Kopf in den Nacken und schaute nach oben.

Die Sonne lugte in die Häuserschlucht. Das war der Augenblick der Gnade für die Kurfürstenstraße. Einmal am Tag für ein paar Minuten. Ich musste meine Augen mit der flachen Hand schützen. Aber ich sah dennoch, dass im vierten Stock ein Fenster offen stand. Direkt über der Stelle, an der der Körper aufgeschlagen war.

Was die Schwerkraft aus einem Menschen machen konnte. Eine Sekunde hatte der Fall höchstens gedauert. In dieser Sekunde wurde aus einem hoch entwickelten Organismus ein Klumpen aus Wasser, Fett, Eiweißen und Knochenmehl.

Das rückte einiges zurecht.

Wieso sollte man eigentlich noch Entbehrungen in Kauf nehmen, um abzunehmen? Wo sich dieses komplizierte System aus Verdauungs- und Steuerungsorganen in Sekundenbruchteilen in glibberige Materie verwandeln konnte.

Mir wurde nicht übel. Mir wird nie übel. Nicht weil ich so abgebrüht bin. Ich bin nicht abgebrüht. Aber ich sehe den Tod ganzheitlich. Wir leben in einer Welt, in der der Tod unausweichlich ist. Der Natur ist es völlig gleichgültig, welche Art von Tod ein Lebewesen stirbt. Ob es von einem stärkeren Tier angefallen wird und ihm seine dampfenden Eingeweide aus dem Bauchraum gerissen werden, während das Opfer noch atmet und bei vollem Bewusstsein seine eigene Schlachtung erlebt. Oder ob es friedlich auf einer grasbewachsenen Klippe liegend mit dem Blick auf seine alte Heimat Meer entschläft. Das spielt keine Rolle.

Tod ist Tod.

Ich bin dazu da, die Umstände des Todes aufzuklären. Weil unsere Gesellschaft gewisse Spielarten des gewaltsamen Todes auf eine schwarze Liste gesetzt hat. Es ist mein Beruf herauszufinden, ob ein gewaltsamer Tod vorlag, und denjenigen zu finden, der dafür verantwortlich war. Das ist alles.

Was mich viel mehr interessierte als die organische Masse auf dem Asphalt des Innenhofes in der Kurfürstenstraße 7, war die Frage, ob ich rechtzeitig zu Hause sein würde.

Rechtzeitig hieß: vor 16 Uhr 30. Eigentlich hatte ich erst um 17 Uhr Feierabend. Aber um 16 Uhr endete in der Georg-von-Giesche-Sekundarschule in der Hohenstaufenstraße der Unterricht und meine Tochter war sich selbst überlassen. Nicht dass sie nicht für sich selbst sorgen konnte, sie war 15 und für ihr Alter ungewöhnlich selbstständig. Aber was mir Angst machte, war ihr Hang zu Süßigkeiten. Deshalb gab ich ihr schon kein Taschengeld – abgesehen von den paar Euro, die sie für den Bus und Ähnliches brauchte. Aber sie hatte einen Schlüssel zur Wohnung und wusste wahrscheinlich, wo sich der Schatz befand.

Also konnte sie nach Hause gehen und sich, falls ich nicht da war und wie ein Wachhund aufpasste, vollstopfen mit der Schokolade, den Gummibärchen und den Schaumbonbons, die ich für meine depressiven Schübe gehortet und an einer sicheren Stelle deponiert hatte.

Es war schon fast drei Uhr. Und ich hatte nicht die Absicht, wegen des Fleischklumpens in der Kurfürstenstraße meine Pflichten gegenüber meiner Tochter zu vernachlässigen. Also ließ ich mich von dem Uniformierten auf den Stand der Dinge bringen. Anschließend würde ich im Wagen einen Protokollentwurf in mein Handy diktieren, den ich am nächsten Morgen abschreiben und auf den Server stellen würde. Das war's. Mehr gab die Sache nicht her. Und Nele war mir wichtiger als alle deformierten Leichen dieser Welt.

Der Kollege hieß Karsubke und war ein Berliner aus Pankow.

»Es handelt sich um eine Frau. Sechzehn Jahre alt.«

»Also um ein Mädchen«, sagte ich.

»Wenn Se meinen. Sie ist um 13 Uhr 30 aus dem Fenster ihrer Wohnung gesprungen. Eine Nachbarin hat den Knall gehört und dann von ihrem Fenster aus die Bescherung gesehen.«

Ich schaute wieder zum vierten Stock hoch. Im offenen Fenster erschien kurz ein Kopf, war aber sofort wieder weg.

»Hat das Mädchen alleine da oben gewohnt?«

»Nee, zusammen mit dem Vater und ihrem vier Jahre älteren Bruder. Der Vater war einkaufen. Als er heimkam, stand die Feuerwehr schon vor der Tür.«

»Er hat das da … die Leiche seiner Tochter also gesehen?«

»War nicht zu vermeiden.«

»Und?«

»Was und?«

Manche Kollegen von der Schutzpolizei sind etwas begriffsstutzig. »Wie hat er's verkraftet?«

Der Mann hob die Schultern. »Ganz anständig.«

»Anständig?«

»Er hat nicht rumgeschrien.«

»Fein. Und weiter?«

»Was weiter?«

»Gab es noch Zeugenaussagen?«

Karsubke seufzte. Vielleicht hatten sie ihn nach Schöneberg geschickt, weil sie ihn in Pankow nicht brauchen konnten.

»Die Nachbarin sagt, die Tote hatte keine Freunde.«

»Ist die Tote eine Deutsche gewesen?«

»Ja, natürlich.«

Was war daran natürlich? Brachten sich deutsche Jugendliche eher um als Migrantenkinder? »Kann die Nachbarin denn wirklich beurteilen, ob das Mädchen Freunde hatte oder nicht?«

Der Kollege ließ langsam die Luft aus seiner Lunge. Er schaute mich mit einem Blick an, mit dem nur Ossis Wessis anschauen können: ratlos, genervt, hoffnungslos.

»Gibt es etwas zu dem Motiv?«

»Die Nachbarin sagt, sie hatte wahrscheinlich Depressionen.«

Eine Nachbarin mit hellseherischen Fähigkeiten. Ich beschloss, mir eine weitergehende Befragung der Dame zu ersparen.

»Und die anderen Zeugen – was sagen die?«

»Es gibt keine anderen Zeugen.«

»Aber in diesem Haus wohnen doch mehr Leute als die Tote, ihr Vater, ihr Bruder und diese Nachbarin, oder?«

»Sicher. Aber die sind alle nicht zu Hause.«

»Haben Sie überall geklingelt?«

»Nein. Warum denn?«

»Das ist doch selbstverständlich.«

»Die Nachbarin sagt, sonst ist niemand zu Hause.«

Ich blickte auf meine Armbanduhr. Schon viertel nach drei. Ich musste mich ranhalten. In einer guten Stunde machte Nele sich über meinen Kalorienschatz her. Angeblich wurde sie vom Essen in der Schulküche nicht satt. Dort gab es viel Rohkost, mageres Fleisch, Fisch und Vollkornprodukte. Genau das Richtige für eine Fünfzehnjährige, die nicht adipös werden soll.

Mir blieb nichts anderes übrig. »Ich gehe dann mal hoch.«

»Die haben hier aber keinen Aufzug.«

Der Kollege Karsubke hatte eine forsche Art. Aber wenn man schon so lange dick ist wie ich, also sein ganzes Leben, wird man harthörig gegen solche Anspielungen.

Der Aufstieg war mühsam. Ich musste zweimal ausruhen.

Im vierten Stock stand ein altes Fahrrad, das jedoch in einem guten Zustand zu sein schien. An der Tür klebte ein rotes Namensschild: »Läpple«. Sonst nichts. Keine Vornamen. Nichts von einer Familie. Dabei waren sie doch eine Familie. Jetzt vielleicht nicht mehr.

Ich läutete. Es dauerte ewig.

Dann tat sich was. Ein Mann öffnete. In meiner Größe und in meinem Alter. Nur dass er schlank war. Er hatte eine gute Figur. Davon verstehe ich was. Auch wenn ich selbst keine gute Figur habe. Aber ich weiß dennoch, wenn jemand eine gute Figur hat. Nele zum Beispiel hat eine gute Figur. Sie ist groß und schlank wie ein Reh – so schlank wie ich immer gerne gewesen wäre. Und das wird auch so bleiben, solange ich das Zepter in der Hand halte.

Der Mann hatte kurze, graue Haare und trug eine viel zu große Brille mit schwarzem Gestell, die sein Gesicht jungenhaft wirken ließ. Er schwitzte. Seine Augen waren klein und unruhig.

»Ich heiße Loreley Kubitko. Ich untersuche den Tod Ihrer Tochter.«

Ich weiß: Das ist nicht das, was sich sensible Menschen unter einer Angehörigen-Ansprache vorstellen. Aber ich habe gute Erfahrungen mit der Hauruck-Methode gemacht. Manche Hinterbliebenen sind so platt, wenn ich an ihrer Tür stehe und mich mit diesen kargen Sätzen einführe, dass sie glatt vergessen, hysterisch zu werden. Aber bei Läpple hatte ich den Eindruck, dass diese Gefahr gar nicht bestand. Er wirkte zwar nervös und fahrig und er schwitzte. Aber er blieb dennoch ruhig.

Der Flur war dunkel, aber peinlich sauber. Es roch nach einem scharfen Reinigungsmittel. Läpple führte mich ins Wohnzimmer. Es war mit alten Möbeln zugestellt, das Bücherregal quoll über, aber es herrschte Ordnung. Sogar die Bildbände, die in Stapeln auf dem Kachelofen lagen, schienen dort ihren festen Platz zu haben.

Auf dem runden Tisch stand eine Teekanne mit Stövchen und zwei Tassen. »Nehmen Sie Platz! Ich habe Tee gekocht«, sagte Läpple. Es war wie bei einem Verwandtenbesuch am Sonntagnachmittag. »Ich wusste ja, dass Sie kommen.«

Wir setzten uns und er schenkte Tee ein. Dann bot er mir braunen Zucker an. Mir kam der irritierende Gedanke, dass ihm möglicherweise nicht bewusst war, was um 13 Uhr 30 passiert war, während er einkaufen gewesen war.

»Ihre Tochter ...«

»Gudrun ist tot«, sagte er. »Sie ist aus dem Fenster gesprungen. Während ich Fleisch und Gemüse für das Abendessen eingekauft habe.«

Wir tranken Tee. Er schaute durch das geschlossene Fenster auf die gegenüberliegende Fassade des Hofes. Sie war schimmelgrün und trostlos wie alle Fassaden von Berliner Hinterhöfen.

»Gab es einen Grund?« Ich hatte das Gefühl, dass ich bei Läpple mit klaren Fragen am ehesten zum Ziel kam.

Läpple hob die Schulter. Jetzt sah er so ahnungslos aus wie mein uniformierter Kollege aus Pankow. »Weiß man's?«

Weiß man's?

»Sie sind doch der Vater, oder?«

»Ja. Wir wohnen hier zusammen. Gudrun war schwierig. Sehr sprunghaft. Manchmal wochenlang lebenslustig. Aber dann innerhalb einer Minute zutiefst betrübt. Sie konnte sehr unangenehm werden. Sie schrie und tobte. Beschimpfte mich und ihren Bruder. Sie war ...« Er erschrak angesichts dieses Gedankens. »Sie war wie ihre Mutter.«

Wie ihre Mutter? »Die Mutter – weiß sie ...«

»Sie ist tot. Schon seit 13 Jahren. Ich habe Gudrun und Leon alleine groß gezogen.« Sein etwas gebückter Körper straffte sich. Die Lippen wurden schmal. Er schaute an mir vorbei in ein Loch. Ich bekam den Hauch einer Ahnung, was seine Worte bedeuteten.

Das war kein alleinerziehender Vater, so wie ich eine alleinerziehende Mutter war.

Gudrun war beim Tod ihre Mutter zwei Jahre alt gewesen. Der Bruder gerade mal sechs oder sieben. Das war kein Zuckerschlecken.

»Ich möchte gerne Gudruns Zimmer sehen.«

Läpple sprang auf, als hätte er nur auf diese Bitte gewartet. Er führte mich durch den Flur ins Nebenzimmer. Ein kleiner, quadratischer Raum. An den Wänden hingen Plakate von Sängerinnen und von bekannten Musicals. *Mamma mia. Cats. Hair.*

Ein Bett mit einer rosafarbenen Steppdecke. Alles sehr ordentlich. Ein Affe und ein Schwein. Zwei Kuscheltiere in Farben, die selbst mir zu kitschig waren. Ein riesiger Schrank mit Schiebetüren, dem man ansah, dass er vollgestopft war mit Kleidern.

Dann ein weißer Holzstuhl mit geschwungener Lehne. Er stand am offenen Fenster. Auf diesen Stuhl war sie gestiegen. Läpple wollte den Stuhl von Fenster wegnehmen und an seinen Platz zurückstellen.

»Nein, nicht!« Ich packte ihn am Arm. Er hatte Muskeln wie ein kleiner Junge, weich und dünn. »Das muss sich die Spurensicherung noch anschauen.«

Läpple zuckte mit den Achseln. Er ließ mich allein. Er war nicht verärgert oder irritiert. Alles, was geschah, schien ihn zwar zu stören, aber nicht so erheblich, dass er dagegen protestiert hätte.

Ich ging zum Fenster und beugte mich hinaus.

Von hier wirkte der vierte Stock noch höher. Die Leiche lag in unerreichbarer Tiefe. In einem Höllenschlund. Die beiden Männer in den weißen Overalls, die ihre Werkzeuge in zwei Aluminiumkoffer verpackten, wirkten wie Arbeitsdrohnen, die die bonbonfarbene Königin umschwirrten.

»Kommt ihr noch hier hoch?«, rief ich.

Die Roboter hoben langsam ihre Köpfe. »Es ist schon halb vier vorbei. Wir wollen los.«

Ich blickte auf die Uhr. Zwanzig vor vier. »Ich hab's auch eilig.«

In zwanzig Minuten waren wir hier fertig. Dann würde ich es noch vor halb fünf schaffen. Die Sache war sowieso klar.

Ein Mädchen verliert mit zwei Jahren seine Mutter. Das Mädchen kommt mit dem Leben nicht zurecht. Es dreht ab und zu durch. Dann kommt der Moment, wo alles unerträglich wird. Das Mädchen rückt seinen Stuhl ans Fenster und springt in die Tiefe. Aus.

Eine Formsache. Drei Minuten später hätte das Mädchen sich die ganze Sache sicher nochmal überlegt. Und wenn der

Vater zu Hause gewesen wäre, wäre Gudrun vielleicht gar nicht gesprungen.

Ich ging zurück ins Wohnzimmer. Läpple saß gebückt da und schlürfte heißen Tee.

Ich setzte mich zu ihm. Wir schwiegen eine Weile. Dann fragte ich: »Was machte Gudrun eigentlich?«

Läpple schaute auf, als träfe ihn die Frage völlig unverhofft. »Was sie machte? Sie hat letzten Sommer den Mittleren Schulabschluss gemacht.«

Umso schlimmer. Den langen Weg zu gehen und dann aus dem Fenster zu springen. Langsam begann ich, Läpple um seine Ruhe zu beneiden.

»Und? Hat sie die Schule fortgesetzt?«

Läpple schüttelte den Kopf. »Nein. Sie hat eine Ausbildung gemacht.«

»Als was?«

»Als Tänzerin. Eine Tanzausbildung.«

Mir schoss das Blut in den Kopf. Vor Neid. Mütter haben so etwas manchmal. Ich träume seit Jahren davon, dass meine Tochter eine Tanzausbildung macht. Aber das dumme Ding will nicht. Sie findet Ballett doof. Das muss man sich mal vorstellen: Eine Fünfzehnjährige, die Ballett doof findet. Dabei hat sie die ideale Tanzfigur. Groß und schlank und feingliedrig. Ach, wie schön es wäre, wenn meine Nele tanzen lernen würde. Aber sie will partout nicht. Und diese Gudrun hat es gemacht, sie hat eine Tanzausbildung absolviert – und dann ist sie aus dem Fenster gesprungen.

Gleich vier Uhr. Ich musste los. Aber dieser Läpple ließ sich die Würmer aus der Nase ziehen. »Hat sie die Tanzausbildung beendet?«

Er musste zuerst noch einen Schluck Tee nehmen. »Hat sie. Sie ist sogar aufgetreten. Erst bei einer Schulaufführung. Dann sogar bei einer öffentlichen Veranstaltung. *Cats*. In einer Hauptrolle.«

Dennoch klang Läpple nicht so, als würde er sich an diese Erfolge seiner Tochter mit Freude erinnern.

»Aber Sie wollten lieber, dass sie Abitur macht und studiert?«

»Natürlich. Ich bin Studienrat. Ihre Mutter war auch Lehrerin. Warum muss Gudrun dann tanzen? Intelligent genug war sie doch.«

Wenn man ihn hörte, konnte man sich nicht vorstellen, dass seine Tochter zwei Stunden zuvor aus dem Fenster gesprungen war und nun als organischer Müll vom Asphalt gekratzt werden musste.

Es läutete an der Tür. Läpple stand müde auf. Es waren die beiden von der Spurensicherung. Mich beachteten sie gar nicht. Sie gingen gleich ins Nebenzimmer und packten lärmend ihre Sachen aus.

Läpple nahm wieder Platz und trank Tee.

»Woran ist Ihre Frau gestorben?«

Läpple schaute auf. »Woran? Sie ist verschwunden. In unserem Urlaub in der Bretagne. Sie war plötzlich weg. Tagelang haben sie nach ihr gesucht. Ihre Leiche wurde nie gefunden. Aber Viola wurde für tot erklärt.«

Dann war ja alles klar.

Die Mutter hatte sich davon gemacht, als Gudrun knapp zwei Jahre alt war. Sie hatte Tochter und Sohn im Stich gelassen. Damit kommt kein Kind klar. Und in der Pubertät wird die Sache dann zur Lebenstragödie. Gudrun war nicht das erste Kind, das sich wegen so etwas aus dem Fenster gestürzt hatte. Was jetzt kam, war nur noch Routine. Ich musste los.

Also fragte ich mehr aus Höflichkeit als aus echtem Interesse: »Und der Bruder, was macht der?«

Läpples Züge hellten sich auf. »Er ist in Wiesbaden. Ich werde es ihm erst morgen mitteilen. Heute geht das nicht. Er hat abends Premiere.«

»Ist er Schauspieler?«

»Tänzer. Ein großartiger Tänzer.« Läpple schien etwas zu wachsen. Es kam Leben in sein graues Gesicht. Plötzlich sah er jung aus. Jung und zuversichtlich. Trotz allem. »Sicher haben Sie davon gehört. In Wiesbaden-Niedernhausen wird *Hair* wieder aufgeführt.«

Ich hatte davon nichts gehört. Musicals interessierten mich nicht. Warum auch? Meine Tochter spielte lieber Computerspiele, als zu tanzen.

»Sie haben Leon unter Hunderten Bewerbern ausgesucht. Er ist der Star der Inszenierung. Sogar aus London und New York kommen Showleute, um ihn zu sehen.«

»Dann haben Sie ja zwei Kinder, die tanzen?«

HATTEN, meine Liebe. So etwas passierte mir öfter.

Läpple schien den Lapsus nicht bemerkt zu haben. »Naja, Gudrun hat es halt versucht. Aber so weit wie Leon wäre sie nie gekommen. Nie. Dafür war sie viel zu ... viel zu ...«

Er winkte ab und sank wieder in sich zusammen.

Ich musste nicht nur weg. Ich wollte nun auch weg. Dieser Läpple ging mir auf die Nerven. Der Fall war erledigt. Kein Fremdverschulden – etwas anderes würde die Obduktion, wenn man angesichts des Zustandes der Leiche noch davon reden konnte, auch nicht ergeben.

Ich stand auf.

»Wollen Sie Leons Zimmer nicht sehen?«

Eigentlich nicht. Aber ich wollte den Vater nicht kränken. Also gingen wir durch den Flur zu dem Zimmer des Bruders.

Es sah ganz anders aus als das der Schwester. Auf dem ungemachten Bett lagen Stöße von Kleidern. Gudruns Bruder schien seine gesamte Garderobe durchprobiert zu haben. Die Gitarre lag auf dem Boden. Der Schreibtisch war mit CDs und Plakaten bedeckt. Die Wände waren mit Fotos tapeziert. Immer das gleiche Motiv: Ein schlanker Junge mit einem traurigen Gesicht. Leon trug Musical-Kostüme. Einmal in einem hautengen Trikot als Katze. Einmal als Björn von Abba.

Einmal als Ranger in *Der Schuh des Manitu*. Die Fotos waren großformatig und professionell.

Läpple stand mitten im Zimmer und schaute die Wände an. Er strahlte. »Leon ist auf dem Weg nach ganz oben. Das sagen alle. Er wird überall gefeiert. Sie müssten ihn sehen. In Wiesbaden. Falls Sie hinfahren wollen, besorge ich Ihnen eine Freikarte.«

Seine Begeisterung verwirrte mich. Gudrun war gerade mal zwei Stunden tot. »Ich glaube, ich werde nicht dazu kommen. Ich muss viel arbeiten und habe auch eine Tochter.«

Ich biss mir auf die Lippe. Im Gegensatz zu mir hatte Läpple keine Tochter mehr. Wenn ich nicht bald verschwand, würde ich vor lauter Tollpatschigkeit noch schlimmere Sachen sagen.

Doch Läpple war ganz in die Starfotos seines Sohnes vertieft. »Ich habe ihm mit drei Jahren das Gitarrespielen beigebracht. Aber auf das Tanzen und Singen kam er ganz von alleine. Er hat geschuftet wie ein Tier. Neben der Schule und allem.«

Ich konnte das nicht mehr länger hören. »Sie sind doch Lehrer und es sind keine Ferien. Wieso waren Sie zu Hause?«

Läpple brauchte eine Weile, bis er sich auf die belanglose Frage eingestellt hatte. »Ich arbeite schon eine ganze Weile nicht mehr. Ich bin freigestellt.«

»Warum?«

»Wegen allem. Vor allem aber wegen Gudrun. Sie hat mir viele Probleme gemacht.«

Das war ja nun vorbei. Zum Glück habe ich das nur gedacht und nicht gesagt.

»Tja, das war's erst mal. Ich verabschiede mich.«

Läpple gab mir die Hand und lächelte. Wie bei einem Anstandsbesuch.

»Übrigens, da fällt mir was ein. Ich bräuchte noch ein Foto von Ihrer Tochter.« Natürlich brauchten wir kein Foto.

Gudrun war ja tot. Sie hatte sich umgebracht. Sie wurde nicht gesucht. Es mussten keine Zeugen mehr mit ihrem Foto konfrontiert werden.

Überall hingen Fotos von dem Wunderkind Leon. Von Gudrun war in der ganzen Wohnung kein Foto zu sehen. Das passte mir nicht. Ich bemerke solche kleinen Ungerechtigkeiten des Alltags – und sie stören mich. Ich wollte Läpple aus der Reserve locken. Und ich wollte sehen, wie dieser Mensch, wegen dem ich hier war, ausgesehen hatte, bevor er sich in einen Fleischklumpen verwandelt hatte.

»Da müsste ich mal nachschauen«, sagte Läpple und legte die Stirn in Sorgenfalten.

Aber er bewegte sich nicht. Er stand auf der Stelle wie sein eigenes Denkmal. Offensichtlich glaubte dieser seltsame Herr Läpple, ich würde ihm die Sucherei ersparen. Ich dachte jedoch nicht daran. »Irgendwo wird schon ein Foto Ihrer Tochter sein, oder?«

Seine Mundwinkel zuckten. Dann schlurfte er in das dritte Zimmer, das wohl sein Schlafzimmer war. Obwohl ich gerne einen Blick in diesen Raum geworfen hätte, folgte ich ihm nicht. Aus Pietät. Oder aus Faulheit. Was oft dasselbe ist – zumindest bei mir.

Es dauerte. Ich bereute schon, Läpple um ein Foto von Gudrun gebeten zu haben. Erschrocken stellte ich fest, dass es bereits viertel nach vier war. Allerhöchste Zeit.

Die Kollegen nebenan packten auch schon ein.

»Wenn Sie's jetzt nicht finden, lassen wir es morgen abholen«, rief ich.

Läpple antwortete nicht. Vielleicht hatte ihn die Erkenntnis, dass seine Tochter tot war, nun doch noch eingeholt und er war zusammengebrochen. Solche Spätzündungen erlebte ich oft.

Ich wollte ihn gerade holen, als er mir in der Tür entgegentrat.

Er hatte einen postkartengroßen Abzug in der Hand. »Das ist von der Schulaufführung«, sagte er. Er sah nicht gerade glücklich dabei aus. Nicht so wie im Zimmer seines Sohnes.

Ich musste zweimal hinsehen.

Gudrun machte ein Spagat.

Das ist nichts Ungewöhnliches bei Tanzaufführungen.

Ungewöhnlich war Gudrun. Sie war dick.

Dick ist das falsche Wort. Gudrun war fettleibig. Sie war ein unglaublich fettes Mädchen, das einen Spagat machte. Die kleinen Grazien, die in grünen Froschkostümen um den Brocken herum hüpften, konnten es, wie man ihren entsetzten Gesichtern ansah, nicht glauben: Sie traten zusammen mit einem Fleischberg in schwarzen Strumpfhosen auf.

2. Kapitel

Es war zwanzig vor fünf, als ich in den Aufzug stürmte. Mein Herz pochte und die Augen brannten vor Müdigkeit.

Unterwegs hatte ich an der Tankstelle angehalten und mir drei Magnum gekauft. Ein Eis hatte ich bereits auf der Fahrt gegessen. Das nächste schleckte ich im Aufzug. Das klebrige Papier zerknüllte ich und steckte die Kugel in meine Tasche. Seit der Hausmeister mich verdächtigte, im Flur Magnum-Verpackungen zu hinterlassen, war ich vorsichtig geworden.

Als der Aufzug oben hielt, ging es mir schon besser. Ich hatte einen Motivations-Schub. Dazu brauchte ich normalerweise einen Liter Cola oder drei Magnum. Ich lief durch den langen Flur an den Graffiti vorbei. Sie bringen mich jeden Tag neu gegen die Jugendlichen auf, die es bis in den fünften Stock schaffen.

Die Tür war zweimal abgeschlossen. Ich konnte aufatmen. Nele war noch nicht zu Hause. Im Mantel und noch mit Straßenschuhen ging ich ins Wohnzimmer, kniete vor dem Sofa nieder und zog den Schuhkarton hervor. In dieser Woche hatte er sein Versteck zwischen dem Weihnachtsbaumschmuck im Innern des Sofas. Mein Herz schlug heftig, als ich den Deckel des Kartons öffnete.

Alles noch da.

Ich breitete meinen Schatz auf dem Teppich aus. Die Lakritzbonbons von Haribo, in fünf verschiedenen Geschmacksrichtungen. Natürlich zwei 400-Gramm-Tafeln Milka-Vollmilchschokolade – das ist die beste, die darf nie fehlen. Schaumgummibonbons in krachenden Farben, als Pausenfüller zwischen Schoko und Konfekt. Und dann mein absoluter Favorit: eine Großpackung mit Schokoküssen. Die müssen immer schnell weg, weil sie austrocknen und dann nicht mehr schmecken. Deshalb riss ich die Palette so weit auf, dass ich mir eine der Köstlichkeiten herausfischen konnte.

Da drehte sich der Schlüssel in der Tür.

Ich schaffte es gerade noch, meine Süßigkeiten wieder im Schuhkarton zu verstecken, diesen zu verschließen und den Schatz unters Sofa zu schieben.

Da stürzte Nele herein. Ich bemerkte sofort, dass sie auf der Suche war. Ihre schönen blauen Augen waren ganz klein und grau und gierig. Sie erstarrte, als sie mich entdeckte.

»Warum sitzt du auf dem Boden, Mama?«

Ich hatte Mühe hochzukommen, und das kleine Biest dachte nicht im Traum daran, seiner Mutter zu helfen. »Mir ist was runtergefallen.«

»So. Was denn?« Nele starrte auf die Stelle, an der ich den Schatz unters Sofa geschoben hatte. Ich würde schnellstens ein anderes Versteck finden müssen.

Schnaufend vor Anstrengung ging ich in die Küche. »Gleich gibt's was zu essen.«

Nele ließ sich aufs Sofa fallen. Sie war enttäuscht; wenn ich nicht vor ihr da gewesen wäre, wären meine Schokoküsse jetzt aufgegessen gewesen. »Was gibt's denn heute? Bittebitte, nicht wieder Salat!«

Natürlich Salat. Was sonst? Meinem Salat hatte die Prinzessin ihre Traumfigur zu verdanken. Und das sollte auch so bleiben.

Ich wusch die Salatblätter. Während sie abtropften, machte ich die Soße: aus Joghurt, Senf und Gewürzen.

»Was gibt's dazu?« Nele stand plötzlich hinter mir.

»Im Kühlschrank ist noch Tofu.«

»Manno.« Sie blies die Backen auf und warf den Kopf zurück. »Können wir nicht mal einen Hamburger dazu essen?«

»Hamburger sind tabu. Deck schon mal den Tisch!«

An dem Krach, den sie dabei machte, bemerkte ich, dass meine Tochter kurz vor einem Wutanfall stand. Ich briet dennoch die Tofustreifen in etwas Rapsöl an und würzte sie mit Paprika und Knoblauchpulver. Salz verwendete ich so gut wie nie. Salz bindet das Wasser im Körper und führt so zu Gewichtszunahme. Unser Feind war nicht nur das Fett, unser Feind war auch das Wasser. Meine Unterschenkel waren ab 17 Uhr so dick wie meine Oberschenkel, dank der Wassereinlagerungen.

Ich schüttete die Salatblätter aus der Schleuder in die Soße und mischte alles gut durch. Dann gab ich die Tofustreifen auf den Salat.

Nele kramte im Küchenschrank. »Wo ist der Toaster? Ich mache mir eine Scheibe Toast dazu.« Und dann hinterlistig: »Willst du auch eine, Mama?«

Auf so etwas fiel ich nicht herein. »Toast ist ungesund. Nur überflüssige Kohlehydrate, keine Ballaststoffe. Wir essen Knäckebrot dazu.«

Nele schlug die Schranktüre zu. Die Tränen standen ihr in den Augen, das tiefe Blau bekam dadurch einen besonderen Glanz. Deine blauen Augen machen mich so sentimental, hatte Annette Humpe in meiner Jugend gesungen. Ich hätte meiner Nele stundenlang in die Augen schauen können. Deine blauen Augen, so blaue Augen.

»Warum können wir nicht einmal richtig essen!? Alle anderen essen richtig. Wir aber vertilgen Tag für Tag nur Grünfutter und Getreideabfall.«

Ich nahm sie bei der Hand, führte sie zum Tisch und nötigte sie sanft, Platz zu nehmen. Ich setzte mich ihr gegenüber. »Wir ernähren uns gesund. Du sollst deine schöne Figur behalten.«

Nele beugte sich vor. Sie riss den Mund weit auf. Ihre Halsschlagader schwoll an. »Ich bin nicht dick. Ich bin mager.

Und ich hungere. Du bist dick! Du bist fett, Mama. Dafür kann ich aber nichts.«

»Bitte, Nele! Ich esse auch Salat und Tofu.«

Ihr Arm schoss hoch, sie streckte ihn über der Salatschüssel aus, die Spitze ihres Zeigefingers berührte fast mein Gesicht, ihre Augen wurden schmal und hässlich. »Und was ist das da?«

Ich schob sanft den ausgestreckten Arm weg. »Was denn?«

»Da! An deinem Mund. Ein Schokosplitter und was Weißes. Sahnekrem.«

»Ich will doch nur dein Bestes«, sagte ich leise. Meine Stimme zitterte.

»Scheiße. Ich will endlich was Anständiges essen.« Sie schob ihren Teller so heftig von sich weg, dass er gegen die Salatschüssel knallte. Ich fürchtete einen Moment, die Schüssel würde zu Bruch gehen, aber sie schob nur meinen Teller vom Tisch. Er landete in meinem Schoß. Als ich den leeren Teller sah, kamen mir die Tränen. Ich konnte nichts dagegen tun.

»Was hast du?«, fragte Nele leise.

»Es ist nichts. Iss ruhig weiter!« Dabei hatte sie noch gar nicht angefangen zu essen.

Die Tränen flossen wie ein Wasserfall. Wenn ich mal weine, dann kommt es gleich ganz dick. Nele griff nach meiner Hand. Als ich ihre feingliedrigen Finger sah, wurde ich noch trauriger.

»Ich esse doch deinen Salat, Mama.« Nele war selbst den Tränen nahe.

»Es ist … wegen eines Mädchens. In deinem Alter. Sie hat sich heute Mittag aus dem Fenster gestürzt. Aus dem vierten Stock in den Hof ihres Hauses in der Kurfürstenstraße.«

Nele wurde bleich, sie ließ sich in den Stuhl zurücksinken. »Oh, Gott.«

»Sie hieß Gudrun. Gudrun war sehr dick.«

Nele kämpfte immer noch gegen die Tränen. »Was hast du nur für einen Scheiß-Beruf, Mama!«

Dieser Satz kühlte mich ab. Ich trocknete meine Tränen mit der Serviette. »Ich kann nichts anderes.«

Nele tätschelte meine Hand. Ich musste lachen.

Nele stutzte, sie traute dem Frieden nicht. Doch dann lachte sie auch. Die Tränen standen ihr immer noch in den Augen. Aber sie lachte. Ihr Gesicht verzog sich zu einer Fratze. Ob ich meine Fürsorge übertrieb?

Ich nahm die Schüssel mit dem Salat, trug sie zu Spüle, öffnete die Tür – und kippte alles in den Abfalleimer.

»Mama!« Nele schlug die Hände vors Gesicht.

»Komm, mein Schatz, wir gehen eine Pizza essen!«

3. Kapitel

Das Obduktionsergebnis war mager. Aber was sollten sie auch sagen? Ein schwerer menschlicher Körper, der aus dieser Höhe auf den Asphalt auftritt, zerplatzt. Daran gibt es nichts herumzudeuteln.

Reste von irgendwelchen Drogen, Alkohol oder Ähnlichem hatten sie in Gudruns Körper nicht gefunden. Und das, was uns sonst weiterhalf, nämlich Spuren von Gewalteinwirkung, waren bei der Deformation, die der Körper des Mädchens erlitten hatte, sowieso nicht mehr auszumachen.

Gudrun war depressiv, wahrscheinlich bedingt durch den frühen Tod der Mutter, die ihre beiden Kleinkinder und den Vater allein gelassen hatte. Sie hatte sich im Lauf der Jahre einen Panzer angefressen. Dennoch hatte sie sich – wahrscheinlich durch den Erfolg des Bruders angespornt – in den Kopf gesetzt, in einem Musical aufzutreten. Sie hatte Tanzunterricht genommen und es so weit gebracht, dass sie dazu in der Lage war, einen Spagat zu machen. Das brachte ihr ein paar kleinere Erfolge. Doch der Bruder zog an ihr vorbei und bekam die Hauptrollen, die sie sich erträumt hatte. Hinzu kam, dass der Vater den Bruder bewunderte, für die tänzerischen Bemühungen seiner Tochter aber wenig Verständnis aufbrachte. Das musste Gudrun sehr verletzt haben, zumal der Vater nach dem Selbstmord der Mutter ihre wichtigste Bezugsperson geworden war. Ausschlaggebend für den Suizid war dann sicher die Hauptrolle, die Gudruns Bruder Leon bei der *Hair*-Inszenierung in Wiesbaden ergattern konnte. Wahrscheinlich hatte sich auch Gudrun beworben und war wegen ihrer Fettleibigkeit aussortiert worden.

Ich tippte also meinen Bericht in den Computer, heftete die Obduktionsergebnisse und die dürftigen Befragungen meines Pankower Kollegen an und gab alles auf den Server.

Dann ging ich in die Kantine. Ich aß zuerst das Eisbein, das sie jeden Dienstag anbieten, mit Sauerkraut und Kartoffelpüree, später gab es Pudding und ein Stück Torte. Danach verließ ich die Kantine, rauchte auf dem Damenklo eine Zigarette und wartete zehn Minuten, bis dort das Publikum gewechselt hatte. Dann kehrte ich in die Kantine zurück und holte mir ein halbes Hähnchen mit Brot und Kartoffelsalat und Käse-Spätzle. Hähnchen und Spätzle waren eigentlich zwei Gerichte, aber da ich mir den größten Teller genommen hatte, bemerkte es keiner. Die Kollegen hatten es alle eilig und waren nur mit sich selbst beschäftigt.

Die Angestellten der Kantine bekamen natürlich mit, dass ich zweimal zum Essen kam, aber es kümmerte sie nicht. Sie plauderten auch nichts aus, denn sie hatten wenig Kontakt mit den Beamten der Behörde. Die Kantinenleute gehörten einer anderen Welt an – und das war gut so.

Ich trank drei große Cola mit Eis und leistete mir zum Schluss, als sich die Kantine geleert hatte, noch ein Magnum und eine kleine Kanne mit heißer Schokolade. Eis und Heiß, eine Leidenschaft von mir.

Auf dem Computer, der auch die Telefongespräche erfasste, fand sich eine Nachricht. Mein Chef hatte, während ich es mir in der Kantine hatte gut gehen lassen, zweimal versucht, mich zu erreichen.

Ich rief ihn zurück.

»Wo waren Sie denn?«

Das ging Lewandowski eigentlich gar nichts an, solange ich meine Arbeit anständig tat. »Erst war ich im Archiv, dann war ich essen.«

»Was gab's denn im Archiv?«

Ich geriet ins Schlingern. »Eine Recherche.«

»Aha. Etwa die Sache mit dem toten Mädchen?«

»Ja«, log ich. Ich verbrachte an manchen Tagen mehr Zeit in der Kantine als an meinem Arbeitsplatz. Aber ich wollte nicht, dass Lewandowski mich dabei erwischte – wo er doch so viel von mir hielt.

»Habe Ihren Bericht auf dem Monitor. Anständige Arbeit, Frau Kubitko. Das ist ein weiterer Baustein für Ihren Weg in der Landespolizeischule. Obwohl – Sie wissen ja: Wichtig ist, dass Sie endlich ...«

»Ich schaffe das nicht. Ich kann nicht abnehmen. Wahrscheinlich hat es etwas mit den Drüsen zu tun.«

Ich wollte auch gar nicht mehr an die Polizeischule. Erstens wusste ich nicht, was ich dort sollte. Zweitens ahnte ich, dass man als Abteilungsleiterin in der Polizeischule nicht Stunden in der Kantine verbringen konnte. Aber das konnte ich ja meinem Chef nicht sagen. Der war viel zu ehrgeizig, um so etwas zu verstehen.

»Alle Dicken schieben es auf die Drüsen. Dabei ist es wissenschaftlich längst erwiesen, dass Fettleibigkeit andere Ursachen hat.« Lewandowski schwieg vorwurfsvoll. Ich tat ihm nicht den Gefallen, dazu Stellung zu nehmen. Die meisten Menschen reden über das Dicksein wie Blinde über die Farbe. Ich konnte das nicht mehr hören.

»Was haben Sie denn noch überprüft?«, fragte er.

»Wie bitte?« Warum ließ er mir keine Ruhe?

»Im Archiv. Sie waren doch im Archiv.«

Das auch noch. Jetzt verbiss sich dieser Workaholic in meinen bereits abgeschlossenen Suizidfall. Aber ich war ja selbst schuld. Warum hatte ich ihm auch diese blöde Lüge vom Archiv aufgetischt?

»Es ist ... Naja, die Mutter ist doch verschwunden ...« Ich improvisierte.

»Tragisch. Und gleichzeitig hochinteressant. So ein Fall kann einen ganz schön durchrütteln, was? Das Mädchen hatte eine Tanzkarriere vor sich, oder? Und dann so etwas. Schrecklich. Aber die Sache ist doch eigentlich klar, Frau Kubitko, oder? Suizid. Eigentlich nicht mehr unser Ressort. Was haben Sie denn im Archiv gefunden?«

Musste sich dieser Kerl ausgerechnet mich für seine Ambitionen aussuchen? Da gab es doch noch genügend andere, die dafür eher geeignet gewesen wären. Wahrscheinlich hatte ihn sein Sendungsbewusstsein gepackt, er wollte mich dazu bringen, abzunehmen und Erfolg zu haben. Ob ich das nun wollte oder nicht. So waren sie eben, diese Optimierer. Wenn man dick war, wurde man ständig mit ihrem Ehrgeiz konfrontiert. Das Schlimmste daran war: Sie redeten sich ein, eine gute Tat zu tun, wenn sie uns Dicke mit Diätplänen drangsalierten. Aber selbst würden sie es nie schaffen, auf nur eine Praline zu verzichten.

»Ich komme ja nicht dazu, das gefundene Material auszuwerten.«

»Aber warum denn nicht, Loreley!?«

»Weil ständig das Telefon klingelt.«

Das saß. Lewandowski kam ins Grübeln. »Naja, dann will ich Sie auch nicht länger aufhalten«, erklärte er schuldbewusst.

»Tun Sie ja nicht. Ich rede gerne mit Ihnen.«

Der Chef wurde zackig. »Dann mal los! Und nicht zu viel Zeit mit einem Selbstmord verschwenden – wie gesagt: Das ist nicht mehr unsere Baustelle. Obwohl ich Ihr Engagement verstehe. Menschlich, meine ich.«

»Nur noch diese Auswertung, dann mache ich mit meinem Tagesgeschäft weiter. Versprochen!«

»Fein«, sagte der Chef. Er war stolz auf mich, das spürte ich. Dann aber kam es: »Ich bin gespannt, was Sie in dieser Sache zutage fördern. Melde mich am Nachmittag deswegen nochmal, Kubitko.« Dann legte er auf.

Lewandowski erwartete also Ergebnisse. Ich musste ihm

etwas präsentieren, was die Sache endgültig abschloss. Ich brauchte die Gewissheit, dass es nichts gab, was auf ein Fremdeinwirken oder auf Fahrlässigkeit hinwies.

Ich hatte Lewandowski die Lüge von der Recherche aufgetischt. Also musste ich ins Archiv. Und das war im Keller. Der Aufzug fuhr aber nur bis ins Erdgeschoss.

Der Kollege hinter dem Tresen trug gestreifte Hosenträger und eine schmale Lesebrille, die an einem Goldkettchen über seiner Brust baumelte. Er las gerade Zeitung und trank Kaffee. Es fehlten nur noch die Puschen. Mein Erscheinen schien ihn nicht gerade zu erfreuen, ich störte den Ablauf seines Archiv-Alltags. Sicher zählte er schon die Tage bis zum Ruhestand. Irgendwo hatten solche Leute immer ein Maßband versteckt, an dem sie jeden Morgen einen Schnipsel abschnitten.

Ich beneidete ihn.

Nachdem ich ihn ins Bild gesetzt hatte, machte er sich murrend auf die Suche. In den langen Regalreihen mit den Stahlschränken befanden sich die Akten der Kriminalfälle der Zeit vor der Digitalisierung, also alles, was noch nicht in das Computernetzwerk eingegeben war.

»Wie gefällt's Ihnen hier unten?«, fragte ich.

Im Archiv saß man weniger auf dem Präsentierteller als in den oberen Etagen. Man könnte sich irgendwo einen kleinen Kühlschrank hinstellen, mit Eisfach für einen Magnum-Vorrat. Dann hätte man immer kühle Cola. Der einzige Nachteil: Man sah den ganzen Tag nur Polizisten. Das schreckte mich ab.

Der Kollege schien mit seinen Gedanken woanders zu sein. Er rumorte zwischen den Regalen. Dann hörte ich eines der Zahnräder, die die alten Schubkästen mit den Karteikarten und den Aktenhängern bewegten. Es leierte wie ein Paternoster. Das Zahnrad stoppte quietschend. Eine Akte wurde ausgehängt. Der Kollege erschien wieder am Tresen und legte mir einen grauen, von der Sonne verschossenen Papphefter hin. Dann bat er mich um eine Unterschrift auf einem Formblatt. Ich unterschrieb, ohne zu lesen, wozu ich mich verpflichtete, und der Kollege sagte: »Bis heute Abend muss die Akte wieder hier sein.«

»Und wenn ich sie länger brauche?«

Der Alte schaute mich entgeistert an. »Niemand braucht eine alte Akte länger. Im Übrigen können Sie ja Kopien machen. Aber nichts durcheinander bringen. Die Einlagen sind nummeriert, und ich bin verpflichtet, sie zu kontrollieren.«

Ich klemmte mir die Akte unter den Arm und machte mich an den Aufstieg.

»Vorsicht!«, rief der Kollege, als ich den Treppenabsatz erreicht hatte.

Ich wandte mich erstaunt um. Wovor wollte er mich warnen? Vor dem Aufstieg auf der alten Steintreppe, deren Kälte ich bis in die Knie spürte?

Er deutete auf die Akte unter meinem Arm: »Achselschweiß!«

Der Kollege, der vor 13 Jahren die Akte angelegt hatte, war gewissenhafter gewesen als mein uniformierter Kollege aus Pankow. Er hatte zehn handschriftliche Seiten mit Zeugenbefragungen angeheftet. Die Aussagen waren ausführlich und wurden immer wieder durch Fragen unterbrochen. Der Beamte hatte alles feinsäuberlich in einer eckigen, aber unbeirrbaren Handschrift niedergelegt. Es las sich wie gedruckt.

Viola Läpple war Lehrerin gewesen wie ihr Mann Eugen. Nach den übereinstimmenden Aussagen der Zeugen – Verwandte, Nachbarn, Kollegen – hatten die Läpples eine gute Ehe geführt. Man habe sich gemeinsam um die beiden Kleinkinder gekümmert, sei in der Schule und auch bei den Grünen sehr engagiert gewesen, wobei nahe Parteifreunde bekundeten, Viola habe eine SEW-Vergangenheit gehabt, war also ehemaliges Mitglied der Westberliner Tochterorganisation der SED, und sei deshalb sehr militant in allem gewesen, während Eugen als Mitglied der AL eher gemäßigt aufgetreten sei und sich für wenig außerhalb der gängigen ökologischen Themen interessiert habe.

Ich las die Aussagen aus dem Lehrerkollegium, in denen immer wieder betont wurde, dass die Läpples engagierte Pädagogen gewesen seien, die sich für die Belange ihrer Schüler eingesetzt hätten und niemals durch übermäßige Strenge oder unangebrachte Laxheit aufgefallen wären. Man bezeichnete Eugen und Viola als ausgeglichene Kollegen, hilfsbereit, aber nicht aufdringlich, umgänglich, aber nicht oberflächlich. Eugen habe einiges für die Schulmusik getan, während Viola Ausstellungen und Kunstwettbewerbe organisiert habe.

Ein durchschnittliches Paar mit durchschnittlichen Kindern.

Bis zu dem Urlaub in der Bretagne.

Die Läpples waren mit ihrem VW-Bus von Berlin aus in zweieinhalb Tagen bis an die Westspitze der bretonischen Halbinsel gefahren und hatten in einem kleinen Dorf an der Küste ein Ferienhaus bezogen. Eine Woche lang lief alles gut. Die Kinder plantschten im Meer, die Eltern schwammen, lagen in der Sonne und lasen. Abends ging die Familie in eines der beiden Dorfrestaurants zum Essen.

Dann kam es unvermittelt zum Streit, wie Eugen später der Berliner Polizei berichtete. Der Anlass war nichtig. Es ging ums Abendessen. Eugen hatte den Kindern spät noch Würste zu essen gegeben, Viola aber wollte, dass die Kinder, besonders die kleine Gudrun, nach dem Restaurantbesuch nur noch Obst aßen, falls sie noch Hunger bekamen. Die Sache eskalierte. Die Läpples schrien sich an. Wahrscheinlich zum ersten Mal in ihrer Ehe. Es ging plötzlich hoch her in dem kleinen Ferienhaus an der bretonischen Küste. Viola verließ weinend das Haus, Eugen tröstete die Kinder, die von dem Streit geweckt worden waren. Als die Kinder endlich schliefen, nickte er vor Erschöpfung ein.

Gegen zwei Uhr fuhr Eugen Läpple aus unruhigem Schlaf hoch. Er ging ins Elternschlafzimmer, fand das gemeinsame Bett aber leer. Eigenartigerweise machte er sich nicht auf die Suche nach seiner Frau, sondern legte sich wieder schlafen.

Als Eugen Läpple am nächsten Morgen aufwachte, war der Platz neben ihm im Bett immer noch leer. Er glaubte, Viola sei nachts nach Hause gekommen und habe sich nicht zu ihm, sondern zu ihren Kindern gelegt. Also machte er Frühstück – Rohkost, um Viola nicht noch mehr aufzubringen – und schlich sich dann mit einer Tasse frischen Kaffee als Versöhnungsgeschenk in das Kinderschlafzimmer. Doch Gudrun und Leon schliefen noch. Allein.

Eugen gab weiter an, die Kinder nicht geweckt und sich allein auf die Suche nach Viola gemacht zu haben. Eine Stunde sei er durch die Wälder der Umgebung und an der Küste entlanggelaufen. Als er sie nicht fand, sei er aus Sorge, die Kinder könnten wach werden und niemanden vorfinden, ins Haus zurückgekehrt.

Eugen habe dann mit Gudrun und Leon gefrühstückt. Die Kinder hätten geweint, weil sie ihre Mutter vermissten. Gegen Mittag habe Eugen die beiden in den Wagen gesetzt, sei mit den heulenden Kindern in die Kreisstadt gefahren und habe auf dem Polizeirevier seine Frau als vermisst gemeldet.

Bis zum Abend hätten Polizeistreifen die Gegend abgesucht. Dann wäre eine Suchstaffel zusammengestellt worden. Lautsprecherwagen seien durch die Küstendörfer geschickt worden. Sie hätten die Anwohner aufgefordert, die Polizei zu informieren, falls Viola irgendwo auftauchen sollte. Ein Hubschrauber habe mit einer Wärmebildkamera das unwegsame Hinterland abgesucht. Doch Viola sei unauffindbar gewesen.

Als gegen 22 Uhr 30 die Nacht hereinbrach, sei die Suche abgebrochen worden.

Am nächsten Morgen hätten Taucher das Meer in der Nähe der Ferienwohnung der Läpples abgesucht. Sie hätten alles Mögliche gefunden – nur nicht Viola Läpple.

Die Suchaktion zu Lande sei wieder aufgenommen und ins Hinterland ausgedehnt worden. Sie sei aber bis zur Abreise von Eugen Läpple und seinen Kindern ohne Ergebnis geblieben.

Nach der Rückkehr der Familie nach Berlin war auch hier weiter ermittelt worden. Die Beamten hatten die nähere Umgebung der Läpples befragt. Dabei war zuerst nur Bekanntes zutage gefördert worden. Doch dann fand sich etwas Erstaunliches.

Die Aussage stammte von einer Nachbarin namens Christiane Bungert. Sie wohnte damals im gleichen Seitenflügel wie die Läpples. Frau Bungert war so etwas wie eine Freundin von Viola gewesen. Die beiden Frauen kannten sich schon lange und tranken oft spontan ein Gläschen Sekt zusammen und aßen ein Stück Kuchen. Den Akten lag sogar ein Foto aus dem Besitz der Bungerts bei, das Viola Läpple mit Christiane Bungert auf einem Hoffest in der Kurfürstenstraße zeigte.

Christiane Bungert war eine große, stattliche Blondine mit wallendem Haar und einer vorbildlichen Haltung. Viola hingegen wirkte etwas überschminkt und sehr müde und übernächtigt – man sah ihr die Anstrengung an, die ihr die beiden kleinen Kinder abverlangten.

Viola hatte ihre Haare zu einem Knoten zusammengebunden, was die ansonsten weich wirkende Frau streng erscheinen ließ. Die beiden lehnten ihre Köpfe aneinander, wie gute Freundinnen, aber sie sahen angespannt und genervt aus.

Christiane Bungert hatte sich schockiert gezeigt, als sie durch die Polizei vom Verschwinden ihrer Nachbarin in der Bretagne informiert worden war. Sie hatte auch die Kinder

der Läpples gut gekannt und sich oft um sie gekümmert, wenn Viola überlastet gewesen war. Überhaupt schien Frau Bungert so etwas wie der gute Geist des Hauses in der Kurfürstenstraße gewesen zu sein.

Sie hatte dem Beamten die Verhältnisse bei den Läpples eingehend geschildert.

Eugen sei überfordert gewesen, die Arbeit und die Kinder, das habe er beides kaum noch geschafft. Viola habe ihre Kinder geliebt und niemals vernachlässigt, dennoch seien die Kinder oft sich selbst überlassen gewesen, wenn Eugen hatte arbeiten müssen und Viola ihren politischen oder vielfältigen künstlerischen Interessen nachgegangen war.

Und dann kam es: Christiane Bungert hatte damals dem Beamten berichtet, die Läpples hätten nach außen hin zwar das Idealbild einer aufgeschlossenen und glücklichen Familie abgegeben, das sei aber nur die Oberfläche gewesen. In Wirklichkeit habe es darunter gebrodelt.

Viola habe einen dominanten und unduldsamen Charakter gehabt, sie habe versucht, alles und jeden auf ihre Linie zu bringen. Eugen Läpple sei ihr zwar intellektuell unterlegen gewesen und »auch viel zu langweilig, um aufzubegehren«, wie Christiane Bungert wortwörtlich zu Protokoll gegeben hatte. Aber er sei auch stur und kleinlich gewesen und habe nicht im Traum daran gedacht, Viola, deren leichte Schrullen er ertrug, in ihm wichtigen Belangen nachzugeben. Und das Wichtigste sei ihm die Erziehung der Kinder gewesen.

Deshalb sei es bei den Läpples oft zu Krach gekommen. Da Frau Bungert bei offenem Fenster schlief, habe sie wider Willen einiges gehört, was sich die nach außen so ausgeglichenen Läpples nachts um die Ohren schlugen.

Frau Bungert habe auf diese Weise auch mitbekommen, dass es in der Wohnung der Läpples öfter zu Handgreiflichkeiten kam.

An dieser Stelle hatte der aufmerksame Kollege, der die

Befragungen damals durchgeführt hatte, sofort nachgefragt: »Zu Handgreiflichkeiten? Was meinen Sie genau damit?«

Und Christiane Bungert hatte ausgesagt, dass sie nachts in ihrem Bett mehrmals gehört habe, wie in der Nachbarwohnung Eugen Läpple seine Frau Viola geschlagen und Viola daraufhin bitter geweint habe.

Der saubere Eugen hatte seine Viola also regelmäßig vermöbelt.

So etwas wirkt immer wie ein Paukenschlag. Bei Ermittlungen in einem Todesfall kann eine solche Aussage sogar alles radikal ändern.

Ich blätterte weiter.

Man hatte Eugen Läpple natürlich genauer unter die Lupe genommen. Doch außer dass die Läpples häufig gestritten hatten, konnte nichts bewiesen werden. Eugen und Viola hatten sich wohl nicht einigen können, wie sie ihre Kinder erziehen sollten.

Dass Eugen Viola geschlagen hatte, blieb jedoch eine Behauptung der Nachbarin.

So etwas geschieht öfter. Wenn ein Mensch verschwunden oder gar ums Leben gekommen ist, schießen sofort Gerüchte ins Kraut. Meistens ist nichts dran. Aber diese Gerüchte helfen uns bei den Ermittlungen. Man erfährt durch Gerüchte viel – über die, die sie betreffen, aber noch mehr über die, die sie verbreiten.

Ich mag Gerüchte.

Ich mag Gerüchte mehr als bewiesene Fakten. Gerüchte sind viel komplexer – und undurchschaubarer. Immer lauert irgendwo noch eine überraschende Wendung. Wenn es um Gerüchte geht, sind die Menschen auch viel weniger vorsichtig, sie zeigen ihr wahres Gesicht. Sie gehen ganz und gar auf in dem, was sie kolportieren. Man muss allerdings auch einen siebenten Sinn für Gerüchte haben.

Ich habe diesen siebenten Sinn.

Am Nachmittag rief Lewandowski an, um sich nach den Fortschritten meiner Ermittlungen zu erkundigen. Vielleicht war er misstrauisch geworden und wollte mir wegen der Lüge mit dem Archiv auf den Zahn fühlen. Vielleicht war er aber wirklich daran interessiert, was ich ausgegraben hatte.

»Angeblich hat der Vater Gudruns die Mutter geschlagen«, erklärte ich ihm.

Lewandowski schwieg.

»Ich will nochmal in die Kurfürstenstraße«, sagte ich.

Lewandowski hustete. Dann sagte er leise: »Tun Sie das! Aber nur das. Dann schließen wir die Akte Gudrun Läpple. Es gibt dringendere Dinge zu erledigen.«

Frau Bungert wohnte noch im selben Haus. Jetzt allerdings im Vorderhaus, vierter Stock. Und das ohne Aufzug. Wenn ich das gewusst hätte, wäre ich weniger neugierig gewesen. Ich nahm mir vor, nach getaner Arbeit zum türkischen Bäcker um die Ecke zu gehen und mir dort etwas von dem herrlichen Baklava zu holen. Dann begann ich mit dem Aufstieg.

Zwischen dem zweiten und dem dritten Stock ging mir die Puste aus. Ich musste stehen bleiben. Gegen die mit schreienden Graffiti bedeckte Wand gelehnt, schnappte ich nach Luft. Oben wurde eine Tür zugeschlagen. Eine Frau kam mir entgegen, sie setzte vorsichtig einen Fuß nach dem anderen auf die Treppenstufen. Obwohl es heiß war, hatte sie sich eingemummelt. Sie trug eine schwarze Hose mit Schlag, darüber einen roten Rock und einen grauen Mantel. Das Kopftuch fehlte auch nicht. Als sie schnaufend näher kam, sah ich, dass sie – wie viele dicke Frauen – ein hübsches, glattes, noch junges Gesicht hatte.

Obwohl sie von oben kam, machte ihr die Treppe auch solche Probleme wie mir, die ich den mühsamen Aufstieg bewältigen musste. Sie blieb auf dem Absatz zwischen den Stockwerken stehen. Ich grüßte sie, sie schaute weg.

Das musste die Nachbarin sein, die der Kollege Karsubke vernommen hatte.

»Wohnen Sie hier?«, fragte ich.

Sie nickte.

»Ich komme wegen dem Tod von Gudrun Läpple. Kannten Sie sie?«

»Nicht gut.«

»Aber Sie haben meinem Kollegen gesagt, Gudrun habe keine Freunde gehabt?«

Sie murmelte etwas, was wie Zustimmung klang.

»Woher wissen Sie, dass Gudrun keine Freunde hatte?«

»Habe sie nie mit einem gesehen.«

Sie zwängte sich mit hochrotem Kopf am mir vorbei. Im zweiten Stock angekommen, drehte sie sich nochmal um. »Sie war immer allein unterwegs. Das arme Mädchen.« Dann setzte sie ihren Abstieg fort. Ich hörte sie schwer atmen.

Erst beim dritten Läuten meldete sich jemand in der Wohnung.

»Wer ist da?«

»Loreley Kubitko. Ich bin von der Polizei und komme wegen Gudrun Läpple.«

Es geschah nichts. Ich hatte das Gefühl, dass der Bewohner sich in eines der Zimmer zurückgezogen hatte. Also läutete ich wieder. Diesmal lange und nachdrücklich.

Die Tür wurde geöffnet. Ein asketisch wirkender Mann in einer weißen Leinenhose und mit einem hellblauen Pulli mit V-Ausschnitt. Die dünnen Haare auf seiner Brust waren grau. Er trug eine strenge Nickelbrille, der Schädel war fast kahl. Der Gürtel stand offen. »Ich hatte mich gerade hingelegt.« Erst jetzt bemerkte ich, dass der Mann barfuß war.

»Hingelegt?«

»Ja, hingelegt. Ich mache mittags immer eine Pause.«

Ich wartete darauf, dass er mich hereinbat. Doch er schien mich schnell wieder loswerden zu wollen. »Ich hätte ein paar

Fragen an Sie. Wegen Gudrun Läpple. Sie wissen doch sicher, dass das Mädchen gestern aus dem Fenster gesprungen ist?«

»Ja. Was haben wir damit zu tun?«

Wir? Noch sprach ich nur mit ihm.

»Sind Sie Walter Bungert?«

»Ja. Und? Haben Sie einen Ausweis?«

Ich zeigte ihm meinen Dienstausweis. Doch das änderte nichts. Er hatte sich in den Kopf gesetzt, mich an der Wohnungstür abzufertigen. »Ich weiß nichts. Ich war zu der Zeit, als das geschehen ist, vorne auf dem Balkon. Zur Straße raus.«

»Und Ihre Frau?«

»Die weiß auch nichts.«

»Kann ich Frau Bungert jetzt sprechen?«

»Nein, Sie hören doch: Wir arbeiten. Sie ist in der Klinik.«

Walter Bungert war der Typ des Berliner Alternativen, der sich etabliert hatte, aber die schlechten Umgangsformen aus seiner wilden Zeit immer noch für schick hielt und nicht daran dachte, sie abzulegen. Wir haben oft mit Leuten wie Bungert zu tun. Psychologen, Lehrer, Sozialarbeiter. Sie halten sich für das Salz der Erde. Dabei tun sie nicht mehr für die Allgemeinheit als unsereiner. Aber sie schauen auf Menschen wie mich herab. Weil ich bei der Polizei bin. Wahrscheinlich auch, weil ich dick bin. Aber das ist ja nichts Neues.

»Ihre Frau hat vor 13 Jahren, als die Mutter von Gudrun starb, zu Protokoll gegeben, dass Herr Läpple seine Frau öfter geschlagen habe.«

Bungert stand der Mund offen. Dann stammelte er: »Hat sie das? Soso.« Er war nervös geworden. »Kommen Sie doch einfach mal wieder, wenn sie da ist. Ich kann Ihnen dazu wenig sagen. Aber rufen Sie vorher an. Wir sind beide sehr beschäftigt.«

Er machte Anstalten, die Tür zu schließen. Als hätte er es mit einem Hausierer zu tun.

Ich hob meine Stimme, damit auch die Nachbarn mich hören konnten. »Es geht hier um einen Todesfall, Herr Bungert. Wir können Ihre Frau und Sie der Einfachheit halber aufs Revier bestellen. Nur muss ich Ihnen gleich sagen, dass es dort sehr hektisch zugeht. Da kommt es dann auch mal zu Wartezeiten wie beim Zahnarzt.«

Dass es auch so unangenehm wie beim Zahnarzt werden konnte, sagte ich nicht. Bei diesen linken Saubermännern musste man sich vorsehen. In Nullkommanix hatten sie einem ein Dienstvergehen unterstellt und machten daraus eine Riesensache: Nötigung, Bedrohung, Einschüchterung. Dazu war die Polizei immer gut. Aber wenn die Familienkutsche einmal für ein paar Minuten von einem armen Pizzaboten zugeparkt wurde, hatten sie sofort das Handy am Ohr und alarmierten die Kollegen, damit sie den Verbrecher abschleppen ließen.

»Dann kommen Sie halt rein«, maulte er und öffnete die Tür einen Spalt weiter.

Der Spalt war nicht groß genug. Das machte Bungert mit Bedacht. Der schlanke Mann wollte mir zeigen, dass er mich für ein Monster hielt. Für ein fettes Monster ohne Anstand und ohne politische Ideale.

Auch wenn er Recht damit hatte, ließ ich mich nicht so behandeln.

»Wenn Sie mitten in der Arbeit sind ...« Ich blickte auf seine immer noch offene Gürtelschnalle. »Ich meine, ich will Sie nicht stören. Dann schicke ich Ihnen einfach eine Vorladung, und Sie kommen mit Ihrer Frau ...«

Nun öffnete er die Tür ein Stück weiter. »Ein paar Minuten werde ich schon erübrigen können ...«

Der Flur war dunkel. Ich sah Kopien von Picasso-Gemälden als Poster. Hinter Glas. Natürlich auch ein Plakat der Grünen aus den achtziger Jahren. Auch hinter Glas. Wie ein Kunstwerk. Wahrscheinlich war Bungert mal bei einer

Anti-AKW-Demo mitgetrottet und hatte sich als Erinnerung an diese Großtat den Aufruf dazu rahmen lassen. Auf einer Anrichte standen frische Blumen. Ich wurde neidisch. Allein der Flur war fast so groß wie meine Wohnung. Doppelverdiener leben eben anders als Alleinerziehende.

Die Tür zum Schlafzimmer stand offen. Ich warf im Vorübergehen einen Blick hinein. Die Vorhänge waren zugezogen, das Bett – ein Diwan mit einem Baldachin aus gedrechseltem Holz – war zerwühlt. Bungert hatte also wirklich im Bett gelegen. Um drei Uhr nachmittags. Auf dem Boden lag eine aufgeschlagene Zeitschrift.

Als er meinen Blick bemerkte, schloss er die Schlafzimmertür.

Bungert führte mich an einer weiteren offenen Tür vorbei. Das Arbeitszimmer. Die Regale an den Wänden waren vollgestopft mit Büchern. Zwei Tische standen nebeneinander am Fenster. Einer war mit Papier überladen, an dem anderen lief ein Computer.

»Sie arbeiten hier?«

Bungert drängte weiter. »Ja, ich bin Journalist.«

Das Fenster des Arbeitszimmers ging auf den Hof hinaus. »Darf ich?«, fragte ich höflich. Dabei war ich schon im Arbeitszimmer.

Bungert stürzte hinter mir her. »Brauchen Sie für so was nicht …«

Ich zwängte mich zwischen Schreibtisch und Bücherregal durch und stieß prompt gegen die Tischkante. Der Flachbildschirm begann zu schwanken.

»So passen Sie doch auf!«, fuhr Bungert mich an.

»Nichts passiert.« Ich trat auf die Leitungen, die aus dem Computer kamen. Es knirschte.

»Was fällt Ihnen ein?!«

Vom Fenster aus schaute man in den Hof. Ich sah die Umrisse von Gudruns Körper. Die Spurensicherung hatte sie auf dem Asphalt mit Kreide nachgezeichnet. »Wenn Sie zu Hause arbeiten, müssen Sie doch etwas gesehen haben, oder?« Er hatte zwar das Fenster, aus dem das Mädchen gesprungen war, nicht sehen können, aber er sah die Stelle, an der sie aufgeschlagen war.

»Hören Sie, so geht das nicht. Kommen Sie sofort da raus! Da liegen Leitungen vom Computer. Ich finde Ihr Benehmen ziemlich daneben und ich werde ...«

Ich stieß schon wieder gegen die Tischkante, der Monitor schlug gegen ein Foto, das auf Bungerts Schreibtisch stand. Bungert wurde krebsrot. Er wollte gerade losbrüllen, als es läutete.

Er stürmte hinaus. »Das ist sicher meine Frau.« Und in der Tür: »Wir werden uns bei Ihrer Behörde über Ihr Auftreten beschweren. Das sind ja übelste Polizeistaatsmethoden.«

Warum regte er sich denn so auf? Ich hatte doch nur aus dem Fenster geschaut. War das für ihn schon Polizeistaat?

Draußen hörte ich eine Männerstimme. Schade, ich hätte Frau Bungert auch gerne gleich kennengelernt. Walter Bungert kam herein. »Es ist jemand für Sie.«

Für mich?

Ich zwängte mich an Bungert vorbei in den Flur. In der Wohnungstür stand Eugen Läpple. »Ich habe bei Ihrer Dienststelle angerufen. Die haben mir gesagt, dass Sie hier im Haus sind. Deshalb habe ich Sie gesucht.«

Er wirkte aufgedreht. Viel aufgedrehter als gestern. Es musste etwas geschehen sein.

»Ich will Ihnen etwas zeigen. Etwas Wichtiges.«

4. Kapitel

Läpples Wohnzimmer sah aus wie am Vortag. Eine Teekanne. Zwei Tassen. Eine für mich. Eine für ihn. Nur dass neben der Kanne ein Briefumschlag lag.

Läpple nahm Platz, schenkte uns Tee ein und wartete. Er schien sich zu sammeln. Derweil trank ich einen Schluck Tee und schaute mich um. Wenn ich nicht bald etwas zu essen bekam, würde ich wieder in eine miese Stimmung fallen. Eugen Läpple sah nicht nach jemandem aus, der Magnum und Cola im Kühlschrank hortete. Eher alkoholfreies Bier und Knäckebrot.

Vielleicht war ja noch etwas von Gudruns Reservoir übrig. Sicher hatte das Mädchen irgendwo einen Schatz versteckt, einen Kalorienschatz, wie auch ich einen hatte. Läpples Wohnung war viel zu klein, um so etwas auf Dauer vor den Mitbewohnern zu verbergen. Und wenn doch, würde ich ihm schon auf die Sprünge helfen. Wenn ich etwas konnte, dann versteckte Süßigkeiten aufspüren. Dafür hatte ich einen siebenten Sinn. Dafür und für Gerüchte.

»Das habe ich heute Morgen gefunden. In Gudruns Zimmer. Es lag unterm Bett.« Er schob mir den Umschlag hin.

»Was ist das?«

»Schauen Sie doch rein!«

Ich öffnete den Umschlag. Er enthielt einen Brief. Graues Umweltpapier. Ich faltete den Brief auf. Er war in einer geschwungenen Mädchenschrift geschrieben. »Abschiedsbrief« stand in großen Lettern über dem Text.

Ich schaute Läpple an. Er hob die Schultern. »Unterm

Bett. Wenn ich nicht gestaubsaugt hätte, hätte ich ihn gar nicht gefunden. Lesen Sie! Sie werden sich wundern.«

Also las ich.

Lieber Vater, lieber Bruder. Ich kann nicht mehr weiterleben. Nichts will mir gelingen. Ich habe keine Freunde. Alle meine Anstrengungen, Tänzerin zu werden, haben nichts gebracht. Ich bin ein unnützes Wesen und mache euch nur Sorgen und viel Arbeit. Deshalb habe ich heute beschlossen, diesem beschissenen Leben ein Ende zu bereiten. Lebt wohl – und verzeiht mir. Eure Gudrun. Ich gehe zu Mama, wo immer sie auch sein mag.

»Und? Was sagen Sie jetzt?«

Eugen Läpple war außer Rand und Band. Als hätte er nur auf diesen Brief gewartet, weil durch ihn der Tod seiner Tochter endlich zu einem Faktum wurde, mit dem er leben konnte.

»Wo war der Brief? Unterm Bett?«

»Ja.« Läpple lachte nervös auf. »Das dumme Ding. So einen Abschiedsbrief legt man doch auf einen Tisch oder wenigstens auf einen Schrank. Damit die, für die er bestimmt war, ihn auch finden. Aber doch nicht unters Bett. Aber so war sie: Nichts machte sie richtig.«

Ich las den Brief ein zweites und ein drittes Mal. Als enthielte er ein Geheimnis, das es zu entschlüsseln galt. Aber dieser Brief enthielt kein Geheimnis.

Alles passte zusammen, es schien so zu sein, wie Gudrun es geschrieben hatte. Sie konnte nicht mehr. Keine Freunde. Kein Erfolg auf der Musical-Bühne. Vielleicht war das wirklich die letzte Möglichkeit, wieder zu ihrer Mutter zu kommen. Ich hätte heulen können – wenn nicht alles so banal gewesen wäre und so sehr auf der Hand gelegen hätte.

Ehrlich gesagt – ich war auch nicht ganz bei Sinnen. Mein Körper rebellierte. Er hatte keine Reserven mehr. Nicht mal für das Denken. Er wollte endlich Zucker und Cholesterin und Kohlehydrate. Am besten alles auf einmal.

»Sagen Sie mal ...«

Läpple goss Tee nach.

»Hat Gudrun irgendwo ein Depot gehabt?«, fragte ich leise.

»Ein Depot?«

»Ja, mit Lebensmitteln. Eis. Schokolade. Süße Getränke. Würstchen. Was man eben so hortet, wenn man ...«

»Wieso sollte sie solche Sachen verstecken?« Offensichtlich nahm Läpple mir übel, dass ich mich so wenig um den Abschiedsbrief kümmerte, den er unter Gudruns Bett gefunden hatte. »Sie hat doch alles bekommen, was sie wollte.«

»Möglicherweise wissen Sie nichts davon.«

»Quatsch. Ich bin den ganzen Tag zu Hause. Ich weiß alles, was hier vorgeht.«

Beinahe hätte ich gesagt: Offensichtlich nicht, sonst hätte sich Ihre Tochter nicht aus dem Fenster gestürzt. Aber das ließ ich.

»Ich muss los.« Ich musste wirklich los. Wenn ich nicht bald etwas Anständiges zu essen bekam, würde mein Körper einige Funktionen einstellen. Wer schon mal eine Unterzuckerung am eigenen Leibe erlebt hat, weiß, wovon ich rede.

Ich war schon in der Tür, als Läpple mir aufgebracht hinterherkam. »Sie haben was vergessen!«

»Was denn?«

Er hielt mir den Abschiedsbrief hin. »Das da!«

In der Potsdamer Straße gab es zwar einen Lidl. Aber ich kannte den Laden und wusste, dass er immer überfüllt war. Man stand ewig an der Kasse an. Das konnte ich mir in meinem Zustand nicht erlauben.

Ich raste durch die Grunewaldstraße. Als es an der Ampel zu lange dauerte, nahm ich das Blaulicht aus dem Handschuhfach, kurbelte das Fenster herunter und setzte die halbrunde Kugel aufs Dach. Dann schaltete ich das Signal ein. Ich bin kein Freund von solchen Maßnahmen, und selbst in Notfällen versuche ich Blaulicht und Martinshorn zu vermeiden. Aber diesmal hatte ich es wirklich eilig.

In der Martin-Luther-Straße gab es einen Netto-Markt. Netto hatte auch Magnum. Wenn nicht, konnte ich auf eine No-Name-Marke ausweichen, die zwar nicht so gut schmeckte, aber annähernd den gleichen Effekt hatte. Also hielt ich im Halteverbot und stieg aus.

In dem Moment, als ich durch die automatische Tür des Supermarktes stürmen wollte, fiel mir ein, was mich an dem Abschiedsbrief gestört hatte. Gudrun hatte mit keinem Wort erwähnt, was ihr eigentlich das Leben zur Hölle machte: Dass sie nämlich viel zu dick war.

Ein Mädchen mit Gudruns Gewicht leidet. Es leidet so sehr, dass es lieber tot wäre. Das schreibt es dann auch in seinem Abschiedsbrief. Wenn es einen schreibt.

Ich stieg wieder in den Wagen und fuhr davon. Ohne Magnum.

Die Kriminaltechniker hatten mit einem anderen Fall zu tun, der wichtiger war. Ein Mord oder ein Totschlag. Es dauerte, bis ich endlich einen von ihnen erreichte. Der Kollege war genervt. »Das tote Mädchen im Hinterhof? Und? War doch alles klar. Was gibt's denn noch?«

Ich hasste es, wenn sie so waren. Sie hatten keinen Respekt vor dem Tod. Für sie war der Tod nur ein Lokaltermin.

»Es ist noch etwas aufgetaucht. Ein Abschiedsbrief.«

»Und? Was sollen wir damit? Sollen wir Ihnen den Brief vorlesen?«

Ich war mir sicher, dass sie mit meinen Kollegen nicht so sprachen. Nur bei mir nahmen sie sich diesen Ton heraus. »Ich möchte Sie bitten, den Brief zu untersuchen.«

»Untersuchen? Den Abschiedsbrief einer Selbstmörderin? Liebe Frau Kubischew ...«

»Kubitko. Loreley Kubitko!«

»Auf jeden Fall können wir nicht jeden Abschiedsbrief kriminaltechnisch untersuchen. Was glauben Sie, was hier los ist?«

Wahrscheinlich hatte er Recht. Aber ich wollte mich nicht auf diese Art von ihm abwimmeln lassen. »Sie sollen ja keine aufwändigen Materialuntersuchungen machen. Mir reicht ein grafologisches Gutachten.«

»Ein grafologisches Gutachten.« Er lachte auf. »Sie meinen, so etwas geht so ganz nebenbei. Wissen Sie, was das bedeutet: ein grafologisches Gutachten?«

»Dass Sie die Schrift auf dem Abschiedsbrief untersuchen und feststellen, ob der Brief echt ist ...«

Er schwieg eine Weile und dachte nach. »Dazu braucht man Vergleichsmaterial. Verstehen Sie: eine Schriftprobe von dem Mädchen.«

»Ja, und? Was ist so schwierig, sich das zu besorgen? Oder soll ich das für Sie tun?« Mein Ton war schärfer als beabsichtigt.

Er räusperte sich umständlich. »Nur keine Aufregung, Frau Kubischew. Wir kriegen das schon hin, oder?«

»Ich schon.«

»Schön. Wir melden uns bei Ihnen.« Er wollte auflegen.

»Moment. Eine Frage noch: Sie haben doch sicher das Zimmer des Mädchens genau unter die Lupe genommen.«

Jetzt war er wieder genervt. »Was glauben Sie, wozu wir da sind?«

»Ist Ihnen was aufgefallen?«

»Nö. Nichts.«

»Haben Sie auch unters Bett geschaut?«

»Wir haben sogar unter den Teppich geschaut. Wir machen das nicht erst seit gestern, Frau Kollegin.«

»Dann müssten Sie aber auch den Brief entdeckt haben. Er lag unterm Bett des Mädchens.«

Er wurde schärfer. »Unterm Bett lag Staub. Staub und sonst nichts. Und nun lassen Sie mich bitte weiter meine Arbeit tun!«

Ich musste wieder in die Kurfürstenstraße. Mein Handy läutete zweimal. Ich schaute jedes Mal auf das Display und sah, dass es Lewandowski war. Ich ging nicht ran.

Ich hielt an einem Zeitungskiosk. Die hatten oft eine breite Auswahl an Eis, Cola gab es dort sowieso. Als ich den Wagen abschloss, läutete das Telefon schon wieder. Eine Nummer, die nicht in meinem Speicher vorhanden war. Ich musste rangehen.

Es war die Georg-von-Giesche-Sekundarschule. »Ihre Tochter hatte einen Schwächeanfall. Können Sie sofort vorbeikommen?«

Die Sekretärin hatte eine Figur wie Heidi Klum. Nur ihr Gesicht sah anders aus: Sie schien auf der Sonnenbank nicht das rechte Maß gefunden zu haben. Ihre Augenbrauen waren verschwunden, die Gesichtshaut sah aus wie Leder. »Kann es sein, dass Ihre Tochter nicht genug isst?«, fragte sie und verschränkte die Arme vor der straffen Brust.

Nele saß auf einem Stuhl neben dem Regal mit den Aktenordnern. Sie machte einen elenden Eindruck. »Kannst du gehen?«, fragte ich sie besorgt.

Nele seufzte bloß.

»Ich bringe sie sofort ins Krankenhaus«, erklärte ich der Schulsekretärin.

Die nickte nur und nahm wieder hinter ihrem Tresen Platz. »Ich nehme an, sie wird morgen nicht hier erscheinen können – in diesem Zustand, oder?«

»Das muss der Arzt entscheiden.«

»Ich würde ihr mal was Kräftiges kochen. Oder ist sie ...« Sie formte die Lippen zu einem Wort, das wohl »magersüchtig« heißen sollte.

Ich bugsierte Nele hinaus. Als die Tür zum Sekretariat geschlossen war, wurde es in der Schule totenstill. »Was war los?«, flüsterte ich.

»Mir ist schlecht geworden. In der Mathestunde. Ich konnte mich nicht mehr halten. Der Lehrer und zwei Schüler haben mich rausgetragen.«

»Hast du was getrunken?« Nele trank zu wenig Wasser. Cola, die sie »liebte«, wie sie selbst sagte, erlaubte ich ihr nicht. Also verzichtete sie aus Trotz auch auf Wasser.

»Ich habe nichts gegessen.« Sie sagte das mit einem mitleidserregenden Augenaufschlag.

»Wo ist dein Ranzen?«

»In der Klasse.«

»Gut, dann holen wir ihn.«

Wir gingen durch die dunklen Flure zu ihrem Klassenraum im dritten Stock. Nele klopfte zaghaft an und ging dann hinein. Ich blieb draußen, um den Unterricht nicht zu stören. Wenig später war sie mit ihrem Ranzen zurück. Ich öffnete ihn und zog die Brotdose heraus. Sie war schwer. Als ich sie aufklappte, stellte ich fest, dass alles noch da war, was ich ihr morgens eingepackt hatte: die Banane, der Müsliriegel, das halbe Vollkornbrötchen mit Tartex. Die Wasserflasche steckte in der Seitentasche. Auch sie war nicht angerührt worden.

»Ich krieg das nicht runter!«, jammerte Nele.

»Dann isst du also lieber gar nichts und kippst um?«

Nele zögerte einen Moment, dann antwortete sie entschlossen: »Ja.«

Ich hätte ihr am liebsten eine Ohrfeige verpasst. Aber ich bändigte meine Wut – schließlich befanden wir uns in der Schule.

Auf dem Schulhof setzten wir uns auf eine Bank. Ich klappte die Brotdose auf und biss in die Vollkornstulle. Ich hatte seit dem Frühstück nichts mehr gegessen, und das hatte, weil ich zu spät dran war, nur aus einer Tasse Kaffee und einem Joghurt bestanden. Sonst machte ich mir immer Eier mit Speck oder mit Würstchen, aber momentan klappte nichts mehr richtig. Wenn ich es mir recht überlegte: seit diese Gudrun aus dem Fenster gesprungen war.

Als ich das Vollkornbrot mit Tartex verschlungen hatte, bemerkte ich, dass die Sekretärin oben am Fenster stand und auf uns herabschaute.

»Willst du noch was?«, fragte ich Nele.

Sie nahm sich die Banane und aß diese, als wäre sie vergiftet. Ich hätte liebend gerne auch den Müsliriegel gegessen, aber ich dachte an die sonnenstudioverbrannte Blondine, die uns beobachtete, und gab ihn Nele. Als sie den Riegel verdrückt hatte, schraubte ich die Wasserflasche auf und reichte sie ihr. Sie trank sie ganz aus.

»Und jetzt? Geht's besser?«

»Ein bisschen«, antwortete sie leise.

»Gut. Dann kannst du wieder in den Unterricht gehen, oder?«

»Aber mir ist immer noch nicht …«

Ich wurde laut. »Dir ist doch klar, dass ich eigentlich auf meiner Arbeit sein müsste, oder?«

Sie stand auf, nahm ihren Ranzen, hängte ihn um, ohne die Klappe zu schließen, und stöckelte auf ihren hochhackigen Schuhen in ihre Klasse zurück. Mein großes, schlankes Reh.

5. Kapitel

Eugen Läpple hatte sich etwas gekocht. Es sah aus wie eine Gemüsesuppe mit zwei Würstchen. Es war ihm unangenehm, dass ich ihm beim Essen zuschaute. Das verstand ich, ich würde auch nicht unter Aufsicht essen wollen. Also ließ ich ihn allein. Ich ging ins Zimmer von Gudrun, während Läpple aß.

Alles war so wie am Tag ihres Todes.

Der Stuhl stand immer noch am Fenster. Das Fenster war geschlossen. Ich bückte mich, konnte jedoch so nicht unters Bett sehen. Ich musste mich auf den Boden knien. Das Blut schoss mir in den Kopf, mir wurde schwindelig. Ich berührte mit der Wange den Fußboden.

Obwohl das Zimmer peinlich sauber war, lag unter Gudruns Bett der Staub in dicken Flocken. Aber das ist immer so, man darf eben nicht unter fremde Betten schauen, wenn man es nicht muss – wie ich.

Der Staub unter Gudruns Bett sah aus wie die Wüste. Nicht eine Spur, die dieses Bild der Unschuld angekratzt hätte. Hier hatte in den letzten Wochen und Monaten nichts gelegen. Nicht einmal ein Brief.

»Sie glauben mir wohl nicht.«

Eugen Läpple stand in der Tür.

Mein Gesicht klebte am Teppichboden. Ich stemmte die Arme auf und versuchte mich hochzuschieben, doch mein Körper war zu schwer.

Läpple kam näher. Er stand hinter mir. Meine Wangen brannten. Ich war wie festgenagelt.

»Hier lag kein Brief«, stieß ich hervor. Im gleichen Augenblick wurde mir klar, dass das der falsche Satz war. Der Mann, den ich mit diesem Satz hatte in Verlegenheit bringen wollen, stand hinter mir, und ich lag vor ihm auf dem Boden.

»Was ist mit Ihnen?«, fragte Läpple. »Haben Sie einen Hexenschuss oder sowas?«

Läpples Schuhspitzen kamen in mein Blickfeld.

»Hören Sie!« Ich versuchte, streng zu klingen. »Machen Sie jetzt keinen Fehler! Das würde alles nur noch verschlimmern.«

Ich schaffte es, meinen Oberkörper wieder in eine vertikale Position zu bringen. Ich kniete vor ihm. Als ich den rechten Fuß aufsetzen wollte, hinderte mich mein Oberschenkel. Doch ich schaffte es, wieder auf die Beine zu kommen.

Ich richtete meine Bluse, zog die Stretch-Hose hoch und schüttelte die Arme.

Läpple stand da und schmunzelte. So ein frecher Kerl.

Ich floh aus dem Zimmer. Läpple folgte mir. »Wollen Sie einen Tee haben?«

Aha, jetzt hatte er ein schlechtes Gewissen. Sollte er, der Blödmann. Aber mit mir hatte er es sich verdorben. Und das war nicht klug. Nicht in seiner Lage.

»Sind Sie nur gekommen, um unter Gudruns Bett zu schauen?«

»Ja, nur deshalb.«

»Das hätte ich auch für Sie machen können.«

Na, der würde sich wundern.

Als ich schon auf der Treppe war, rief er mir hinterher: »Ich bin mir nicht mehr so sicher. Möglicherweise lag der Brief auch auf dem Bett und nicht darunter.«

Ich blieb stehen und wandte mich um. »Ganz bestimmt nicht. Dann hätten meine Kollegen ihn gefunden.«

Ich versuchte, ebenso frech zu grinsen wie er. Aber es gelang mir nicht.

Neben meinem Wagen stand eine Frau. Sie musterte mich. Ich ging an ihr vorbei, um aufzuschließen.

»Sind Sie die Beamtin, die den Tod von Gudrun Läpple untersucht?«

Sie war weit über vierzig und trug eine viel zu große Brille mit dünnem schwarzem Rand. Ihre Haare wucherten wie eine Löwenmähne. Sie war immer noch blond. Wie es mir schien, naturblond. Wahrscheinlich war sie mal eine Schönheit gewesen. Nur die Knubbelnase störte diesen Eindruck. Man sah ihr an, dass sie einiges hinter sich hatte. Um die kräftigen Lippen gab es einen bitteren Zug. Das fiel mir sofort auf.

»Mein Mann hat Sie mir beschrieben.« Ihre Mundwinkel zuckten verächtlich.

Ich habe eine Antenne dafür: Diese Frau gehörte zu denen, für die das Äußerliche alles ist. Sie war eine Narzisstin durch und durch, sie betete sich selbst an – und alle anderen waren für sie hässlich.

Das alles sah ich in diesem Moment. Glasklar. Ich weiß, es klingt unglaublich. Aber Dicke können so etwas. Manche Dicke.

Sie reichte mir ihre kalte Hand. »Christiane Bungert. Tut mir leid, dass mein Mann gestern so abweisend zu Ihnen war. Aber das ist einfach seine ... Unsicherheit. Ich weiß nicht, ob Sie das kennen. Bei Männern erlebt man es ja häufig.« Sie ließ mir etwa eine Sekunde Zeit für eine Erwiderung. »Ich würde mich gerne etwas ausführlicher unterhalten. Haben Sie Zeit?«

Christiane Bungert konnte man sich schlecht entziehen. Sie hatte etwas Bestimmendes. Sie schien gewohnt zu sein, dass man sie bewunderte und dass man auf sie hörte. »Gehen wir in ein Café?«

»Hier?« Ich tat so, als schaute ich mich um.

Sie lachte. »Nein. Nicht hier. Wir gehen zum Kleistpark. Man ist gleich in einer anderen Welt.«

Ich schloss meinen Wagen auf. »Dann los!«

»Sie wollen die paar Meter doch nicht etwa mit dem Wagen fahren? Zwei Busstationen. Das schaffen wir bequem zu Fuß.«

»Ich brauche den Wagen nachher. Wenn ich zurücklaufen muss, dauert es zu lange.«

Christiane Bungert hob die Augenbrauen. »Es tut gut, ab und zu auf den Wagen zu verzichten.«

Ich stieg ein und startete den Motor. Sie wollte ja mit mir sprechen. Wenn ich etwas von ihr gewollt hätte, hätte ich sie ins Präsidium bestellen können. Ich kurbelte die Scheibe herunter. »Was ist jetzt? Kommen Sie?«

Christiane Bungert war es nicht gewohnt nachzugeben. Aber sie wollte mit mir reden. Deshalb stieg sie sogar in meinen Wagen ein.

Wir fuhren um den Block. »Schnallen Sie sich bitte an!«, sagte ich.

Sie schaute stur geradeaus, als wäre das Autofahren eine Zumutung für sie. »Ich schnalle mich nie an. Grundsätzlich nicht.«

»Und warum nicht?«

»Weil ich es nicht einsehe.«

»Haben Sie schon mal Unfallopfer gesehen, die nicht angeschnallt waren? Das sieht nicht schön aus, Frau Bungert.« Ich schlug den Ton an, den sie angeschlagen hatte.

Sie schüttelte den Kopf. »Ich schnalle mich nicht an. Auch wenn Sie sich auf den Kopf stellen, tue ich das nicht.«

»Sie wissen, dass Sie sich hier in einem Polizeifahrzeug befinden?«

Sie drehte sich mir ruckartig zu. »Wollen Sie mich jetzt verhaften?«

Also bremste ich. Christiane Bungerts Kopf schlug gegen die Windschutzscheibe. Sie rutschte mit den Knien in den Fußraum des Beifahrersitzes. Wie ein Häufchen Elend kauerte die Dame neben mir auf dem Boden. »Sorry, der davor hat abgebremst. Und bevor ich da draufrase und Sie sich ernsthaft verletzen ...«

Ich parkte in der Hauptstraße ein und stieg aus. Bei Christiane Bungert dauerte es etwas länger. Sie tastete besorgt ihre Stirn ab, ihr eng geschnittenes Kostüm war schmutzig, der kurze Rock sah nicht mehr gut aus, und die schwarze Strumpfhose hatte eine hässliche Laufmasche.

»Hauptsache, Ihnen ist nichts passiert«, sagte ich und lächelte.

Frau Bungert stöckelte über die viel befahrene Hauptstraße. Die Fahrer hupten, doch das störte sie nicht. Sie schnallte sich nicht an und sie verachtete Fußgängerampeln. Auf dem Grünstreifen mussten wir warten, weil ein BVG-Doppeldecker der Linie M48 heranrauschte. Mit dem wollte sich Christiane Bungert nicht anlegen.

Als der Bus vorbei war, überquerte sie hocherhobenen Hauptes die Fahrbahn. Sie steuerte auf das *Neue Ufer* zu. »Da trinke ich öfter meinen Milchkaffee.« Sie war schon in der Tür.

Ich sah sofort, dass das *Neue Ufer* ein Schwulencafé war. Auch das noch.

»Früher hieß es *Anderes Ufer* und war irgendwie origineller«, erläuterte Frau Bungert, während sie sich nach einem geeigneten Platz umsah. Das erwies sich als sehr schwierig, obwohl nur ein Tisch besetzt war.

Ich habe nichts gegen Schwule. Ich gehe nur nicht gerne in Schwulencafés. Schwule sind sehr körperbewusst. Können Sie sich vorstellen, wie unsereiner sich da fühlt – unter all den durchgestylten Körpern, unter den mitleidigen Blicken der männlichen Möchtegern-Models?

Außer der männlichen Bedienung befanden sich nur zwei Gäste in dem Café. Aber Frau Bungert hatte ein Problem: Sie konnte sich nicht entscheiden, wo sie sitzen wollte.

»Vielleicht da an der Wand?«, fragte ich.

Ich saß gerne mit dem Rücken zur Wand, da hatte man alles im Blick und wurde selbst kaum wahrgenommen.

Doch Christiane Bungert dachte nicht daran, sich auf einen der hinteren Plätze zurückzuziehen. Im Gegensatz zu mir wollte sie gesehen werden. Offensichtlich gefiel ihr der bereits besetzte Tisch am besten. Sie zögerte aber noch, die beiden Turteltäubchen zu bitten, den Tisch für sie freizumachen.

Mir wurde das zu viel. Ich nahm am erstbesten Tisch Platz.

Frau Bungert brauchte eine Weile. Sie stand mitten in einem Café voller unbesetzter Tische und wusste nicht, wo sie Platz nehmen sollte.

»Frau Bungert, ich stehe etwas unter Zeitdruck.«

Sie kämpfte mit sich. Doch dann ließ sie sich neben mir nieder. »So«, sagte sie und atmete auf, als hätte sie ein echtes Problem gelöst.

Dann streckte sie den Arm senkrecht in die Höhe, spreizte die Finger, drückte den Rücken durch, lachte laut auf und winkte die Bedienung heran.

Der junge Mann gehorchte. Seine Miene verriet nicht, was er von dem exaltierten Auftritt meiner Begleiterin hielt.

»Also!«, sagte Frau Bungert so laut, dass sogar die verliebten Jungs vom Nebentisch voneinander abließen und zu uns herüberschauten. Christiane Bungert hatte endlich die maximale Aufmerksamkeit. Sie war zufrieden mit sich.

»Ihr habt doch immer diesen wundervollen Milchkaffee mit den Schokostreuseln drauf …«

»Einen Milchkaffee«, sagte der Kellner tonlos und schaute mich an.

Das gefiel Christiane Bungert überhaupt nicht. » … und dann möchte ich ein Stück Kuchen.«

Der Kellner legte die Karte auf den Tisch.

Frau Bungert ignorierte sie. Sie sprang auf und stöckelte zur Vitrine. Dort stand eine Torte mit dicken, roten Erdbeeren. Sie musterte den Kuchen. »Was ist mit der Apfelsahnetorte?«

»Wir haben heute nur die Erdbeertorte.«

Christiane drehte auf den hohen Absätzen um. »Schade!« Nicht ohne sich zu versichern, dass immer noch alle sie im Blick hatten, kehrte sie an unseren Tisch zurück. »Dann eben nicht.« Sie ließ sich nieder und seufzte, als hätte ein Schicksalsschlag sie ereilt.

Der Kellner atmete auf. Er schaute mich an.

Liebend gerne hätte ich eine große heiße Schokolade bestellt. Aber ich wollte mir vor Frau Bungert diese Blöße nicht geben. »Einen Espresso.«

Christiane Bungert legte die Unterarme auf den Tisch. Ihre dünnen Armreife schnitten ihr in die Haut. »Das ist alles sehr, sehr traurig.« Sie zog eine Packung Zigaretten aus ihrer Umhängetasche und zündete sich eine an, ohne zu fragen, ob mich das störte.

Der Kellner, der hinterm Tresen die Kaffees zubereitete, schaute herüber und deutete auf das »Rauchen-Verboten«-Schild. Doch für Christiane Bungert galt dieses Verbot nicht. Sie rauchte einfach weiter.

»Ich kannte Gudrun ja schon als Kind. Ihre Mutter war eine Freundin von mir. Oder sagen wir: Wir waren gute Nachbarn. Gudrun war früher sehr oft bei uns. Sie hat auch auf unsere beiden Kinder aufgepasst, unsere Kinder mochten sie. Sie hat ihnen sogar Tanzunterricht gegeben. Ich finde es gut, wenn auch dicke Menschen sich hohe Ziele setzen – sei es auch ein so unerreichbares wie das Tanzen.« Sie inhalierte tief und lauschte ihren eigenen Worten hinterher. »Mein Mann hat sie irgendwann erwischt. An unserem Küchenschrank. Sie hat was gesucht. Er glaubte, sie sei hinter Geld her, und hat ein Riesentheater gemacht. Aber ich weiß, dass sie etwas anderes gesucht hat?«

»Was denn?«

»Na, was wohl? Süßkram.«

»Süßkram?«

Ich war heilfroh, dass ich dem Drang, mir eine heiße Schokolade zu bestellen, widerstanden hatte.

»Sie war süchtig nach dem Zeug.« Sie musterte meinen Körper, als hätte ich Gudrun Läpple erst auf den Gedanken gebracht, sich mit Süßigkeiten vollzustopfen.

»Mein Mann hat getobt. Wollte sie rausschmeißen. Vertrauensbruch und so. Aber ich habe ihr noch eine Chance gegeben. Schließlich hat das Mädchen es nicht einfach gehabt. Die Mutter lässt sie und ihren Bruder allein. Der Vater ist unfähig, die Kinder zu erziehen. Wissen Sie, dass Gudrun schon als kleines Kind die Rolle der Mutter übernehmen musste? Sie machte sauber und kochte für die beiden. Während der Bruder – der Liebling des Vaters – sich seine Ballettkarriere aufbaute. Gudrun war das Aschenbrödel der Läpples. Sie tat mir so leid, das arme Ding. Eugen hat auch nichts getan, damit sie abnimmt. Im Gegenteil, er hat sie vollgestopft mit ungesundem Essen. Sie war seine kleine, dicke Frau ...«

Der Kellner brachte unsere Kaffees. »Hier ist Rauchen verboten«, sagte er. »Wie in allen Cafés. Wenn Sie rauchen wollen, müssen Sie vor die Tür gehen.«

Christiane Bungert beachtete ihn gar nicht, sie sprach weiter mit mir, als sei der junge Mann nicht vorhanden. »Ich gehe gerne hierhin. Ich mag auch Schwule. Sie sind gepflegter als Heteros. Und sie haben die schöneren Körper. Ich sage immer: Wenn ich wieder auf die Welt komme, dann als Schwuler.« Sie bog sich nach hinten und lachte laut und kehlig.

Der Kellner, der solche Geständnisse sicher öfter zu hören bekam, zuckte mit den Achseln und verschwand hinterm Tresen.

»Ich habe meinen Mann überredet, nicht so streng zu sein. Das Mädchen hatte ja auch kaum Kontakt ...« Sie beugte sich zu mir herüber und flüsterte verschwörerisch: »Weil es furchtbar dick war.« Dabei blies sie die Backen so auf, dass ihre Augen hervorquollen.

»Sie haben beim Tod von Gudruns Mutter angegeben, dass Herr Läpple seine Frau geschlagen hat.«

Frau Bungert rührte erst einmal ausgiebig ihren Milchkaffee und tat eine Weile so, als sei auch ich nicht mehr vorhanden.

»Wie kamen Sie denn darauf?«, setzte ich nach.

»Da haben Sie aber tief in den Akten gegraben.«

»Es ließen sich damals keine Hinweise dafür finden, dass etwas dran war an Ihrem Vorwurf ...«

Christiane Bungerts Augen blitzten mich an. »Weil Ihre Kollegen nicht richtig ermittelt haben.«

»Haben Sie etwas gegen Eugen Läpple?«

Sie drückte ihre Zigarette aus. »Ja. Ich habe was gegen ihn. Weil er seine Frau schlecht behandelt hat. Und weil er sich nicht um seine Kinder gekümmert hat.«

»Eben haben Sie noch behauptet, er habe seinen Sohn bevorzugt.«

Sie schoss vor. »Die kleine Tucke durfte alles, ihr wurde es vorne und hinten reingestopft. Und Gudrun musste die Drecksarbeit machen. So sah es nämlich aus.«

Sie steckte sich fahrig die nächste Zigarette an. Sofort war der Kellner an unserem Tisch. »Ich habe Ihnen doch gesagt, dass das Rauchen hier verboten ist.«

»Bin ich nun Gast oder nicht?!«, fuhr Christiane Bungert ihn an.

Der Junge verschwand mit hochrotem Kopf.

Christiane Bungert rauchte so angestrengt weiter, als wäre es gut für ihre Gesundheit.

»Kleine Tucke? Sie sagten doch, Sie hätten nichts gegen Schwule.«

»Ist das jetzt ein Verhör oder was?« Wie immer wartete sie

meine Antwort gar nicht erst ab. Sie rief zum Tresen hinüber: »Zahlen!«

Der Kellner erschien. Er war wütend, beherrschte sich aber. Sie bezahlte nur ihren Milchkaffee. Auf den Cent genau. »So, das war's«, sagte sie dann und lächelte mich herausfordernd an.

»Wie ging es weiter?«

»Was?«

»Mit Gudrun.«

»Sie kam wieder öfter, aber sie war nicht mehr wie früher. Sie suchte ständig Streit. Einmal hat sie mich gefragt, welches von meinen beiden Kindern ich lieber mag.«

»Und? Was ist so schlimm daran?«

»Sie hat mich das im Beisein der Kinder gefragt.«

Ich ersparte mir die Frage danach, wie Frau Bungert geantwortet hatte.

»Irgendwann wurde es mir zu viel. Ich hatte das Gefühl, dass bei Gudrun etwas aus dem Ruder lief. Sie fing davon an, dass sie überwacht werden würde. Von einer Art Geheimbund. Ein Geheimbund, der dicke Menschen verfolgt und tötet.«

»Wann war das?«

»Das ist noch gar nicht so lange her. Vor einem, höchstens eineinhalb Jahren. Angeblich hatten diese Verfolger Kameras und Mikrofone in ihrer Wohnung angebracht. Deshalb wollte sie nicht mehr nach Hause. Sie bettelte darum, bei uns schlafen zu dürfen. Ich erlaubte es ihr ab und zu. Doch dann wurde es immer schlimmer. Sie behauptete, mein Mann gehöre auch zu dem Geheimbund.« Sie grinste. »Ausgerechnet der. Der hat doch schon Probleme, dem Mieterbund beizutreten. Auf jeden Fall habe ich das dann beendet. Schon allein wegen meinen Kleinen. Ich hatte keine ruhige Minute mehr, wenn die beiden mit Gudrun allein in unserer Wohnung waren.«

»Wie hat Gudrun reagiert?«

»Naja, sie war sowieso schon zu alt für meine beiden. Wir haben sie einfach nicht mehr eingeladen. Sie hat sich noch ein paarmal gemeldet, aber wir haben uns zurückgehalten. So ist der Kontakt eingeschlafen.«

»Sie haben Gudrun also aus den Augen verloren?«

»Mehr oder weniger. Sie hat meinem Mann mehrmals eine Aufforderung geschickt, sich mit ihr über Facebook zu verlinken. Sie kennen ja solche Freundschaftsangebote ...«

»Ihrem Mann? Wieso Ihrem Mann und nicht Ihnen?«

Sie atmete tief durch. »Mein Mann ist halt gutmütig. Das bekommen Menschen wie Gudrun sofort mit ...«

»Hat Ihr Mann reagiert?«

Christiane Bungert wurde rot. »Wo denken Sie hin?!« Sie stand auf. »So, damit wäre alles gesagt.«

Den Eindruck hatte ich zwar nicht. Aber ich ließ sie ziehen.

Christiane Bungert war ein anstrengender Mensch, und ich musste erst mal über all das nachdenken, was sie mir erzählt hatte. Und darüber, warum sie rot geworden war, als ich sie nach der Reaktion ihres Mannes auf den Facebook-Eintrag gefragt hatte.

6. Kapitel

An der nächsten Kreuzung läutete mein Handy. Wieder Lewandowski. Diesmal ging ich ran.

»Warum melden Sie sich nicht, Kubitko?«

»Ich war in der Kurfürstenstraße und hatte während der Befragung mein Handy abgeschaltet.«

Mein Chef schnaubte. »In der Kurfürstenstraße? Schon wieder. Hören Sie, Lore, das reicht jetzt. Dieser Fall ist abgeschlossen. Wir können nicht wegen jedem Suizid wochenlange Ermittlungen anstellen.«

Mein Magen rumorte. Ich hatte seit Stunden nichts gegessen. Neles Pausenbrot war nur ein Appetithappen für mich gewesen. Ich dachte an die Erdbeertorte in dem Schwulencafé. An ein Stück Erdbeertorte mit viel süßer Sahne.

»Aber es hat sich was getan. Wir haben einen Abschiedsbrief.«

»Umso besser, Loreley. Ein Abschiedsbrief bedeutet, das arme Mädel hat sich verabschiedet. Also war es ein Suizid. Ein lupenreiner Suizid. Machen Sie den Deckel zu und kümmern Sie sich um die wichtigen Sachen! Wir haben eine männliche Leiche im Tiergarten, Nähe *Tiergartenquelle*. Offensichtliche Gewalteinwirkung. Hören Sie: Das ist ein Tötungsdelikt. Also nichts wie hin, Loreley. Verdienen Sie sich Ihre Sporen!«

Eine Leiche in der Nähe der *Tiergartenquelle*, einer stadtbekannten Kneipe unter den S-Bahn-Bögen. Das war das Letzte, was ich jetzt brauchte: Zeugen, die keinen Satz zu Ende sprechen konnten, die sich an nichts erinnerten, die nach allem Möglichen stanken, was man sich besser nicht vorstellte, und die, wenn man ihnen einen Schnaps spendierte, achselzuckend gestanden, dass sie die Täter waren – meistens im Affekt, im Streit um einen letzten Schluck aus der Pulle oder um eine Zigarette. So etwas war frustrierend. Da hasste ich meinen Beruf.

»Aber der Abschiedsbrief ist gefälscht. Wahrscheinlich.«

Lewandowski dachte nach. »Das heißt noch gar nichts, Kubitko. Es gibt auch bei Suiziden gefälschte Abschiedsbriefe.«

Ich wurde wütend. »Da ist etwas faul an der Sache, das weiß ich. Bitte geben Sie mir noch ein, zwei Tage. Den toten Trinker an der Tiergartenquelle kann doch ein anderer machen …«

»Wer sagt denn, dass das Opfer aus dem Tiergarten ein Trinker war?« Lewandowski war gekränkt, das hatte ich nun davon. »Frau Kubitko, das ist nicht sehr professionell. Sie setzen Dinge voraus, die durch nichts erwiesen sind. So bringt man sich selbst auf eine falsche Spur.«

Was sollte ich dazu sagen? »In Ordnung. Ich fahre in den Tiergarten.«

Ich fuhr natürlich nicht in den Tiergarten. Ich fuhr geradewegs zum Kleistpark zurück. Nach dieser Niederlage brauchte ich unbedingt ein Stück Sahnetorte aus dem *Neuen Ufer*.

Vor dem Burger-King-Laden in der Potsdamer Straße machte ich eine Vollbremsung. Hinter mir quietschten Pneus. Es fehlte nicht viel. Ein Kleintransporter von *Autos und Weine* wäre mir beinahe ins Heck gerast.

Ich hatte es gerade noch gesehen. Ich hatte gesehen, wie sich die Fast-Food-Schiebetür hinter Nele schloss.

Meine Nele stolzierte in eine Burger-King-Filiale. Als wäre das das Selbstverständlichste auf der Welt. Dabei war es eine Todsünde. Meine Nele in einem Fast-Food-Ketten-Laden.

Mir blieb fast das Herz stehen: Die Tür war zu. Der Drachen hatte mein armes Kind verschlungen. Nele war verloren.

Der Fahrer sprang aus dem Wagen und kam breitbeinig auf meine Fahrertür zu. Ich sah ihn im Seitenspiegel. Eine Glatze. Jung und aggressiv.

Es genügte, dass ich das Blaulicht auf Dach setzte. Er drehte auf der Stelle um und stieg wieder in seinen Transporter.

Ich fuhr rechts ran und stieg aus. Im Laufschritt stürmte ich in den Hamburgerladen.

Passanten blieben stehen. Ich hatte vergessen, das Blaulicht auszuschalten. Das zieht immer die Gaffer an. Ich hasse es. Sie erwarten so etwas wie im Fernsehen. Durchtrainierte junge Kerle in Cargohosen und Lederjacken, die Schnellschussholster um die Oberschenkeln geschnallt. Und dann sehen sie mich: eine dicke Verwaltungsbeamtin mit einer Lidl-Tüte voller Chips, Limonadengetränken und Eisbomben. Das gibt böse Kommentare und Lacher.

In dem Hamburgerladen war nicht viel los. Zwei kurze Schlangen an der Kasse. An den Tischen saßen Teenies, die lustlos in ihren Pommes stocherten oder Big Kings mampften. Sie blickten mich erwartungsvoll an. Es roch nach scharf angebratenem Rindfleisch, nach Gewürzmischungen und Bratensaft. Der Duft schoss in mein Hirn wie ein starkes Rauschmittel.

Meine Augen prüften Tisch für Tisch. Nichts.

Das konnte doch nicht sein. Ich hatte sie doch gesehen. Vor nicht einmal einer Minute hatte Nele diesen Laden betreten. Und jetzt war sie verschwunden. Einfach weg.

Ich täuschte mich doch nicht. Nicht bei Nele. Und es war Nele.

Mir wurde schwindelig. Das war der Hunger – ich nenne es jetzt mal Hunger, obwohl es eigentlich gemein ist, diese Sucht Hunger zu nennen. Gemein Menschen gegenüber, die wirklich Hunger haben und nichts dagegen tun können. So viel Realitätssinn habe ich mir immerhin bewahrt, obwohl die Fresssucht beträchtlich am Urteilsvermögen eines Menschen nagen kann.

Ich stellte mich am Ende einer der beiden Schlangen an.

Um genau zu sein: Das war eigentlich nicht ich, die sich da anstellte. Mein Körper stellte sich an. Es war diese fremde Macht, die, aus ihrem Dämmerschlaf aufgeweckt durch den Fleischgeruch, mal wieder das Kommando übernommen hatte. Dagegen kam ich nicht an. Wenn diese hungernde Meute mich beherrschte, vergaß ich alles um mich herum. So wie jetzt: Nele war verschwunden, hatte sich in eine Parallelwelt geflüchtet, und ich konnte nichts anderes tun als mir einen Doppel-Whopper zu bestellen.

Wie immer, wenn ich etwas Verbotenes tat, ging es unglaublich schnell.

Sobald ich den Pfad der Tugend verließ, gab es nichts mehr, was sich mir in den Weg stellte – auch wenn ich mir das noch so sehr gewünscht hätte.

Ich bestellte den Super-Whopper.

Der Geruch von scharf angebratenem Rindfleisch wütete in meiner Hypophyse. Die Kasse blinkte. Ich zahlte brav meine Rechnung – und schon drückte die gute Fee mir etwas Weiches, Fettiges, Warmes in die Hand, das so verheißungsvoll roch, dass ich alles vergaß.

Alles. Die tote Gudrun. Die Kurfürstenstraße. Lewandowski. Die Schnapsleiche im Tiergarten.

Auf der ganzen Welt gab es nur mich und die braune Tüte mit dem köstlichen Inhalt. Aber ich riss mich zusammen, ich dachte an meine Haltung. Immerhin. Ich steckte den Kopf nicht in die Tüte, um das fettgetränkte Einbackbrötchen mit dem würzigen Fleischhappen einzusaugen. Nein, ich brachte die übermenschliche Kraft auf, mich umzudrehen, ein paar Schritte zu gehen und mich an einen freien Tisch zu setzen. Ich schlüpfte sogar aus meinen Mantel.

Dann aber überkam es mich. Ich riss die Tüte auf. Ich sog den Duft des gebratenen Fleisches ein wie einen letzten Atemzug. Ich beugte mich über dieses Geschenk Gottes an die Dicken und Notleidenden und öffnete den Mund, soweit es ging. Ich war kurz davor.

Dummerweise saß ich so ungünstig, dass mein Blick genau auf die Toilettentür fiel. Und dass man, wenn man aus der Toilette trat, mich mit meinem Super-Whopper sofort im Blick hatte.

Nele machte Riesenaugen. Wie ein Haifisch starrte mich meine schöne, schlanke Nele an.

Mir klappte der Mund vor Schreck wieder zu.

Nele war sofort an meinem Tisch. »Was machst du denn hier, Mama?«

»Das sollte ich eigentlich dich fragen.«

Diese jeder Mutter zustehende Entgegnung klang in diesem Fall etwas flau. Der Super-Whopper in meinen Händen war unübersehbar – obwohl in diesen Riesenhänden einiges verschwinden konnte. Aber es war eben wirklich ein Super-Whopper.

»Du frisst dieses Zeug in dich hinein, und ich soll hungern!«, fauchte meine süße Fee. So zart und zerbrechlich sie war, so böse und unnachgiebig konnte sie werden, wenn sie eine Ungerechtigkeit witterte. Das hatte sie von mir.

»Ich habe dich hier reingehen sehen. Und ich bin dir gefolgt.« Der Hamburger in meinen Händen brannte wie Lava, wie gut gewürzte Lava. Aber ich konnte nicht hineinbeißen. Nicht, solange Nele vor mir stand und mich mit diesen bösen Augen anschaute.

»Ich habe aufs Klo gemusst. Dringend.« Jetzt wurde sie auch noch laut. »Und hier gibt es eine Toilette, auf die jeder gehen kann. Deshalb bin ich rein. Ist das etwa verboten?«

Die Leute schauten her. »Nele, hör mal, ich habe seit heute Morgen nichts mehr gegessen …«

»Mir verbietest du jede Kleinigkeit, und du gehst zu McDonalds ...«

» ... zu Burger King.«

» ... und schiebst dir so ein Riesending rein. Findest du das richtig, Mama?«

Was sollte ich dazu sagen?

Eine Mitarbeiterin des Ordnungsamtes erschien in der Schiebetür. Klein, grau, ausgemergelt in einer viel zu großen, anthrazitfarbenen Allwetter-Uniformjacke. Das Eingabegerät, das ihr um den Hals hing wie eine Elektrogitarre, schwenkte sie, als müsse sie alle Anwesenden zu einer Geldstrafe verurteilen. »Wem gehört denn der Wagen da draußen im Halteverbot? Der mit dem Blaulicht?«

Die Ordnungsamtskollegen sind nicht unbedingt die intelligentesten Menschen. Meiner Meinung nach. Und ein bisschen sind sie auch eifersüchtig auf uns richtige Polizisten. Dennoch geht es natürlich nicht, dass so eine graue Vogelscheuche eine Kripo-Beamtin, die im Einsatz ist, in aller Öffentlichkeit wegen einer kleinen Ordnungswidrigkeit zurechtweist.

Ich stand also auf und wandte mich der Kollegin zu, um sie zu beschwichtigen. »Hören Sie, ich bin hier in einem Einsatz. Das sehen Sie doch am Blaulicht, oder?!«

Die Vogelscheuche starrte auf den Riesen-Whopper. »Im Einsatz? Soso.«

Möglicherweise gab ich nicht das Bild ab, das man sich gemeinhin von einer Polizeibeamtin im Einsatz macht. »Sie meinen das hier?« Ich zeigte auf den Whopper. »Nun – der ist nicht für mich. Der gehört dieser jungen Dame hier.«

Damit reichte ich Nele den Riesenhamburger samt Tüte. Sie war etwas verwirrt, griff dann aber zu und biss auch gleich hinein.

»Und worin besteht jetzt bitteschön Ihr Einsatz?«

Eine ganz renitente Ordnungsamts-Vogelscheuche war das.

»Das geht Sie nichts an.«

Sie tippte etwas in ihr Terminal ein. Es sah aus wie das Kennzeichen unseres Dienstwagens.

Ich packte Nele am Oberarm. »Und Sie kommen sofort mit aufs Revier!«

Nele machte sich los.

»Muss ich erst rabiat werden?!«

Die Ordnungsamtsfrau schaute sehr gespannt. Nele biss nochmal in den Riesen-Whopper. In meinen Riesen-Whopper. Ich hätte sie ohrfeigen können. Doch dann ging sie vor mir her nach draußen. Wir stiegen in meinen Dienstwagen und rasten davon. Mit Blaulicht.

7. Kapitel

Am nächsten Morgen fand ich eine Notiz auf meinem Schreibtisch: Dringend bei der Kriminaltechnik anrufen.

Ich wusste nicht, wer mir die Notiz hinterlassen hatte – das Verhältnis zu meinen Kollegen ist nicht besonders gut. Es war ein Wunder, dass überhaupt jemand es für nötig befunden hatte, mir eine Nachricht auf den Schreibtisch zu legen.

Aber mir war sofort klar, worum es ging.

Es war mal wieder eine Entschuldigung fällig. Diesmal ging es um den Abschiedsbrief. Was hatte der Kollege Techniker für einen Aufstand gemacht, weil ich ihn gebeten hatte, den Brief genauer zu untersuchen? Nun hatte sich herausgestellt, dass ich mal wieder Recht gehabt hatte – dass Gudruns Abschiedsbrief eine Fälschung war.

Ich mag es, wenn meine Kollegen sich bei mir entschuldigen müssen. Es entschädigt mich für vieles. Für all die Zurücksetzungen und Demütigungen, die sie mir zufügen, weil ich dick bin. Dicke sind nicht doofer als andere – auch wenn einige meiner nicht eben intelligenten Kollegen das glauben. Dicke können durchaus klug sein und eine Menge Lebenserfahrung haben. So wie ich.

Natürlich ist es nicht einfach für meine Kollegen einzugestehen, dass sie mir mal wieder Unrecht getan haben. Viele trifft das so tief in ihrem Ego, dass sie es nicht mal schaffen, mich um Entschuldigung zu bitten. Die sind dann bloß kleinlaut. Aber das genügt mir ja schon. Ich genieße es, wenn jemand einsehen muss, dass ich klüger war als er. Das gibt mir viel.

»Kriminaltechnik.«

»Ja, Hallöchen. Hier ist die Kollegin Kubitko.« Ein heller Lacher. »Sie hatten mich um einen Rückruf gebeten.«

Er musste erst mal ein paar Atemübungen machen. War ja auch nicht einfach für ihn: sich vor einer dicken Frau kleinmachen. »Ja, das hatte ich.«

»Ich nehme an, es geht um den Abschiedsbrief.« Das konnte ich ihm ja nun schlecht ersparen.

»Genau. Um den geht es.«

Dann war erst mal Stille in der Leitung. Er schien sehr an seiner Schuld zu leiden, der Arme.

»Sie haben den Brief also genauer unter die Lupe genommen?«

»Ja, das haben wir.«

War es so schwer, das zu sagen, was gesagt werden musste?

»Sie haben ihn mit einer Schriftprobe verglichen, nehme ich an?« Furchtbar, der Kerl ließ sich jeden Wurm aus der Nase ziehen.

»Das ist die übliche Vorgehensweise in solchen Fällen. Wir nehmen eine zweite Probe von der Person, die den Brief geschrieben haben soll, und legen diese Probe über den Brief. Manchmal ist es auch was anderes. In Ihrem Fall war es ja nun ein Brief.«

Er wollte ablenken. Wenn ich ihn gewähren ließ, kamen wir vom Hölzchen zum Stöckchen. »Nun gut, Sie haben also den Brief mit einer Schriftprobe des toten Mädchens verglichen?!«

»Sag ich doch.« Er wurde ärgerlich. Offensichtlich gefiel es ihm nicht, dass ich ihn drängte.

»Und was ist dabei herausgekommen?«

»Naja, wie soll ich Ihnen das jetzt erklären ...«

Indem Sie sagen: Es tut mir leid, wir waren mal wieder im Unrecht und Sie im Recht. Der Brief ist eine Fälschung und es tut mir leid, dass wir uns so dämlich angestellt haben.

»Sagen Sie's doch einfach! Ich verspreche Ihnen auch, dass ich nicht lache. Ehrlich!«

Das sollte ein Witz sein. Aber der Kollege hatte keinen Humor. »Also herausgekommen ist Folgendes: Der Brief, den Sie uns gebracht haben, ist echt.«

»Was?«

»Wir haben ihn mit der Probe verglichen und sind uns da hundertprozentig sicher: Der Abschiedsbrief ist echt. Er wurde von Gudrun Läpple geschrieben. Ich weiß, dass Sie sich etwas anderes erhofft haben ...«

»Wie kommen Sie denn darauf?«

Er prustete los. »Aber es ist nun mal so. Sie haben wieder mal schief gelegen, Frau Kubitko.« Er verschluckte sein Lachen und begann zu husten. »Entschuldigen Sie, dass ich lache, aber mein Kollege hat gerade ...«

Ich legte auf und begann zu schreien. Mit weit aufgerissenem Mund. Aber leise, damit die Kollegen nebenan nichts mitbekamen.

Ich war die Erste in der Kantine. Das ist immer gut, man bekommt die besten Teile ab. Es gab Schweineschnitzel. Nach der Niederlage brauchte ich einen Trost. Also bestellte ich ein Schnitzel mit Pommes und viel Soße. Das ist das Gute an ihren Schnitzeln, sie servieren sie immer mit Soße.

Mir schwammen gerade alle Felle davon, die gesamte Kriminaltechnik amüsierte sich auf meine Kosten – und ich hatte schon seit zwei Tagen nichts mehr Richtiges gegessen. Meine Stretch-Hose, die sonst so eng saß wie ein Kettenhemd, schlackerte schon fast um meinen Bauch. Was waren das für Zustände?

Ich jonglierte mein Tablett zu einem strategisch günstigen Platz in der ehemaligen Raucherecke, die jetzt nicht mehr benutzt wurde. Das Wasser lief mir im Munde zusammen. Meine Glückshormone spielten verrückt.

Endlich! Endlich gab es wieder Seelennahrung.

Das goldbraune, knusprige Schnitzel. Die gelben Pommes und die wunderbaren Mayo-Kleckse in der tiefbraunen Soße. Wie weiße Inseln im Schwarzen Meer.

Ich ließ mich nieder wie vor einem Altar: voller Ehrfurcht, aber auch in froher Erwartung. Ich rollte das Besteck aus der Papierserviette und nahm die Gabel in die Rechte, das Messer in die Linke. Dann schloss ich die Augen und atmete den Duft meines Festmahles ein.

Als ich mit der Gabel in die frittierte Kruste des Schnitzels stach, läutete mein Handy.

Ich legte das Besteck weg und schaute auf das Display. Ich war entschlossen, das Gespräch nicht anzunehmen. Obwohl Verzögerungen den Genuss noch steigern. Aber ich befand mich schließlich in einer sakralen Handlung – dazu gehörte Disziplin. Ohne Disziplin gab es keine Erfüllung.

Lewandowski. Ich drückte ihn weg, den alten Zausel.

Beim zweiten Stich ergab sich das Schnitzel mit einem wohligen Seufzer. Etwas spritzte mir auf die Lippe. Es war heiß, schmeckte aber köstlich nach Salz und Fleisch.

Wieder läutete das Handy. Ich wollte es abstellen – da sah ich, dass es erneut Lewandowski war. Die Uhr zeigte Viertel vor zwölf. Es konnte Ärger geben, wenn mich jemand zu dieser frühen Stunde in der Kantine entdeckte und es dem Chef hinterbrachte. Also ging ich ran.

Lewandowski war genervt – was nicht oft vorkam. Eigentlich nie. »Kommen Sie bitte sofort! Noch vor Ihrer Pause! Haben Sie verstanden, Kubitko?«

Ich gab mein Essen an der Ausgabe ab und bat darum, es für mich warmzuhalten. Dann eilte ich zum Aufzug. Im Spiegel sah ich, dass meine Lippen vom Fett glänzten.

Als ich oben ankam und die Tür aufklappte, stieg der Kriminaltechniker ein, mit dem ich vormittags telefoniert hatte.

Er musterte mich verächtlich. Ich drückte den schmalen

Kerl an die Wand und schob mich aus dem Auszug. Die Tür ging zu. Der Aufzug fuhr weiter. Ich lief über den Flur der Chefetage.

Der Techniker hatte hier eigentlich nichts verloren. Außer bei einem Chefgespräch. Also war er bei Lewandowski gewesen und hatte ihm das Ergebnis der Untersuchung von Gudruns Abschiedsbrief mitgeteilt. Deshalb war der Chef so sauer – er hatte mir schließlich untersagt, weiter Zeit mit dem Selbstmord zu verschwenden. Und nun auch noch die aufwändige grafologische Untersuchung. Ich musste mich auf einiges gefasst machen.

Die Vorzimmerdame von Lewandowski – das heißt bei uns natürlich anders, aber für mich war sie eine Vorzimmerdame – hatte kunstvoll frisierte, blonde Haare und trug ein taubenblaues Wespentaillenkostüm, das ich niemals würde tragen können. Das genau sagte mir auch ihr erster Blick, als ich nach zaghaftem Klopfen eintrat. Der zweite Blick sagte mir: In Ihrer Haut möchte ich nicht stecken. Und als sie dann den Hörer abnahm, eine Taste drückte und hauchte: »Sie ist jetzt da«, wusste ich, dass mich Schreckliches erwartete.

Lewandowski sprang auf, als ich sein Büro betrat. Das tat er sonst nie. Meistens schaute er mich nicht mal an. Er war eben ein Eigenbrötler.

Doch diesmal gab er sich ganz anders. »Liebe Frau Kubitko, schön, dass Sie Zeit hatten.«

Der Grund für diese Metamorphose war sicher der Besucher, der auf der anderen Seite von Lewandowskis Schreibtisch saß. Er kehrte mir noch den Rücken zu, aber ich sah schon, dass er ein froschgrün schimmerndes Jackett trug und seine schulterlangen, schwarzen Haaren im Nacken zu einem Knoten zusammengebunden hatte, der mittels einer blauen Stricknadel fixiert war. Der Besucher hatte die Frisur eines japanischen Sumo-Ringers – auch wenn ihm zu diesem Sport mindesten eineinhalb Zentner fehlten.

Lewandowski lachte falsch. Er bot mir keinen Platz an, obwohl er als Abteilungsleiter auch einen zweiten Besucherstuhl zur Verfügung hatte. »Frau Kubitko, darf ich Ihnen Herrn Marc Lapui vorstellen?« Er blickte mit einem gewissen Stolz auf den Mann mit dem Dutt. Es kam nicht alle Tage vor, dass er in seinem muffigen Büro Besuch bekam – und dann auch noch von einem Paradiesvogel mit Froschjacke und Stricknadel im Haar.

»Lapui?«, wiederholte ich, um etwas Zeit zu gewinnen. Ich konnte mit der Situation noch nicht allzu viel anfangen und musste mich langsam in dem Gewirr der widersprüchlichen Stimmungen vortasten, die in dem Raum waberten.

Wer war dieser Lapui? Der Name erinnerte mich an Lapislazuli – soweit ich mich erinnerte, war das ein bläulicher Schmuckstein. War Lapui eine Abkürzung von Lapislazuli? Trug er deshalb die blaue Stricknadel im Haar? Was wollte er hier? Und was hatte das Ganze mit mir zu tun?

Der Besucher machte keine Anstalten, mir auf die Sprünge zu helfen. Er stand nicht mal auf, er ignorierte mich einfach. Dicke Menschen hassen es, wenn man sie anstarrt wie Exoten. Aber sie hassen es noch viel mehr, wenn man sie so konsequent ignoriert, wie dieser quietschbunte Lapislazuli es mit mir tat.

Um nicht dumm rumzustehen, beugte ich mich über den Schreibtisch und reichte Lewandowski die Hand. Wenn dieser Schnösel mich ignorierte, ignorierte ich ihn eben auch. Wenn ich etwas wirklich konnte, dann war das das Ignorieren von Schnöseln.

Lewandowski erwiderte zwar meinen Händedruck, aber er konnte nichts damit anfangen. Der Chef schaute auf unsere beiden ineinander verkrallten Hände wie auf einen Hundehaufen, den er auf seinem Schreibtisch entdeckt hatte. »Herr Lapui ist hier als Vertreter der Firma Bullshit Entertainment«, sagte er.

Ich hatte den Namen dieser Firma noch nie gehört. »Aha.«

Den Paradiesvogel kümmerte das wenig, er saß da wie bei einer Gedenkminute und drehte mir weiter den Rücken zu.

Ich spürte, wie Wut in mir aufkam. Das musste ich kontrollieren. Wenn ich mich allzu unverschämt ignoriert fühlte, konnte leicht das Wir-Dicke-sind-keine-Menschen-zweiter-Klasse-Gefühl Oberhand gewinnen, und dann tat ich manchmal Sachen, die ich später bereute.

Lewandowski schien das auch zu spüren, denn er ließ sich in seinen Chefsessel zurückfallen und musterte mich. »Herr Lapui ist Ihretwegen gekommen, Frau Kollegin.«

Frau Kollegin? Das war allerdings ein ganz neuer Ton. Mir war noch nicht klar, ob dieser Ton auf der Lewandowski-Skala in den freundlichen oder in den unfreundlichen Bereich gehörte.

»Aha«, sagte ich schon wieder und kam mir ziemlich hilflos dabei vor.

»Es geht um die Angelegenheit Läpple. Sie wissen schon, oder?«

Was für eine Frage? Im Übrigen befassten wir uns nicht mit Angelegenheiten. Wir waren keine Heiratsvermittlung – wir hatten Fälle.

»Wieso Sie da immer noch dran sind, klären wir unter vier Augen. Zuerst müssen wir etwas anderes aus der Welt schaffen.«

Lewandowski wollte etwas aus der Welt schaffen? Da musste ich mich vorsehen.

Der Frosch drehte sich langsam um. Jetzt kam ich auch in den Genuss seines Antlitzes. Er war braun wie ein Magnum mit Milchschokoladenüberzug und sah auch so gesund aus. Er erinnerte mich an einen Torero. Seine Wimpern waren mit Tusche nachgezogen, und ich glaubte auch die Spuren eines matten Lippenstifts sehen zu können. Er lächelte ebenso falsch wie mein Chef.

»Sie haben Herrn Läpple unterstellt, etwas mit dem Tod seiner Tochter zu tun zu haben, ist das richtig?«, fragte er mit einer leisen Stimme, die gefährlich klingen sollte, es aber nicht so richtig tat.

»Ja, das ist richtig. Wenn eine 16-Jährige aus dem Fenster des vierten Stocks springt, dann hat der Vater sehr wohl etwas damit zu tun.«

Lewandowski klopfte dreimal hintereinander mit der Faust auf die Tischplatte. »Herr Lapui ist Anwalt.«

Das auch noch. Ich mag keine Anwälte. Wieso kann ich nicht genau sagen. Ich mag sie eben nicht. »Wessen Anwalt denn?«

»Das tut erst mal nichts zu Sache«, sagte Lapui.

Aha, dachte ich.

Lewandowski quälte sich. »Herr Lapui, da muss ich Sie korrigieren. Sie sollten schon sagen können, welchen Klienten Sie hier vertreten.«

Lapui sah plötzlich gar nicht mehr so torerohaft aus. Er grübelte.

»Ich meine, das ist doch kein Geheimnis, oder?«, setzte Lewandowski freundlich nach.

Marc Lapui warf mir einen bösen Blick zu. Er hasste mich: Ich war nicht nur dick, er machte mich auch dafür verantwortlich, dass er nun seinen Mandanten nennen musste, was er aus einem unklaren Grund hatte vermeiden wollen.

»Lassen Sie es uns doch so sagen.« Lapui schloss die Augen zu einer anstrengenden Meditation. »Ich bin in erster Linie hier, um Schlimmeres zu verhindern.«

Lewandowski gefiel das. »Aber das wollen wir doch alle, oder?«, polterte er gut gelaunt.

Ich verzichtete darauf, zu diesem Unsinn auch noch meinen Senf dazuzugeben.

Lapui stand auf. Er war einen Zentimeter kleiner als ich und sehr jung. Das bemerkte ich jetzt erst. Die viele Schminke hatte das verdeckt. »Meiner Firma, der Bullshit Entertainment Group, ist daran gelegen, dass unser wichtigstes Projekt reibungslos über die Bühne geht.« Lapui schaute mir tief in die Augen. »Daran hängen eine ganze Menge Arbeitsplätze, Frau Kubitko.« Er redete mit mir wie ein Deutschlehrer mit einem begriffsstutzigen Schüler. »Und unser wichtigstes Projekt ist das Musical *Hair.*«

Aha.

So war das also. *Hair.* In Wiesbaden. Und Leon Läpple in der Hauptrolle.

»Nun teilt der Vater des Hauptdarstellers mit, dass dessen Schwester Gudrun Selbstmord begangen hat. So etwas ist Gift für einen Künstler, der vor seiner ersten großen Premiere steht. Können Sie mir folgen?«

Und ob ich das konnte. »Was dürfen wir denn für Sie tun? Den Suizid verschweigen? Oder möchten Sie einen Polizeipsychologen zur Betreuung von Leon Läpple abstellen lassen?«

»Loreley!!«, brüllte Lewandowski.

Lapui machte eine beschwichtigende Handbewegung. »Nicht aufregen! Wir reden ja nur. Mir wäre schon sehr geholfen, wenn Sie Ihre Ermittlungen etwas sensibler anstellen würden. Es trägt nicht unbedingt zur Bewältigung dieser schwierigen Situation bei, wenn Sie den Vater des bedauerlichen Mädchens beschuldigen, einen Abschiedsbrief fingiert zu haben.«

»Einen Abschiedsbrief, der erwiesenermaßen echt ist«, brach es aus Lewandowski hervor. Der freundliche Kollege von der Kriminaltechnik war also doch bei Lewandowski gewesen, um ihm brühwarm zu hinterbringen, dass ich auf dem Holzweg war.

»Das ist eigentlich ein Skandal«, sagte Lapui und nahm wieder Platz. »Ich frage mich, was die Presse dazu sagen wird.«

Lewandowski schoss vor. »Lieber Herr Lapui, wir sind ja nun gerade deswegen hier zusammengekommen. Keinem ist gedient, wenn der schreckliche Unfall nun solche Kreise zieht. Das würde es auch für Ihren Hauptdarsteller sicher nicht leichter machen.«

Lapui seufzte und schüttelte den Kopf. »Dann hören Sie endlich auf damit, die Familie Läpple derart zu bedrängen! Sie hat wahrlich genug durchgemacht.«

Lewandowskis Rechte zitterte, als er sich an mich wandte. »Hiermit gebe ich Ihnen die dienstliche Anweisung, den Fall sofort abzuschließen. Haben wir uns verstanden, Frau Kubitko?!«

8. Kapitel

Ich schaffte es an diesem Tag nicht mehr, das Schnitzel, das in der Kantine für mich warm gehalten wurde, zu essen. Ich musste die Tiergartenleiche beerdigen. Nun – der Täter war wirklich der Saufkumpan, und er konnte es nicht erwarten, die Tat zu gestehen.

Danach musste ich den Abschlussbericht zu Gudrun Läpples Fenstersturz absetzen. Lewandowski kam mehrmals in mein Büro, schaute mir kurz über die Schulter und ging wieder, ohne ein Wort zu verlieren.

Dann war es plötzlich zehn nach drei, und ich hatte an diesem Tag so gut wie nichts gegessen. Mein Vorhaben, mir unterwegs wenigstens ein Gebinde aus zwei oder drei Magnum und einer 1,5-Literflasche Cola zu besorgen, konnte ich auch vergessen. Der Wagen sprang nicht an, und ich schaffte es gerade noch mit hängender Zunge, kurz vor Nele nach Hause zu kommen.

»Ich mache uns schnell was zu essen«, empfing ich meine Tochter. Es sollte zuversichtlich klingen. »Vielleicht ein Putenschnitzel mit etwas Salat.« Für mich wäre das die Erfüllung gewesen, so wie der Hunger in meinen Eingeweiden rumorte.

»Lass mal, Mama! Ich stelle nur meine Schulsachen ab, ich bin verabredet.«

Wahrscheinlich war sie noch satt von dem Super-Whopper, den sie am Vortag vor meinen Augen verdrückt hatte.

»Verabredet? Mit wem denn?«

»Kennst du nicht.«

Und ob ich ihre Verabredung kannte. Sicher der nächstbeste Dönerverkäufer. »Du kannst doch vorher was essen. Was Gesundes meine ich.«

»Keinen Hunger«, flötete sie und war weg.

Dann machte ich den Salat und die Putenbrust eben für mich – obwohl mich nach diesem Tag ein Doppelwhopper oder ein Stück Sahnetorte weitergebracht hätten. Aber es war nun mal nichts anderes da. In der Not frisst der Teufel Fliegen, dachte ich mir und briet die Putenbrust scharf an. In die Salatsoße rührte ich einen Viertel Becher Sahne, damit mein armer Körper wenigstens noch eine Witterung davon bekam, wonach er verlangte. Dann deckte ich den Tisch. Wie es sich nach einer solchen Durststrecke gehörte: mit Stoffserviette, dem besten Besteck und einer Kerze.

Als das Fleisch durch war, schob ich es auf den Teller und gab einen großen Löffel Salat mit weißer, dicker Soße darüber. Dann toastete ich mir noch eine Scheibe Toast und nahm Platz.

Musik hatte ich vergessen. Ich ging ins Wohnzimmer und holte die CD von André Rieu. Wiener Walzer. Damit bringe ich mich in Stimmung. Ich legte die CD in das Küchenradio ein. Dann nahm ich wieder Platz und schnitt das Fleisch an.

Herrlich kross. Schade, dass ich keine Pommes dazu hatte. Aber so etwas darf ich wegen Nele natürlich nie im Kühlfach aufbewahren.

Ich aß den ersten Bissen. Herzhaft. Aber irgendwie leer. Das Nahrhafte fehlte. Ich wollte gerade einen Löffel Sahnesoße nehmen, als das Telefon läutete. Nicht das Handy. Der Festnetzanschluss. Ziemlich ungewöhnlich. Übers Festnetz rief nie jemand an, ich hatte mich schon gefragt, warum es überhaupt noch ein Festnetz gab. Sicher jemand für Nele, eine von ihren Schulfreundinnen.

»Frau Kubitko?« Eine Frauenstimme. Kein Mädchen.

»Ja, was ist denn? Ich bin gerade beim Essen.«

Eine vielsagende Pause. Vielleicht hätte ich das mit dem Essen nicht sagen sollen.

»Verzeihen Sie die Störung. Aber es ist dringend. Wirklich dringend.«

»Wer ist denn da?«

»Entschuldigung. Ich bin etwas durcheinander. Bungert. Christiane Bungert. Können Sie gleich kommen?«

Die stolze Christiane. Ausgerechnet die störte mich beim Essen.

»Frau Bungert, der Fall ist abgeschlossen. Es gibt da nichts mehr zu ermitteln für mich.«

»Ich weiß. Ich habe eben mit Eugen, also mit Herrn Läpple gesprochen. Er hat es mir erzählt. Angeblich war jemand von dieser Musicalfirma im Präsidium. Sie hätten sein Gesicht sehen sollen.«

»Dann wissen Sie ja bereits alles, Frau Bungert. Man hat mir untersagt, an dem Fall weiterzuarbeiten. Mir sind da die Hände gebunden. Und wie gesagt: Ich bin gerade beim ...«

Ich war kurz davor, ihr zu erklären, dass ich schon seit zwei Tagen nichts mehr Richtiges gegessen hatte. Doch Christiane Bungert ließ mich gar nicht so weit kommen. »Ich sitze hier im Café Bilderbuch in der Akazienstraße. Hinten, wo die ganzen Bücher stehen. Wenn Sie sofort kommen, werde ich Ihnen etwas erzählen. Und dann können Sie diesem Musicalfritzen eine lange Nase ziehen – und ihrem Vorgesetzten gleich mit ...«

Das Café Bilderbuch in der Akazienstraße ist eine seltsame Einrichtung. Wenn man reinkommt, sieht es aus wie ein x-beliebiges Straßencafé auf der Schöneberger Flaniermeile. Man muss den engen Schlauch durchqueren, in dem sich die Theke und die Toiletten befinden, und ein paar Stufen hoch steigen – schon betritt man einen quadratischen Saal mit bunt zusammengestellten Plüschmöbeln, Anrichten und vor allem –

Bücherregalen. Eine Mischung zwischen Salon und Bibliothek, eigentlich aber ein Café.

Ich war mit Nele ab und zu dort gewesen, sie hatte gerne in den vergilbten Büchern geblättert, während ich die Torten probierte. Die Kuchen-Auswahl ist nicht so groß wie bei den Büchern, aber ich habe im Café Bilderbuch noch keine Allerwelts-Torte vorgesetzt bekommen, es waren immer Meistertorten.

Christiane Bungert aß natürlich keine Torte. Sie saß mit einem Milchkaffee an dem größten Tisch in der Mitte des Saales. Damit ihr auch jeder beim Kaffeetrinken zuschauen konnte. Sie bemerkte mich sofort, rührte sich aber nicht.

Sie wollte, dass ich von selbst auf sie aufmerksam wurde: Ich sollte sie finden. Gut, sie war ja auch wirklich nicht zu übersehen, mit ihrem wallenden blonden Haar und dem hochgebundenen Busen. Ich fragte mich, wie der unscheinbare Herr Bungert zu dieser Frau passte.

Ich nahm neben ihr Platz. »So, hier bin ich. Mein Essen wird derweil kalt. Ich hoffe, es gibt einen triftigen Grund, dass alles so schnell gehen muss.«

»Schön, dass Sie gekommen sind«, hauchte sie, ohne von ihrem Kaffee aufzuschauen. Sie wirkte müde. Sie zündete sich eine Zigarette an und rauchte nervös. Sofort schrie am Nebentisch eine ältere Dame Zeder und Mordio.

Die junge Kellnerin erschien und nahm meine Bestellung auf. »Entweder Sie machen die Zigarette aus oder Sie fliegen hier raus!«, blaffte sie Christiane Bungert an.

Frau Bungert schaute irritiert auf, zögerte einen Moment – ich glaubte schon, sie würde erneut aus der Haut fahren – und drückte die Glut ihrer Zigarette in einen milchigen Kaffeerest auf dem Untersetzer ihrer Tasse. Es zischte und stank nach angebrannter Milch.

»Ich habe Sie gebeten, sofort herzukommen, weil ich befürchte, dass Sie einen großen Fehler gemacht haben.«

»Ich? Wieso denn das?«

»Sie hätten niemals die Ermittlungen einstellen dürfen.«

Ich blies die Backen auf. »Frau Bungert, das war nicht meine Entscheidung. Ich bin dazu gezwungen worden. Mein Vorgesetzter hat Druck auf mich ausgeübt. Die Läpples haben einen Anwalt geschickt.«

Christiane Bungert schoss vor. »Wundert Sie das? Eugen versucht, seine Haut zu retten. Da greift er nach jedem Strohhalm.«

Sie wirkte nicht mehr so kühl und kontrolliert wie bei unserem ersten Treffen. Frau Bungert war in einem Zustand, der überhaupt nicht zu ihr passte: Sie war außer sich. »Sie müssen zu Ihrem Chef gehen und ihm einheizen! Es geht nicht an, dass so einer davonkommt.«

Meinte sie mit so einer wirklich Eugen Läpple?

Sie hob den Kopf und schaute mich mit zusammengekniffenen Augen an. »Wissen Sie denn nicht, dass schon mal gegen ihn ermittelt worden ist?«

»In welcher Sache denn?« Ich geriet ins Schlingern. Hatte ich etwas übersehen? Musste ich mir von Christiane Bungert eine Nachlässigkeit unter die Nase reiben lassen?

»Das steht doch in Ihrem Computer, oder?«

»Ich weiß nichts von einer Ermittlung.«

»Sind Sie schlampig, Frau Kubitko?«

Sie wollte bloß auf den Busch klopfen. Sonst nichts. Sie versuchte es einfach.

»Frau Bungert, ich habe nicht alle Zeit der Welt. Wenn Sie was wissen, dann sagen Sie es jetzt! Und wenn nicht, lassen Sie mich bitte in Zukunft in Ruhe!«

Das wirkte. Die schöne Christiane Bungert errötete. Doch dann biss sie sich auf die Unterlippe und straffte ihre Schultern. »Es ist schon einige Jahre her. Es gab damals einen Riesenrummel. Mit drei Leuten kamen sie ins Haus. Jugendamt. Eugen musste sie in die Wohnung lassen. Sie haben alles durchsucht, das Unterste nach oben gekehrt. Da war was los, sage ich Ihnen.« Sie griff wieder nach ihren Zigaretten, legte das Päckchen aber sofort aus der Hand und schaute zu der Bedienung hinüber, die gerade der älteren Dame vom Nebentisch die Rechnung brachte.

»Was haben die denn gesucht?«

»Na, was wohl? Sie sind doch die Polizistin. Natürlich Beweise.«

Langsam ging mir das Raunen der Dame auf die Nerven.

»Beweise wofür?«

»Dafür, dass Eugen Läpple seine Tochter sexuell missbraucht hat.«

Das war es also. Jetzt war das große Tor aufgestoßen.

Sexueller Missbrauch.

Ich war erst einmal sprachlos. Warum war nirgendwo etwas vermerkt gewesen? Oder hatte ich einen Hinweis übersehen? Das konnte ich mir nicht vorstellen. Wenn so etwas im Raum steht, schlägt es sich sofort in den Akten nieder.

»Jetzt staunen Sie, was?« Die Bungert triumphierte. Sie hatte mich bei einem Fehler ertappt. Das gefiel ihr. Sie grinste, als sie sich nun doch eine Zigarette ansteckte.

Die Bedienung war sofort an unserem Tisch. Sie stemmte die kräftigen Unterarme in die Hüften, legte den Kopf schief und fragte laut: »Hören Sie schlecht?!«

Christiane Bungert rauchte genüsslich weiter, als hätte sie eine Sondererlaubnis dazu, von allerhöchster Stelle.

»Machen Sie sofort die Zigarette aus!«

Die Bungert schaute auf. »Du nervst, mein Kind!«

»Ich kann auch die Polizei holen«, sagte die Bedienung und begann, nervös mit ihrem Knie zu wippen. Ihr Bäuchlein wölbte sich über der engen Jeans und drohte das T-Shirt zu sprengen.

»Die sitzt hier am Tisch, dumme Nuss«, sagte die Bungert,

dann wandte sie sich mir zu: »Nun sagen Sie doch auch mal was, Frau Kommissarin!«

»Zahlen Sie freundlicherweise meinen Kaffee? Ich muss dringend weg.«

Bevor Christiane Bungert lospoltern konnte, war ich aufgestanden. Ich verließ das Café Bilderbuch durch den langen Schlauch, in dem es leider immer ein bisschen nach Toilette riecht.

Ich fand nirgendwo einen Hinweis auf den Vorgang. Aber das hieß ja nichts. Auch bei der Polizei gibt es Schlampereien. Allerdings wäre die Angelegenheit ganz automatisch in den Computer geraten, wenn Läpple verurteilt worden wäre. Es war also in dieser Missbrauchssache nicht zum Prozess gekommen. Warum nicht?

Ich suchte die Adresse des zuständigen Jugendamtes heraus. Dort fragte ich mich telefonisch durch. Die Sache lag ja schon Jahre zurück, wie Frau Bungert mir erklärt hatte. Möglicherweise war der Sachbearbeiter gar nicht mehr im Dienst. Oder er war längst zu einer anderen Dienststelle versetzt worden.

Aber diesmal hatte ich Glück. Es handelte sich um eine ältere, erfahrene Sozialarbeiterin. Sie hieß Emma Gutsmuths und konnte sich noch gut an die Läpples erinnern.

»Das ist noch gar nicht so lange her, wie Sie glauben. Etwas über zwei Jahre. Höchstens drei. Wir wurden tätig, weil es eine Anzeige gab. Das Mädchen – ich glaube, es heißt Gudrun – hatte rumerzählt, dass es bei seinem Vater im Bett schläft.«

Sie klang offen und bemüht. Ich spürte, dass ich es mit einer Jugendamtsmitarbeiterin zu tun hatte, die ihre Arbeit ernst nahm und sich selbst nichts schenkte. Schließlich handelte es sich um einen älteren Fall, Frau Gutsmuths hatte sicher akutere Vorgänge auf dem Schreibtisch. Die Berliner Jugendämter waren chronisch unterbesetzt.

»Wir haben die Sache damals sofort eingehend verfolgt. Wie immer, wenn es um sexuellen Missbrauch geht.«

Klar, das verstand ich. Aber ich fragte mich, was so schlimm daran war, dass ein Kind bei seinem Vater im Bett schlief – zumal wenn es keine Mutter mehr hatte.

»Die Tochter war zwölf oder dreizehn. Ich bin nicht der Meinung, dass eine Zwölfjährige noch bei ihrem Vater im Bett schlafen sollte.«

»Warum ist die Sache nicht vor Gericht gekommen?«

Emma Gutsmuths seufzte. In diesem Seufzer steckte der Frust von jahrzehntelanger Arbeit im Jugendamt. »Der Vater ist Studienrat. Da tun sich die Ermittlungsbehörden schon mal schwerer als bei einem arbeitslosen Alkoholiker. Zudem war die familiäre Situation sehr schwierig. Es fehlte eben die Mutter. Der Vater musste sie ersetzen. Das alles mussten wir berücksichtigen. Vor allem gab es keine Beweise.«

»Und das Mädchen?«

»Es weigerte sich, gegen den Vater auszusagen. Vor Gericht hätte sie wahrscheinlich sogar beschworen, niemals mit dem Vater das Bett geteilt zu haben. Glauben Sie mir: Wir kennen solche Geschichten zur Genüge!«

Das war nicht unbedingt das, was ich brauchte, um Lewandowski zu überzeugen. Blieb nur noch eine Frage: »Wissen Sie, von wem damals der Hinweis gekommen ist?«

Frau Gutsmuths blätterte. »Normalerweise geben wir so etwas nicht raus. Wir wollen ja nicht, dass die Leute, die Missbrauch melden, nachher noch belangt werden ...«

»Ich will niemanden belangen, der Ihnen einen Hinweis gegeben hat. Ich ermittle in einem Todesfall. Und da muss man es schon genau nehmen.«

Frau Gutsmuths hörte auf zu blättern. »Wer ist denn tot?«

»Das Mädchen. Gudrun Läpple.«

Sie war eine Sekunde lang sehr still, dann zog sie – wie um

die bösen Geister zu vertreiben – trotzig die Nase hoch. »War es ein Unfall?«

»Selbstmord. Möglicherweise. Möglicherweise aber auch nicht.«

Frau Gutsmuths blätterte weiter. »Hier ist es. Haben Sie was zum Schreiben?«

»Sagen Sie mir einfach den Namen des Informanten. Ich kann mir so etwas gut merken.«

»Es war eine Frau. Eine Nachbarin. Christiane Bungert.«

Ich wollte schon auflegen. Da wurde Frau Gutsmuths laut. »Hören Sie, ich weiß, dass das jetzt komisch klingt. Aber ich habe dieser Informantin damals geglaubt. Wir wissen, wenn etwas dran ist an einer solchen Geschichte. Ich hätte niemals dulden dürfen, dass die Sache im Sande verlaufen ist …«

Sie legte mitten im Satz auf. Ich nahm an, weil sie weinte.

Ich rief bei den Bungerts an. Der Mann war dran. »Ich müsste mit Ihrer Frau sprechen.«

»Worum geht's denn?«, fragte er eigenartig gut gelaunt.

»Das sage ich ihr dann selbst.«

Es trat Stille ein. Dann raschelte etwas, und Christiane Bungert meldete sich.

»Warum haben Sie mir nicht gesagt, dass Sie selbst die Anzeige beim Jugendamt gemacht haben?«

Sie dachte nach. Dann leise: »Weil Sie sonst womöglich gedacht hätten, an der Sache sei nichts dran.«

»An der Sache war wohl auch nichts dran.«

»Das sehe ich anders.«

»Was haben Sie gegen Eugen Läpple? Warum wollen Sie ihm was anhängen?«

»Ich will ihm nichts anhängen. Ich will, dass er bestraft wird für das, was er dem Mädchen angetan hat …«

Im Hintergrund zischte ihr Mann: »Christiane, bitte!!«

Doch Frau Bungert hörte nicht auf ihn: »Ich bin mir da

ganz sicher. Er hat es getan. Mit ihr. Ich habe einen siebenten Sinn dafür. Ich kannte Gudrun gut. Sie hat sich oft genug bei mir beklagt. Das Mädchen war unglücklich ...«

»Hat Gudrun gesagt, dass ihr Vater sie missbraucht?« fragte ich.

Wieder eine Pause. Dann verhalten: »Nein, aber ich spüre doch, wenn so etwas ist und ich ...«

Diesmal legte ich zuerst auf.

9. Kapitel

Es war überhaupt nicht meine Art, mich in einen Fall zu verrennen.

Im Gegenteil: Ich musste eher darauf achten, dass niemand, vor allem nicht mein Vorgesetzter, mitbekam, wie wenig mich die Ermittlungen, die ich zu führen hatte, wirklich angingen. Normalerweise bevorzugte ich den Weg des geringsten Widerstandes und legte die Vorgänge so früh wie möglich ab.

Doch im Fall der toten Gudrun war das anders. Die Sache ließ mir keine Ruhe.

Ich befürchtete, dass die innere Aufregung, die mich ergriffen hatte, seit ich die Leiche des dicken Mädchens im Hof der Kurfürstenstraße gesehen hatte, weniger mit dem Fall als mit mir selbst zu tun hatte. Diese Gudrun – das Mädchen war mir nicht fremd.

Also musste ich misstrauischer werden. Misstrauischer mir selbst gegenüber.

War es nicht so, dass die Wirklichkeit alle meine Theorien widerlegt hatte?

Der Abschiedsbrief, den ich für gefälscht gehalten hatte, hatte sich als echt erwiesen. Der Missbrauchsvorwurf war ausgerechnet durch diejenige Person in die Welt gesetzt worden, die mich darauf aufmerksam hatte machen wollen – durch die Nachbarin Christiane Bungert, eine alles andere als vertrauenswürdige Frau, die Gudruns Vater Eugen offensichtlich die Pest wünschte.

Dennoch war da etwas, was mich unsicher machte.

Frau Bungerts Aussage würde vor Gericht keinen Bestand haben. Aber gerade weil die sonst eher oberflächliche und auf den Effekt versessene Frau tief getroffen wirkte, wenn sie über den angeblichen Missbrauch sprach, konnte was dran sein.

Aber das reichte nicht aus. Mit meinen Gefühlen und Ahnungen würde ich Lewandowski nicht überzeugen können – und erst recht keinen Staatsanwalt.

Ich bin nicht stur. Wenn eine Sache so aussichtslos war wie Gudruns Fall, musste ich sie aufgeben. Schon aus Selbstschutz. Sobald jemand mitbekam, dass ich mich auf die Hinterbeine stellte, weil das Opfer sehr dick war, zog er seine Schlüsse. Und diese Schlüsse warfen kein gutes Licht auf mich als Polizistin. Also: Schluss damit.

Dann läutete das Telefon.

Die Gerichtsmedizin. Es kam so gut wie nie vor, dass die Kollegin, die naturgemäß immer sehr beschäftigt war, bei mir anrief. Normalerweise lieferten sie ihren Bericht ab und widmeten sich der nächsten Leiche. Wenn wir Nachfragen hatten, mussten wir uns melden.

»Ich hätte da noch einen Nachtrag, Frau Kubitko.«

»Einen Nachtrag? Wozu?«

»Zu der Akte Gudrun Läpple.«

»Der Fall ist abgelegt.«

Die Kollegin schwieg. Dann nahm sie einen langen Anlauf. »Nun stellen Sie sich nicht stur! Das kann doch jedem Mal passieren.«

»Was?«

Nun wurde sie laut. Ihre Nerven lagen blank. »Wir haben hier alle Hände voll zu tun. Und plötzlich gibt es da einen 35-jährigen Kurden aus dem Irak, der sich aus Angst vor Abschiebung die Pulsadern aufgeschnitten hat.«

Was ging das mich an?

»Verstehen Sie? Wir sind chronisch unterbesetzt. Völlig überlastet. Hier geht es manchmal zu wie in einer Großschlachterei. Raus und rein. Da kann so etwas durchaus passieren. Man muss sich eher wundern, dass es so selten passiert. Eigentlich nie.«

»Was denn?«

»Der Iraker ist schwanger.«

»Der mit den Pulsadern?«

»Genau. Natürlich geht das nicht.«

»Natürlich nicht.«

»Deshalb rufe ich an. Um die Sache aus der Welt zu schaffen.«

Nach Lewandowski war die Gerichtsmedizinerin schon die Zweite, die etwas aus der Welt schaffen wollte. Ich musste mich vorsehen.

»Ich dachte, bei Ihnen läuft alles streng wissenschaftlich. Oder gibt es eine wissenschaftliche Erklärung für einen schwangeren Iraker?«

Nun verlor sie die Geduld mit mir. »Wir sind nicht im Fernsehen, Frau Kubitko. Ich kann das nicht mehr sehen. Mir kommt das Kotzen, unter uns gesagt. Dass diese Leute nicht merken, wie monoton das ist. Es gibt eine Leiche. Der Gerichtsmediziner schaut sie sich an und teilt dem Kommissar seine Ergebnisse mit, und der fängt sofort an zu mosern: Genauer, genauer und möglichst bis vorgestern. Ist das nicht albern?«

»Aber ich habe doch gar nichts dergleichen gesagt.«

»Sie haben eine falsche Vorstellung von der Gerichtsmedizin, Frau Kubitko.«

»Das mag sein«, gab ich zu. Ich hatte keine Ahnung, worauf das hinauslief.

»Und wissen Sie, was das Schlimmste ist? Man hat den Leuten dieses Kasperletheater so lange vorgeführt, dass jetzt alle Welt glaubt, Gerichtsmediziner sind wichtig, sie lösen Kriminalfälle. Plötzlich will jeder Rotzlöffel Gerichtsmediziner werden. Warum zeigen die Deppen im Fernsehen nicht mal, was das hier für eine Sauerei ist? Diese Wühlerei in Eingeweiden und in Unmengen Blut. Diese schrecklichen Verletzungen. Aufgeschlitzte und mutwillig zerstörte Menschen. Dass wir hier die Drecksarbeit machen und meistens nicht mehr dabei herauskommt als eine Stahlwanne voller Fleischabfälle.«

»Ich habe Sie noch nie um Ihre Arbeit beneidet.«

Doch die Kollegin hörte mir gar nicht zu. Wie viele. Die meisten Menschen hören nicht zu. Vor allem am Telefon nicht. »Da liefern Sie mir die Leiche dieses Mädchens an. Haben Sie sich mal angesehen, woraus die bestand?«

»Aus Fett.«

»Wie bitte?«

»Vor allem aus Fett.«

»Genau. Und diese gelbgrauen Massen bekommen wir hier auf den Tisch ...«

Mir reichte es nun auch. »Das nächste Mal mache ich es selbst.«

Jetzt schwieg sie. Offenbar war ihr jetzt erst eingefallen, wie ich aussah.

»Um das Ganze abzuschließen ...«, fuhr sie etwas ruhiger fort. »Meine Leichen können nämlich nicht warten. Ihnen droht zwar keine Verjährung, aber die Verwesung. Also – es gibt durchaus eine wissenschaftliche Erklärung für das Phänomen. Auch wenn in der Naturwissenschaft auf den ersten Blick ein schwangerer Iraker nicht vorkommt ...«

»Und die wäre?«

»Ja, was glauben Sie denn, was wir hier tun? Tee trinken? Wir machen uns unsere Gedanken. Über alles. Auch über Sie, Frau Kubitko. Und wir kommen zu Ergebnissen. Im Falle des Irakers ist uns wohl eine bedauerliche Verwechslung unterlaufen.« Sie hob ihre Stimme. »Was meinen Sie, mit wie vielen Leichenteilen wir hier tagtäglich umgehen?«

Vielleicht hatten die Leute im Fernsehen gar nicht so Unrecht: Kriminalisten und Gerichtsmediziner passten nicht zusammen.

»Der Kerl ist natürlich NICHT schwanger gewesen!«, blaffte sie ins Telefon.

»Nicht?«

»Nein. Ihre Hofleiche war schwanger. Auf Wiederhören!«

»Wiederhören«, sagte auch ich.

»Im dritten Monat. Aber das können Sie ja alles in meinem Bericht lesen. Im Nachtrag. Und nun tun Sie mir einen Gefallen, Frau Kubitko ...«

»Ja?«

»Sie machen daraus keine große Affäre – und ich erzähle Ihrem Chef nicht, dass Sie schon um halb zwölf in der Kantine sitzen und sie vor zwei Uhr nicht verlassen.«

»Woher wollen Sie das wissen?«

»Das hat sich bis zu uns rumgesprochen.«

Ich hatte einiges zu erledigen. Und zum Essen war wieder keine Zeit. Ich musste arbeiten. Erkundigungen einziehen, telefonieren, googeln, Akten durchforsten. Normalerweise hasste ich es, vom Schreibtisch aus zu ermitteln. Aber diesmal blieb mir nichts anderes übrig.

Es ging um etwas. Deshalb tat ich meine Arbeit gewissenhaft. So gewissenhaft wie schon lange nicht mehr. Ich bemerkte nicht mal, dass mein Magen grummelte. Seit Stunden.

Als ich fertig war, ging ich sofort zu Lewandowski.

Der Kriminalrat war nicht sehr erfreut, mich zu sehen. Er sprang schon wieder auf. »Hatten wir nicht eine Abmachung?«

»Zu einer Abmachung gehören immer zwei.«

»Egal. Die Sache ist vorbei. Kümmern Sie sich um aktuelle Fälle! Und vor allem: Lassen Sie die Läpples in Ruhe! Ich habe keine Lust, ständig diesen jungen, schneidigen Anwalt hier sitzen zu haben.« Sein Kopf war hochrot, die Sache setzte ihm wohl mehr zu, als ich gedacht hatte.

»Über den wollte ich mit Ihnen reden.«

»Da gibt es nichts mehr zu reden, Frau Kubitko. Gehen Sie an Ihre Arbeit!«

Ich dachte ja nicht daran. Vor allem nicht, solange der Lewandowski in diesem Ton mit mir sprach. »Ich habe mich mal um den Herrn Lapui gekümmert. Er ist Angestellter der Kölner Firma, die das Musical in Wiesbaden produziert. Bullshit Entertainment oder so.«

»Und? Das hat er uns nicht verschwiegen. Im Übrigen sind viele Anwälte ...«

»Er hat keine Zulassung«, unterbrach ich ihn.

»Was?!«

»Ich habe mit der Anwaltskammer gesprochen. Es gibt keinen Anwalt dieses Namens. Nicht in Köln. Nicht in Berlin. Nirgendwo.«

Lewandowski musste sich setzen. Er rieb sich über die Wangen. »Das ist allerdings dreist. Sehr dreist.«

Mir war nicht klar, ob er Leon Läpples obskuren Anwalt oder meine Nachfrage bei der Anwaltskammer meinte. Lewandowski schüttelte den Kopf so heftig, als müsste er sich selbst aus einer tiefen Trance aufwecken. Die Brille rutschte ihm von der Nase. Er fing sie mit offenen Händen auf. »Nichtsdestotrotz, Frau Kubitko. Meine Anordnung bleibt bestehen: Sie schließen den Fall Gudrun Läpple ab! Dass der Anwalt der Familie kein Anwalt ist, ändert nichts an den Tatsachen. Das Mädchen hat sich umgebracht. Basta. Schlimm, aber kein Mordfall. Wir sind hier bei der Kripo. Nicht in einer Selbsterfahrungsgruppe. Wenn der Tod des dicken Mädchens eine Saite in ihrer Seele zum Klingen gebracht hat, so verstehe ich das. Irgendwie. Aber Sie sollten das aus Ihrer Arbeit raushalten. Diesmal und auch in Zukunft. Im Übrigen finde ich, dass Sie mir gegenüber Respekt vermissen lassen. Wenn ich Sie dienstlich anweise ...«

»Gudrun war im dritten Monat schwanger.«

Lewandowski sank in sich zusammen. »Frau Kubitko ...«

»Herr Lewandowski!«

»Gehen Sie zum Teufel!«

10. Kapitel

Bevor ich zum Teufel ging, machte ich noch einen Anstandsbesuch bei meinen lustigen Kollegen von der Kriminaltechnik.

Sie mochten es nicht, wenn man sie störte. Deshalb ignorierten sie mich. Sie starrten auf ihre grünen Bildschirme – grün wie der Hintergrund der Online-Kartenspiele, die hier bekanntermaßen sehr beliebt waren.

Ich räusperte mich. »Es geht um den Schriftvergleich.«

Niemand reagierte. Ich ging zum nächstbesten Telefon und nahm den Hörer ab.

»Privatgespräche sind hier streng verboten«, sagte einer, während er eine Karte anklickte und auf den Stapel zog.

Ich wählte die Nummer des Pförtners. »Ich bin jetzt in der Kriminaltechnik. Wollen Sie nicht lieber selbst herkommen, Chef?«

»Was geht mich das an?«, sagte die Stimme im Telefon. »Hier ist der Sicherheitsdienst.»

Einer der Kollegen erhob sich mühsam, nahm mir den Hörer aus der Hand und legte auf.

Dann schaute er mich unendlich traurig an. »Warum sind Sie so, Frau Kubischew? Haben wir Ihnen irgendwas getan?«

Ich stemmte die Fäuste in die Hüften und fixierte ihn.

Da geschah es.

Ich hatte plötzlich das Gefühl, dass meine Hose rutschte.

Das konnte natürlich nicht sein. Ich trage seit Jahren eine Stretch-Hose, deren Bund so eng ist, dass er auf meinem Bauch tiefe Furchen hinterlässt. Und diese Hose sollte rutschen – ausgerechnet im Büro der Kriminaltechnik, der Kollegen also, die mich am ausdauerndsten mit Häme überzogen?

Ich schaute vorsichtig auf meinen Bauch – und erschrak.

Er war weg. Fast weg. Früher war dort der Horizont gewesen, jetzt blickte ich auf meine Füße und die Knie. Und auf die Hose. Sie schlackerte. Die Stretch-Hose, der Hit bei »Molly Chic«, dem Spezialgeschäft für Übergrößen, in dem ich alle meine Kleider kaufte, schlackerte an meinem Körper. Zumindest kam es mir so vor. Abnehmen geht langsam und braucht viel Geduld, niemand weiß das besser als ich.

Ich fühlte mich zwar so, als würde sie mir bereits auf den Knien hängen. Aber sie saß nur locker, was ungewohnt für mich war. Ich hatte abgenommen. Vielleicht nicht so viel, wie ich glaubte. Aber ich hatte abgenommen. Dabei hatte ich nicht mal eine Diät gemacht.

»Haben Se was, Frau Kubischew? Is' Ihnen übel? Vielleicht war das dritte Schnitzel heute Mittag schlecht?«

Von wegen. Seit Tagen hatte ich nicht mehr richtig gegessen. Deshalb schlackerte meine XXL-Stretchhose. Mein Körper bekam nicht mehr genügend Nahrung.

Warum eigentlich?

Möglicherweise war das eine besonders vertrackte Art zu trauern. Um Gudrun Läpple zu trauern. Ihretwegen war ich hier. Ihretwegen durfte dieser Dämlack nicht so mit mir reden. »Ich heiße Kubitko.«

»Haben Sie geheiratet? Herzlichen Glückwunsch. Wie ich immer sage: Jedes Töpfchen findet sein Deckelchen.« Er drehte sich um und wandte sich an seine Kollegen. »Die Kubischew hat einen gefunden. Sie heißt jetzt anders. Sie ist extra gekommen, um uns das zu sagen ...« Sie lachten alle. Sie amüsierten sich prächtig.

»Ich bräuchte mal kurz die Schriftproben, die sie miteinander verglichen haben ...«

Er drehte sich langsam um. »Warum denn? Machen Sie jetzt Ihren eigenen Laden auf, Frau Kubischew?«

Ich zuckte mit den Achseln. »Anordnung von Lewandowski. Er will die Proben sehen. Ich soll sie holen. Sie kennen ja die Machtverhältnisse in diesem Haus, oder?«

Die kannten sie wirklich. Lewandowski hatte mal die beamtenrechtliche Überprüfung der Rentenansprüche eines Kollegen aus ihrer Abteilung veranlasst, weil durch dessen Schlamperei ein Beweisstück in einem Mordfall verschwunden war. Das war auch der Grund, warum es plötzlich sehr schnell ging. Viele helfende Hände suchten gleichzeitig nach dem Ordner mit den Plastikhüllen. Sie legten sie wie ein Hochzeitsgeschenk auf den Tisch. »Und grüßen Sie Herrn Lewandowski von uns!«

Ich schaute mir die Schriftstücke an. Für einen Laien waren sie fast identisch. Das eine war der Abschiedsbrief, den Eugen Läpple mir ausgehändigt hatte, das andere ein Einkaufszettel.

Milch, Brot, Quark, Schinken, Salat, Gurken. Schön aufgelistet.

Ein Einkaufszettel von Gudrun Läpple.

Ein Lebenszeichen.

»Wollen Sie sich nicht beeilen und Ihrem Chef die Stücke bringen? Womöglich wartet er schon?«

Ich nahm die Plastikhüllen an mich. Dazu hätte es keiner Untersuchung gebraucht. Beide Proben stammten von der gleichen Person. Von Gudrun. Das sah sogar ich.

Ich verließ das Büro. Hinter mir prusteten sie.

Auf dem Flur blieb ich stehen und schaute mir die Proben genauer an. Vor allem den Einkaufszettel von Gudrun. Sie hatte eine disziplinierte Kinderschrift, mit Häkchen und engen Bögen.

Ich schrieb nie Einkaufszettel. Wenn ich einkaufen ging, hatte ich alles im Kopf. Ich ging ja auch nicht einkaufen, um das Nötigste zu besorgen, wie man sagte. Ich ging in einen Supermarkt, um mich inspirieren zu lassen. Ich öffnete alle meine Sinne und ließ mich von den angebotenen Lebensmitteln geradezu anspringen. Sie hüpften in meinen Einkaufswagen – bis er voll war. Dann erst fuhr ich zur Kasse.

Dafür brauchte ich keine Einkaufszettel. Aber ich fand manchmal welche. Die meisten Leute lassen sie einfach in den Einkaufswagen liegen. Oder sie schmeißen sie auf den Bürgersteig vor den Supermärkten. Kein Mensch nimmt einen Einkaufszettel wieder mit nach Hause und legt ihn irgendwo ab. Wozu auch?

Aber Gudrun hatte das getan.

Ich las den Zettel nochmal.

Milch, Brot, Quark, Schinken, Salat, Gurken.

Eigenartig. Ich hatte mir ihren Einkaufszettel ganz anders vorgestellt.

Eis, Schokolade, Cola, Limonade, Kuchen usw.

Gudruns Einkaufszettel hätte besser zu Frau Bungert gepasst. Ich kaufte solche Sachen für Nele ein. Aber doch nicht für mich. Gudrun war aber wie ich, nicht wie Nele.

Da stimmte etwas nicht.

Ich drehte um.

Sie saßen wieder glücklich über ihren Online-Kartenspielen.

»Von wem stammen die Schriftproben?«

Der Kriminaltechniker schaute sich hilfesuchend nach seinen Kollegen um. »Aber das wissen Sie doch, Frau Kubischew. Sie haben uns den Abschiedsbrief doch selbst angeschleppt. Er stammt von Ihrer Leiche.«

»Ja, der Abschiedsbrief.«

»Aber das andere da ...« Ich hielt die Plastiktüte mit dem Einkaufszettel hoch. »Von wem stammt das?«

Der Kollege schlug sich mit der flachen Hand gegen die Stirn. »Na von wem wohl? Natürlich auch von Ihrer Leiche.«

»Leichen schreiben keine Einkaufszettel.«

»Wollen Sie uns veralbern? Natürlich hat sie den Zettel geschrieben, als sie noch gelebt hat.«

»Und wie sind Sie an den Zettel gekommen?«

Der Techniker wandte sich an einen Kollegen, der immer noch mit dem Kartenspiel zu tun hatte. »Zagolla, hast du dich um die Schriftprobe gekümmert?«

»Hab ich«, antwortete Zagolla wie aus der Pistole geschossen. »Und?«

»Wo hast du die denn her?«

Zagolla musste keine Sekunde überlegen; er musste nicht mal den Blick vom Computer-Terminal lassen. »Den habe ich mir geholt. Beim Vater. Wo sonst?«

»Sehen Sie, Frau Kubischew: Das ging alles mit rechten Dingen zu. Also dann, grüßen Sie Ihren Gatten von uns!«

Er setzte sich und wandte sich wieder seinem Kartenspiel zu.

Ich knallte die Probe auf den Tisch. »Der Vater ist der Hauptverdächtige. Und von dem habt ihr Blödmänner euch eine Schriftprobe geben lassen. Die hat er selbst geschrieben, ebenso wie den fingierten Abschiedsbrief.«

Jetzt schauten sie alle auf. Sie sahen bedrückt aus. Besonders Zagolla.

»Lewandowski wird sich dann bei Ihnen melden«, kündigte ich im Hinausgehen an. »Halten Sie bitte Ihren letzten Rentenbescheid bereit, Zagolla!«

Frau Bungert war nicht da. Ich warf durch die offene Tür einen Blick ins Schlafzimmer. Das Bett war zerwühlt, und auf dem Boden lag ein Hochglanzheft, das gleiche wie letztes Mal.

»Ich weiß ja nicht, was meine Frau Ihnen erzählt hat, aber …«

Herr Bungert schaute an mir vorbei ins Nichts.

»Aber?«

»Sie sollten vorsichtig sein. Meine Frau, sie ist ...« Er zeigte eine Leidensmiene. »Es ist nicht immer einfach mit ihr.«

Das konnte ich mir vorstellen. Nur schien sie dennoch mit beiden Beinen auf der Erde zu stehen, im Gegensatz zu ihrem Gatten, der offensichtlich viel Tagesfreizeit im Bett verbrachte.

»Sie sieht manchmal Dinge, die es gar nicht gibt, verstehen Sie?«

»Was denn zum Beispiel?«

Er führte mich ins Wohnzimmer. Wir nahmen Platz. Er bot mir nichts an. Dabei grummelte mein Magen schon wieder. Bungert faltete die Hände und legte die Unterarme auf die Tischplatte. Er senkte den Kopf. Ich hatte das Gefühl, dass er eine Ansprache an mich zu halten gedachte. »Herr Bungert ...«

Er schüttelte den Kopf, ohne aufzuschauen. »Was ich Ihnen zu sagen habe, fällt mir nicht leicht. Aber ich fühle mich dazu verpflichtet.« Er machte eine Kunstpause.

Ich hätte ihm jetzt gerne erklärt, dass ich gekommen war, um ihm ein paar Fragen zu stellen, die mich beschäftigten, dass ich aber keinen Wert darauf legte, mir vorformulierte Erklärungen anzuhören. Aber ich wusste jetzt schon, dass Walter Bungert mir nicht zuhören wollte. Er musste etwas loswerden.

»Sie werden sich sicher wundern, dass ich hier so offen mit Ihnen darüber rede ...«

Bisher hatte er mir noch nichts anvertraut, also wunderte ich mich auch nicht. Ich wunderte mich sowieso sehr selten. Das verlernte man in meinem Beruf.

»Aber ich muss meine Frau schützen. Verstehen Sie: Ich muss meine Frau vor sich selbst schützen.« Er lachte nervös. »Möchten Sie etwas trinken?«

»Nein, danke. Reden Sie einfach weiter!« Cola oder Limonade hatten die Bungerts sicher nicht im Haus. Höchstens Mineralwasser, und das trank ich nicht. Jedenfalls nicht in Momenten wie diesem.

»Meine Frau glaubt, sie muss Gudrun schützen. Gudrun aber ist tot. Sie kann sie nicht mehr schützen. Deshalb geht sie jetzt auf Eugen Läpple los, den sie für schuldig an Gudruns Tod hält.«

Das tat ich mittlerweile auch, aber das wollte ich Walter Bungert nicht auf die Nase binden. Vor allem nicht, wenn er gerade dabei war, so schön über seine Frau herzuziehen.

»Wissen Sie, Christiane hat sich all die Jahre sehr für Gudrun eingesetzt. Das Mädchen tat ihr leid. Eugen übrigens auch. Er hat es ja wirklich nicht einfach gehabt. Dass nun das passiert ist, was passiert ist, hat uns alle sehr getroffen. Verstehen Sie, wir machen uns auch Vorwürfe. Nicht genug getan zu haben. Wir haben das Elend ja mit angesehen. Eugen war überfordert. Gudrun war nicht einfach, wirklich nicht einfach. Er hat sich zurückgezogen. Hat sich ganz auf seinen Sohn konzentriert. Leon ist – wie soll ich sagen – er ist pflegeleicht. Er hat immer das getan, was sein Vater ihm gesagt hat. Gudrun aber hatte die Tendenz, anderen zu sagen, was sie zu tun haben. Auch ihrem Vater. Eugen hat resigniert. Vor allem nach ihren Tobsuchtsanfällen. Er hat einfach aufgegeben. Er hat seine Tochter aufgegeben.«

Ich hatte das Gefühl, dass ihn das sehr mitnahm.

»Wo sind eigentlich Ihre Kinder?«, fragte ich.

Er schaute mich verständnislos an. »Unsere Kinder?«

»Ich habe sie noch nie gesehen. Sind sie nicht hier?«

Bungert strich sich fahrig über die Stirn. »Tjaa, unsere Kinder. Das ist auch so ein Thema. Meine Frau …«

Draußen drehte sich ein Schlüssel in der Tür.

Walter Bungert sprang auf. »Kein Wort zu meiner Frau«, zischte er. »Bitte!«

Bungert kontrollierte sich ein letztes Mal, bevor er seiner

strengen Gemahlin unter die Augen trat: Sein Gürtel war zu, der Reißverschluss auch. Er nestelte an den Knöpfen seines Hemdes.

Im Flur hängte Frau Bungert ihren Mantel auf. Dann zog sie rumpelnd ihre Schuhe aus und ging barfuß ins Schlafzimmer. Wenig später stand sie im Wohnzimmer – die Hochglanzlektüre ihres Gatten in der Hand. »Hatten wir uns nicht darauf geeinigt, dass das hier ...«

Jetzt erst bemerkte sie, dass Besuch da war.

»Frau Kubitko! Was machen Sie denn hier?« Die Zeitschrift verschwand hinter ihrem Rücken. Frau Bungert war aus dem Konzept. Immerhin.

»Sie wollte nähere Informationen einholen ...«, stammelte ihr Gatte. »Nähere Informationen über Eugen. Du weißt schon.«

Frau Bungert schob das Heft unter den Stapel alter »Spiegel«, der auf dem Beistelltisch lag, und ging zu einem der Stühle. Sie umfasste mit beiden Händen die Lehne. Ich sah, dass ihre Finger weiß anliefen. »Nein, das weiß ich nicht, Walter. Aber vielleicht erklärt Frau Kubitko es mir selbst.«

Ich stand auf. Das heißt, ich versuchte aufzustehen. Aber ich kam nicht hoch. Meine Oberschenkel waren eingeklemmt. Ich versuchte den Stuhl zurückzuschieben, was nicht gelang. Ich stützte meine Hände auf die Tischkante auf.

»Walter, so hilf doch der Frau mal – bevor etwas zu Bruch geht!«

Zum Glück kam ich hoch, bevor Walter Bungert mir beispringen konnte. »Gudrun Läpple war schwanger.«

Sie biss sich auf die Unterlippe. »Also doch!«, zischte sie.

Dann rannte sie hinaus. Ich folgte ihr in den Flur.

»Was verplempern Sie hier Ihre Zeit? Tun Sie endlich was!« Sie drehte mir den Rücken zu. »Das arme Mädchen. Was muss noch passieren, bevor Sie diesen Kinderficker zur Rechenschaft ziehen?«

Ich nahm an, dass sie Eugen Läpple meinte.

»Eine Frage hätte ich noch. Wo sind eigentlich Ihre Kinder?«

Sie ballte beide Fäuste und drückte sie gegen die Außenseiten ihrer Oberschenkel.

»Hat das was mit Gudrun Läpples Tod zu tun?«, fauchte sie.

»Nein, nicht direkt. Aber ...«

Sie machte einen Ausfallschritt, drückte die Klinke herunter, riss die Tür auf und zischte: »Auf Wiedersehen!«

Ich klingelte noch bei Eugen Läpple. Aber es machte niemand auf. Ich hinterließ eine Nachricht – Läpple sollte sich am nächsten Morgen um neun Uhr auf meiner Dienststelle einfinden.

Nele kam schon wieder nicht zum Essen. Ich sah sie kaum noch. Immerhin war sie auf ihrem Handy erreichbar. »Bittebitte, sei nicht sauer, Mama! Aber ich habe mich verabredet. Stell mir das Essen einfach warm!«

So ging es nicht. Wenigstens vorher Bescheid sagen hätte sie können. »Wehe, du isst irgendwo Hamburger oder so!«

»Tu ich nicht, Mama. Echt nicht. Wir essen nicht. Wir hängen bloß rum.«

Sie hängt rum. Das war neu. Nele hatte bisher nie rumgehangen. Im Gegenteil, sie war immer ein sehr zielstrebiges Mädchen gewesen.

»Mit wem hängst du rum?«

Schweigen.

»Hallo, bist du noch da?« Ich war alarmiert. Wenn sie mir eine so banale Frage nicht auf Anhieb beantworten konnte, stimmte etwas nicht.

Sie flüsterte mit jemandem.

»Mit wem redest du, Nele?!«

»Wie bitte?« Sie wirkte genervt. Meine Nele wirkte genervt,

weil ich wissen wollte, mit wem sie rumhing. Soweit waren wir also schon.

»Mit wem du redest, möchte ich wissen!« Ich war laut geworden. Ich hatte keine Geduld mehr. Meine Tochter tanzte mir auf der Nase herum.

Und sie flüsterte schon wieder im Hintergrund mit jemandem.

»Du kommst sofort nach Hause!«

Sie gab einen gequälten Ton von sich. »Och, Mama!«

Ich sah sie vor mir, wie sie jetzt seitlich abknickte, mein Reh, sie war so scheu und so schön – und sie trieb sich mit jemandem herum. Mit einem Kerl wahrscheinlich.

»Nele, das meine ich ernst.«

»Bittebitte. Wir haben uns doch eben erst getroffen. Und er ...«

»Wer?!!!«

»Ufuk.«

Ufuk? Was war denn das für ein Name? »Wer ist Ufuk?«

»Ufuk ist ... Mama, ich muss jetzt Schluss machen, da kommt unser Bus ...«

Unser Bus? Ein Bus für Nele und diesen Ufuk.

»Wehe, du legst jetzt auf! Ich habe gesagt, du kommst sofort nach Hause. Sonst passiert was. Noch habe ich zu sagen, wann du ...«

»Busssii, Mama.«

Und Nele legte auf. Ich platzte fast vor Wut. Was fiel diesem Mädchen ein?! Mich derart dreist am Telefon abzuwimmeln. Die konnte was erleben. Höchste Zeit, dass ich andere Saiten mit der Kleinen aufzog. Wenn ich jetzt nicht konsequent war, machte dieser Teenager bald, was er wollte. Das war ja zu erwarten gewesen. Kinder, die ohne Vater aufwachsen, glauben alle irgendwann, sie könnten mit ihrer Mutter machen, was sie wollten. Aber nicht mit mir. Nele würde sich wundern.

Ich legte mir schon die Strafpredigt zurecht, die ich ihr gleich halten würde.

Das Essen kam in den Ofen. Couscous mit Putenfilet. Fettlos. Nicht fettarm. Fettlos!

Ich saß am Küchentisch und trank Unmengen von Mineralwasser, um mich zu beruhigen. Obwohl ich Mineralwasser hasste. Und obwohl Mineralwasser in großen Mengen eher aufwühlt als beruhigt. Ich wartete. Jeden Moment musste sich der Schlüssel in der Haustür drehen.

Das Telefon läutete. Wenn das jetzt Nele war und um einen Aufschub bat, würde sie ihr blaues Wunder erleben.

Es war nicht Nele. Es war Eugen Läpple. Ziemlich kleinlaut. Er hatte meine Nachricht gefunden. »Muss so etwas nicht ordnungsgemäß zugestellt werden?«

»Ich kann Sie auch vorführen lassen. Dann kommen Kollegen in Uniform und bringen Sie zum Streifenwagen.«

»Warum sind Sie denn so bissig, Frau Kubitko?«

Mir platzte der Kragen. »Weil ich mich von Ihnen nicht länger verarschen lasse.«

»Das können Sie jetzt nicht sagen. Sehen Sie, ich rufe Sie sogar an!«

»Und warum?«

»Um Ihnen etwas anzuvertrauen. Ein Geheimnis. Können Sie gleich kommen?«

Dieser Kerl war wirklich dreist. »Ich habe Feierabend. Kommen Sie morgen früh in mein Büro, und wir werden alles klären!« Ich hätte gerne noch gesagt: Bringen Sie am besten gleich eine Spermaprobe mit. Aber so zynisch bin ich dann auch nicht.

Wenn er aber seine Tochter geschwängert hatte, würde ich ihn ins Gefängnis bringen.

»Ich glaube, es wäre besser, wir würden uns gleich treffen. Wenn Ihnen das lieber ist, komme ich auch zu Ihnen. Haben Sie einen Computer?«

Soweit kommt's noch, dachte ich. Dass die Hauptverdächtigen mir abends die Bude einrennen. Jeden Moment musste meine Nele erschienen – und dann saß ein Mordverdächtiger und Inzesttäter an unserem Küchentisch.

»Ich habe keinen Computer«, erklärte ich knapp.

»Dann kommen Sie halt zu mir! Das ist mir sowieso lieber.«

»Hören Sie, Herr Läpple: Ich bin nicht Ihre Familienhelferin. Ich bin bei der Mordkommission. Und da werden Sie morgen früh auch erscheinen, wenn Sie nicht ...«

»Frau Kubitko!«, unterbrach er mich. »Ich weiß jetzt, wer Gudrun umgebracht hat.«

Auf der anderen Straßenseite stand jemand, der mich beobachtete.

Nicht dass ich besonders gut darin wäre, so etwas gleich zu erkennen: Der Kerl benahm sich einfach so auffällig – der wäre jedem aufgefallen. Er hampelte eigenartig herum. Ohne dabei allerdings den Eingang unseres Hauses aus dem Blick zu lassen. Als ich ihn ansah, bückte er sich und tat so, als hätte er Probleme mit seinen Schnürsenkeln. Man muss nicht bei der Polizei sein, um so etwas auffällig zu finden.

Ich ging zu meinem Wagen. Die Verriegelung öffnete ich schon ein paar Meter vorher. Ich hatte ein schlechtes Gefühl; im Auto fühlte ich mich sicherer.

Obwohl ich ihm den Rücken zudrehte, spürte ich, dass er die Straße überquerte. Er kam ziemlich schnell auf mich zu. So schnell, dass ich fürchten musste, nicht mehr rechtzeitig ins Auto steigen, die Tür zuschlagen und alle Schlösser verriegeln zu können.

Theoretisch hatte ich mich mit solchen Situationen schon oft beschäftigt. Aber in der Realität war mir nie so etwas passiert.

Als mir klar war, dass ich es nicht mehr zum Wagen schaffen würde, öffnete ich mit der Rechten den Reißverschluss meiner Umhängetasche und griff gleichzeitig mit der Linken hinein. Dann drehte ich mich um.

Der Kerl trug einen Kapuzenpulli, eine Schlabberjacke, weite Skaterhosen und Schnürstiefel. Also ein Ganove wie aus dem Otto-Katalog. Mir fiel allerdings sofort auf, dass etwas an dieser Aufmachung nicht stimmte. Sie wirkte ungetragen und war … perfekt. Genau. Als ob ein Kostümbildner sie zusammengestellt hätte.

Aber darüber machte ich mir in diesem Moment keine Gedanken.

Ich tat das, was ich tun musste. Vielleicht eine Sekunde zu spät. Er war eigentlich schon zu dicht an mir dran. Dennoch drückte ich beherzt – anders kann ich es nicht nennen – auf den Druckknopf der Pfefferspraydose »Ladylike«.

Ich weiß, dass man – auch zu seinem eigenen Schutz – etwas Abstand halten soll.

Aber der Angreifer ließ mir keine andere Wahl. Er rannte in das Auge des Hurrikans. Und er fiel in sich zusammen wie ein explodierter Zeppelin.

Mir blieb erst mal auch die Luft weg. Ich lehnte mich mit dem Rücken gegen meinen Wagen und versuchte, dem Gas auszuweichen. Ein lauer Luftzug befreite mich. Ich konnte wieder atmen.

Der Kerl versuchte vergebens hochzukommen. Ich packte ihn unter dem Armen und hob ihn an.

Ich erschrak – der Angreifer wog in etwa so viel wie meine Nele. Als ich ihn aufgerichtet hatte, kippte sein Kopf nach vorne, und die Kapuze rutschte runter. Beinahe hätte ich ihn wieder losgelassen. Zuerst fiel ein langer, dichter Zopf auf die rechte Schulter. Ich fürchtete, ein Mädchen mit einer Dosis Tränengas gefällt zu haben, die für einen Elefanten ausgereicht hätte. Doch dann schaute er mich mit seinen rehbraunen Augen unendlich traurig und unendlich blöde an – und ich erkannte ihn.

Der Frosch.

Der falsche Anwalt.

Marc Lapui.

Auch das noch.

11. Kapitel

Er lag über dem Rand meiner Badewanne, und ich duschte ihm die Augen aus.

Er prustete und stöhnte, als würde ich ihn schlachten. Ich dachte: Hoffentlich kommt Nele jetzt nicht nach Hause.

Die Prozedur brauchte ihre Zeit. Als ich glaubte, wir seien fertig, schaute er mich mit seinen blutunterlaufenen Augen so traurig an, dass ich die Brause auf lauwarm stellte und wieder von vorne begann.

Zum Schluss war er klatschnass. Ich legte ihm ein frisches Badehandtuch um die Schulter und führte ihn in den Flur. Dort hieß ich ihn, seine Schuhe auszuziehen. Er gehorchte sofort. Der Straßenkämpfer war zahm geworden.

Die Socken waren trocken geblieben, also erlaubte ich ihm, ins Wohnzimmer zu gehen. Er blieb stehen und wartete, bis ich ihn anwies, Platz zu nehmen.

»Soll ich Ihnen was Warmes machen?«, fragte ich.

»Was haben Sie denn da?«

Ich schaute ihn so streng an, dass er den Kopf senkte und »Bitte« hauchte.

Ich machte ihm einen Grog. Mir auch. Er bekam weniger Rum und mehr Zitrone.

Wir saßen an meinem Wohnzimmertisch und tranken unseren Grog. Wie ein glückliches altes Ehepaar. Der Frosch und ich. Es war bereits halb elf, und Nele, die dumme Kuh, war immer noch nicht zu Hause.

»Das war gemein«, maulte er.

»Was?«

»Das mit dem Reizgas.«

»Wenn Sie mich von hinten anfallen ...«

Der Frosch umfasste mit beiden Händen die warme Tasse. »Ich dachte, Sie sind eher so eine intellektuelle Type ...«

Ich wurde laut. »Wollen Sie mir jetzt Vorwürfe machen, weil ich mich gewehrt habe?«

»Ich wollte doch nur mit Ihnen reden. Aber ich habe mich nicht getraut ...«

Was war mit Marc Lapui geschehen? War aus dem forschen ein verzagter Frosch geworden?

»Wieso laufen Sie in dieser Verkleidung rum?«

Er schaute erstaunt an sich herunter. »Das ist keine Verkleidung, das ist mein derzeitiges Outfit. Dieser Aufzug entspricht meiner psychischen Verfassung. Ich fühle mich, um es genau zu sagen, ziemlich abgerissen.«

Nun, abgerissen sah er nicht gerade aus. Vielleicht stellte sich Marc Lapui das Abgerissensein so vor.

»Ich beobachte Sie schon seit Tagen. Die ganze Zeit wollte ich Sie ansprechen. Es ist viel schwieriger, als ich mir das ausgemalt habe. Wissen Sie das?«

Ich zuckte mit den Achseln. Warum sollte es schwierig sein, mich anzusprechen?

»Wenn man ganz unten ist, fallen einem solche Dinge schwer – sehr schwer.«

Der Ton ging mir auf die Nerven. Dieses Jammern. Ich hatte nur zu gut in Erinnerung, mit welcher Dreistigkeit er Lewandowski und mir im Präsidium zugesetzt hatte.

»Mir ist etwas passiert, was ich nie für möglich gehalten hätte. Ich habe meinen Job verloren. Knall auf Fall.«

»Bei der Musical-Produktion?«

»Ja, Bullshit Entertainment hat mich rausgeschmissen.«

»Und warum?« Eigentlich interessierte es mich nicht sonderlich, aber ich spürte, dass es ihm ernst war, und wollte ihn nicht noch mehr verletzen.

Er schüttelte den Kopf. »Wie das so ist. Ich habe meine Unterstützer verloren.«

»Ihre Unterstützer?«

Er richtete sich auf. »Anyhow. Deshalb bin ich nicht hier, Frau Kubitko.«

Ich hätte ihm sowieso nicht helfen können. Nicht in dieser Sache.

»Ich bin hier, um etwas gutzumachen. Frau Kubitko: Ich habe damals nicht die Wahrheit gesagt.« Er klang jetzt wieder sehr gewichtig. So ganz schien er seine alte Rolle doch noch nicht abgelegt zu haben, trotz der Skaterklamotten.

»Ich weiß«, sagte ich gütig.

Er schaute mich ungläubig an. »Das können Sie gar nicht wissen.«

»Sie haben keine Zulassung als Anwalt.«

»Ich muss nur noch das zweite Staatsexamen machen«, widersprach er trotzig. »Einmal war ich schon nahe dran. Aber darum geht's doch gar nicht. Ich war damals in einer schwierigen Situation. Es war sozusagen eine Gefühlssache.«

»Eine Gefühlssache?«

»Ja, ich war emotional verstrickt. Deshalb hatte ich mich instrumentalisieren lassen.« Er griff in seine Jacke und suchte nach etwas. Ein gefaltetes Blatt Papier kam zum Vorschein. Es war der verwaschene Ausdruck eines Fotos. Er faltete das Blatt auf und schob es mir hin. Es war schwarzweiß. Ein Körper vor hellem Hintergrund.

»Was soll das?«

Der Frosch drehte das Blatt. Er verzog dabei das Gesicht.

Jetzt konnte ich erkennen, was das Foto zeigte.

Einen jungen Mann. Er war nackt. Er lag auf dem Rücken. Und er war sehr gelenkig. Er war so gelenkig, dass er beide Beine hinter den Kopf haken konnte. Unglaublich. Wie einer dieser indischen Gurus. Ich dachte an Gudrun und ihren Spagat.

»Und?«, fragte ich.

»Schockiert Sie das nicht?« Der Frosch war so entsetzt, dass er sich mit der Rechten am Hals packte.

»Ich bin bei der Polizei. Da ist man einiges gewöhnt.« Wobei solche Fotos auch bei uns nicht alltäglich waren.

»Sie wissen nicht, wer das ist?«

Ich schüttelte den Kopf.

Der Frosch hob die Augenbrauen. »Das hier ...« Er tippte mit dem rechten Zeigefinger auf das Foto. »Das ist Leon Läpple, der Bruder der Gudrun Läpple, deren Tod Sie untersuchen.«

Das war allerdings eine Überraschung. Ich beugte mich erneut über das Foto. Vom Gesicht des Akrobaten war nicht allzu viel zu sehen. Aber jetzt erkannte ich ihn. Auf den Plakaten, die sein stolzer Vater mir gezeigt hatte, hatte der Musical-Star vorteilhafter gewirkt – obwohl seine körperliche Leistung auch auf diesem Schwarz-Weiß-Foto beeindruckte.

Er war durchtrainiert – und er hatte Spaß an der Vorführung seiner Fähigkeiten. Das sah man.

»Warum zeigen Sie mir dieses Foto?«

Der Frosch schloss die Augen. »Warum? Können Sie sich das nicht denken? Dieses Foto hat die gute Gudrun dem Arbeitgeber ihres Bruders zur Verfügung gestellt und dabei auch nicht verschwiegen, auf welcher schwulen Kontaktbörse ihr Bruder sich damit anbot.«

»Ist Leon Ihr Freund?«

»Er war es, meine Liebe«, antwortete der Frosch schnell. »Er war es.«

Langsam verstand ich, was der Frosch eigentlich wollte: Leon Läpple, der ihm den Laufpass gegeben hatte, die Rechnung aufmachen.

»Waren Sie nicht bei meinem Chef Lewandowski, um sich für Leon Läpple einzusetzen?« Das war sehr milde ausgedrückt – aber ich wollte den angeschlagenen Frosch nicht noch mehr in die Enge treiben.

»Das war ein Riesenfehler, meine Liebe.«

»Ersparen Sie uns das ›meine Liebe‹, ja!?«

»Wie Sie meinen. Was ich sagen will: Ich habe für diesen Karrieristen meinen Kopf hingehalten. Aus Liebe. Und dann schickt er mich einfach weg. Wie einen alten Hofhund.«

Der Vergleich schien mir nicht sehr gelungen.

»Ich habe für diesen …«, er tippte auf das Schwarzweiß-Foto, »… für diesen Strichjungen gelogen und meine Zukunft aufs Spiel gesetzt. Ich bin zu Ihnen gekommen, um zu beichten. Und ich bitte Sie um eine zweite Chance.«

Das klang sehr theatralisch. Wie sollte ich Marc Lapui eine zweite Chance geben?

»Ich habe damals behauptet, Leon habe nichts mit dem Tod seiner Schwester zu tun. Das war nicht ganz korrekt. Es tut mir ehrlich leid, Frau Kubitko. Dieses geschmacklose Foto beweist, dass Leon durchaus ein Motiv hatte, seiner Schwester etwas anzutun.«

»Ein Foto, mit dem er auf einer Kontaktseite für sich warb?«

»Es war eine kommerzielle Seite. Jeder, der mit einem der Modelle Kontakt knüpft, weiß, dass er für Sex zahlen muss.«

Leon Läpple hatte also seinen Körper im Internet für Geld angeboten.

»Das mag heutzutage nichts Verwerfliches mehr sein. Aber wir … also mein früherer Arbeitgeber, die Bullshit Entertainment Musical Production, reagiert auf solche Fotos allergisch, wenn darauf der Hauptdarsteller seines großen *Hair*-Musicals zu sehen ist. Das Musical-Publikum ist gutbürgerlich – was glauben Sie, was Familienväter, die mit Frau und Kindern den weiten Weg nach Wiesbaden auf sich nehmen, um sich Leon Läpple in der neuen *Hair*-Inszenierung anzuschauen, über ein Foto denken, auf dem dieser Leon sich mit Erektion präsentiert?«

»Sie werden wahrscheinlich ihre teuren Karten zurückgeben.«

»Genau. Und deshalb will die Produktionsfirma so ein Foto gar nicht erst sehen. Sie sollte es aber zu sehen bekommen – Gudrun Läpple hat dafür gesorgt. Sie hat es an die Direktion geschickt.«

»Warum sollte Gudrun so etwas getan haben?«

»Aus Neid. Sie wollte auch auf die Bühne. Sie hat sich für *Hair* beworben, nachdem Leon ihr von den Auditions in Wiesbaden erzählt hatte. Aber im Gegensatz zu ihrem Bruder wurde Gudrun sofort aussortiert. Wer will schon so eine fette Schnecke auf der Bühne sehen?«

Erst jetzt bemerkte Marc Lapui, dass er mich mit dieser Äußerung kränkte: Er bekam einen roten Kopf und stotterte eine Entschuldigung.

»Schon gut, ich bin solche Sprüche gewöhnt«, unterbrach ich ihn. »Selbst wenn das stimmt, was Sie mir da erzählen – das ist noch lange kein Grund für Leon Läpple, seine Schwester umzubringen.«

»Meinen Sie? Gudrun hat das Foto an die Direktion geschickt. Es ist aber vorher auf meinem Schreibtisch gelandet. Ich habe es nicht weitergegeben, sondern ich bin damit zu Leon gegangen. Der war völlig fertig. Er hat das Foto an sich genommen und mir gesagt, ich sollte den Mund halten, er würde die Sache aus der Welt schaffen. Genauso hat er es formuliert: ›aus der Welt schaffen‹. Dann ist er nach Berlin gefahren. Am nächsten Tag kam die Nachricht: Gudrun Läpple ist tot – aus dem Fenster gesprungen. Glauben Sie immer noch, Leon hat nichts mit dem Tod seiner Schwester zu tun?«

Eugen Läpple wartete im Schlafanzug auf mich. »Wo bleiben Sie denn?«, empfing er mich an der Tür. »Haben Sie vorher noch ein Fünf-Gänge-Menü verdrückt?«

Er lachte aufgekratzt. Für eine Begrüßung hatte er keine Zeit. Er führte mich in sein Wohnzimmer. Diesmal hatte er keinen Tee gemacht. »Sie werden staunen«, sagte er.

»Bevor Sie mir wieder einen Fake präsentieren: Ich möchte Sie bitten, eine DNA-Probe abzugeben.«

»Eine was?«

»Der Abschiedsbrief war gefälscht. Sie haben ihn geschrieben, Herr Läpple.«

Er musste sich setzen. »So etwas trauen Sie mir zu?« Er klang wirklich enttäuscht. Oder er war ein guter Schauspieler.

»Es kommt noch dicker, Herr Läpple. Ihre Tochter Gudrun war schwanger.«

Eugen Läpple sprang auf. Nun hatte ich ihn wirklich aus der Fassung gebracht – mit Schauspielerei hatte das nichts mehr zu tun.

»Leider haben wir das jetzt erst feststellen können.« Ich hatte keine Lust, ihm die Geschichte mit dem Kurden auseinanderzusetzen. Das musste reichen.

Eugen Läpple starrte mich an, ohne ein Wort herauszubringen.

Dann stotterte er: »Und Sie glauben, dass ich ... Aber das kann doch nicht sein. Ich habe Sie für eine ... anständige Person gehalten.«

»Es geht nicht um mich, Herr Läpple. Es geht um Sie und um Gudrun ... Ihre Tochter hat ...«

»Ich mache diesen Test nicht!«

Der DNA-Test war eine Routinemaßnahme. In solchen Fällen half er, bestimmte Eventualitäten auszuschließen. Der Test allein hatte noch nichts zu sagen. Niemand geriet aufgrund der Bitte, an dem Test teilzunehmen, unter Verdacht. Wenn Eugen Läpple sich aber einem Test verweigerte, machte er sich verdächtig.

»Das ist ein Fehler, Herr Läpple. Dieser Test wird zeigen, dass Sie nichts damit zu tun haben. Wenn Sie nichts damit zu tun haben.«

Eigentlich war er nicht der Typ für so etwas. Ich hatte

schon Väter gesehen, die mit ihren Töchtern geschlafen hatten. Das waren Würstchen. Männer, die nicht den Mumm hatten, sich auf eine richtige Frau einzulassen.

Eugen Läpple war ein seltsamer Kauz. Aber er war kein Würstchen, das sich an seiner Tochter vergriff. Das hoffte ich.

»Sie kommen morgen früh ins Präsidium, und wir bringen Sie dahin, wo diese Tests gemacht werden.«

Doch Läpple hörte mir gar nicht mehr zu. Er brüllte bloß noch: »Schlagen Sie sich das aus dem Kopf! Auf keinen Fall mache ich so einen Test!«

»Aber warum denn nicht? Sie würden damit helfen, den Tod Ihrer Tochter aufzuklären.«

»Was fällt Ihnen ein?! Sie kommen hierher und beschuldigen mich, meine Tochter missbraucht zu haben. Für so gemein hätte ich Sie nicht gehalten, Frau Kubitko.«

»Niemand beschuldigt Sie. Wir wollen nur alle Möglichkeiten ausschließen, eine Routineangelegenheit.«

»Ein Vater fickt seine Tochter – das ist für Sie eine Routineangelegenheit? Ich werde diesen Test nicht machen.«

»Wenn Sie sich weigern, machen Sie sich erst recht verdächtig.«

Auch wenn es die Wahrheit war – das hätte ich nicht sagen sollen.

Eugen Läpples Lippen zitterten. »Verlassen Sie sofort meine Wohnung! Und lassen Sie sich hier nie wieder blicken!«

Er legte seine Hand auf meine Schulter und schob mich in den Flur.

Ich gab nach. Aber ich drehte mich nochmal zu ihm um. »Sie wissen, dass ich in so einem Fall den Test auch erzwingen kann. Wenn das jetzt eskaliert, haben Sie sich das selbst zuzuschreiben.«

Er schlug mir die Tür vor der Nase zu.

12. Kapitel

Der, der jetzt in meiner Küche saß, hatte keine Augenlider mehr.

Seine krebsrote Gesichtsfarbe deutete darauf hin, dass die Lider im Sonnenstudio weggefräst worden waren. Beide Ohren waren gepierced, zentimeterlang. Der Nasenring war zinkfarben. Sein T-Shirt bestand im Grunde nur aus zwei Schürsenkeln, die die Brustwarzen bedeckten. Er hatte die bunt tätowierten Unterarme auf meinem Küchentisch gelegt und spielte versonnen mit den goldenen Armringen, die wahrscheinlich aus seinem letzten schweren Raub stammten.

»Das ist Ufuk«, flötete Nele überglücklich.

Ich kannte mein Kind nicht wieder. Sie strahlte. Sie strahlte und kochte Kaffee. Beides hatte ich sie bisher noch selten (strahlen) oder nie (Kaffee kochen) tun sehen. Der Kaffeefilter war randvoll mit Kaffeepulver. In meiner Küche roch es wie in einer Kaffeerösterei.

»Ufuk trinkt nämlich keinen Alkohol«, erklärte Nele, während sie versuchte, noch einen Löffel Kaffee in den randvollen Filter zu bekommen.

»Auch Kaffee kann schädlich sein«, sagte ich. »In großen Mengen genossen.«

»Ich kann was vertragen, Lady«, erklärte Ufuk.

Ich wandte mich an meine hingebungsvoll kaffeekochende Tochter: »Wo warst du? Du solltest um sechs zum Essen hier sein.«

Ufuk rasselte mit den Goldringen. »He, wird das jetzt so ein Mutter-Tochter-Fight?«

Nele ging von selbst raus, ich musste sie nicht darum bitten.

»He, was ist mit meinem Kaffee, Süße?«, wollte Ufuk wissen.

Ich folgte Nele und schloss die Tür hinter uns. Ufuk blieb in der Kaffeeküche zurück.

»Was soll das denn?«

Nele zog eine Schnute. »Das mit dem Essen tut mir leid, Mama.«

»Es steht im Backofen und verkommt.«

»Ufuk isst es gerne, wenn du willst.«

»Ich habe nicht für diesen Ufuk gekocht!«

Jetzt schmollte sie. »Darf ich nicht mal Besuch mitbringen?«

Besuch? Unter Besuch stellte ich mir etwas anderes vor.

»Trotzdem möchte ich vorher ...«

Nele drückte sich an mir vorbei. Sie wollte in die Küche zurück. »Dann gehen wir halt zu ihm, wenn du nicht willst ...«

Ich hielt sie am Ärmel fest. »Du gehst nirgendwo mehr hin!«

Sie fuhr herum. »Wenn du eine vertrocknete alte Jungfer werden willst, kannst du das. Aber ich mache da nicht mit.«

Mir blieb die Luft weg. War das noch meine Nele, meine süße, kleine Nele, mein Reh?

»Du bist noch nicht zu alt, um dir eine zu fangen«, drohte ich ihr.

Ihre Augen wurden ganz klein und böse. »Das würdest du tun? Vor Ufuk? Du Hexe!«

Da wurde Sturm geläutet. An unserer Wohnungstür.

»Willst du nicht aufmachen?«, fragte Nele schnippisch und verschwand in der Küche. Wahrscheinlich um ihrem Ufuk seinen Kaffee zu servieren.

Es läutete schon wieder. Ich musste öffnen.

Eugen Läpple. Im Trenchcoat. Er sah aus wie Humphrey Bogart. Beinahe. Wenn nicht die Säume der Schlafanzughose an jedem Bein einen Zentimeter unter der Cordhose herausgeschaut hätten. Er hatte also schon im Bett gelegen und sich dann doch noch zu einem Besuch bei mir entschlossen. Wie schön.

»Ich habe Feierabend«, schnauzte ich ihn an.

Er schlüpfte einfach an mir vorbei. Schlanke Menschen können so etwas. »Über diesem Gerede haben wir das Wichtigste ganz vergessen.« Er wedelte mit einem Blatt Papier. »Die neue Spur.«

Ich hielt die Tür weit auf. »Ich habe die Nase voll von Ihren Spuren. Die letzte war so plump gefälscht, dass meine Kollegen von der Kriminaltechnik mich ausgelacht haben.« Das war zwar gelogen, aber diese Lüge hatte er verdient.

»Vergessen Sie den Brief! Die Verzweiflungstat eines Vaters, der seinen Sohn retten wollte.«

Mordermittlungen hatten in meiner Wohnung nichts zu suchen – vor allem nicht im Beisein Neles.

»Wollen Sie mich nicht hereinbitten?«, fragte Läpple mit einem unschuldigen Augenaufschlag. Dabei war er schon im Flur.

Nein, Kinderficker möchte ich nicht an meinem Küchentisch sitzen haben. Das lag mir auf der Zunge. Als ich aber Eugens treudoofen Blick sah, brachte ich es nicht übers Herz, es auszusprechen. »Meine Tochter und ihr neuer Freund sind gerade da.«

Ein Schatten huschte über sein Gesicht. Da fiel mir wieder ein, dass dieser Mann vor wenigen Tagen seine Tochter verloren hatte. Schon tat er mir leid. »Zeigen Sie schon her!«

Er hielt mir das Blatt so dicht unter die Nase, dass ich nichts erkennen konnte. Hoffentlich nicht wieder ein nackter Tänzer, dachte ich noch.

»Das habe ich aus Gudruns Outlook. Sie müssen sich das ansehen.«

Ich nahm das Blatt und hielt es weit genug weg, um etwas lesen zu können.

Es handelte sich um mehrere Mails. Alle an Gudrun Läpple gerichtet. Der Absender war immer der Gleiche. Postmaster@toetet-die-dicken.de.

Die Mails waren widerlich. Beschimpfungen. Drohungen.

Wir werden dich schlachten. Du hast dein Maximalgewicht längst überschritten.

Monster wie dich hat man früher in Lager gesteckt. Dort konnten sie abspecken.

Du hast kein Recht, unter uns zu leben. Wir machen Seife aus deinen Fettmassen.

Die Küchentür wurde aufgerissen. Nele erschien. »Ufuk hat Hunger. Haben wir noch irgendwo Hamburger?«

Ich schaute auf und erkannte meine Tochter nicht wieder. Meine gut erzogene Tochter Nele.

»Sagst du erst mal ›Guten Tag‹? Wir haben Besuch.«

»Guten Tag. Wo sind die Hamburger? Ufuk kommt um vor Hunger.«

»Du siehst doch, dass ich gerade mit jemandem rede.«

»Du musst ihm den Hamburger ja nicht machen. Das mache ich schon selbst.«

Selbst. Die junge Dame legte selbst Hand an. »Dein Ton gefällt mir nicht«, sagte ich – so ruhig mir das möglich war.

»Deiner gefällt mir auch nicht. Ich bin kein Kind mehr.«

»Was denn sonst?«

Sie wollte gerade lospoltern, als Ufuk hinter ihr in der Tür erschien. »Keinen Stress, Ladies! Ich kann mir auch einen Döner holen.«

Nele fuhr herum. »Das kommt gar nicht in Frage! Du bekommst deinen Hamburger.«

Ich war einen Moment sprachlos vor Entsetzen.

Eugen Läpple ergriff die Gelegenheit. Er wedelte mit dem Papier vor meiner Nase herum. »Haben Sie den Absender gesehen? Tötet-die-Dicken. Ich meine, das Internet ist doch kein Urwald, in dem man sich verstecken kann.«

Ufuk drängte sich vor. Er griff nach Läpples Ausdruck. Doch der dachte nicht daran, das Blatt aus der Hand zu geben.

»Zeig doch mal her!«, sagte Ufuk. »Was hast du denn da?«

»Das geht dich nichts an!«

Ufuk packte Eugens Arm. Eugen machte sich los. »Was fällt dir ein?!«

»Ufuk!«, schrie meine Nele.

Ufuk fuhr zurück, als hätte ihn ein Insekt gestochen. »Ich wollte doch nur helfen«, maulte er.

»Fass das nicht an!«, zischte Eugen.

Ufuk breitete die Arme aus. »Alter, glaubst du, du bist klug? Bist du nicht. Ich bin klug. Tötet-die-Dicken, Mann, das kenne ich. Echt. Ich kenn mich da aus. Total coole Leute.«

Nele schlüpfte in ihre Jacke und schob Ufuk zur Tür. »Wir gehen Döner essen, Mama.«

»Döner ist viel zu fett. Ich mache dir einen Salat!«

Aber da hatte Nele Ufuk schon ins Treppenhaus bugsiert. »He, was ist, Süße? Darf ich mich nicht mal von deiner Mum verabschieden?«, protestierte er.

»Tschüss«, rief ich hinterher.

Eigentlich war ich heilfroh, dass Nele und Ufuk aus dem Weg waren. Meinetwegen sollte mein Reh auch einen Döner essen – Hauptsache, die beiden ließen mich mit Eugen Läpple allein.

»Dann kommen Sie halt rein«, sagte ich.

Aber Eugen saß schon an meinem Küchentisch. Er rieb sich die Hände, als wären wir zu einem gemütlichen Abend verabredet. »Hier riecht's aber gut. Lassen Sie mich raten: Hirse oder so was?« Er reckte die Nase und schloss die Augen. »Doch nicht etwa Couscous – mein Lieblingsessen?«

Ich schaute in den Backofen. Obwohl ich den Herd auf die kleinste Stufe gestellt hatte, war die vegetarische Brühe fast verdampft. Schade um das schöne Essen.

»Ich finde, Couscous kann ruhig auch mal trocken sein«, behauptete Eugen Läpple. Er machte ein Gesicht, als hätte er sich jahrzehntelang in Nordafrika herumgetrieben, um zu dieser Erkenntnis zu gelangen. Also brachte ich die Schüssel auf den Tisch. Dann verdrückten wir beide stumm und ergeben das trockene Couscous. Ich und der Kinderficker. Soweit waren wir schon.

Es schmeckte wirklich nicht schlecht. Couscous muss nicht immer in Brühe schwimmen. Vielleicht war dieser komische Eugen doch nicht ganz so ahnungslos, wie ich gedacht hatte.

»Wenn Sie sich schon selbst zum Essen bei mir einladen, dann können Sie auch die Karten auf den Tisch legen. Was sollte das mit dem gefälschten Abschiedsbrief?«

Eugen tat sich den Rest Couscous auf und aß ihn auf. Dann streckte er sich. »Darf ich rauchen?«

»Nein!«

Er zuckte zusammen. »Sie haben aber auch einen Ton am Leib. Wie meine Gudrun.«

Seine Augen wurden feucht.

Ich stand auf, ging zum Kühlschrank, holte die angebrochene Flasche Pinot Grigio hervor und schenkte jedem ein Glas davon ein – bevor Eugen Läpple zu weinen begann.

Dabei hätte ich es verstanden.

Wir tranken, wie wir gegessen hatten: stumm und in unser Schicksal ergeben. Dann begann Eugen zu sprechen. »Sie haben Recht, Frau Kubitko. Ich habe den Abschiedsbrief gefälscht. Ich hatte einfach Angst, dass Sie sich an meinen Sohn halten. Verstehen Sie: Ich wollte nicht auch noch mein zweites Kind verlieren. Dann wäre ich ganz allein auf der Welt gewesen.«

Wenn sein Sohn das Mädchen wirklich auf dem Gewissen

hatte, würde ich ihm das nicht ersparen können. »Gudrun hat Leon denunziert. Sie hat der Musicalproduktion Fotos von ihm geschickt. Fotos aus dem Internet, mit denen er Sexualpartner suchte.«

Eugen ließ den Kopf hängen. »Mein Sohn hat diese Neigung. Dafür kann er aber nichts. Fragen Sie mich nicht, woher das kommt! Schließlich ist er ohne Mutter aufgewachsen, nicht ohne Vater.«

Was das eine mit dem anderen zu tun haben sollte, verstand ich nicht. Ich wollte aber auch nicht danach fragen – womöglich war die Antwort unangenehmer als das Nichtverstehen.

»Ich habe mit Leon über diese Fotos gesprochen«, fuhr Eugen fort. »Mein Gott, das ist halt heute so. Das gehört dazu. Die Kinder wachsen doch mit Pornografie auf. Man muss sich wundern, dass sie überhaupt noch Lust auf Sex haben – wo er ihnen durch diesen Schund eigentlich verleidet worden sein müsste.«

»Wir kommen etwas vom Thema ab, Herr Läpple.«

»Sagen Sie doch einfach Eugen!« Er hielt mir die Hand hin. »Also – ich bin der Eugen. Und Sie?«

Ich rührte mich nicht. »Nicht bevor Sie den DNA-Test gemacht haben.«

Läpple zeigte ein grimmiges Gesicht.

»Fahren Sie fort! Wir waren bei dem Brief, den Sie gefälscht hatten.«

Er quälte sich, aber er redete. »Leon hat Geld gebraucht. Während seiner Ausbildung. Ich habe ihm zwar etwas gegeben, aber das hat nicht gereicht. In diesen Kreisen braucht man teure Klamotten, tolle Autos und so weiter. Da wollte mein Sohn mithalten.«

Das alte Lied: die armen Kinder.

»Er hat sich also etwas dazuverdient.«

»Mit Akrobatik?«

Läpple überhörte meine Frage. »Der Junge ist halt pragmatisch. Er hat das Angenehme mit dem Nützlichen verbunden. Manche Männer zahlen fürstlich für einen Tänzer, sagt er. Vor allem wenn er gut aussieht. Er hat mir versprochen, dass er so etwas nie wieder macht. Das hat er jetzt auch nicht mehr nötig. Über die Sache wäre längst Gras gewachsen, wenn Gudrun nicht diese Fotos gefunden hätte.«

Er schwieg. Den Rest konnte ich mir auch denken. Gudrun war neidisch auf den Erfolg des Bruders, der bei *Hair* eine Hauptrolle bekommen hatte, während sie nicht einmal zum Vortanzen eingeladen worden war. Sie wurde nicht damit fertig. Möglicherweise hatte Leon ihr seinen Erfolg auch unter die Nase gerieben, was die Sache nur noch schlimmer gemacht hatte. Auf jeden Fall hatte Gudrun sich revanchiert.

Das dicke Mädchen hatte die Fotos, mit denen ihr Bruder im Internet reiche Freier köderte, an die Bullshit Productions geschickt. Die Fotos von der Akrobatik ihres gelenkigen Bruders. Der damalige Freund Leons hatte die Sendung abgefangen und Leon gewarnt. Der konnte es nicht riskieren, dass seine Schwester einen zweiten Versuch machte.

»Leon war in Berlin, als Gudrun starb?«

Eugen nickte.

»Hat er sie aus dem Fenster gestürzt?«

Eugens Kopf begann nervös zu nicken. »Nein. Nein. Niemals. Das könnte der Junge gar nicht.«

»Sie glauben ja nicht, wozu Menschen fähig sind, wenn man sie in die Enge treibt. So wie Ihre Tochter Ihren Sohn in die Enge getrieben hat.«

Eugen Läpple schrie fast. »Leon kann das nicht gewesen sein, weil er ein gutes Herz hat. Aber er kann es auch nicht gewesen sein, weil Gudrun viel zu schwer war. Verstehen Sie: Der arme Junge hätte sie niemals aus dem Fenster werfen können. Niemals!«

Erbärmlich. Zu welchen Argumenten er griff, um den Hals

seines Lieblingskindes zu retten. Dabei war das Opfer seine Tochter gewesen. Sie hätte seine Lügen ebenso verdient wie Leon.

»Tänzer sind zwar leicht, aber sie verfügen durch das regelmäßige Training über ungeheure Kräfte.«

»Das mag ja sein, Loreley, aber Leon hätte es trotzdem nicht gekonnt.«

»Nennen Sie mich nicht Loreley!«

»Gudrun war viel stärker als Leon, Lore.«

»Nennen Sie mich erst recht nicht Lore!«

»Wie denn sonst?«

»Wenn Leon nichts mit Gudruns Tod zu tun hat ...«

»Hat er nicht. Der Junge bringt doch seine Schwester nicht um. Er wollte nur mit ihr reden. Sie davon überzeugen, dass sie das mit dem verdammten Foto nicht wiederholt. Aber sie war wie immer: Sie hat nur geschrien. Sie hat den Jungen ganz schrecklich beleidigt ...«

Läpple schwieg. Seine Schultern zuckten. Er war den Tränen nahe. »Scheiße. Ich habe ein Kind verloren. Ich wollte nicht auch das nächste noch verlieren.« Jetzt schluchzte er.

Auch ich kämpfte gegen die Tränen.

Da konnte ich nicht anders. Ich nahm ihn in den Arm. Den Kinderficker.

Am nächsten Morgen ging ich in unsere Computerabteilung. Zum Glück waren die Kollegen dort bei Weitem nicht so verstockt wie die von der Kriminaltechnik. Ich erzählte ihnen von der Webseite toetet-die-dicken.de. Sie riefen sie auf und wir schauten sie uns zusammen an.

Die zuständigen Beamten fanden die Seite nicht auffällig. »Allein gegen Dicke zu hetzen, ist ja noch kein Straftatbestand.«

Es wurden Unmengen Fotos von Fettleibigen gezeigt. Die Betreiber schürten den Hass auf die »Monster«, wie die Dicken genannt wurden. In den Texten wurde behauptet, dass die Dicken egoistisch seien und keinen Geschmack hätten.

Sie fressen uns die Butter vom Brot. Sie stopfen in sich rein, was sie zu greifen bekommen. Wir müssen das ausbaden. Diese Menschen sind gierig und geschmacklos. Und die Allgemeinheit muss ihre Sucht bezahlen.

Jedes Jahr erkranken Millionen Fettleibige. Wir müssen die Kosten für die Versorgung aufbringen. Dicke sind asozial. Sie leben auf Kosten der Allgemeinheit.

Lasst uns diesem Treiben ein Ende machen! Kampf den Dicken! Sie sind unbelehrbar. Deshalb hat es keinen Sinn, auf sie einzuwirken. Wir müssen vielmehr sehen, wie wir sie loswerden. Zum Nutzen aller vernünftigen Menschen!

»Das reicht nicht aus«, sagte einer der Kollegen. Er war sehr dünn und wirkte verletzlich. Wahrscheinlich war er deshalb im Innendienst. »Bei allem Verständnis, dass Sie sich über so etwas ärgern. Das würde ich auch, wenn ich …«

»Wenn Sie dick wären.«

Seine Kollegen hatten das Interesse verloren. Sie ließen uns allein.

Es blieb nur das schmale Handtuch. Seine Kleider schlackerten, am Nacken trat die Wirbelsäule wie ein Schiffstau hervor. »Ich weiß«, sagte er leise.

Da geschah etwas Eigenartiges.

Ich spürte, dass der dünne Mann ebenso litt wie ich. Er hatte kein Gramm Fett zu viel an seinem Körper. Er hatte überhaupt kein Fett. Er bestand nur aus seiner ledrigen Haut, die zu groß für seine bescheidenen Ausmaße ausgefallen zu sein schien.

Wahrscheinlich hasste er seinen Körper genauso wie ich meinen. Er war ihm auch im Weg. Er konnte nicht aus seiner Haut. Dabei hatte er seine Abweichung von der Norm nicht wie ich durch Gier verschuldet. Man wurde nicht dünn durch Gier. Man wurde dünn, wenn man nicht genug zu essen bekam – oder wenn man nicht genug essen konnte. Vielleicht war er krank.

Ich klickte die Menüpunkte der Anti-Dicken-Seite durch. »Und was ist das?«

Dicke sind hässlich. Seht euch diese Fettmassen an! Sie sehen aus wie Walfische. Dicke sind eine Beleidigung für jeden normalen Menschen. Tötet sie! Tötet die Dicken!

Er las mit zusammengekniffenen Augen. Seine schmalen, trockenen Lippen lasen langsam mit. Das Einzige, was nicht trocken und klein an ihm war, waren die Augen, sie waren groß und feucht und gütig.

»Das ist zu wenig, Frau Kubitko«, sagte das Männlein. »Die können sich mit der Freiheit der Kunst oder so etwas rausreden.«

»Kunst? Was ist denn daran Kunst?«

Der Kollege glaubte wahrscheinlich, ich führte einen privaten Feldzug gegen diese Irren aus dem Internet. »Mir ist das schnuppe, was die schreiben. Es geht um einen Mordfall. Ein Mädchen ist aus dem Fenster gestürzt worden.«

Er drehte sich langsam auf seinem Bürostuhl und schaute mich an. Wahrscheinlich war er einsam. Niemand wollte einen Mann, der so dünn war, dass man ihn nicht anzufassen wagte. Außer manchen dicken Frauen. Die suchten sich solche Hänflinge – als Ausgleich für ihre Fettmassen.

»Ich weiß nicht, wie ich Ihnen helfen kann. Auch wenn ich das gerne wollte.«

»Ich brauche denjenigen, der für diese Seite verantwortlich ist. Es gibt Drohungen. Die gingen an das Mädchen. Sie kamen von dieser Seite.«

Der Mann nickte ernst. Wenn ich in sein zerfurchtes und vom Leid zerfressenes Gesicht schaute, war ich fast zufrieden mit meinem Leben. Ich konnte wenigstens abnehmen. Was konnte er tun? Fressen? Sicher nicht.

»Ich will Ihnen da keine großen Hoffnungen machen. Solche Seiten laufen über Server im Ausland. Da kommen wir ganz schlecht ran. Aber ich will es versuchen. Ich würde Sie dann anrufen. Vielleicht kommt ja was dabei raus.«

Als ich schon in der Tür war, stand er auf. Der Hänfling wurde dadurch nicht größer. Seine Brille lief etwas an. »Frau Kubitko, was würden Sie davon halten, sich mal privat zu treffen?«

»Sie meinen: Wir beide?«

»Ja. Wir beide. Abends.«

»Ich weiß nicht. Ich habe eine Tochter.« Ich lachte aufgekratzt. Es klang unecht. »Die bestimmt über meine Abende.«

»Wir könnten zusammen ... essen gehen.«

Ich stellte es mir vor. Ich mit meinen drei Magnum und einer Riesenportion Pommes mit Mayo und fetten Rippchen. Er vor einem Kinderteller mit 50 Gramm paniertem Putenschnitzel, den er trotz größter Anstrengung nicht schaffte. Das Ganze sah aus wie in einem amerikanischen Comic von diesem schrecklichen Crumb, den ich in meiner Jugend verschlungen hatte: ein fettes, aus den Nähten platzendes, vor Kraft und Geschlecht strotzendes Weib und ein verhutzeltes Männlein mit riesiger Hornbrille und einem kahlen Totenschädel. Mein netter Kollege aus der Computerabteilung eben.

»Nein. Ich glaube nicht.«

Der traurige Blick des spindeldürren Kollegen ging mir nicht mehr aus dem Kopf.

Immerhin war ich um eine Erfahrung reicher: Mein Leben lang habe ich mir gewünscht, schlank zu sein. So schlank und rank wie – meine elfengleiche Tochter. Beispielsweise. Schlanksein war ein Schönheitsideal für mich. DAS Schönheitsideal. Ach, was – ein Lebensziel.

Und nun machte mir ein wirklich schlanker Mann einen Antrag. Gut, er wollte sich nur mal mit mir treffen, möglicherweise um zusammen zu essen. Ein Mann ohne ein Gramm Fett, nur Sehnen, Knochen und Haut. So wie ich es mir immer erträumt hatte. Und was tat ich? Er erteilte ihm eine Abfuhr. Eine eiskalte Abfuhr.

Was lernte man daraus?

Gegensätze ziehen sich eben nicht an.

Gegensätze sind Gegensätze und sie reizen zum Lachen.

Gegensätze sind alles andere als eine Garantie für Sexappeal. Gegensätze treiben alles nur auf die Spitze. Die eine Seite sieht noch fetter aus als sonst und die andere noch verhärmter.

Jeder richtet sich nach seinem Bauchgefühl. Und mein Gefühl war eben gegen den netten, schlanken Kollegen.

Das wäre an sich ja noch kein Beinbruch. Wonach aber giert mein großer, pulsierender Bauch, der sich immerfort nach Erfüllung sehnt – egal aus welcher Richtung sie kommt, ob von oben oder von unten?

Nach Eugen Läpple.

Ein Mann unter Mordverdacht.

Vielleicht sogar ein Kinderficker.

Ein unerträglicher Kauz.

Auf jeden Fall ein überführter Lügner.

Apropos. Der gefälschte Brief, mit dem er seinen verkommenen Sohn aus der Schusslinie hatte bringen wollen, würde ein Nachspiel für ihn haben. Die Sache war längst aktenkundig (das fehlte ja gerade noch, dass ich meinen hart erarbeiteten Rentenanspruch durch die Unterdrückung von Beweismitteln und die Vereitelung einer Strafverfolgung aufs Spiel setzte). Selbst wenn er damit keinen Mörder gedeckt haben sollte (dann drohte Beihilfe und er ging ins Gefängnis, was ich auch nicht wollte), blühte ihm ein saftiges Strafverfahren wegen Störung kriminalpolizeilicher Ermittlungen.

Es sah nicht gut aus für Eugen Läpple. Und was das Schlimmste war: Er weigerte sich immer noch, den ausstehenden DNA-Test zu machen. Damit hätte er in meinen Augen schon enorm gewinnen können. Den Brief würde ich ihm ja verzeihen – das hatte er für seinen Sohn getan. Aber wenn er seine Tochter geschwängert hätte …

Ich durfte gar nicht daran denken.

Und noch was, auch wenn es keinen interessiert: Mein Bauch, mein großer, tragischer Bauch, die Erbsünde, die fleischgewordene Gier, der Beleg meiner Haltlosigkeit, das Kainsmal meiner Einsamkeit – er schmolz dahin wie ein Gletscher in der Tropensonne. Und ich wusste nicht einmal, warum.

Aber ich ahnte es: Das war Gudrun.

Sie führte immer noch die Feder. So wie sie das früher auch getan hatte, bevor wir uns begegnet waren. Sie hielt mich knapp. Sie erinnerte mich an die offene Rechnung. Ich hatte ihren Mörder zu finden. Vorher würde ich nicht zum Essen kommen.

Entweder sie hatte mich auserwählt – oder ich war durch sie geschlagen.

Was spielte das für eine Rolle? Ich musste tun, was getan werden musste.

Ich war kaum wieder in meinem Büro, da läutete das Telefon.

Walter Bungert. Sehr aufgeräumt. »Ich habe eben im Flur Eugen getroffen. Er hat mir da was erzählt, was mich sehr beschäftigt …«

Nicht noch eine Verdächtigung, flehte ich. Wenn jetzt der nächste Hammer kommt, Eugen Läpple, hast du es dir mit mir endgültig verdorben, und ich nehme doch noch die Einladung unseres Hungerkünstlers aus der Computerabteilung an.

»Eugen hat doch diese Mails auf dem Computer gefunden. Von diesen Verrückten, die Gudrun terrorisiert haben.«

Er stockte. Ein Journalist suchte nach Worten. »Die, die sie umbringen wollten, weil sie …«

»Weil sie fett war.«

Es klang, als hätte er aufgehört zu atmen.

»Sie war schön.«

»Schön?«

»Ja, das verstehen Sie nicht. Sie hatte eine Schönheit, die von innen kam.«

»Aha.«

»Ja. Und Gudrun hat davon gesprochen.«

Herr Bungert war etwas einsilbig. Man konnte nur hoffen, dass seine journalistische Arbeit nicht allzu sehr darunter litt.

»Wovon hat Gudrun gesprochen, Herr Bungert?«

»Mir gegenüber hat sie davon gesprochen. Mehrmals.«

»Wovon?!«

»Dass diese Typen, diese Irren, sie bedrohen. Sie sagte, sie überwachen sie. Das sind gefährliche Fanatiker. Sie verfolgen Menschen, die nicht dem allgemeinen Schönheitsideal entsprechen.«

Was nicht ganz stimmte: Sie verfolgten Dicke. Es gab auch andere, die nicht so schön waren, wie die Mehrheit das gerne sah. Mein dünner Kollege aus der Computerabteilung zum Beispiel. »Möglicherweise hat Gudrun sich das nur eingebildet«, sagte ich.

»Hat sie nicht. Wirklich nicht. Können Sie mir glaube.« Bungert verhaspelte sich vor Eifer. »Sie hatte Angst. Vor denen. Sie sagte: Die beobachten mich. Die wollen mich umbringen.«

»Hatte sie denn Beweise dafür?«

»Beweise? Beweise? Beweise?« Bungert spuckte jedes Wort heraus. »Das Mädchen fühlte sich bedroht. Haben Sie die Mails gesehen?«

»Ja, habe ich.«

»Sind die nicht Beweis genug, Frau Kubitko? Ein Mädchen

kommt ums Leben. Auf ihrem Computer finden sich Mails, in denen sie massiv bedroht wird. Was wollen Sie mehr? Sind Sie nun Kriminalistin oder Schuhverkäuferin?«

Der sonst so zurückhaltende Walter Bungert klang schon fast wie seine Gattin.

»Am besten ist, Sie lassen mich meine Arbeit tun und halten sich ...«

»Dann tun Sie sie auch! Tun Sie Ihre Arbeit!« Er schnappte nach Luft, ich dachte, jetzt kommt eine unflätige Beschimpfung – aber Walter Bungert legte auf.

Ich versuchte, mich zu konzentrieren. Was sollte dieser Anruf? Was wollte Bungert von mir? Dass ich die Spur zu der Hassseite verfolgte. Er glaubte, dass die Betreiber diese Seite etwas mit Gudruns Tod zu tun hatten. Oder wollte er mich von etwas anderem ablenken? Hatte Eugen ihn dazu überredet, mich anzurufen und mir die Tötet-die-Dicken-Seite ans Herz zu legen?

Nein, für so labil hielt ich Bungert nicht. Der ließ sich nicht von seinem Nachbarn Eugen Läpple dazu bringen, irgendwo anzurufen.

Aber was hatte er sonst erreichen wollen?

Schon wieder läutete das Telefon.

»Ich habe wirklich alles versucht, Loreley. Aber wir kommen an diese Leute nicht ran. Die sind gut getarnt.« Das war mein neuer Freund. Der dünne Kollege aus der Computerabteilung.

»Gerade kam ein Anruf von einem Zeugen, der den Verdacht, dass diese Internetspinner das Mädchen auf dem Gewissen haben könnten, noch bestätigt hat.«

Der Kollege quälte sich. »Ich hätte Ihnen da gerne weitergeholfen, Frau Kubitko«, beteuerte er. »Aber diese Leute wissen natürlich, dass irgendwann gegen sie ermittelt wird. Sie schützen sich. Glauben Sie mir: Ich habe alles versucht. Aber ich komme an diese Kerle nicht ran.«

»Danke«, sagte ich. Ich glaubte ihm. Er war keiner dieser Kollegen, die sich aus ihrer Pflicht stahlen.

»Ich versuche es weiter, Frau Kubitko. Wenn sich was tut, hören Sie von mir!«

»Schön«, sagte ich und wartete, dass er auflegte.

Aber er legte nicht auf. Er wollte noch was.

»Wegen dem Treffen, dem privaten, meine ich …«

»Ich melde mich bei Ihnen, sobald meine Tochter mir Zeit lässt«, sagte ich schnell. Ich glaube, es klang ziemlich erschrocken.

»Genau das wollte ich sagen: Lassen Sie sich Zeit!«, versicherte er mir.

»Danke«, sagte ich.

Die Tür war nicht abgeschlossen. Nele war also schon da. Ich schloss leise auf und schlich ins Wohnzimmer, wo mein Kalorienschatz versteckt war.

Keine Nele.

Ich ging in die Küche. Vielleicht hatte sie sich mit den Süßigkeiten dorthin zurückgezogen. Doch auch in der Küche war sie nicht.

Was war los?

Ich horchte an der Tür ihres Zimmers. Nichts. Ich klopfte an. Sie antwortete nicht. Also trat ich einfach ein. Es dauerte eine Weile, bis ich sie entdeckte. Sie hatte sich in ihrer Federbettenburg versteckt – wie früher, als sie noch ein Kind war. Ein richtiges Kind, meine ich.

Ich setzte mich – noch im Mantel – auf die Bettkante.

Nele schluchzte. Meine Nele schluchzte.

Und ich hatte ein schlechtes Gewissen.

In letzter Zeit war es nicht immer optimal mit uns gelaufen. Ich kam nicht mehr zum Essen, weil ich alle Hände voll mit den Ermittlungen um Gudruns Tod zu tun hatte, und sie trieb sich mit diesem Ufuk herum.

Ich streichelte sie. Das hatte ich auch schon lange nicht mehr getan.

Meine Nele schluchzte noch schlimmer. Sie klang, als würde ich sie schlagen.

Also war es meinetwegen.

Dieser Ufuk war ihr erster Freund. Und ich hatte mich nicht gerade wie eine gute Mutter verhalten. Vielleicht sollte ich ihn mal zum Sonntagnachmittagskaffee einladen.

»Nele«, sagte ich. »Lass uns reden!«

Sie schnappte nach Luft. Die Arme.

Ich dachte immer nur an ihr Gewicht. Ich musste mich viel mehr um ihre Seele kümmern. Schließlich war ich ihre Mutter und nicht ihre Ernährungsberaterin.

Meinetwegen sollte sie diesen Ufuk halt mit nach Hause bringen. Wenn sie ihn liebte, konnte ich nichts dagegen machen. Höchstens dass ich ein Auge auf den Kerl warf und ihn vielleicht auch mal zur Seite nahm, um ihm etwas Anstand beizubringen.

Das würde ich tun. Ganz bestimmt würde ich das.

»Wegen Ufuk. Wenn du willst, kann er mal zum Essen kommen.«

Nele war still geworden. Sie hob den Kopf.

Also doch. So einfach war es. Und ich hatte immer geglaubt, dass meine Nele anders sein würde: klüger, bewusster, hellsichtiger – jedenfalls nicht so triebgesteuert wie all die anderen Hühner.

Ich seufzte. »Also – Sonntag?«

Sie schaute mich aus verheulten Augen an.

»Was ist am Sonntag?«, fragte sie leise.

»Dann kannst du deinen Ufuk zum Essen nach Hause bringen.« Es kostete mich wahrlich Überwindung, so zu tun, als sei das das Normalste von der Welt.

Sie warf den Kopf zurück und zog die Knie an die Brust. »Den?«

»Hast du noch einen anderen?«

»Darüber kann ich nicht lachen, Mama!«

»Ich auch nicht, mein Kind.«

Gab es jetzt eine Grundsatzdiskussion über den richtigen Ton zwischen Mutter und Kind? War ich nicht über meinen Schatten gesprungen?

»Dieser Scheißkerl kommt mir nicht mehr ins Haus!«, zischte mein Reh.

Ich verstand gar nichts mehr. Dieser Scheißkerl?

»Ich will auch nicht mehr, dass du ihn erwähnst. Hörst du: Du sollst diesen Namen vergessen!«

Danach verbarg sie ihren Kopf in der Kissenburg und weinte jämmerlich. Die Kissen dämpften ihren Schmerz. Ich vernahm nur ein tiefes Brummen, wie von einem Elektromotor.

Mein armes Reh. Warum musste sie so leiden? Am liebsten hätte ich sie jetzt in den Arm genommen. Aber die Kissenburg hinderte mich daran, und das Brummen des Elektromotors, das so gar nicht zu meiner sonst so taffen Nele passte. Um genau zu sein: Das In-den-Arm-Nehmen ist auch nicht meine Stärke. Ich habe immer das Gefühl, dass meine Arme nicht lang genug sind und dass sich diejenigen, zu denen ich eigentlich zärtlich sein will, durch mich eingeengt fühlen.

Also begnügte ich mich damit, den Teil ihres Körpers, der aus der Kissenburg herausragte, zu tätscheln. »Mein armer Schatz, was ist denn geschehen?«

Nele hob den Kopf aus ihrem Versteck. »Du kannst dir nicht vorstellen, was er getan hat, dieser Mistkäfer.«

»Doch das kann ich, meine Süße«, entgegnete ich und streichelte ihr übers Haar.

Sie schluchzte noch ein wenig. Dann richtete sie sich auf. »Ich will ihn nie wiedersehen. Wenn er hier auftaucht, dann jagst du ihn weg, Mama. Versprichst du mir das?«

»Ja, das tue ich.«

Ich werde noch viel mehr tun. Ich werde ihn mir vorknöpfen. Ich werde meine Kollegen vom Drogendezernat auf ihn aufmerksam machen. Die finden immer was. Immer. Selbst bei einem Geistlichen. Und die sind nicht zimperlich.

»Er hat …« Sie schluckte. Sie musste beide Hände gegen das Brustbein drücken, um nicht zu ersticken.

»Du musst es mir nicht sagen.« Es war mir auch egal. Hauptsache, wir waren ihn los und meine Nele gehörte wieder mir alleine. »Ich meine, du musst es nicht jetzt sagen. Wir können auch darüber reden, wenn es dir wieder besser geht.«

Ihr Gesicht gerann zu einer Fratze. Es sah aus, als schmelze eine Wachsfigur über einer Flamme. »Ich bin noch nie so erniedrigt worden.«

Ich stand auf. »Ich werde ihn mir vorknöpfen. Wenn er dir was getan hat, muss er bezahlen.«

Immerhin, sie hörte auf zu weinen. Sie nickte mehrmals – so als überlege sie sich mein Angebot reiflich. Dann schloss sie die Augen, sammelte sich und atmete tief durch.

»Er hat …« Nele machte Anstalten zu einem erneuten Heulkrampf, riss sich aber dann doch zusammen. »Er hat mir verboten …« Sie stockte.

Mir stieg die Galle hoch. »Dieser Ufuk hat dir nichts zu verbieten. Wo leben wir denn? Im Mittelalter?«

»Verboten ist vielleicht nicht das richtige Wort.« Plötzlich war meine Nele wieder ganz die Alte. Sie drehte die Augen und schaute zur Decke. Mein Reh. Mein schönes, kluges Reh. »Auf jeden Fall glaubt er, dass ihn das was angeht.«

»Was?«

»Naja, wie ich mich ernähre.«

»Dieser Uf …«

»Mama!« Nele Augen blitzten. »Ich will diesen Namen nicht mehr hören!«

»Dieser Kerl meint, er versteht was von Ernährung?«

Nele wurde sehr ernst. »Davon versteht er ganz bestimmt nichts. Stell dir vor: Er sagt, ich soll nicht so viel Salat essen.«

»Was?!«

»Ja. Er findet Süßigkeiten gut. Für mich. Er selbst hasst Süßigkeiten.«

Das war ja unglaublich, mein Reh sollte sich mit Süßigkeiten vollstopfen. »Aber, mein Schatz, das ist doch kein Grund zum Heulen. Lass den Blödmann quatschen!«

Prompt knickte sie ein, vergrub ihr Gesicht in die Kissengruft und leistete sich den nächsten Weinkrampf. Ich begann wieder, sie zu streicheln. »Klar, dass dieses Verhalten etwas mit seinem kulturellen Hintergrund zu tun hat. Seine Eltern haben ihn bestimmt ...«

Nele hob den Kopf. Die Augen waren feuerrot. »Er sagt, ich bin ihm zu dünn.«

Dieser Schwachkopf! Nele war genau richtig. Sie hatte eine Model-Figur. Danach konnte er unter den heutigen Teenies suchen – die trugen doch alle noch den Babyspeck mit sich herum und ließen ihn auch noch stolz über den Gürtel hängen.

»Er nennt mich Bohnenstange. Und Kleiderhaken. Er sagt, ich würde ihn sexuell nicht erregen, wenn ich nicht mindestens zehn Kilo zulege. Ich soll mich anders ernähren, wenn ich will, dass er mich liebt. Ich soll ganze Sahnetorten vertilgen. Ein Mädchen, das nur aus Haut und Knochen besteht, ist für ihn keine Frau.« Jetzt flossen wieder Sturzbäche an Tränen. »Er kriegt so keinen hoch, hat er gesagt. Ich soll gefälligst zulegen. Zulegen, Mama!«

So ein Idiot!

»Nein, mein Schatz, du bleibst, wie du bist. Dafür sorge ich schon.«

Sie kuschelte sich an mich. Wie ein Baby. Das hatte sie schon lange nicht mehr getan.

Aber ich dachte daran, dass dieser Ufuk ihr eigentlich das

vorschreiben wollte, was meine kleine Nele sowieso am liebsten getan hätte, nämlich sich unentwegt mit Kalorien vollzustopfen. Das hatte jedoch die Selbstachtung meines Rehleins tief verletzt. Wenn ihr Freund ihr befahl, sich nur noch von Fast Food und Honiggebäck zu ernähren, dann verzichtete sie lieber darauf. Er hätte es ihr nur anders verpackt präsentieren müssen – schon wäre meine Nele verloren gewesen, und ich hätte zuschauen können, wie der Zeiger der Waage höher stieg. Die Jungs von heute waren eben verblödet. Zu meinem Glück.

Nun hatte ich meine Nele wieder. Und Ufuk hatte das Nachsehen. Recht so. Besser hätte es gar nicht laufen können.

»Hast du Hunger?«, fragte ich.

Sie schniefte und nickte.

»Dann komm in die Küche. Ich mache dir einen Feldsalat mit Putenstreifen und getrockneten Tomaten.«

»Am liebsten würde ich gar nichts mehr essen. Nur um es diesem Affen zu zeigen …«

»Wir werden es ihm zeigen. Du wirst in High Heels an ihm vorbeistöckeln, wenn er seine Zukünftige ausführt, mein Reh. Du schlank und rank und sie mit tonnenschweren Beinen und einem Arsch wie ein Ackergaul. Abgemacht?«

Nele nickte.

»Gut, dann komm jetzt in die Küche! Wir essen.«

Sie küsste mich auf den Mund. »Danke, Mama. Wenn ich dich nicht hätte!«

13. Kapitel

Es kam nichts von dem dünnen Mann. Er rief nicht mehr an.

Erst dachte ich, er sei sauer, weil ich seine Einladung zum Essen nicht angenommen hatte. Dann aber begegnete ich ihm mittags in der Kantine. Er stand – mit einem armseligen kleinen Salat und einem Stück Knäckebrot auf dem Tablett – in einer langen Reihe an der Kasse an. Als er mich sah, errötete er. Ich wollte schon abdrehen. Dann jedoch strahlte er mich an wie ein verliebter Pudel, und ich konnte mich nicht mehr aus dem Staub machen, ohne ihn zu verletzen.

»Frau Kubitko, schön, Sie hier zu sehen!«, jubelte das Männlein. So laut, dass man es selbst in der Raucherecke hörte, wo mein Chef Lewandowski und seine Wespentaillen-Vorzimmerdame saßen, Obstsalat aßen und Sprudelwasser aus Sektgläsern tranken.

Nur wenige Meter hinter ihm standen die Strolche von der Kriminaltechnik an. Aus den Augenwinkeln konnte ich sehen, dass sie die Köpfe zusammensteckten und tuschelten.

»Haben Sie es schon mal bei Facebook versucht?«, fragte er laut und vernehmlich.

Nun sahen alle her. Und alle wussten Bescheid.

Ich zog ein leeres Tablett vom Stapel und drängelte mich durch die Schlange zu dem Männlein durch. Einer vom SEK versperrte mir den Weg. Ein Einsneunzig-Mann mit Schultern wie ein Zehnkämpfer. Die Burschen sind nicht die Hellsten, und sie fühlen sich immer benachteiligt: bei der Urlaubsregelung, beim Weihnachtsgeld, sogar beim Anstehen an der Essensausgabe. Also machte der SEK-Mann sich breit. Er glaubte, ich drängelte mich vor, weil ich, gierig wie ich nun mal bin, nicht warten wollte, bis ich an der Reihe war.

Ich stieß ihm mein leeres Tablett in die Nieren. Er drehte sich um.

»Tschuldigung«, sagte ich und nutzte seine Verblüffung, um doch noch an ihm vorbeizukommen. »Sie sehen doch: Ich nehme Ihnen nichts weg. Ich habe nicht mal was auf dem Tablett. Ich will nur nach vorne, um mit einem Kollegen zu reden.«

Seine Begleiter maulten. »Warum brauchen Sie dann ein Tablett, he?«

»Hier gilt: Wer zuerst da ist, bekommt zuerst«, erklärte ein anderer. Und der nächste meinte: »Wir tun auch nur unsere Arbeit, wir sind nicht schlechter als die Stubenhocker.«

Mit Stubenhocker meinte er uns Kripo-Leute. Sie konnten sich nicht vorstellen, dass man ein Problem auch mit Handy und Computer und Zeugenbefragungen lösen konnte anstatt mit Blendgranaten und Dum-Dum-Geschossen. Einer drohte sogar mit einer Beschwerde beim Personalrat. Sie sind etwas kindisch – unsere SEK-Leute. Wer was auf dem Kasten hat, meldet sich nicht zu dieser Gurkentruppe.

Das Männlein glühte vor Begeisterung. »Dem haben Sie's aber gegeben.«

Ich versuchte zu lächeln, auch wenn mir nicht danach zumute war. Mir war klar, was demnächst der Flurfunk als neueste Sensation vermelden würde: Dass ich und das Männlein ein Paar wären. Das Nilpferd und der Pavian. Eine Riesengaudi.

»Frau Kubitko, Sie glauben ja gar nicht, wie sehr ich mich freue, Sie zu treffen.«

»Nicht so laut!«, zischte ich und schaute mich um.

Die SEK-Leute ließen uns nicht mehr aus den Augen; sie waren so angespannt wie bei einem Einsatz. Es fehlte nicht viel, und wir wurden das Paar des Jahres.

Das Männlein schaute groß. »Ist es geheim?«

»Was?«

»Der Fall des toten Mädchens«, flüsterte er.

Ich war heilfroh, dass er nicht mehr ganz so laut war. Deshalb widersprach ich nicht.

»Ich bin keinen Schritt weiter«, teilte er mir dann mit einem Hundeblick mit.

»Schade.« Für einen Moment hatte ich geglaubt, er hätte mir etwas mitzuteilen.

»Aber mir ist was eingefallen: Facebook.«

»Was ist damit?«

Er leckte sich die Lippen vor Eifer. »Sie haben doch sicher den Artikel in der *Kriminologen-Umschau* gelesen?«

»Welchen Artikel denn?« Ich kannte das Revolver-Blatt nicht einmal.

Er legte den rechten Zeigefinger auf die Lippen. »Über soziale Medien als Hilfsmittel in der kriminalistischen Arbeit.«

»Weitergehen!«, skandierten die SEK-Idioten hinter uns.

Ich drängte den Kollegen zur Kasse. Er zog eine ovale Geldbörse aus der Gesäßtasche, klappte sie umständlich auf und zahlte die 2 Euro 20 für seinen Salat und das Knäckebrot.

»Und Sie haben heute nichts, Frau Kubitko?«, fragte die Kassiererin spitz.

»Mir schmeckt's hier nicht mehr«, entgegnete ich. Immerhin – die Kassiererin wurde rot. Manche Menschen wissen eben doch noch, was sich gehört.

Das Männlein hatte das Wechselgeld bekommen und seine ovale Geldbörse verstaut. Nun presste er die Lippen zusammen und konzentrierte sich. »Es geht um besonders findige Kollegen aus Hannover. Die haben nach einer jungen Türkin gesucht. Das Mädchen wurde seit Tagen vermisst. Und sie kamen einfach nicht weiter. Da haben sie in ihrer Not eine Facebook-Site eingerichtet und dort nach dem Mädchen gefragt. 34.000 Nutzer haben die Site angeklickt. Jeder von denen hat mindestens 100 Freunde. Im Nu erreichen Sie drei Millionen Menschen.« Er war begeistert von dieser Vorstellung. »Nicht irgendwelche. Alles junge Leute, die keine Zeitungen mehr lesen und wenig fernsehen. An die kommen wir sonst gar nicht ran. Aber über Facebook geht das.«

Die Kassiererin wurde laut. »Wenn die Herrschaften ihre Diskussion vielleicht außerhalb meines Arbeitsbereiches fortsetzen würden …«

»Weitergehen!«, forderten die SEK-Leute uns auf. »Los!«

Ich flüchtete zu einem frei werdenden Tisch. Wir nahmen Platz. Ich mit meinem leeren Tablett. Mein Kollege mit seinem Salat und dem Knäckebrot. Er begann sofort zu essen.

Meine Befürchtung bewahrheiteten sich: Er ging den kleinen Senioren-Salat an wie ein Rieseneisbein mit Püree und Sauerkraut. Das Männlein arbeitete sich daran ab. Der Kollege ächzte, schwitzte, schnappte nach Luft, und als er es endlich geschafft hatte, sich die drei Gramm Rohkost einzuverleiben, lehnte er sich zurück und verdrehte die Augen wie eine Python, die einen Büffel verschlungen hatte.

Ich starrte das Stück Peperoni an, das er auf dem Tellerchen zurückgelassen hatte. Ich hätte es liebend gerne gegessen. Aber die gesamte Berliner Polizei schaute zu. Deshalb ließ ich es, obwohl der Hunger in meinem leeren Magen rumorte wie ein Bär.

Langsam kam mein neuer Freund wieder zu Kräften. »Die Kollegen aus Hannover haben auch in anderen Fällen sensationelle Ergebnisse erzielt. Zwei vermisste Kinder wurden gefunden. Sie konnten sogar Kollegen aus Nordrhein-Westfalen bei einer Mordermittlung helfen. Tja, liebe Frau Kubitko, die digitale Welt ist ein Dorf. Man muss nur wissen, wie man mit dem Internet umgeht.«

»Was hat das mit meiner toten Gudrun Läpple zu tun?«

Das Männlein wuchs wieder etwas, es richtete sich auf. »Meinen Sie nicht, Sie könnten mit einem Aufruf auf Facebook etwas mehr über die Betreiber dieser Tötet-die-Dicken-Site erfahren?«

Mir widerstrebte dieses Facebook-Zeugs. Mir widerstrebte, ehrlich gesagt, das gesamte Internet. »Ich glaube nicht an Facebook. Dort sind doch nur Leute, die keine richtigen Freunde haben.«

Leute wie ich zum Beispiel – ich hatte auch keine richtigen Freunde. Ich hatte nur Nele. Und Eugen Läpple, den Kinderficker.

Dem Männlein rutschte vor lauter Eifer die viel zu große Brille von der Nase. »Sie glauben nicht an Facebook, Frau Kubitko?! So etwas habe ich ja noch nie gehört. Sie leben in einer anderen Zeit, Madame. Das Internet ist ... es ist ein ...« Er schnappte nach Worten wie nach Luft.

Irgendwie war der Kollege aus der Computerabteilung ja süß. Aber irgendwie war er auch eine Lachnummer.

Er rieb sich mit der Serviette den Schweißfilm von der Stirn. »Das ist so, als hätte damals jemand gesagt: Ich glaube nicht an das Telefon.« Er gluckste. Nicht vor Lachen, ihm war beileibe nicht zum Lachen. Die Sache war todernst. Er gluckste vor Entrüstung.

»Das haben damals viele gesagt«, entgegnete ich gelassen. Je mehr er sich ereiferte, desto ruhiger wurde ich. Das ist bei mir immer so, wenn ich im Recht bin.

Er schüttelte den dünnen Zeigefinger vor meiner Nase. »Möglicherweise haben das damals welche getan, Frau Kubitko. Aber Sie können heutzutage nicht behaupten, diese Leute hätten Recht behalten.«

Nein, das konnte ich nicht. »Trotzdem, was in Hannover klappt, muss nicht auch in Berlin klappen.«

»Warum versuchen Sie's nicht? Es kostet Sie doch nichts. Sie machen einen Aufruf auf Ihrer Facebook-Site und warten was passiert …« Er schaute mich so groß an, als hätte er mir soeben einen Heiratsantrag gemacht.

Nun konnte ich es ihm nicht mehr ersparen. »Ich habe gar keine Facebook-Seite.«

Es dauerte nur wenige Minuten. Dann hatte Horst – so hieß mein Männlein aus der Computerabteilung – meine Facebook-Seite eingerichtet.

»Da wir kein Foto zur Hand haben, nehmen wir einfach etwas aus dem Internet. Das machen viele. Was halten Sie davon?«

Horst klickte auf eines der Fotos, die er bei Google gefunden hatte.

»Aber das ist doch Sigourney Weaver.«

»Ja, und? Gefällt sie Ihnen nicht?«

»Das ist eine Schauspielerin.«

»Sehen Sie denn nicht die frappierende Ähnlichkeit?«

»Nein. Klicken Sie gefälligst das Foto weg! Ich mache mich doch nicht lächerlich.«

Doch Horst klickte Sigourney Weaver nicht weg. Er klickte auf »Kopieren« und lud das Foto der schönen Hollywood-Schauspielerin auf meine neue Facebook-Seite hoch.

»Das geht nicht«, protestierte ich.

»Haben Sie ein anderes Foto zur Hand?«

»Ich könnte eins besorgen.«

Horst schaute mich mit diesem Dackelblick an, den er so gut draufhatte. Er meinte es gut mit mir. Also Sigourney Weaver.

Horst aktivierte mein Konto. »Nun können Sie loslegen, Frau Kubitko.«

»Danke, Horst. Aber morgen bringe ich ein Foto von mir mit, und wir ersetzen die Schauspielerin, klar?«

»Wie Sie meinen, Loreley.« Er brachte mich zur Tür seines Büros. »Vielleicht hat Ihre Tochter ja mal etwas vor«, sagte er und lächelte unsicher. »Dann würde ich Sie gerne zum Essen ausführen. Sie fallen ja ganz vom Fleisch.«

Eines musste man dem dünnen Horst lassen: Manieren hatte er bessere als Eugen Läpple. Aber das Herz einer Frau ist ein einsamer Jäger.

Ich gab in mein Facebook-Konto ein Profil ein. Polizistin, ledig, ein Kind. Geburtsdatum. Hobbys: Lesen, Kochen, Ausgehen – was anders fiel mir nicht ein.

Dann verlinkte ich meine Seite mit der meiner Tochter Nele. Es dauerte nicht mal eine Stunde, da kam schon die Antwort.

»Toll, Mama, du bist auch auf Facebook! Was ist das für ein Foto? Ist das von früher?«

War sie nicht süß, meine Kleine?

Im Nu wurden mir Freundschaften angeboten. Das machte die Plattform anscheinend automatisch. Natürlich kamen die Kontakte alle von Neles Konto. Ich bestätigte jede Anfrage. Nach einer weiteren Stunde hatte ich mehr als 100 Freunde. Toll. Wenn es im Leben nur so einfach wäre.

Ich überlegte lange, wie ich am besten vorging.

Ich durfte nicht den Eindruck erwecken, dass mein Interesse an toetet-die-dicken.de beruflicher Natur war. Also fragte ich einfach nach, wer mit dieser Seite Erfahrungen gemacht hatte.

Schon nach wenigen Minuten kam eine Antwort. Von einer Miriam, die ich nicht kannte, aber zu Neles und nun auch zu meinen Freundinnen gehörte. »Warum willst du das wissen, Sigourney?«

Ich schaltete den Computer ab und machte Feierabend.

Als ich das Präsidium verließ, hielt ein Taxi vor dem Portal.

Ich ging zu meinem Wagen und sah noch, dass eine blonde Frau ausstieg und bezahlte.

»Frau Kubitko!«

Die Stimme schnitt in mein Hirn.

Christiane Bungert.

Höchstpersönlich. Und wieder mal in einem bedenklichen Zustand. Das sah ich schon, als sie die Straße überquerte, ohne auf den fließenden Verkehr zu achten.

Der Kleintransporter einer Glaserei musste so scharf abbremsen, dass eine der Scheiben, die seitlich in einem Rahmen standen, herauskippte und den Asphalt mit einem Scherbenregen übersäte.

Die beiden Fahrer sprangen aus dem Wagen und beklagten lauthals den Schaden.

Christiane Bungert kümmerte das nicht. Sie stöckelte auf mich zu, als sei der Scherbenzauber ein netter Einfall zu ihrer Begrüßung.

Ich wusste, dass mich nichts Gutes erwartete. Aber es war zu spät, die Flucht zu ergreifen.

»Frau Kubitko, Sie werden es nicht glauben.« Sie lachte kurz und hell auf und legte die flache Rechte über ihre Stirn, als würde sie gleich ohnmächtig werden.

Die Leute von der Glaserei schauten sich kopfschüttelnd die Bescherung auf der Straße an. Einer wies mit ausgestrecktem Arm auf Frau Bungert. Die aber hatte mit mir zu tun. Sie warf den Kopf in den Nacken, schloss die Augen und atmete tief durch. Dann riss sie die Augen auf, machte ein paar Schritte auf mich zu und umschloss mit beiden Händen meinen rechten Unterarm. »Frau Kubitko, glauben Sie an Geister?«

Auch das noch.

Christiane Bungert legte den Kopf zur Seite. »Ich frage Sie allen Ernstes, Frau Kommissarin, ob Sie an …«

»Sie haben gerade einen Unfall verursacht.«

»Ich? Wieso?«

»Da ging was zu Bruch.«

Sie drehte sich um. »Dafür kann ich doch nichts. Wenn die zu blöd zum Fahren sind ... Ist das hier eine Autobahn oder was?«

Die beiden Glaser waren geladen, das sah ich schon an ihrem Gang.

Für Frau Bungert war das kein Problem. Die beiden Männer existierten gar nicht für sie.

»Der Geist stand vorm Haus. Heute Morgen. Ich hatte Frühschicht. Frühschicht im Krankenhaus heißt: Ich muss um fünf Uhr los. Da ist normalerweise noch keiner unterwegs. Deshalb habe ich ihn auch sofort gesehen, den Geist. Wie aus der Erde gewachsen. Wie eine Wunderkerze sah er aus. So hell und gerade. Auf der anderen Straßenseite stand er und schaute hoch. Der Astralleib. In den vierten Stock schaute er. Verstehen Sie? In den vierten Stock.«

Ich verstand nicht. Ich kam aber auch nicht zum Nachdenken.

Die Glaser umringten sie. Einer baute sich rechts, der andere links auf. Sie wollten sicherstellen, dass die Bungert nicht nochmal ausbüchste. »Sie sind auf die Fahrbahn gelaufen. Deshalb musste ich eine Vollbremsung machen. Schauen Sie sich die Bescherung an! Alles voller Glas. Dafür werden Sie aufkommen.«

Sie schaute den Mann an, als rede er in einer fremden Sprache.

Der andere Glaser machte einen Schritt auf sie zu. »Eigentlich war das Fahrerflucht. Sie sind einfach abgehauen.«

Frau Bungert fasste sich mit beiden Händen an den Hals. »Gehen Sie weg!«

»Wir gehen nicht weg«, entgegnete der andere. »Erst nehmen wir den Unfall auf.«

»Ich ertrage das nicht.« Frau Bungert hielt die Nase hoch. »Merken Sie das nicht selbst? Gehen Sie weg, halten Sie Abstand!«

Die beiden rührten sich nicht von der Stelle.

Sie streckte die Arme aus, als müsste sie eine Bedrohung abwehren. »Weg!«

Die Glaser blickten sich unsicher an, einer rückte wirklich etwas von der Bungert ab.

»Sie machen mich wahnsinnig. Wenn Sie nicht sofort Abstand halten, schreie ich.«

Die beiden Männer schauten mich an. Doch ich zuckte nur mit den Achseln. Ich konnte ihnen nicht helfen.

Dann fing Frau Bungert an zu schreien. Erst riss sie nur den Mund weit auf, ohne dass ein Ton zu vernehmen war.

Die beiden Männer wussten sich nicht zu helfen: Sie konnten sich nicht einfach wegschicken lassen. Schließlich war eine Scheibe zu Bruch gegangen. Andererseits hatten sie Angst vor dieser stumm schreienden Furie.

Dann kam zu der Pantomime die Tonspur dazu.

Es war kein übliches Schreien. Also nicht unerträglich laut und kreischend.

Es war anders. Viel schlimmer. Frau Bungert schrie eigentlich gar nicht. Sie piepste. Das tat sie allerdings in Tonhöhen, die für das menschliche Gehörsystem abträglich waren. Es war ein sehr beunruhigendes Geräusch.

Die Männer verzogen die Gesichter. Ich hielt mir die Ohren zu.

Frau Bungert wedelte mit den Händen in Richtung des Transporters, den sie zur Vollbremsung gezwungen hatte: »Weg, weg!«

Die Glaser steckten die Köpfe zusammen und berieten sich. Einer zog sein Handy hervor und wählte eine Nummer. Ich nehme an: die der Polizei. Er wandte sich ab und sprach ins Telefon.

Frau Bungert hörte auf zu schreien. Sie nahm meinen Arm und flüsterte: »Kommen Sie!«

Sie zog mich weiter.

»Mein Wagen, er steht doch hier«, protestierte ich.

Doch Frau Bungert duldete keinen Widerspruch. Sie hängte sich bei mir ein, als wären wir alte Freundinnen, beugte sich leicht vor und zog mich von den beiden Männern weg.

»Warten Sie!«, rief einer. »Gleich kommt ein Streifenwagen.«

»Ein Streifenwagen!!«, prustete Frau Bungert. »Die ticken doch nicht richtig. Warum tut die Polizei nichts gegen solche Typen? Wissen Sie das?«

»Nein«, antwortete ich.

Auf der anderen Straßenseite blieb die Bungert stehen. Sie streckte sich und schloss die Augen. »Also. Der Astralleib. Sie glauben ja nicht, welcher Schreck mir da in die Glieder gefahren ist. Morgens um fünf. Bei uns vorm Haus.«

Ich machte mich los. »Frau Bungert, für übersinnliche Erscheinungen bin ich nicht zuständig.«

Sie verzog das Gesicht zu einer Grimasse. »Sie wissen ja noch gar nicht, wer mir da begegnet ist – morgens um fünf, in der Dunkelheit. Um diese Zeit ist es nämlich noch dunkel.«

»Das war vielleicht der Grund für diese Erscheinung. Sie haben in der Dunkelheit ein Lichtlein gesehen und gedacht ...«

Sie tippte mit dem rechten Zeigefinger gegen ihre Stirn und blies die Backen auf. »Ich bin doch nicht gaga, ich sehe doch keine Gespenster.«

»Anscheinend doch.«

Ihr Gesicht kam mir ganz nahe. Ich roch ihr Parfüm – herb und frisch, aber grell übermalt durch den Rauchermief, der in ihrer Löwenmähne nistete wie Ungeziefer. Frau Bungert war schön und unnahbar und kühl. Aber es gab auch an ihrer perfekten Erscheinung mindestens einen Makel – diese Erkenntnis beruhigte mich ein wenig. Was viel wichtiger war: Sie dämpfte meinen Neid. Fast wäre ich dieser anstrengenden Frau gegenüber nachsichtig geworden. Aber nur fast.

»Ich lasse mich doch nicht verarschen«, erklärte Frau Bungert kalt. »Da war ein Geist. Basta!«

Ein Streifenwagen fuhr vor. Die beiden Glaser gingen zu dem Wagen hin, aus dem ein Beamter ausstieg. Die Glaser sprachen mit ihm. Der Beamte schaute sich kopfschüttelnd die Glassplitter auf der Straße an.

»Ich verarsche Sie ja nicht, Frau Bungert ...«

»Ich habe einen Geist gesehen«, behauptete sie trotzig und drückte die geballten Fäuste gegen ihre Oberschenkel. Die Nasenflügel flatterten. Sie riss die Augen weit auf. Wie ein Raubtier. Langsam verstand ich, was Walter Bungert aushalten musste und was ihn zu seinen nachmittäglichen Fluchten in die Welt der Hochglanzfotos trieb.

»Dieser Geist stand auf der anderen Straßenseite. In der Kurfürstenstraße. Morgens um fünf.«

»Ich weiß, ich weiß: Wenn kaum Menschen auf der Straße sind.«

Sie fuchtelte mit dem Zeigefinger vor meiner Nase herum. »Reden Sie nicht so mit mir! Nur weil Sie Polizistin sind ...«

»Ich meine nur, dass es für diese Erscheinung keine Zeugen gibt. Außer Ihnen, Frau Bungert.«

»Bin ich Ihnen nicht genug?!«

Der Kollege kam mit den beiden Glasern zu uns herüber.

»Wer von Ihnen beiden ist vor dem Glastransporter auf die Straße gelaufen?«, fragte der Beamte.

Bevor ich antworten konnte, wandte Christiane Bungert sich zu den Männern um. »Die beiden haben mich belästigt! Kann man heutzutage als Frau denn nicht mehr allein auf die Straße gehen?«

Dem Kollegen imponierte das nicht. »Sie sind in den fließenden Verkehr gelaufen und haben eine Vollbremsung provoziert, sagen die beiden Herren hier.«

»Die beiden sind Lügner.«

Der Kollege verlor die Geduld. »Wie kommt denn das ganze Glas auf die Straße?«

»Das weiß ich doch nicht«, fuhr sie den Polizisten an.

»Es gibt hier zwei Zeugen, die behaupten, dass Sie ihnen vor den Wagen gelaufen sind.«

»Die beiden Witzfiguren nennen Sie Zeugen?!« Frau Bungert lachte ihn aus.

»Sie, geben Sie Acht – im Nu hat man eine Beleidigungsklage am Hals.«

Frau Bungert drehte sich nach mir um. »Jetzt sind Sie aber meine Zeugin, Frau Kubitko. Der Bulle hat doch gerade behauptet, ich hätte ein loses Mundwerk.«

Mein Kollege wurde rot. »Haben Sie mich eben ›Bulle‹ genannt?«

Frau Bungert schaute weg. Sie beachtete ihn einfach nicht mehr.

»Ich habe Sie etwas gefragt: Haben Sie mich ›Bulle‹ genannt?«

Doch die Diva strahlte mich an. »Sagen Sie selbst, Loreley, muss ich mir das gefallen lassen? Wir leben hier doch nicht in einem Polizeistaat, oder?«

Die Glaser warfen sich genervte Blicke zu. Sie gingen zu ihren Wagen und zogen einen Besen von der Ladefläche. Einer kehrte die Scherben zusammen, während der andere einen Handfeger und eine Schippe aus dem Wagen holte.

»Sie, ich rede mit Ihnen!«, sagte der Kollege und zog einen Notizblock aus seiner Jacke. »Ich brauche Ihre Personalien.« Ich fand, dass er sich angemessen benahm. »Also bitte! Haben Sie einen Ausweis dabei?«

»Nein!« Frau Bungert stieß wütend mit dem rechten Fuß auf.

»Dennoch müssen wir das klären«, sagte der Kollege. »Wenn Sie mir dann bitte Ihren Namen und die Adresse nennen würden ...«

Frau Bungert verdrehte die Augen.

»Sind Sie in Berlin gemeldet?«

Frau Bungert seufzte. »Wo denn sonst? In Buxtehude vielleicht?«

Der Kollege zog einen Stift hervor. »Wo denn, bitteschön?«

»Kurfürstenstraße.«

»Die Hausnummer?«

»7.«

»Und der werte Name?«

»Läpple.«

»Wie schreibt man das?«

Der Kollege hatte eine bewundernswerte Geduld.

»Wie man's spricht. Mit ä und zwei pp.«

»Der Vorname?«

»Viola. Ohne ä und p.«

Der Kollege notierte den Namen.

Es wurde höchste Zeit, dass ich mich einmischte. Ich warte sowieso immer viel zu lange. »Moment mal …«

Der Kollege schaute von seinem Block auf und fixierte mich. »Sie warten aber jetzt mal, bis ich mit der Dame hier fertig bin!« Dann zu Christiane Bungert, sehr förmlich: »Also, ich wiederhole, Viola Läpple mit zwei p und ä, Kurfürstenstraße 7. In Schöneberg?«

»Genau. Kann ich jetzt gehen?«

»Natürlich nicht. Wir setzen jetzt die Anzeige auf.«

»Welche Anzeige?«

»Einmal wegen den Glasscherben, die die beiden Herren da gerade entfernen. Dann wegen Beamtenbeleidigung. Da kommt ein bisschen was zusammen, Frau Läpple.«

Sie errötete. »Mein Mann ist Journalist. Was glauben Sie, was der macht, wenn er das hört? Nächste Woche zählen Sie die Enten am Neuen See, anstatt hier friedliche Bürger zu terrorisieren.«

Wenn man Walter Bungert kannte, konnte man darüber

nur lächeln. Der Kollege aber geriet jetzt erst richtig in Rage. »War das eine Drohung?«

»Wenn Sie's so verstanden haben«, entgegnete die Bungert schnippisch.

»Gut, dann wird das jetzt die dritte Anzeige.«

Frau Bungert wandte sich um. »Nun sagen Sie doch auch mal was, Frau Kommissarin!«

Der Kollege blickte etwas belämmert erst von ihr zu mir, dann wieder zurück.

Die Bungert triumphierte. »Ich würde sagen, jetzt ist eine Entschuldigung fällig.«

»Aber ich muss doch ...«, stammelte der Polizist.

»Schwachkopf!«, zischte die Bungert. Sie nahm meinen Arm. »Wir gehen!«

Ich machte mich los. »Der Name, den die Dame Ihnen angegeben hat, ist falsch. Sie heißt Christiane Bungert. Die Adresse stimmt.«

Der Kollege nahm Frau Bungerts Arm und zog sie zu seinem Wagen. »Jetzt fahren wir zum Revier, und dann sehen wir weiter. Los!«

Sie wollte sich losmachen. Er ließ ihr aber keine Chance. In solchen Situationen wissen die Kollegen von der Streife, wie man zupacken muss.

Als der Polizist ihr schützend die Hand aufs Haupt legte, damit sie sich beim Einsteigen in den Streifenwagen nicht verletzte, hielt Frau Bungert inne und wandte sich mir noch einmal zu: »Sie verstehen gar nichts. Und Sie wollen Gudruns Mörder finden? Lächerlich! Der Geist, Madame, der Geist – das war ein Mensch. Ein richtiger Mensch. Einer, der wegen Gudrun gekommen ist. Verstehen Sie?«

Da erst wurde mein Kollege grob, er stieß sie in den Wagen und schlug die Tür zu.

Christiane Bungert hämmerte gegen die Scheibe, als er mit ihr losfuhr.

14. Kapitel

Es hatten sich 135 Sigourney-Weaver-Fans gemeldet und mir ihre Freundschaft angeboten. Zwei Männer baten mich, sie zu heiraten. Einer wollte mir bei einem intimen Treffen zeigen, »wo der Hammer hängt«. Er geizte nicht mit detaillierten Informationen. Die Länge seines Geschlechtsteils war ebenso angegeben wie die Frequenz seiner Samenergüsse. Ein anderer Mann drohte mir an, mich zu töten, wenn ich mich weiter als »seine Sigourney« ausgab. Eine ältere Dame erklärte, sie habe regelmäßig Kontakt mit Außerirdischen und bei denen sei ich bekannt »wie ein bunter Hund«. Ich sollte mich allerdings vorsehen: Möglicherweise seien die Aliens schon durch diverse Öffnungen in meinen Körper eingedrungen und würden dort Dinge tun, von denen ich keine Vorstellung hätte.

Nicht ein einziger User hatte etwas Verwertbares zur Tötet-die-Dicken-Seite mitzuteilen. Insofern war die Aktion also ein Misserfolg – mal abgesehen davon, dass sich mein Auftritt als Sigourney Weaver natürlich unter den Kollegen herumgesprochen hatte.

Ich musste am Morgen durch ein Spalier an Gemeinheiten und dummen Sprüchen.

»Sie müssen Geduld haben«, sagte Horst und kochte mir einen Tee.

»Schalten Sie den Scheiß aus!«, drängte ich das Männlein.

»Auf keinen Fall dürfen Sie schon nach einem Tag die Flinte ins Korn werfen, Loreley. Es heißt immer, das Internet sei ein blitzschnelles Medium. Das ist aber nicht ganz richtig.

Manche Dinge brauchen auch ihre Zeit. Hastige Bewegungen sind nicht Sache der Schwarmintelligenz.«

»Schwarmintelligenz? Meinen Sie damit etwa den, der mir zeigen will, wo der Hammer hängt?«

Horst wurde rot: »Tut mir leid, Loreley.«

»Sie können ja nichts dafür.«

Seine Brille lief an vor Eifer. »Ich wollte, ich hätte Sie vor diesem Schmutz bewahren können. Glauben Sie mir, Loreley: Es gibt auch anderes im Internet. Schöne Dinge. Freundschaft. Kunst. Große Gefühle.«

»Mir hat das hier gereicht.«

Er faltete die Hände und schaute mich schon wieder mit diesem hündischen Blick an. »Loreley, ich flehe Sie an: Geben Sie mir und der Community nur noch ein paar Tage! Wir werden Sie davon überzeugen, dass dort eine wahre und unverbrüchliche Demokratie herrscht.«

Wenn er so schaute und so sprach, dann würde es nie etwas werden mit unserem gemeinsamen Essen.

»Meinetwegen. Noch ein, zwei Tage. Aber nicht mehr mit dem Sigourney-Weaver-Foto. Ich habe Ihnen ein Foto von mir mitgebracht.«

Ich gab ihm meinen Daten-Stick. »Sie werden es sofort finden.«

Horst steckte den Stick in einen USB-Hub und schaute sich den Inhalt an. Dann lud er das Foto. Es war schon ein paar Jahre alt. Meine Nachbarin hatte es geschossen. Mit ihrer neuen Digitalkamera. Auf dem Balkon. Im Sommer. In Shorts und im T-Shirt. Es war etwas gewagt – überall quoll Fett heraus –, aber ich hatte kein Besseres.

Horst vertiefte sich in den Bildschirm mit meinem Foto.

»Was ist? Klappt es nicht?«

Er starrte immer noch auf den Monitor. »Dochdoch. Es ist … ein schönes Foto. Wirklich. Nur … Ich weiß nicht, wie ich es Ihnen sagen soll …«

Ein bisschen dreist war der Kerl schon. »Wir möchten ja nicht an einem Schönheitswettbewerb teilnehmen. Es geht um Ermittlungen in einem Todesfall.«

»Natürlich. Aber dieses Foto ist ... wie soll ich sagen? Es ist zu alt, meine Liebe.«

Meine Liebe? Waren wir schon so weit? Ich musste mich vorsehen: Dieser Horst war zwar ein Exot, aber offensichtlich stach ihn der Hafer.

»Das Foto ist höchstens drei Jahre alt. Was macht das aus?«

»Viel. Es verfälscht Sie. So sehen Sie nicht mehr aus.«

»So, wie sehe ich denn jetzt aus?«

»Anders.« Er wurde verlegen. »Nicht mehr so ... Ich meine: schlanker.«

Ich fand, das Foto war immer noch aussagekräftig genug. »Wir nehmen das!«

»Natürlich«, hauchte das Männlein und lud das Foto schleunigst auf mein Facebook-Profil.

»Aber ich übernehme keine Verantwortung«, rief er hinter mir her, als ich sein Büro verließ.

Lewandowski stand auf dem Flur.

Er steht sonst nie auf dem Flur. Lewandowski steht überhaupt nie irgendwo. Er ist immer in Bewegung. Er muss wichtige Dinge veranlassen. Menschen motivieren – oder das Gegenteil davon. Auf jeden Fall hat er keine Zeit, einfach irgendwo zu stehen.

Ich wollte ins Treppenhaus fliehen.

Aber er kam mit weit ausholenden Schritten und wedelnden Armen auf mich zu. Lewandowski bewegt sich wie einer, der eigentlich lieber reitet als zu gehen. Vielleicht ist das bei ihm sogar so. Er geht einmal die Woche mit seiner Wespentaillen-Vorzimmerdame zum Yoga. Sie hat ihn dazu überredet, heißt es, weil sie Angst hat um seine Gesundheit – bei der Verantwortung, die Lewandowski zu tragen hat. Aber das Yoga nutzt nicht viel bei Lewandowski; er geht immer noch wie ein Herrenreiter, der gerade vom Pferd gefallen ist.

Als er so flott und unaufhaltsam auf mich zukam, spürte ich, dass er auf mich gewartet hatte. Und dass es wieder mal ernst war.

»Loreley, was geht da vor?«

Vor lauter Schreck ließ ich die Tür zum Treppenhaus los. Sie schlug zu. Es hallte durchs ganze Haus. Lewandowski verzog sein kantiges Herrenreitergesicht zu einer Grimasse.

»Ich meine die Sache mit dem toten Mädchen.«

»Wieso? War schon wieder ein falscher Anwalt bei Ihnen?«

Lewandowski schaute sich um. Die Affäre mit dem grünen Frosch war ihm peinlich. Niemand sollte erfahren, dass er auf Marc Lapuis Bluff hereingefallen war. Das musste ich mir merken – für die nächste Pokerpartie mit meinem Chef.

Lewandowski war groß. Jedenfalls fühlte ich mich neben ihm, als wäre er zwei Meter groß. Er beugte seinen großen Pferdekopf zu mir herab. »Mensch, Lore, ich hatte gestern erst eine Zeugin an der Strippe, die sich von uns terrorisiert fühlt ...«

»Frau Bungert ist hysterisch und neurotisch und was weiß ich noch alles. Im Übrigen geht das auf das Konto der Schutzpolizei. Sie hat falsche Personalien angegeben. Sollte ich das so stehen lassen?«

Lewandowski schloss die Augen. Sein Atem roch säuerlich. Sicher war er magenkrank. Meinetwegen. Da halfen selbst die Yogaübungen mit der Wespentaillen-Sekretärin nichts.

»Lore, der Mann dieser Dame ist Willy Bungert.« Er richtete sich zu seiner ganzen Größe auf und schaute triumphierend auf mich herab. »Sie wissen, wer Willy Bungert ist?«

»Nein.«

Lewandowski schüttelte den Kopf und presste die Lippen

zusammen, als wäre sein Mundgeruch zu schade für mich. »Nicht mal das. Aber Sie behandeln diese Leute wie irgendwelche Penner.«

»Wenn sie es sind!«, entgegnete ich trotzig.

Lewandowskis Nasenflügel blähten sich auf. Er atmete tief ein. Beinahe hätte er mich miteingeatmet – wenn ich mich nicht im letzten Moment an der Türklinke festgekrallt hätte. »Frau Kubitko, wenn das so weitergeht, wird das nie was mit der Polizeischule. Willy Bungert ist ein prominenter Enthüllungsjournalist. Und er sitzt an einem Artikel über die Art, wie Sie diese Ermittlungen führen und wie Sie mit wichtigen Zeugen umspringen. Loreley, ich kann Sie nur warnen ...«

»Denken Sie an den Frosch mit dem Zopf!«

Lewandowski war kurz davor, mich zu schlagen.

Natürlich hätte er das nie getan. Aber ich sah es in seinen Augen, die jetzt alt und hässlich und rachsüchtig blitzten: Er hätte es genossen.

»Willy Bungert heißt eigentlich Walter Bungert«, sagte ich ruhig. »Wieso glauben Sie, dass er ein prominenter Enthüllungsjournalist ist?«

»Das ist doch scheißegal!« Jetzt schrie mein Chef. Schade. Jahrelang waren wir ohne Geschrei ausgekommen.

»Wer sagt, er wäre ein einflussreicher Journalist?«, fragte ich.

»Das weiß doch jeder.«

»Wer sagt das?!«

Lewandowski schrumpfte wieder zusammen. »Seine Frau. Sie droht uns an, dass er die Sache an die große Glocke hängt.«

»Die tickt doch nicht mehr richtig. Und der einflussreiche Journalist verbringt mehr Zeit im Bett als am Schreibtisch.«

»Loreley!!« Jetzt trafen mich Spuckebläschen. Lewandowski bemerkte es selbst und wich etwas zurück. Aber nur etwas. Seine Wut war längst noch nicht ausgelebt. »Die

Dame fühlt sich bedroht, Loreley. Sie aber lachen sie aus, sagt sie.«

»Die Dame hat einen Geist gesehen. Und dieser Geist ist angeblich wegen der toten Gudrun gekommen. Christiane Bungert ist eine beeindruckende Erscheinung. Aber leider hat sie auch eine beeindruckende Macke.«

Ich drehte mich um und ging.

Das heißt, ich wollte gehen.

Lewandowski holte mich schon nach wenigen Metern ein. Kein Wunder – mit seinen langen Spinnenbeinen. Er hielt mich an der Schulter fest. »Loreley, wenn dieser Frau was passiert, kommen Sie in Teufels Küche. Das meine ich ernst.« Er würde mich bluten lassen – wenn etwas schieflief. »Haben Sie das verstanden?«

»Ja, Chef.«

Er nickte mit geschlossenen Augen. »Gut, dann gehen Sie jetzt wieder an Ihre Arbeit! Und bringen Sie diese Sache so schnell wie möglich zu einem Ende!«

»Klar, Chef«, sagte ich und machte, dass ich davonkam.

Als ich schon im Treppenhaus war, streckte Lewandowski seinen großen Kopf noch einmal durch die Tür. »Ach, übrigens: Wie haben Sie das doch noch hinbekommen, mit dem Abnehmen? Sieht richtig gut aus! Ich meine: Der Anfang ist gemacht.«

»Ich reite«, antwortete ich.

Lewandowski war nur eine Sekunde perplex. »Wenn das so weitergeht und Sie jetzt auch noch ihre Arbeit anständig machen, wird's vielleicht doch noch was mit der Abteilungsleiterstelle an der Polizeischule. Also – wohlauf, Loreley!«

Ich brauchte dringend etwas Richtiges zu essen. Meine Nerven machten nicht mehr mit. Ich zitterte und brachte die Dinge durcheinander.

Wollte Lewandowski, dass ich ein Auge auf die Zeugin

warf, weil sie sich von einem Astralleib bedroht fühlte? Oder hatte ich das alles nur geträumt?

Meine Kleider schlotterten am Körper. Schon zwei Mal hatte ich längst abgelegte Sachen aus der Mottenkiste ziehen müssen, weil mir alles zu weit war. Neuerdings trug ich wieder einen Rock und Nylonstrümpfe. Das hatte ich seit über zehn Jahren nicht mehr getan. Ich kam mir darin nackt vor. Bevor alle meine Sicherungen durchbrannten, musste ich etwas tun. Ich musste anständig essen.

Nele war begeistert. »Ich hole uns zwei Pizzen beim Italiener an der Ecke.«

Sie war jeden Abend zu Hause. Wir waren wieder eine Familie.

Schön. Da gönnte ich uns auch mal eine Pizza. Ich gab ihr einen Zwanzig-Euro-Schein und trug ihr auf, gleich zwei Flaschen Bier mitzubringen. Das würde meinen Nerven guttun. Bier wirkte auf mich wie ein Beruhigungsmittel.

Ich deckte den Tisch und legte Musik auf. Eine CD von Grönemeyer, der gefiel Nele, und ich konnte ihn einigermaßen ertragen, besser jedenfalls als die Techno-Musik, die sie in ihrem Zimmer hörte.

Ich setzte mich an den Tisch und zündete die Kerze an.

Es fiel mir auf, dass ich das konnte, ohne mich einzuklemmen.

Eine Waage gab es in unserem Haushalt schon seit Jahren nicht mehr. Ich musste in den letzten Wochen einige Kilos verloren haben. Leider nicht durch eine disziplinierte Diät.

Es war die tote Gudrun, die mich auf eine mysteriöse Weise vom Essen abhielt. Vielleicht war es ja weniger der Geist, den die Bungert gesehen hatte, als das Mädchen selbst, das in die Dinge eingriff. Sie spukte in meinem Kopf herum. Und ich wusste genau, ich würde keine Ruhe finden, bis ich herausgefunden hatte, warum sie aus dem vierten Stock in den Hinterhof gestürzt war.

Ich würde nicht nachgeben, das schwor ich mir.

Ich würde ihren Mörder finden, falls Gudrun ermordet worden war.

Das war der Pakt, den ich mit Gudrun einging. Ich versprach es dem dicken Mädchen. Hoch und heilig. Es war, als würde ich es mir selbst versprechen.

Gudrun war ich und ich war Gudrun.

Dafür durfte ich dann auch hin und wieder etwas essen. Richtig essen, meine ich.

Nele läutete. Ich ließ sie herein. Sie trug zwei große, flache Pakete und eine Tüte, in der die Bierflaschen klirrten. »Einmal mit Ananas, Schinken und Hackfleisch. Einmal mit Meeresfrüchten und viel Knoblauch. Vorsicht, heiß und fettig!« Nele balancierte die Pizzen zum Küchentisch.

»Dann nehme ich die mit Schinken und Hackfleisch«, sagte ich. »Hast du die Maxi genommen?«

Nele stellte die Pakete vorsichtig ab und zog die Bierflaschen aus der Tüte. Sie glänzten vom Kondenswasser. Ich bekam große Lust, mich über all die guten Sachen herzumachen. »Nachher lassen wir einfach alles stehen und gehen in die Eisdiele«, ordnete ich an.

Nele machte ein langes Gesicht. »In die Eisdiele? Nicht dass wir Ufuk dort begegnen ...«

»Na und? Ufuk geht uns nichts mehr an.«

»Ja, schon. Aber wenn er sieht, dass ich mit dir in die Eisdiele gehe, glaubt er am Ende noch, ich habe es mir überlegt und fresse mir seinetwegen eine Wampe an. Du weißt doch, wie sie sind, diese Araber.«

»Türke. Er ist Türke«, korrigierte ich sie.

»Ist doch sowieso alles gleich«, sagte Nele und begann die Pizzen auszupacken. Sie waren sehr heiß. Sie fabrizierte die riesigen Pizzen auf unsere Teller. Dann nahm sie sich die Hände reibend Platz. Mein süßes Reh.

»Das wird aber jetzt nicht zur Regel«, sagte ich. Ich trug

schließlich immer noch Verantwortung für das Kind. »Morgen gibt's wieder Salat mit Putenstreifen.«

Nele nahm das Besteck. »Nun mach schon, Mama!«

»Und Türken sind auch keine Araber.«

Nele rollte die Augen. »Jetzt ist aber gut.« Sie hob die Stimme. »Die Pizzen werden kalt.«

Ich suchte den Flaschenöffner und öffnete das Bier. Es knallte und roch gut. Ich schenkte ein. Wir stießen an.

»Auf uns«, sagte ich.

Mein Reh strahlte. »Ja, auf uns, Mama. Nie wieder wird sich jemand zwischen uns drängen.«

Das ging eigentlich ein bisschen zu weit. Aber die Pizzen wurden wirklich kalt. Deshalb sagte ich dazu nichts und schnitt meine Pizza an. Nele hatte ihre schon in acht große Teile geschnitten.

Ich schnitt mir immer nur das Stück ab, das ich gerade in den Mund stecken wollte. So unterschiedlich waren wir als Menschen. Und doch liebten wir uns wie sonst nichts auf der Welt.

Nele schloss die Augen und kaute genüsslich. »Genial«, sagte sie mit vollem Mund.

Ich steckte mein erstes Stück in den Mund.

Das heißt: Ich wollte es in den Mund stecken. Doch da läutete das Telefon.

Nele legte augenblicklich ihr Besteck neben den Teller. »Jetzt nicht!«, sagte sie mit vollem Mund.

»Vielleicht ist es …«

»Ja? Wer?«

Vielleicht war es Eugen Läpple. Ich hatte seit Tagen nichts von ihm gehört. »Ufuk. Vielleicht ist es Ufuk.«

»Dann gehen wir erst recht nicht ran«, befahl meine Tochter. Seit der Trennung von dem Jungen hatte sie eine sehr bestimmende Art entwickelt.

Ich putzte mir den Mund mit der Serviette ab, obwohl ich

noch gar nichts von der Pizza gegessen hatte, und stand auf. »Es ist weder Ufuk noch ...«

»Noch wer?«

»Es ist sicher dienstlich.«

»Dienstlich? Du bekommst nie dienstliche Anrufe.«

Ich hob ab und meldete mich.

»Endlich. Hier ist Bungert. Christiane Bungert. Er ist jetzt hier. Im Haus. Ich habe Angst. Kommen Sie sofort her! Bitte!«

»Wer ist im Haus?«

»Der Geist.«

Ich stellte meine Pizza in den Herd und drückte den Kronkorken auf meine Bierflasche. »Tut mir leid, mein Engel. Es ist wirklich dienstlich. Ein Notfall. Iss einfach alleine weiter! Ich beeile mich. Bin bald wieder da.«

Ich drückte ihr einen Kuss auf die Wange. Nele schmollte. »Dafür, dass sie dich abends vom Essen wegholen, zahlen sie dir viel zu wenig«, rief sie mir hinterher.

Da hatte das Kind Recht.

Ich setzte das Blaulicht aufs Dach. Nicht weil ich dachte, Christiane Bungert sei wirklich in Gefahr. Nein, weil ich schnell wieder bei meinem Reh sein und mit ihm fertig zu Abend essen wollte.

In der Kurfürstenstraße 7 stand das Portal weit offen, und das Flurlicht brannte. Aber niemand war zu sehen. Ich stieg die Vorderhaustreppe hoch. Irgendwo war eine Stimme zu hören. Aber ich konnte nicht ausmachen, aus welcher Wohnung die Stimme kam.

Ich läutete bei Bungerts. Doch es rührte sich nichts. Ich läutete wieder. Nichts.

Da hörte ich ein Geräusch. Ein eigenartiges Rasseln. Wie von einem kleinen Motor.

Es kam jedoch nicht aus der Wohnung der Bungerts.

Es kam anderswo her. Aber woher?

Auf der Treppe war mir nichts aufgefallen.

Also kam das Rasseln von weiter oben. Ich stieg ein paar Stufen höher und schaute mich um. Das Etagenlicht war kaputt.

»Hallo!«

Nichts.

Ich stieg weiter hoch. In den fünften Stock. Dort war nichts mehr. Nur der Zugang zum Dachboden. Meine Augen gewöhnten sich an die Dunkelheit. Ich sah das Geländer. Die Stahltür zum Boden. Davor lag Gerümpel.

»Ist da jemand?«

Das Rasseln hörte auf. Ich blieb stehen und horchte in die Stille. Nichts.

Ich stieg zwei Stufen tiefer.

Das Rasseln begann wieder. Diesmal etwas schneller. Gehetzt. Wie der Atem eines Tieres.

Welches Tier verirrte sich in den fünften Stock eines Schöneberger Mietshauses?

Ich hatte keine Waffe dabei – die war in meiner Umhängetasche, und die Umhängetasche hatte ich in der Eile zu Hause im Flur stehen lassen. Dort war auch das Pfefferspray. Eine Taschenlampe besaß ich sowieso nicht. Für Freiluftaktivitäten waren meine uniformierten Kollegen von der Schutzpolizei zuständig.

Also holte ich tief Luft und stieg wieder die Treppe hoch.

Nach drei Stufen ging das Licht unten auch aus. Nun war es stockdunkel. Ich war so gut wie blind. Wenn ein irrer Junkie sich hier versteckte und er in seinem Wahn auf mich losging, war ich verloren. Ob mit oder ohne Licht.

Das Rasseln wurde lauter und schneller. Ich war mir sicher, dass es das Atmen eines Menschen war. Entweder das Atmen eines Menschen, der sehr dick war und deshalb nur schlecht

Treppen steigen konnte. Oder es war das Atmen eines Menschen, der Angst hatte, entdeckt zu werden.

Ich blieb stehen und wartete, bis meine Augen besser mit der Dunkelheit klarkamen. Doch sie kamen nicht damit klar. Nach hier oben drang kein Lichtschein.

Etwas flackerte. Drei, vier Meter von mir entfernt. Rot und nervös.

Ich überlegte, was es sein könnte. Vielleicht die Restenergie eines kaputten Flurlichtschalters? Ich bewegte mich langsam auf das Lichtlein zu. Ich wollte im Dunkeln nicht über etwas stolpern. Und ich wollte nicht, dass derjenige, der sich hier versteckte, mitbekam, was ich vorhatte.

Es klappte. Ich griff nach dem Lichtlein. Es war klein und rund und warm. Ich drückte es. Irgendwo rastete ein Schalter ein. Es flackerte. Dann brannten die Minutenlichter der unteren Stockwerke wieder. Der Lichtschein erleuchtete auch die obere Etage. Zumindest empfanden meine an die Dunkelheit gewöhnten Augen das jetzt so. Ich sah, dass verschiedene Dinge auf dem Boden des Flurs lagen. Kartons und etwas längliches, eine Matratze womöglich. In der Ecke stand ein zylindrischer Gegenstand.

Ein Stuhl lehnte an der Wand, genau unter dem Flurlicht.

Und am Geländer kauerte eine Gestalt.

Sie war in die Knie gegangen und hatte sich in die Ecke gedrückt, die das Holzgeländer mit der Wand bildete. Die Haltung, die die Gestalt annahm, zeigte mir, dass sie Angst hatte.

Sie hatte Angst vor mir. Also brauchte ich keine Angst vor ihr zu haben.

Das ist eine biologische Formel, eine Art Reflex, der in solchen Situationen blitzschnell einsetzt, über die Vernunft hinweg. Dabei sagt einem, vor allem in meinem Beruf, die Erfahrung, dass diese Folgerung nicht stimmt. Es ist Quatsch, dass jemand, der Angst hat, ungefährlich ist. Die meisten Gewaltverbrechen geschehen aus Angst. Angst ist eine stärkere Triebfeder als Hass oder Gier. Wer richtig Angst hat, tötet auch. Er tötet den, der ihn bedroht, und versucht damit, die Angst in sich zu töten.

Ich stieg auf den Stuhl, hielt mich erst an der Lehne fest, um zu probieren, ob er mich trug. Dann richtete ich mich auf. Ich streckte den Arm aus. Meine Rechte erreichte die Birne des Minutenlichtes, die ohne Verkleidung in der Fassung steckte. Sie war kalt und saß locker.

Ich drehte die Birne ein. Sie gab sofort nach. Es knirschte ein wenig, und ich dachte, das Glas könnte unter dem Druck zerspringen. Doch es hielt.

Jemand hatte die Birne aus der Fassung gedreht. Möglicherweise die Gestalt, die in der Ecke kauerte. Sie wollte nicht gesehen werden.

Das Licht war hell und erbarmungslos. Ich musste meine Augen schließen. Aber ich nahm wahr, wie die Gestalt sich noch mehr zusammenrollte.

Ich öffnete vorsichtig die Augen. Auf der obersten Etage des Hauses befand sich ein kleines Lager. Die Matratze war dünn und voller Flecken. Sie roch nach Moder und Urin. Überall standen Plastiktüten, in denen Unrat zu sein schien. Und der zylindrische Gegenstand in der Ecke war ein hohes Einmachglas, in dem sich etwas Dunkles befand.

Die Gestalt war eine Frau. Eine heruntergekommene Frau. Sie trug einen zerschlissenen Mantel, löchrige Strumpfhosen und gelbe Gummistiefel, die ihr zu groß waren. Ihre Haare waren verfilzt, aber ihr Gesicht sah gesund aus – sie schien viel an der frischen Luft zu sein.

»Was machen Sie hier?«, fragte ich, nachdem ich von dem Stuhl gestiegen war.

Sie grunzte und versteckte ihr Gesicht.

Ich trat näher. Der schlechte Geruch ging nicht allein von der Matratze aus. Auch die Frau roch schlecht.

»Hören Sie: Das ist hier kein Obdachlosenasyl!«

»Je ne comprend pas.« Ihre Stimme war dünn und leise.

»Sind Sie Französin?«

Sie schüttelte den Kopf. Ihre Augen waren schön, klar und blau wie bei einem jungen Mädchen. Aber mit den Zähnen stimmte etwas nicht. Sie waren schwarz. Deshalb öffnete sie beim Sprechen den Mund nicht. Ihre Hände, die sie vors Gesicht hielt, waren von rötlich-blauem Schorf bedeckt.

»Sprechen Sie kein Deutsch?«

Sie schüttelte heftig den Kopf. »Je ne comprend pas.«

»Was wollen Sie hier?«

Sie schaute mich an. Sie versuchte zu lächeln. Doch dann hielt sie sich schnell wieder die Hand vor den Mund, damit ich ihre schlechten Zähne nicht sah.

»Es ist zu kalt hier. Sie müssen in ein Asyl.«

Sie schüttelte wieder den Kopf.

Ich machte eine Geste, legte die Arme über der Brust zusammen, zog die Schulter hoch und zitterte. »Kalt. Froid. Verstehen Sie?«

Sie lächelte wieder, diesmal offen und freundlich. Sie beugte sich vor, ohne aus der Hocke hochzukommen, und zog eine der Plastiktüten an sich ran. In der Tüte befand sich eine fleckige Decke oder ein Vorhang, so genau konnte man das nicht sagen. Auf jeden Fall wedelte sie mit dem Fetzen herum und zog ihn hoch bis zum Kinn.

Ich verstand: Sie hatte vorgesorgt und etwas zum Zudecken für die Nacht dabei.

Eigentlich ging die Frau auf dem Flur mich nichts an. Ich war hier, um mit Christiane Bungert zu reden und nicht um Obdachlose zu verjagen. Zudem tat mir die Pennerin leid. Für Frauen ist es besonders schwierig, ohne Dach über dem Kopf zu sein.

»Kann ich Ihnen helfen? Brauchen Sie was?«

Sie strahlte mich an, als wäre sie der glücklichste Mensch der Welt. Wahrscheinlich war die Tatsache, dass ich ihr nichts

Böses wollte, für sie schon ein Segen. Wenn man auf der Straße lebte, wurde man genügsam in solchen Dingen. Nein, sie brauchte wirklich nichts und wollte in Ruhe gelassen werden. Also trat ich den Rückzug an.

Sie winkte mir zum Abschied zu, schloss dann die Augen und legte den Kopf schief. Das sollte mir signalisieren, dass es Zeit für sie war, ins Bett zu gehen.

Doch es gab noch etwas, was mich interessierte. Ich kehrte um und nahm das große Einmachglas in beide Hände. Es war schwer und warm.

Ich hielt es gegen das Licht.

»Non«, entfuhr es der Madame. »Toilette. Toilette.«

Jetzt sah ich es. Ich stellte das Glas in die Ecke zurück und schwor mir, mich zu Hause erst mal in die Badewanne zu legen.

Nur der Ordnung halber läutete ich ein letztes Mal bei Bungerts. Schließlich hatte Christiane Bungert mich hierher gerufen. Also musste sie auch irgendwo sein.

Doch auch diesmal rührte sich niemand.

Ich war schon auf der Treppe, als hinter mir die Tür einen Spalt geöffnet wurde. »Frau Kubitko?«

Also drehte ich wieder um. Das Gesicht von Christiane Bungert erschien in der Tür.

»Warum rufen Sie mich zu Hilfe und machen dann die Tür nicht auf?« Die Diva ging mir mit ihren Launen mächtig auf die Nerven.

Sie schaute sich erst im Flur um. Dann öffnete sie die Tür weiter, packte mich am Arm und zog mich in die Wohnung.

Es war stockdunkel, und es roch nach Räucherstäbchen und Mandellikör.

»Warum haben Sie die Lichter gelöscht?«

»Damit niemand sieht, dass wir zu Hause sind«, zischte sie.

»Können Sie bitte ein Licht anmachen? Ich sehe ja gar nichts.«

Sie zog mich am Arm in ein Zimmer, dann schloss sie die Tür. Sie wartete ein paar Sekunden, erst dann drückte sie den Lichtschalter.

Wir befanden uns im Schlafzimmer der Bungerts. Das Bett unter dem Baldachin war zerwühlt.

Christiane Bungert sah nicht so gut aus wie sonst. Sie hatte Falten um ihre geschwungenen Lippen und Tränensäcke unter den Augen. Das konnte selbst die Schminke nicht verbergen. »Haben Sie ihn gesehen?«

»Wen denn?«

Sie riss die Augen auf. »Den Geist.«

»Nein.«

»Aber er ist hier im Haus. Bei uns.«

»Ich habe nachgesehen. Hier ist niemand außer ...«

»Außer?«

Wenn ich Frau Bungert jetzt sagte, dass eine Pennerin über ihr übernachtete und aus Rücksicht auf die Mieter des Hauses ihre Notdurft in ein Einmachglas verrichtete, dann würde sie bestimmt durchdrehen. Schon allein wegen ihres überempfindlichen Geruchssinnes. Sie würde mich nicht mehr gehen lassen, bevor ich nicht alle Hebel in Bewegung gesetzt hätte. Christiane Bungert würde die Frau aus dem Haus entfernen lassen. Und das wollte ich nicht. Deshalb verschwieg ich ihr meine neue Bekanntschaft.

»Außer Eugen Läpple. Dem bin ich begegnet. Aber der hat auch niemanden gesehen«, log ich.

Sie wedelte mit der flachen Rechten. »Na, der wird vielleicht einen Schreck kriegen. Er wird sich einige unangenehme Fragen gefallen lassen müssen. Glauben Sie mir, mit diesem Geist ist nicht gut Kirschen essen. Das ist kein Karnevalsspaß, Frau Kubitko. Eine Tote hat es schon gegeben.«

»Ja. Aber dieser Geist hat Gudrun bestimmt nicht aus dem Fenster gestürzt.«

»Woher wissen Sie das so genau?«

Ich hatte genug von Frau Bungert. »Es wird Zeit für mich. Meine Tochter wartet zu Hause mit dem Essen.«

»Sie haben eine Tochter?« Frau Bungert konnte den Ton so problemlos wechseln wie eine Jukebox die Platten.

»Ja, sie ist fünfzehn, und ich erziehe sie alleine. Also ...«

»Achten Sie auf die Ernährung des Mädchens, oder ist sie auch ...« Sie blies die Backen auf. Ihre Augen traten hervor.

Diese Frau war eine Zumutung. »Nein. Ist sie nicht. Sie ist gertenschlank und wird das auch bleiben ...«

»Wenn ich mich nicht täusche, haben Sie ja auch einige Kilos abgespeckt, stimmt's?« Mittlerweile hatte sie in einen unverbindlichen Plauderton gewechselt. Ich konnte das nicht. Ich war in diesen Dingen viel schwerfälliger als Frau Bungert.

»Wo ist eigentlich Ihr Mann?«

Sie wurde schon wieder rot. »Walter? Wieso? Was wollen Sie von dem?«

»Ist er zu Hause?«

»Nein!«, kam es wie aus der Pistole geschossen. Doch dann biss sie sich auf die Unterlippe: »Ja, doch. Ich glaube, er ist eben gekommen.«

»Eben?«

»Ja, eben! Ich verlange nicht von ihm, dass er sich zurückmeldet.« Wieder ein völlig anderer Ton, das war keine Plauderei mehr; nun schnaubte sie vor Angriffslust.

»Ich will Ihnen ja Ihren Mann nicht wegnehmen.« Das sollte spaßig klingen – wenn wir schon mal bei schnellen Schnitten waren.

Frau Bungert aber war gar nicht amüsiert. Ihre Augen schossen Blitze. »Sie?! Da reicht es nicht, hundert Kilo abzunehmen.«

So etwas war ich gewöhnt. Aber ich ließ mich nicht von jemandem, der mich um Hilfe gebeten und mich vom Abendessen mit meiner Tochter weggeholt hatte, abfällig behandeln. »Ich meinte ja bloß, dass Ihr Gatte sicher auf Sie aufpassen wird, wenn er zu Hause ist. Wegen des Geistes, wissen Sie.«

Nun hatte ich auch den letzten Rest an Sympathien bei ihr verspielt. »Der? Ich brauche keinen Aufpasser. Ich kann sehr gut auf mich selbst aufpassen.«

Ich öffnete die Tür und schlüpfte hinaus. »Dann ist ja gut. Ich glaube sowieso, dass Ihnen keine Gefahr droht.«

»Von wem?«

»Von dem Geist.«

Ich durfte es nicht übertreiben. Die Bungert hatte meinen Chef angerufen. Wenn ich mich jetzt über ihre Geisterphobie lustig machte, dann konnte das leicht nach hinten losgehen.

Ich brauchte eine Weile, bis ich mich in dem dunklen Flur zurechtfand. Frau Bungert dachte nicht daran, mich zur Tür zu führen. Sie stand bloß mit vor der Brust verschränkten Armen da und musterte mich.

Zum Glück wurde eine Tür geöffnet. Ein breiter Lichtschein fiel in den Flur und zeigte mir den Weg zum Ausgang der Wohnung. Walter Bungert erschien. Auf Strümpfen. Er wirkte verschlafen. »Was gibt's denn?«

»Ich wollte gerade gehen«, sagte ich.

Als ich schon auf der Treppe war, hörte ich, wie sie ihn anfuhr, weil er keine Hausschuhe trug und wieder mit offener Hose herumlief.

Auf der Potsdamer Straße packte mich der Hunger wie ein Gichtanfall. Er wühlte in meinem Bauch. Ich sah alles nur noch verschwommen und fürchtete, ohnmächtig zu werden. Ich hatte keine Widerstandskraft mehr. Gudrun hin oder her.

Wieso sollte ich auch weiter darben? Ich hatte mir – quasi mit dem Einverständnis der toten Gudrun – eine herrliche Pizza gegönnt. Aber Christiane Bungert hatte dafür gesorgt, dass sie im Herd labbrig wurde. Es war also nur recht und billig, wenn ich mir jetzt wenigstens einen Hamburger holte.

Also parkte ich in der zweiten Reihe, lief durch den träge dahinfließenden Verkehr hindurch auf die andere Straßenseite und betrat das Burger-King-Restaurant.

Es war wenig los. Hatten die Leute aufgehört, Fast Food zu essen?

Jedenfalls gab es keine Verzögerung an der Kasse, die es mir erlaubt hätte, meinen Entschluss, der ja im wahrsten Sinne des Wortes aus dem Bauch heraus gefällt worden war, noch einmal zu überdenken.

»Bitteschön!«, sagte der Tamile hinter dem Tresen. »Was darf's sein?«

Sollte ich die Sache doch noch abblasen? Gudrun zuliebe?

»Was is'n jetzt?«, maulte der Tamile.

»Einen Big Mac. Mit allem.«

Der Mann schaute mich an, als hätte ich ein Feinschmeckermenü verlangt. »Mit allem?«

»Ja, mit allem, was dazu gehört.«

Er zog die Augenbrauen hoch und tippte etwas in die Kasse ein. »Was zu trinken?«

Warum nicht? Wenn ich schon mal dabei war, dann konnte ich mir auch richtig was gönnen. »Eine Cola.« Und bevor er dazu bekam, mich danach zu fragen: »Groß!«

Er nannte den Preis des Glücks. Er war lächerlich gering angesichts der tiefen Befriedigung, die mich erwartete. Du hast es dir verdient, sagte ich mir.

»Wie bitte?«

»Ich habe es mir verdient.«

Er schaute mich genauer an. »Zumindest können Sie es sich leisten.«

»Was?«

»Klar. Ein Big Mac und eine Cola werden Ihnen nicht schaden.«

»Sagen Sie das jedem?«

»Sehe ich so aus?«

Ich bezahlte und bekam eine braune Tüte. Sie war warm und feucht. Der Styropor-Becher hingegen war eiskalt. Wie die Arktis. Ich bedankte mich und ging.

Beim Überqueren der Straße achtete ich mehr darauf, dass nichts von der wertvollen Cola verschüttet wurde, als auf den Verkehr. Es wurde gehupt. Jemand öffnete die Tür und schrie Dinge, die ich kaum verstand. Auf jeden Fall waren es niedrige Gemeinheiten. Mich kümmerten sie nicht. Ich war auf dem Weg ins Glück. Zur Erfüllung.

Ich stieg in den Wagen und stellte das Essen vorsichtig auf den Beifahrersitz ab.

Dann fuhr ich los.

Ich kam nicht weit. An der Kreuzung Potsdamer/Lützowstraße hatte der scharfe Duft des Fleisches mein anfälligstes Hirnareal erreicht. Ich bremste abrupt ab. Wieder Hupen. Ich stellte das Blaulicht an, sofort war Ruhe.

In der Lützowstraße fand ich sogar einen Parkplatz. Ich hatte es sehr eilig und bog ein, ohne zu manövrieren. Dann stürzte ich mich auf das Essen und die Cola.

Ich riss die Tüte mit dem Hamburger auf.

Mein Körper glühte vor Gier. Jetzt kam der Moment, auf den er seit langem wartete. Das Ziel. Die Erfüllung.

Ich schloss die Augen. Der Hamburger war ganz nah. Ganz nah.

Das war das wahre Glück.

Die Sekunde vor der Vollendung.

Ich öffnete den Mund. Irgendwo lief Musik, ein Piano und eine Violine. Gespielt von André Rieu. Pathetische Musik. Musik der Erfüllung.

Ich führte den Hamburger zum Mund. Meine Speicheldrüsen arbeiteten unter Hochdruck. Das Wasser lief mir im Munde zusammen.

Endlich.

Mein Mund klappte zu.

Ich dachte an etwas. An etwas, was mich daran hinderte zuzubeißen.

Es war nicht Gudrun. Mit Gudrun hatte ich ja eine Abmachung. Sie hatte mir erlaubt, einmal über die Stränge zu schlagen.

Es war etwas anderes.

Es gibt etwas, was einen daran hindert, das zu tun, was man gerade tun wollte. Es ist ganz stark. Wie eine hohe Mauer, die plötzlich vor einem steht. Aber man weiß nicht, was es ist – das, was einem im Weg steht. Man spürt nur diese starke Kraft. Man erkennt die Wirkung. Aber die Ursache bleibt verborgen. Man muss sich sehr konzentrieren. Man muss tief in sich hineinschauen. Dann sieht man vielleicht ein Bild. Das Bild des Grundes.

Ich konnte nicht essen. Also suchte ich in mir nach der Ursache der Störung. Irgendwo musste dieses Bild ja sein.

Da war es.

Als großformatiger Fotodruck.

Die Ansicht eines Flurs. Des Flurs in der Kurfürstenstraße 7.

Die oberste Etage. Auf dem Treppenabsatz lag die Französin und weinte.

Das war es also.

Sie weinte wahrscheinlich vor Hunger. Oder weil sie allein war und ihr Leben verpfuscht hatte. Egal.

Ich packte den Hamburger wieder ein, startete den Wagen und fuhr aus der Parklücke. Ich bog zwei Mal rechts ab und befand mich wieder in der Kurfürstenstraße.

Das Portal der Nummer 7 stand immer noch offen. Auch das Flurlicht brannte wieder. Ich nahm die Packung mit dem Hamburger und die Dose Cola und lief die Vorderhaustreppe hoch.

Jawohl, ich lief.

Zumindest bis in den zweiten Stock. Da ging mir die Puste aus. Ich bekam einfach keine Luft mehr. Jahrelange Untätigkeit und das Übergewicht forderten ihren Tribut. Ich musste stehen bleiben und versuchen, ruhiger zu atmen. Meine Bronchien rasselten wie bei einem Kettenraucher.

Es dauerte. Das Flurlicht ging aus. Ich drückte den Schalter. Das Licht flackerte, dann war es hell. Ich horchte nach oben. Nichts.

Ich bekam besser Luft. Also setzte ich meinen Aufstieg fort.

Oben angekommen, musste ich wieder warten, bis meine Augen besser mit der Dunkelheit klarkamen. Das ging diesmal etwas schneller.

»Hallo!«, sagte ich leise. Ich wollte nicht, dass die Bewohner des Hauses, vor allem die Bungerts, etwas von meinem Besuch bei der Pennerin mitbekamen.

Keine Antwort. Ich trat zu der Matratze und bückte mich.

Nichts. Sie war weg. Die Pennerin war verschwunden.

Aber die Tüten, in denen sie ihr Hab und Gut aufbewahrte, waren noch da. Nur das Glas war weg. Das Einmachglas. Vielleicht war sie gerade unterwegs, um es irgendwo zu leeren. So ein Glas war ja schnell voll – und dann ging nichts mehr. Also musste sie es regelmäßig leeren.

Ich wollte mir nicht vorstellen, wo und wie sie das tat.

Meine Lust auf den Hamburger war nun vollends vergangen. Ich legte die Tüte mit dem Essen auf die Matratze. Wenn die Pennerin zurückkam, würde sie den Hamburger finden und sich denken können, dass jemand Mitleid mit ihr gehabt hatte.

Das ist ein gutes Gefühl, dachte ich, als ich das Haus verließ. Vielleicht besser als das, wenn man sich mit dem Zeugs vollgestopft hat.

Es ging mir so prächtig nach dieser guten Tat, dass ich übermütig wurde. Ich wollte bei Eugen Läpple klingeln. Aber dann fiel mir Nele ein, die immer noch auf mich wartete. Ich musste los.

Schade. Ich hätte ihn gerne gesehen.

Und als ich in meinen Wagen stieg und losfuhr, bemerkte ich, dass ich ihn richtig vermisste. Den Kinderficker.

Nele hatte ihre Pizza gegessen. Und meine auch. »Ich dachte, du kommst nicht mehr«, sagte sie und rieb sich den Bauch.

Wenn das so ist, hättest du dich auch von deinem Ufuk mästen lassen können, dachte ich. Ich hütete mich aber, irgendetwas zu diesem Thema zu sagen. Ich wusste ja, wie empfindlich mein Reh darauf reagierte.

15. Kapitel

Nach wenigen Tagen hatte ich 16 Nachrichten an meiner Facebook-Pinnwand.

Nicht eine davon war hilfreich in Hinblick auf meine Ermittlungen. Es handelte sich durchweg um dämliche Bemerkungen zu meinem neuen Foto. Von Sigourney-Weaver-Fans und von einigen meiner Kollegen, die sich natürlich nicht unter ihrem Namen anmeldeten. Dazu waren sie zu feige.

Keinen einzigen Hinweis auf die Tötet-die-Dicken-Seite.

Ich rief meinen Kollegen von der Computerabteilung an. Horst war untröstlich. »Ich weiß, welche Mühe Sie sich gegeben haben, Frau Kubitko. Aber das Internet erfordert viel Geduld – wie ich Ihnen schon sagte.«

»Wenn wenigstens die Irren sich selbst gemeldet hätten«, sagte ich.

»Vielleicht kommt ja noch was, Loreley. Übrigens, ich habe da ein Restaurant entdeckt …«

Jemand klopfte an meine Tür. »Moment mal«, bat ich Horst und drückte den Hörer gegen mein Brustbein.

Eine uniformierte Kollegin streckte den Kopf herein. »Ein Todesfall. Sie sollen sofort kommen.«

»Ich habe gerade einen anderen Fall. Kann nicht der Kollege …«

»Lewandowski sagt, Sie müssen da ran.«

»Ich? Wieso ich?«

»Ist in der Kurfürstenstraße 7.«

Ich legte auf, ohne Horst zu erklären warum.

Alles war wie damals. Sie hatten das Haus abgeriegelt. Die Männer in den weißen Ganzkörperanzügen untersuchten bereits den Tatort. Der Hof war mit einem rot-weißen Band gesperrt. Sogar der Kollege aus Pankow war wieder zur Stelle.

Der Uniformierte hob das Absperrband für mich. »Wie haben Sie's geschafft?«

»Was?«

»Naja, wie Sie es so schnell hingekriegt haben. Meine Frau versucht es schon seit Jahren. Mit der Eierdiät. Der Kartoffeldiät. Der Kohldiät. Alles haben wir schon probiert. Sogar die Nulldiät. Aber es nutzt nischt. Gabimaus bleibt einfach 'n Wonneproppen. Nun sagen Sie schon: Was ist Ihre Methode?«

»Unglaublicher Sex. Sagen Sie das Gabimaus! Aber nicht mit Ihnen, das wird nicht hinhauen, Kollege.«

Er ließ das Absperrband los. Es schlug auf den Asphalt des Hinterhofs.

Ich trat in die Mitte des Hofes.

Die Leiche lag ziemlich genau dort, wo Gudrun gelegen hatte. Diesmal hatten sie den toten Körper schon abgedeckt.

Ich bückte mich und lüftete die Plane. Als Erstes sah ich die gelben Gummistiefel.

Ich stand auf und zog dabei die Plane hoch.

Es war die Pennerin. Ihre Arme und Beine waren eigenartig verdreht. Das ist oft so bei Toten, die aus großer Höhe aufgeschlagen sind. Vom Kopf her zog sich ein Blutlachen-Kontinent in Richtung Norden. Das Gesicht der Frau war unverletzt. Sie sah sogar glücklich aus. So als wäre sie nach einer langen Reise endlich da angekommen, wo sie immer hinwollte.

Frau Bungert saß in der Küche und weinte.

Sie stand auf und kam auf mich zu. Ich erschrak: Es sah so aus, als wollte sie mich umarmen. Ich mag es nicht, wenn fremde Menschen mich umarmen. Nicht mal von Menschen, die mir nicht fremd sind, möchte ich umarmt werden. Eigentlich ertrage ich nur die Umarmungen von Nele, meiner Tochter. Aber in den letzten Jahren hatte ich selten Gelegenheit gehabt auszuprobieren, ob meine Toleranzschwelle sich verändert hatte.

Zum Glück schien die Bungert ein ähnliches Problem zu haben. Sie blieb plötzlich stehen und schaute mich mit verheulten Augen an. Ihren Mund verzog sie zu einer schiefen Schnute – als ob sie gleich noch schlimmer heulen würde. Aber sie sagte bloß: »Ist das nicht furchtbar?« – und nahm wieder Platz. Dann fügte sie hinzu: »Schon die zweite Tote in kurzer Zeit. Das soll mal einer aushalten.«

Ihr Mann, der mich hereingeführt hatte, hob die Schultern und breitete die Arme aus. Er zeigte ein hilfloses Gesicht.

»Höchste Zeit, dass Sie endlich was erreichen.« Sie putzte sich die Nase und drückte den Rücken durch. Sie wollte hören, was ich ihr zu bieten hatte.

Man hätte meinen können, Frau Bungert sei die Hauptleidtragende der beiden Fensterstürze in ihrem Haus. Und mir gab sie die Schuld dafür, dass ihr das alles zugemutet wurde.

»Kannten Sie die Frau?«

Sie machte ein verdutztes Gesicht. »Die, die da unten liegt?«

»Welche sonst? Ich habe nur eine Leiche im Hof gesehen.«

Frau Bungert schüttelte leicht den Kopf und grinste angewidert. »Für Sie ist das ein Anlass, Witze zu reißen?« Sie zog die Nase hoch. »Frau Kubitko, wir hier sind nicht ganz so abgebrüht. Für uns – also für mich und meinen Mann – ist es eine Tragödie.« Sie streckte den rechten Arm aus und öffnete und schloss die Faust.

Walter Bungert wusste, was er zu tun hatte. Er trat heran und reichte seiner Frau die Hand.

Frau Bungert schloss die Augen und atmete tief durch die Nase ein – als würde sie die Kraft in sich aufsaugen, die von ihrem Gatten ausging. Walter Bungert schaute verlegen weg. Es schien ihm nicht zu behagen, dass seine Frau ihn als Komparse bemühte.

»Also – was ist jetzt? Kannten Sie die Frau, die da unten im Hof liegt?«

Frau Bungert wurde ungehalten, weil ich nicht den nötigen Ernst für ihre Darbietung aufbrachte. Sie ließ die Hand ihres Mannes achtlos fallen. »Wir haben keinen Umgang mit Pennern.«

»Sie haben Umgang mit Geistern.«

Frau Bungert stand auf. »Was wollen Sie damit sagen?«

»Dass Sie sich von einem Geist bedroht fühlten, der sich angeblich in Ihrem Haus aufhält. Es findet sich aber niemand. Vor allem kein Geist. Es findet sich nur diese Frau. Eine Obdachlose. Und die stirbt wenig später. Ist das nicht seltsam?«

Sie warf den Kopf herum. »Walter, was sagst du dazu? Diese dicke Frau verdächtigt mich, etwas mit dem Tod dieser Pennerin zu tun zu haben.« Sie schnaubte jedes Wort einzeln heraus.

»Christiane, bitte, reg dich nicht auf!«

»Ich soll mich nicht aufregen?«, fuhr sie ihn an. »Du schaust zu, wie deine Frau beleidigt und verleumdet wird, und sagst nichts weiter als …«

»Sie hat dich doch weder beleidigt noch verleumdet, Chrissy.«

Ihr klassisches Gesicht zerbröckelte. Es war jetzt nur noch eine Fratze. Die Fratze einer cholerischen Frau. »Nenn mich nicht Chrissy!«

»Bitte, Christiane, reiß dich zusammen!«

Sie wandte sich wieder mir zu. »Ich kenne diese Frau nicht. Basta.«

»Und sie ist auch nicht identisch mit dem Geist, den Sie vorm Haus gesehen haben?«

»Vorm Haus und im Haus, wohlgemerkt!«

»War sie's nun oder war sie's nicht?«

Sie schaute unsicher zu ihrem Mann, der wich ihrem Blick aus. »Das eine war ein Geist. Die Tote im Hof ist einfach nur eine Pennerin.«

»Es gibt keine Geister, Frau Bungert«, sagte ich ruhig. »Vor allem keine, die irgendwann tot im Hinterhof liegen.«

Sie hob die Augenbrauen, warf den Kopf in den Nacken und fixierte mich über die Spitze ihrer Nase. Der typische Christiane-Bungert-Blick. »Sie haben ja keine Ahnung, was es auf dieser Welt alles gibt, Frau Kubitko!«

»Oh, doch, das habe ich. Ich bin über zwanzig Jahre im Polizeidienst. Was man da erlebt, das kann sich kaum jemand ausmalen.«

Sie stemmte die Arme in die Hüfte. »Und ich arbeite seit mehr als zwanzig Jahren in der Charité. In der Unfallchirurgie. Da lernt man das Leben kennen.«

Sie ging zum Küchenschrank, nahm das Päckchen Zigaretten, das dort bereit lag, zog ein Damenfeuerzeug aus der Tasche ihrer Jeans und zündete sich eine Zigarette an. Sie inhalierte tief, blies den Rauch langsam aus und schaute versonnen hinterher. »Ich kenne das Leben. Höhen und Tiefen. Mir ist nichts fremd.«

»Rauch nicht so viel!«, flüsterte Walter ihr zu.

Sie presste die ausgestreckten Arme an ihre Seiten, fuhr herum und zischte angriffslustig: »Halt du bloß die Schnauze, sage ich dir! Halt du bloß deine Schnauze!«

Walter Bungert wurde bleich. Er trat einen Schritt vor. Ich dachte: Jetzt schlägt er sie. Ich wartete sogar darauf. Aber dann fiel er wie bei einem Fangschuss in sich zusammen. Er atmete langsam aus, wandte sich um und rannte hinaus.

Sie zog mehrmals schnell hintereinander an der Zigarette.

Sie hustete. Dann fing sie sich wieder, räusperte sich, reckte das Haupt und fragte: »Waren Sie eigentlich schon bei Eugen?«

»Ja.« Das war gelogen. Ich drückte mich davor. Die Gründe waren mir selbst nicht ganz klar. Auf jeden Fall hatte es damit zu tun, dass die Leiche im Hof an fast genau derselben Stelle lag, an der auch Gudrun gelegen hatte. Was das bedeutete, war klar: Sie konnte aus dem gleichen Fenster gestürzt sein – sie konnte, sie musste aber nicht. Es kam auch das Stockwerk über der Läppleschen Wohnung oder das darunter in Frage. Auf jeden Fall hatte ich kein gutes Gefühl. Deshalb arbeitete ich mich erst einmal an den Bungerts ab.

»Und? Was sagt er?«

»Das gleiche wie Sie. Er hat die Frau nicht gekannt und nie vorher gesehen.«

»Das ist gelogen«, entfuhr es ihr.

Das war ja interessant. Christiane Bungert wusste nicht, wer die Pennerin war, die unten im Hof lag. Aber sie wusste, dass Eugen Läpple diese Frau kannte. »Gelogen?«

Ihre Lippen zitterten, sie wich meinem Blick aus. Die kühle Frau Bungert war aus dem Konzept geraten. »Ich weiß es. Er lügt. Er lügt immer.«

Das war mir zu wenig. »Sie wissen also, dass er die Frau gekannt hat?«

Sie kämpfte mit sich. Dann schoss es aus ihr heraus: »Ich habe sie zusammen gesehen. Eugen und diese Frau.«

»Wann haben Sie die beiden gesehen? Wann und wo?«

Sie biss sich so fest auf die Unterlippe, dass ich das Knirschen des Knorpels hörte.

»Nun sagen Sie schon, Frau Bungert! Möglicherweise können Sie die Ermittlungen voranbringen.«

Sie schaute auf den Boden. Sie war durcheinander. »Ist sie denn ... Hat man sie ... runtergestoßen?«

»Das wissen wir noch nicht. Wir müssen die Obduktion abwarten. Die wird spätestens morgen erfolgen. Dann haben wir Klarheit. Vorerst müssen wir von allen Eventualitäten ausgehen.«

»Ich bin sicher: Eugen hat das gemacht. Erst seine Tochter, dann die …«

»Ja?«

Sie schaute weg. »Ich sage nichts mehr. Nachher heißt es …«

Ich trat näher. Plötzlich erschien mir die stolze Frau viel kleiner. Kleiner und schwächer. Nun sah man ihr auch ihr Alter an. Bosheit nagt an einem Körper wie Krebs.

»Wann haben Sie Eugen Läpple mit dieser Frau gesehen?«

Sie straffte sich. Sie schaute mir in die Augen. Ihr Blick war wieder fest und kraftvoll. Aber er war nicht wahrhaftig. »Gestern Abend. Gestern Abend hat er mit dieser Frau gesprochen.«

»Wo?«

Sie zögerte. »Im Flur. Ich habe sie gesehen. Sie stritten heftig. Eugen sagte, sie sollte sofort das Haus verlassen. Er hat ihr mit der Polizei gedroht. Ich habe sie kaum verstanden, so erregt waren sie.«

Ich fasste ihren Arm. Sie ließ es geschehen, ich spürte keinerlei Widerstand. »Frau Bungert, wenn Sie jetzt wieder etwas erfinden, um Eugen Läpple reinzureißen, dann kann das sehr übel für Sie enden …«

Sie riss den Arm weg. »Wollen Sie meine Aussage unterdrücken? Weil ich ihren geliebten Eugen belaste? Haben Sie das vor, Frau Kubitko?«

Natürlich dachte ich nicht im Traum an so etwas. Aber ich wurde trotzdem unsicher. »Natürlich nicht. Wenn er derjenige ist, der den Tod dieser Frau verschuldet, dann …«

» … dann verhaften Sie ihn gefälligst! Ich schwöre: Ich habe die beiden gestern Abend gesehen. Zusammen. Sie haben sich angeschrien.«

»Wenn das so ist … wenn er etwas mit dem Tod dieser Frau zu tun hat, dann werde ich dafür sorgen, dass er …«

»Sie ist ... Sie ist zurückgekommen. Nun liegt sie tot da unten. Können Sie sich nicht denken, was passiert ist?«

»Ist Ihnen noch irgendetwas aufgefallen, als sie die beiden gesehen haben?«

»Aufgefallen? Sie haben sich angeschrien. Eugen hat sie bedroht. Reicht das nicht?«

»Bedroht? Warum hat er sie bedroht? Warum und wie?«

Sie wippte auf die Zehenspitzen. Jetzt wirkte Frau Bungert so eifrig wie die Kandidatin in einer Quizshow. »Also diese Frau in den gelben Gummistiefeln ... sie hatte etwas dabei, sie trug es unter dem Arm ... es war ein ...« Sie überlegte. »Seltsam. Sie war vielleicht gaga. Warum schleppt man sonst so ein Ding mit sich herum.«

»Was!?«, fuhr ich sie an.

»Ich glaube, es war ein Einmachglas.«

Eugen Läpple war nicht aufzutreiben. Die Kollegen von der Schutzpolizei läuteten mehrmals an seiner Tür.

Schließlich entschlossen sie sich dazu, die Wohnung aufbrechen.

Ich stellte mich ihnen in den Weg. »Er wird schon noch auftauchen«, sagte ich.

Die Kollegen gehorchten widerwillig. Eigentlich war klar, dass sie in die Wohnung mussten – angesichts der Leiche im Hof.

Ich warne dich, Eugen Läpple, dachte ich, als ich in meinen Wagen stieg. Wenn du mit dieser Sache etwas zu tun hast, werde ich meine schützende Hand keine Sekunde länger über dich halten.

Ich fuhr ins Büro zurück. Lewandowski erwartete mich schon. Wieder im Flur. Er bot ein jämmerliches Bild. Wie eine eingegangene Topfpflanze, die vor die Tür geschoben worden war.

»Loreley, die Sache ist ernst. Zwei Tote in wenigen Tagen.

Im selben Haus. Wahrscheinlich aus demselben Fenster gestürzt. Wenn die Presse davon Wind bekommt ...«

»Wovon?«

»Dass Sie die Wohnung des Tatverdächtigen nicht haben öffnen lassen. Das ist ein Skandal. Was ist mit Ihnen los? Ist es – die Diät?«

»Nein!« Wenn man dick ist, wird man angefeindet. Wenn man abnimmt, glauben alle, man dreht durch. Was soll unsereiner denn noch tun?

»Ja, aber was ist es dann?« Lewandowski tat so, als ginge ihm mein Versagen an die Nieren. Er trat näher. »Sind Sie persönlich involviert?«

»Was?«

»Haben Sie was mit dem Verdächtigen?«

»Herr Lewandowski!!«

Er breitete die Arme aus. »Mein Gott, Loreley, man hat doch Verständnis für so etwas. Wenn man so lange auf dem Trockenen gesessen hat wie Sie ...«

»Hören Sie sofort auf damit!«

»... nur darf die Arbeit nicht darunter leiden, dass Sie endlich mal wieder ...«

»Noch ein Wort und ich spreche mit unserem Gewerkschaftssekretär!«

Die Gewerkschaft der Polizei war ein rotes Tuch für ihn. Er war noch von altem Schrot und Korn und herrschte am liebsten nach Gutsherrenart über seine Abteilung – wie sich ja schon bei der Sache mit der Rentenstreichung bei der Polizeitechnik gezeigt hatte.

»Woher wissen Sie überhaupt, dass ich die Tür nicht habe öffnen lassen?«

Er schloss die Augen und atmete genervt durch die Nase ein. »Ach, Frau Kubitko, wenn man so lange im Dienst ist wie ich, dann hat man überall seine Informanten.«

Und das sagte mir ausgerechnet einer wie Lewandowski,

der sein Büro nur verließ, um mit seiner Sekretärin in die Kantine zu gehen. Der und Informanten, lächerlich!

»Kann es sein, dass Frau Bungert Sie schon wieder angerufen hat?«

Lewandowski schaute auf den Parkplatz hinaus, als geschähen dort unerhörte Dinge.

Also doch. Langsam begann ich Christiane Bungert zu hassen.

»Es wäre klüger, sich hinter Ihre Mitarbeiter zu stellen, anstatt jede Denunziation gleich für bare Münze zu nehmen, Herr Lewandowski.«

Er wandte sich langsam und mit meditativ geschlossenen Augen nach mir um. »Wissen Sie, was passiert, wenn dieser Walter Bungert damit an die Öffentlichkeit geht?«

»Womit denn? Dass ich ihn und seine Frau befragt habe?«

Lewandowski öffnete den Mund und schnappte gleich wieder zu. »Dass Sie einen Tatverdächtigen schonen, weil er sie … weil sie ihn sympathisch finden?«

»Davon kann keine Rede sein. Ich bin nur vorsichtig. Und diese Frau Bungert verfolgt eigene Ziele mit ihren Aussagen.«

Lewandowskis Zeigefinger schoss hoch. Er berührte fast meine Nasenspitze. »Sofort schreiben Sie diesen Eugen Läpple zur Fahndung aus!«

»Aber ich kann doch nicht …«

»Sie können. Sie müssen sogar. Das ist eine dienstliche Anweisung. Sollten Sie sie missachten, können Sie morgen Ihre Papiere abholen. Da hilft Ihnen nicht mal Ihre Scheißgewerkschaft!«

Die Öffnung der Wohnung ergab gar nichts. Das hätte ich denen auch vorher sagen können. Aber wenn der Apparat sich mal in Bewegung gesetzt hatte, konnte man ihn mit vernünftigen Argumenten nicht mehr aufhalten.

Nur zwei Stunden nach meinem Flurgespräch mit Lewandowski suchte die gesamte Berliner Polizei nach Eugen Läpple. Der arme Kerl galt plötzlich als gefährlicher Gewalttäter, der eine Obdachlose aus dem Fenster gestoßen und womöglich sogar sein eigenes Kind auf dem Gewissen hatte. Sein Foto wurde in der *Abendschau* gezeigt. Die Moderatorin, die immer noch die Weddinger Betonwelle aus den Achtzigern trug, schaute so ernst, als ginge es bei dem Aufruf um einen gefährlichen Terroristen.

Berlin mochte so etwas. Ein Monster wurde entlarvt. Es lief Amok. Die ganze Stadt war in Aufruhr. Die Berliner rückten näher aneinander. Sie rüsteten sich für eine Hetzjagd.

Kein Wunder, wenn danach ein oder zwei Menschen in ihrem Blut lagen. Das gehörte dazu. Die Volksseele verlangte nach einem Opfer. Und Eugen Läpple eignete sich gut für diese Rolle. So verschroben, wie er war – und so dämlich, wie er sich aufführte.

Die »Abendschau« wälzte die wenigen Informationen, die an die Öffentlichkeit gegeben worden waren, genüsslich aus. »Der Mann gilt als gerissen und gewaltbereit«, raunte die fast bewegungslos geschminkte Moderatorin. »Die Polizei warnt dringend davor, den Gesuchten auf eigene Faust festnehmen zu wollen.« Man sah ihr an, dass sie jetzt schon daran dachte, dass Eugen Läpple, der Killer aus der Kurfürstenstraße, womöglich auf dem rbb-Parkplatz auf sie wartete und sie dann aus dem nächstbesten Fenster stürzen würde.

Und das alles nur, weil Christiane Bungert offensichtlich einen guten Draht zu unserem Chef hatte. Natürlich war Eugen Läpple selbst auch schuld an dieser Zuspitzung. Wäre er nicht getürmt und hätte er sich von mir vernehmen lassen, wäre die Sache nicht mal an die Öffentlichkeit gelangt. Zumindest nicht vor einer offiziellen Festnahme. Und um die würde er, so wie die Dinge standen, nicht mehr herumkommen.

Ich hätte mich am liebsten abgemeldet. Sollte doch ein

anderer diese Scheißarbeit machen. Meinetwegen Lewandowski selbst. Der wusste doch sowieso alles besser.

Das Telefon läutete. »Ihr persönlicher Internetberater«, meldete sich der Anrufer und kiekste. Horst. Der hatte mir gerade noch gefehlt.

»Um es gleich zu sagen: Es hat sich nichts getan. Jedenfalls nichts, was uns weiterhelfen würde.«

»Ja, ich weiß«, entgegnete das Männlein leise. Er hatte Zugang zu meiner Facebook-Seite und konnte sich selbst ein Bild machen. »Das hätte ich nicht gedacht. Die Hannoveraner haben so einen Erfolg mit ihrer Site gehabt.«

»Wahrscheinlich hat es damit zu tun, dass die ein Kind gesucht haben. Da haben sich viele eingeklinkt. Bei uns geht es darum, diejenigen zu finden, die hinter einer Hassseite stecken. Eine Krähe hackt einer anderen Krähe kein Auge aus.«

Das Männlein atmete schwer. »Jetzt tun sie der Community aber Unrecht. So sind die Internet-User nicht. Selbst die von der Piratenpartei wollten nicht, dass Kriminalität im Netz geschützt wird.«

Die Piraten hatte ich gefressen. Die hatten immer so getan, als hätte die Welt erst mit dem Internet begonnen. Alles, was vorher war, hatte keine Bedeutung. Das Urheberrecht nicht. Der Kinderschutz nicht. Das waren Narren gewesen, die geglaubt hatten, die Welt hätte sich zum ersten Mal gedreht, als sie zu denken angefangen hatten.

»Und warum hilft uns keiner, an diese Schmierfinken ranzukommen? Schließlich haben sie ein Mädchen bedroht, das nun tot ist.«

»Frau Kubitko, ich verstehe Ihre Erregung. Möglicherweise ist auch was dran, dass die User vorsichtig sind, wenn die Polizei an einen Webmaster ran will ...«

»Ganz bestimmt.« Ich hatte Wichtigeres zu tun, als mir die Net-Philosophie von Horst anzuhören. »Ich melde mich, wenn sich doch noch was tut.«

»Mir ist da ein Gedanke gekommen. Man müsste einfach mal über das Umfeld des Webmasters nachdenken.«

Ich verstand ihn nicht. »Welches Umfeld denn?«

»Naja, das nicht-virtuelle Umfeld eben. Freunde. Gewohnheiten. Biografie.«

Was war das denn? Hatte der Nerd die Wirklichkeit entdeckt? »Horst, jetzt mal im Ernst: Ich mache Tag für Tag nichts anderes als nicht-virtuelle Umfelder zu erschließen. Wenn es da etwas gäbe, hätte ich längst die Spur aufgenommen.«

Es wurde still in der Leitung. Dann hauchte das Männlein: »Ach so.«

»Genau«, sagte ich und legte auf.

Die Kollegen der Zielfahndung waren anders als die Bürohengste, mit denen ich mich sonst herumärgerte. Sie waren ständig unterwegs, hatten immer mit Menschen zu tun, wussten auch, worauf es ankam. Sie hatten keine eigenen Fälle, sie waren nur dazu da, wichtige Zeugen zu finden und Kriminelle festzunehmen, die andere Kommissariate bereits als Täter oder Zeugen identifiziert hatten.

Zielfahndung wird von den Strafverfolgungsbehörden nur dann angeordnet, wenn die gesuchte Person als besonders gefährlich gilt oder wegen besonders schwerer Gewalt- oder Wirtschaftsdelikte gesucht wird. Die beauftragten Zielfahnder hängen sich an die Fersen solcher Schwerstkrimineller. Sie versuchen, alles über das Leben und das Umfeld des Gesuchten herauszufinden. Wenn es sein muss, reisen sie auch ins Ausland, falls es Hinweise dafür gibt, dass der Gesuchte sich dort versteckt hält.

Die Zielfahnder waren deshalb relativ frei von gängigen Vorurteilen. Es handelte sich in gewisser Weise um Sportsmänner, die auch Achtung vor ihren Gegnern zeigten. Für sie waren alle ihre Klienten gleich, Unterschiede entstanden höchstens durch den jeweiligen Grad der Raffinesse, mit der sich jemand der Verfolgung entzog.

Was Eugen Läpple anging, hatten sie bisher noch nicht allzu viel herausgefunden.

»Lehrer suchen wir selten«, sagte der Fahndungsleiter, ein grauhaariger Choleriker, der manchmal mit Pappbechern warf. Ich wusste, dass er seine Arbeit sehr ernst nahm und nur ausrastete, wenn er Schlamperei witterte. Deshalb hatte ich Respekt vor ihm. Es hieß, er habe ein schwer geistig behindertes Kind, um das er sich in jeder freien Minute kümmerte, deshalb kam er kaum zum Schlafen und war immer etwas nervös. Ich mochte ihn.

»Wir suchen Arbeitslose und Zocker, manchmal auch Ärzte und Banker. Meistens haben die Berufsbezeichnungen unserer Kundschaft keine Bedeutung. Ihre Berufe sind wie Alias-Namen. Sie legen sie ab und suchen sich einen neuen. Aber ein Lehrer, das ist doch ein Beamter, oder?«

»Läpple hält schon lange keinen Unterricht mehr«, erklärte ich.

»Ja, ich weiß. Aber Lehrer bleibt man doch immer, wenn man mal einer gewesen ist.«

»Das stimmt.« Ich dachte an die eigensinnige Art Läpples. »Ich glaube nicht, dass er gefährlich ist. Er ist bloß durcheinander. Der Mann hat vor ein paar Tagen sein Kind verloren.«

Der Fahndungschef seufzte. »Frau Kubitko, wir kennen uns doch schon einige Jährchen, oder? Sie müssten eigentlich wissen, dass wir keine Rambos sind. Im Gegenteil. Wir schießen seltener als andere. Und wenn, dann schießen wir, wenn wir unser Leben verteidigen müssen. Wir schießen nie, um einen Gesuchten zu fangen. Dafür haben wir ganz andere Methoden.«

»Schon gut«, sagte ich kleinlaut. »Ich wollte nur nicht, dass …«

»Mir ist egal, was Sie wollten. Ich will auf jeden Fall etwas anderes. Ihr Läpple mag einen Burnout haben oder sonst eine Berufskrankheit. Aber blöd ist der nicht, sage ich Ihnen. Wir haben alles abgesucht. Systematisch. Alle Möglichkeiten durchgespielt. Nichts. Wir haben sein Umfeld durchleuchtet. Ehemalige Kollegen – Fehlanzeige. Freunde – Fehlanzeige. Nachbarn – die haben ihn seit zwei Tagen nicht mehr gesehen. Die alte Heimat. Nichts. Sein Sohn lebt in Wiesbaden. Wir überwachen den Jungen rund um die Uhr. Wir hören sein Telefon ab, sein Handy, seinen Mailverkehr. Nichts. Wir haben den Reiseverkehr untersucht. Haben alle Berliner Hotels um Nachweise ihrer in den letzten zwei Tagen angekommenen Gäste gebeten. Wir observieren die Ärzte, zu denen der Kerl geht. Dieser Läpple hat sich in Luft aufgelöst. Unsere Leute haben sogar in der Obdachlosenszene rumgehorcht. Das ist kein Zuckerschlecken, Frau Kollegin. Aber auch dort gibt es keinen Neuzugang, der auch nur eine entfernte Ähnlichkeit mit Ihrem Läpple haben könnte. Der Kerl ist einfach weg. Die Erde hat ihn verschluckt.«

Ich wusste auch nicht weiter. »Vielleicht ist er …«

»Tot? Wir haben alle Krankenhäuser und die Leichenhallen überprüft. Alle Todesfälle der letzten 48 Stunden. Nichts.«

Vielleicht hatte Eugen Läpple sich ja wirklich in Luft aufgelöst. Das würde mir und ihm einigen Ärger ersparen. »Dann gehe ich nochmal an die Akte ran. Vielleicht findet sich ja was …«

»Ich bitte darum«, sagte der Fahnder – etwas übertrieben dramatisch.

Ich hatte das Gefühl, er wollte mich loswerden.

Ich rief die Gerichtsmedizin an. Die Kollegin mit dem schwangeren Iraker; bei der hatte ich einen Stein im Brett.

»Die Verletzungen sind nicht so erheblich wie bei dem dicken Mädchen, das Sie mir vor ein paar Wochen auf den

Tisch gelegt haben. Aber es hat gereicht. Doppelter Schädelbruch. Schwerste Hirnverletzungen. Gestorben ist sie aber, weil eine gebrochene Rippe in ihr Herz eingedrungen ist.«

Ich dachte an die Frau – mit ihren gelben Gummistiefel und dem Einmachglas. Sie hatte gelächelt, als ich gegangen war. Man kann solche Menschen nicht davon abbringen, das zu tun, was sie tun wollen. Im Übrigen – wovon hätte ich sie abhalten sollen? Davon, zu Eugen Läpple zu gehen?

Vielleicht hätte ich mich mehr um den kümmern sollen. Ihn vor sich selbst schützen. Oder ihn einfach festsetzen. Grund genug dafür gab es ja. Der gefälschte Brief. Der verweigerte Gentest.

»Was können Sie über die Frau sagen?«

Normalerweise löst eine solche Frage nicht mal 48 Stunden nach Auffinden einer Leiche bei Gerichtsmedizinern Verärgerung aus. Aber die Kollegin war mir dankbar, dass ich ihren schwangeren Iraker und die damit verbundene Schlamperei nicht an die große Glocke gehängt hatte. »Also. Die Frau war etwa 50 Jahre alt. Vielleicht jünger. Eigentlich kerngesund. Aber ziemlich verwahrlost. Hautkrankheiten ...«

»Ihre Gesichtsfarbe war braun und kräftig.«

» ... ja, wie bei vielen Menschen, die draußen leben. Man findet diese Kombination da häufig. Keine Zivilisationskrankheiten. Dafür aber Zipperlein wegen mangelnder Hygiene. Am Unterarm gab es eine frische Bisswunde. Sie war aber schon versorgt. Also desinfiziert und verbunden.«

»Eine Bisswunde? Von einem Menschen?«

»Ganz bestimmt nicht. Eher von einem großen Tier. Aber nichts Dramatisches. Obwohl – bei sowas weiß man nie, was noch kommen kann. Vor allem wenn man auf der Straße lebt.«

»Hat sie getrunken?«

»Früher mal vielleicht. Wir haben in ihrem Blut aber keine Alkoholrückstände gefunden, die über ein Glas Wein zum

Essen hinausgehen. Dafür im Magen eine sehr seltsame Mixtur – zumindest für Obdachlose.«

Ich wurde hellhörig. Hatte Eugen Läpple der Besucherin vielleicht etwas verabreicht, damit sie keine Gegenwehr leistete, wenn er sie aus dem Fenster stürzte?

»Die Frau hat kurz vor ihrem Tod einen Big Mac und eine große Cola vertilgt.«

Sie hatte das gegessen, was ich ihr gebracht hatte, und war dann ums Leben gekommen. Das hieß auch, dass sie noch nicht bei Läpple war, als ich zum zweiten Mal ihren Schlafplatz aufgesucht und verlassen vorgefunden hatte.

»Wir haben den Geldbeutel der Toten. Eigentlich ein Brustbeutel, den sie am Körper trug. Da waren nur 50 Cent drin. Das ist der Notgroschen für Obdachlose. Falls es mal ganz eng wird und sie telefonieren müssen. Ansonsten hatte die Frau nichts dabei. Auch keine Papiere, wie Sie sicher schon wissen. Die Sachen, die sie trug, stammen wahrscheinlich aus Frankreich. Mehr habe ich nicht, Frau Kubitko. Tut mir leid. Wenn ich noch etwas rausfinde, rufe ich Sie sofort an.«

16. Kapitel

In den nächsten Stunden arbeitete ich die Akten nochmal durch. Doch es fand sich nichts, was mir weitergeholfen hätte. Bevor ich Schluss machte, telefonierte ich noch mit einer Dienststelle in Paris. Sie koordiniert die deutsch-französischen Bitten um Amtshilfe. Ich schilderte den Fall. Der Kollege, der überraschend gut Englisch sprach, notierte sich alles und versprach sofort zurückzurufen.

Es dauerte dann doch fast eine Stunde.

Er hatte nichts. Keine Pennerin wurde vermisst. In ganz Frankreich nicht. Wer sollte so jemanden auch vermissen? Andere Penner? Und wenn ja – ob die dann zur Polizei gingen?

Der Franzose versprach mir, sich zu melden, wenn er noch etwas von den regionalen Dienststellen hören sollte. Dann verabschiedeten wir uns freundlich.

Es war schon nach neun, als ich endlich zu Hause war.

Zum Glück musste ich mir in letzter Zeit keine Gedanken wegen Nele mehr machen. Seit sie diesem Ufuk den Laufpass gegeben hatte, war sie wieder auf den Pfad der Tugend zurückgekehrt. Sie ging abends kaum noch weg, sie arbeitete für die Schule und sie aß nur noch kalorienarme Lebensmittel. Schon allein um Ufuk nicht im Nachhinein Recht zu geben. Ich war zufrieden mit meinem Mädel.

Bis dahin.

Die Wohnungstür war nicht abgeschlossen. Aber Nele war nicht da.

Das war neu. Sonst war sie um diese Zeit zu Hause. Und wenn sie wegging, schloss sie natürlich ab. Das war immer klar gewesen.

Ich versuchte, sie auf ihrem Handy zu erreichen. Aber es lief nur die Mailbox.

Ich schaute in den Herd. Nichts. Insgeheim hatte ich gehofft, dass mein Reh etwas für uns zu essen gemacht hätte.

Ich schaute in die Spülmaschine. Obwohl ich sie morgens ausgeräumt hatte, fand ich schmutzige Teller. Zwei. Es hatte also doch etwas zu essen gegeben. Und Nele hatte auch nicht allein gegessen. Wenn ich richtig roch: Nudeln mit Streukäse. Hoffentlich kalorienreduzierter Streukäse. Immerhin hatte sie einen Salat dazu gemacht.

Aber mit wem hatte Nele gegessen?

Hoffentlich nicht wieder mit diesem Ufuk.

Aber ich konnte mir nicht vorstellen, dass meine kluge, schöne Tochter so schnell rückfällig werden würde. Ich schaute im Kühlschrank nach. Es gab noch einen Apfel und Joghurt. Den Joghurt aßen wir zum Frühstück. Also nahm ich mir den Apfel.

Richtig satt wurde ich davon nicht. Aber ich war zu müde, um nochmal loszugehen und mir etwas zu besorgen. Zudem dachte ich wieder an den Big Mac, den ich mir an der Potsdamer Straße geholt und der dann zum Henkersmahl der Französin geworden war. Da verging mir der Heißhunger auf einen Döner oder auf einen Hamburger.

Ich warf noch einen Blick in die Zeitung, aber ich musste alles zweimal lesen und verstand den Sinn der Nachricht immer noch nicht. Also setzte ich mich auf die Couch und schaltete den Fernseher ein. Es lief das *heute journal*, anschließend eine Dokumentation über irgendetwas. Ich nickte immer wieder ein. Ich schaute auf die Uhr. Schon fast elf – und Nele war immer noch nicht zu Hause. Also sprach ich ihr auf die Mailbox. Ich versuchte, nicht allzu autoritär zu klingen, erinnerte sie aber mit Nachdruck daran, dass sie am nächsten Tag Schule hatte und früh raus musste.

Dann ging ich ins Bad, wusch mich, putzte die Zähne und

schlüpfte in mein Nachthemd – seit ein paar Tagen trug ich ein weites T-Shirt, in meinen alten Nachthemden fühlte ich mich, seit ich abgenommen hatte, wie in Zelten. Ich hatte sogar eines von Nele anprobiert, es aber sofort wieder ausgezogen. Aus Angst, die Nähte könnten aufplatzen.

Auch in dem T-Shirt sah ich verboten aus. Es war viel zu kurz, wie ein Mini-Rock. Aber es sah mich ja keiner – außer Nele. Vor meiner Tochter hatte ich mich nicht verstecken müssen, als ich richtig fett gewesen war. Also hatte ich auch keine Skrupel ihr zu zeigen, dass sich aus dieser Körpermasse langsam wieder weibliche Formen herausmodellierten.

Ich vergewisserte mich, dass der Türriegel nicht vorgeschoben war und Nele die Tür aufschließen konnte, wenn sie nach Hause kam. Dann ging ich ins Bett.

Ich war so müde, dass ich das Licht gar nicht erst anschaltete. Ich schlüpfte unter die Decke und kuschelte mich ein. Es war herrlich warm, ich wurde sofort schläfrig.

Warm?

Wieso war es unter meiner Bettdecke warm?

Ich heizte mein Schlafzimmer nie. Ich mochte es, in einem kalten Zimmer zu schlafen.

Und jetzt war es warm unter meiner Bettdecke.

Da stimmte doch etwas nicht. Ich drehte mich um.

In meinem Bett lag ein Körper. Ein warmer Körper.

Nele. Wie schön. Sie schlief in meinem Bett. Wie früher. Als Kind.

Ich kuschelte mich an mein Reh.

Mein Reh roch anders als sonst. Mein Reh schnaufte.

Mein Reh hatte eine Erektion.

Ich sprang aus dem Bett und rannte hinaus. Meine Waffe lag in der Garderobenschublade. Sie war geladen, aber gesichert. Ich entsicherte sie.

Ich ging zurück ins Schlafzimmer und schaltete das

Deckenlicht an. Es war hell und unbarmherzig, deshalb blieb es meistens abgeschaltet. Aber jetzt brauchte ich gutes Licht.

Ich hob den Arm mit der Heckler & Koch P2000 und ging langsam zum Bett. Ich fasste den Zipfel der Decke und zog kräftig. Der Mann, der zum Vorschein kam, trug auch ein T-Shirt. Allerdings eines mit einer Mickey Mouse. Er drückte die Knie zusammen und hielt beide Hände schützend über sein Gemächt. Die Erektion war fast verschwunden.

»Sie werden nicht schießen, oder?«, fragte Eugen Läpple.

Lust abzudrücken hatte ich schon. »Wie kommen Sie hier herein?«

Er zitterte, die Haare an seinen dünnen Beinen standen ab wie Stacheln.

»Antworten Sie oder ich schieße Ihnen in die Eier!«

Läpple rollte sich zusammen und drehte sich von mir weg.

»Ihre Tochter hat mich reingelassen«, behauptete er.

»Das kann nicht sein.«

Läpple richtete sich auf. Er wollte die Decke an sich ranziehen, um seine Blöße zu bedecken, aber ich ließ ihm keinen Zentimeter.

»Sie kennt mich. Ich war doch schon mal hier. Ich sagte, dass ich dringend mit Ihnen sprechen muss. Dann bekam Nele …«

Ich zielte auf seinen Kopf. »Sie wissen, wie meine Tochter heißt?«

»Klar, doch. Wir haben uns sehr gut unterhalten. Sie hat mir viel von sich erzählt. Wir haben sogar gegessen. Ihr Essen. Sie kamen ja nicht. Als Nele einen Anruf erhielt, musste sie weg. Sie bot mir an, auf Sie zu warten.«

Das dumme Ding. Ich musste dringend ein paar Lektionen auffrischen. Als Kind hatte sie immer gewusst, wie sie sich Fremden gegenüber zu verhalten hatte.

»Was machen Sie in meinem Bett?«

»Ich hätte nicht gedacht, dass Sie so erschrocken reagieren.«

»Sind Sie bescheuert? Sie werden wegen Mordes gesucht. Und legen sich hier in mein Bett. Auch noch ohne Hose.«

»Ich bin seit fast zwei Tagen unterwegs. Treibe mich herum. Habe nicht geschlafen und nicht gegessen. Ich bin ziemlich fertig, Lore.«

Das sah man. Trotzdem – so ging das nicht. Das konnte mich meinen Job kosten. Ein Verdächtiger, nach dem gefahndet wird, schläft halbnackt in meinem Bett. Wenn Lewandowski davon Wind bekam, war ich erledigt.

»Stehen Sie auf!«

»Nein.«

»Los! Oder ich schieße Ihnen ins Knie.«

»Ich schäme mich so. Gehen Sie raus, dann stehe ich auf!«

»Ich denke ja nicht daran. Damit Sie sich durchs Fenster davonmachen. Sie stehen jetzt auf. Sie hatten ja auch keine Skrupel, sich halbnackt in mein Bett zu lümmeln.«

»Ich war einfach fertig. Und ich dachte, Sie kommen nicht mehr.«

»Wo hätte ich denn bleiben sollen? Das hier ist mein Bett!«

»Vielleicht bei Ihrem Liebhaber«, sagte Läpple lauernd.

Mir reichte es. »Aufstehen! Oder soll ich die Funkstreife holen?«

»Dann geben Sie mir meine Kleider!«

Ich schaute mich um, konnte sie aber nirgendwo sehen. »Wo sind sie?«

»In der Waschmaschine.«

Unglaublich, dieser Mensch. Nun sollte ich auch noch seine Klamotten waschen.

»Wenn Sie sich rühren, passiert was«, sagte ich und ging ins Bad. Ich öffnete die Waschmaschine. Der Gestank, der mir entgegenkam, änderte alles. Ich schloss die Waschmaschine und ging ins Schlafzimmer zurück.

Läpple hatte die Decke bis zum Kinn hochgezogen. Er schnatterte.

Ich suchte im Schrank nach einer alten Jeans von mir und warf sie ihm hin.

»Ohne Unterhose? Das kratzt doch.«

»Nun machen Sie schon!«

Er zog die Hose unter der Decke an. Dabei machte er ein Gesicht, als würde ich ihm die Hose anziehen. Als er fertig war, zog ich die Decke weg. Endlich stand er auf.

Ich trieb ihn vor mir her in die Küche und befahl ihm, am Tisch Platz zu nehmen. Er tat es. »So tun Sie doch endlich den Revolver weg!«

»Das ist kein Revolver, das ist eine Pistole.«

»Egal. Bitte, Lore, wir haben doch diese Ebene nicht miteinander!«

Ich baute mich vor ihm auf und fuchtelte mit der Waffe herum. Er ließ sie nicht aus den Augen. »Welche Ebene meinen Sie?«

»Diese da. Wir sind doch ... Freunde, oder?«

Also gut. Ich legte die Pistole auf die Anrichte. Aber so, dass ich sie jederzeit greifen konnte.

Eugen Läpple atmete auf. Er musterte mich. »Sie sehen ziemlich scharf in dem Aufzug aus, Lore, wissen Sie das?«

Ich nahm die Heckler & Koch wieder an mich, ging ins Schlafzimmer und zog mir meinen Morgenmantel über.

»Kann ich etwas zu trinken haben?«, fragte er, als ich in die Küche zurückkam.

»Sie glauben doch nicht im Ernst, dass wir beide jetzt Wiedersehen feiern, oder?«

»Wasser. Ich habe Sie nur um einen Schluck Wasser gebeten.«

Ich ging zur Spüle, drehte den Hahn auf und ließ ein Glas mit Wasser volllaufen. Dann stellte ich das Glas auf den Tisch. Er trank es gierig aus. Dann sagte er: »Danke. Sie glauben ja gar nicht ... Mein Mund ist so trocken. Das kommt von den Medikamenten.«

»Was für Medikamente?«

»Ich nehme Mittel gegen den hohen Blutdruck. Betablocker.«

»Und davon bekommt man einen trockenen Mund?«

Er zierte sich. Ich fragte mich, wieso. Eben hatte er noch meinem Bett gelegen.

»Nicht von den Betablockern. Aber von den Viagra.«

Mir fiel fast die Pistole aus der Hand. »Was?!«

»Ja, ich hatte keine Betablocker mehr. Man bekommt sie nicht ohne Rezept. Und zu meinem Kardiologen konnte ich nicht gehen. Ich dachte mir, dass die Polizei den überwacht.«

Das stimmte. Der Fahndungschef hatte davon gesprochen.

»Aber ich brauche etwas. Mein Blutdruck war so hoch, dass es in meinem Hirn rauschte wie ein Wasserfall und mir ständig schwindelig wurde.«

»Und da haben Sie Viagra genommen?«

Eugen lachte, als freute er sich über meinen Erkenntnisgewinn. »Genau. So war's.«

Ich richtete die Waffe auf ihn. »Hören Sie bloß auf, mir solchen Scheiß zu erzählen!«

Sein dämliches Lachen erstarb. »Aber es ist nun mal so. Viagra hat dieselbe Wirkung wie ein blutdrucksenkendes Mittel. Die Gefäße werden weicher, dadurch wird auch die Blutversorgung geschmeidiger. Deshalb haben dann Männer auch eine Erektion, die sonst keine haben. Hören Sie, Lore, Viagra ist kein Potenzmittel. Es wurde eigentlich entwickelt, um die Gefäße durchlässiger zu machen und somit krankhaft hohen Blutdruck zu senken. Erst danach hat man bemerkt, was das Medikament für eine erstaunliche Nebenwirkung bei Erektionsschwäche hat.«

Was für ein Unsinn! »Sie haben also keine Betablocker mehr gehabt und konnten sich auch kein Rezept bei Ihrem

Arzt holen. Aber Viagra ist genauso rezeptpflichtig wie Betablocker. Dafür hätten Sie auch zum Arzt gemusst.«

»Nein«, sagte er und schob mir das leere Glas hin. Ich ließ es erneut voll Wasser laufen und gab es ihm. Läpple trank es in einem Zug aus. Dann atmete er tief ein und sagte: »Viagra hatte ich noch genug.«

»Es geht mich ja nichts an. Aber warum brauchen Sie diese Unmengen von Viagra?«

»Keine Unmengen. In einer Schachtel sind bloß zwölf Stück. Und die sind teuer genug. 150 Euro. Stellen Sie sich das mal vor! Und das zahlen die Kassen nicht mal.«

Ich setzte mich auch an den Tisch. Langsam schwanden meine Kräfte. Ich hatte einen langen Tag hinter mir. Die Heckler & Koch behielt ich in der Hand und legte die Hand in meinen Schoß. »Woher hatten sie das Zeugs ... die Viagra-Tabletten?«

»Die hat der Kardiologe mir verschrieben. Zusammen mit den Betablockern.«

»Warum?«

Läpple brauste auf. »Warum wohl? Auf welchem Planeten leben Sie denn, Lore? Weil die Einnahme der Betablocker die Erektionsfähigkeit beeinträchtigt. Wenn man davon viele nimmt, läuft gar nichts mehr. Dem wollte ich vorbeugen. Verstehen Sie?«

»Ja«, antwortete ich leise. »Aber haben Sie denn ...«

Eugen Läpple fiel mir ins Wort. »Nein, natürlich nicht. Ich habe andere Sorgen als rumzubumsen. Deshalb waren sie ja auch noch alle da, die Viagra. Ich habe sie heute zum ersten Mal genommen. Und ich muss sagen ...« Er schmatzte. »Diese Nebenwirkung ist unangenehm. Es ist wie nach einem Dauerlauf durch die Wüste. Kann ich noch ein Glas Wasser haben?«

Ich füllte das Glas ein weiteres Mal. »Was war mit der Pennerin?«

Er schwieg.

»Haben Sie mich nicht verstanden? Ich will wissen, was Sie mit dieser Frau gemacht haben.«

Ich gab ihm das Glas. Er warf mir einen Blick zu und trank. Dann stellte er das Glas ab und fragte: »Mit welcher Frau?«

»Die, die tot unter Ihrem Fenster gefunden worden ist. Übertreiben Sie's nicht, Läpple! Ein Anruf genügt, und ein SEK holt Sie hier ab und wirft Sie in das tiefste Loch, das es in Berlin gibt.«

»Ich hab's nicht getan«, jammerte er.

Er kam mir vor wie ein Hühnerdieb, der dem Dorfgendarm in die Arme gelaufen ist.

»Und warum sind Sie dann abgehauen und haben sich verkrochen?«

Er hob die Schultern. »Weil es so aussieht, als ... Was soll's? Mir glaubt ja doch keiner.«

Das mochte ich besonders gerne: Wenn einer, der nicht weiterwusste, mit der Mitleidsmasche kam. Ich griff mir das Telefon, das auf dem Küchenschrank lag. »Entweder Sie sagen mir jetzt, was los war, oder ich rufe die Kollegen!« Ich meinte es ernst.

»Gibt's einen Wein?«

Ich öffnete den Kühlschrank, holte die angebrochene Flasche heraus und goss ihm in das Glas voll Pinot.

»He! Vorsicht, da war noch Wasser drin«, schimpfte Läpple.

So wurde das nichts. Ich wählte die Nummer der Einsatzzentrale.

Läpple sprang auf. Ich richtete die Pistole auf ihn.

»Bitte, nicht!«, bettelte er. »Ich werde Ihnen alles erzählen.«

In diesem Moment drehte sich der Schlüssel in der Haustür.

Nele. Nele kam nach Hause. Kurz nach Mitternacht. Doch das war lange nicht das Schlimmste. Viel schlimmer war, dass ich mit einem Mann in der Küche saß. Er in einer alten Hose von mir, und ich nur in einem viel zu kurzen T-Shirt und im Morgenmantel.

Im Flur zog Nele ihre High Heels aus und kickte sie in die Ecke. Dann schlurfte sie zur Küchentür.

Ich hielt den Atem an. Was sollte ich dem Kind sagen? Dass ich Läpple mit einer Erektion in meinem Bett vorgefunden hatte und wir nun in der Küche beim Wein saßen, um über alles zu reden?

Nein, das war zu viel für mein Reh.

Da drehte Nele nochmal ab und ging erst ins Bad. Wahrscheinlich musste sie pinkeln. Das war oft so, wenn sie nach Hause kam.

Sobald das Badezimmer geschlossen war, packte ich Läpple am Ärmel, öffnete leise die Tür, bugsierte ihn auf Zehenspitzen durch den Flur und nötigte ihn, sich in mein Schlafzimmer zu verziehen.

Ich kehrte in die Küche zurück, ließ das Glas und den Wein verschwinden und löschte das Licht. Dann zog ich mich auch in mein Schlafzimmer zurück. Dorthin würde Nele nicht kommen. Dort waren wir sicher.

Das Zimmer war dunkel. Ich ging zum Bett und legte mich nieder.

Läpple lag schon.

Der Kerl war wirklich unverschämt.

»Ich bin todmüde, Lore.« Er klang wie ein altgedienter Ehemann, der seiner Frau erklären muss, dass er keine Lust auf Sex hat.

»Ich will wissen, was mit der Frau war!«

Er richtete sich auf. »Sie hat an meiner Tür geläutet. Ich wusste nicht, dass sie schon seit Tagen in unserem Flur übernachtete. Ich war erschrocken, diese seltsame Gestalt abends so spät an der Tür zu sehen. Ich wollte ihr etwas Geld geben. Aber sie wollte nicht.«

»Was wollte sie denn?«

Eugen Läpple schluckte. »Sie war verletzt und sie wollte … zu Gudrun.«

Also doch. »Und?«

»Ich war wie vor den Kopf gestoßen. Wir schrien uns an.«

Also hatte die Bungert Recht gehabt; sie hatte von einem Streit im Flur berichtet.

»Sie fragte, ob Gudrun noch bei mir wohnte. Und was mit Leon sei.«

Er schwieg. Ich ließ ihm Zeit.

»Dann sagte sie meinen Namen und reichte mir die Hand. Da erst erkannte ich sie.«

»Es war die Mutter von Gudrun, stimmt's?«

Eugen Läpple nickte. Ich spürte, dass er den Tränen nahe war.

Dann fing er sich und fuhr stockend fort: »Ich ließ sie rein. Sie schaute sich um … so, als käme sie von einer langen Reise zurück.«

Was ja auch stimmte. Sie war sehr lange weg gewesen. »Und dann?«

»Nichts. Wir setzten uns an den Küchentisch. Ich kümmerte mich um die Wunde an ihrem Arm. Dann stand sie auf. Sie ging zum Schrank, nahm zwei Tassen und zwei Unterteller heraus und deckte den Tisch. Dann kochte sie Kaffee. Viola wusste ja, wo alles war. Es hat sich nicht viel verändert in den letzten 13 Jahren. Gesprochen hat sie die ganze Zeit nicht.«

Nele kam aus dem Bad. Ich hörte, wie sie die Küchentür öffnete. Sie schaute nur kurz rein, gähnte und verzog sich dann in ihr Zimmer.

»Wir haben gewartet, bis der Kaffee durchgelaufen war. Ich hatte den Eindruck, dass es ihr gut ging.«

»Haben Sie nicht gefragt, wo sie all die Jahre geblieben war?«

»Ich musste sie doch nur anschauen. Da wusste ich Bescheid. Sie hat auf der Straße gelebt. Hat sich durchgeschlagen. Auf

Bauernhöfen. In den Fabriken der Städte. Meistens war sie unterwegs.«

»Aber es muss doch einen Grund haben …«

Eugen Läpple seufzte. »Alles hat einen Grund. Aber glauben Sie ernsthaft, es hilft einem, wenn man den Grund kennt?«

»Ja, das glaube ich.«

Er dachte nach. Dann sagte er: »Sie war depressiv. Damals schon. Es wurde immer schlimmer. Sie kam nicht klar. Mit unserer Beziehung nicht und vor allem nicht mit ihrer Rolle als Mutter. Die Kinder waren zu viel für sie. Deshalb die ewigen Streitereien. Ob sie abends Wurst essen durften, ob Süßigkeiten erlaubt waren, wann sie schlafen gehen mussten. Das waren nur Symptome für ihre Unzufriedenheit. Sie war mit sich und ihrem Leben zutiefst unzufrieden. Deshalb war ich fest davon überzeugt, dass sie sich damals in der Bretagne das Leben genommen hat. Das war konsequent. Ich habe es ihr nicht einmal übel genommen. Sie hatte sehr gelitten, das habe ich gespürt. Aber dass sie die Kinder im Stich gelassen hat, ihre Kinder – das habe ich ihr nie verziehen.«
Wir schwiegen.

»Und nun stellt sich heraus: All die Jahre ist sie durch die Gegend gestreift und hat sich nie gemeldet. Sie hat ihre Kinder und mich im Unklaren gelassen. Es war ihr egal, was aus den Kindern werden würde. Können Sie sich vorstellen, wie oft meine Kinder gefragt haben, wo ihre Mutter bleibt? Ob sie sich ins Meer gestürzt hat oder ob sie ermordet und verscharrt worden war? Auf alle diese quälenden Fragen musste ich Antworten geben. Das habe ich auch getan. Aber was hätten die Kinder gefragt, wenn sie erfahren hätten, dass ihre Mutter am Leben ist und sich nicht meldet? Was hätte ich ihnen dann sagen sollen? Dass ihre Mutter uns aufgegeben hat?«

»Haben Sie sie deshalb aus dem Fenster geworfen?«

»Quatsch!«

»Leise!«

Läpple atmete schwer. Er beruhigte sich nur langsam. Dann begann er zu erzählen, was an dem fraglichen Abend in der Kurfürstenstraße geschehen war. Um genau zu sein: Er stellte mir seine Version der Vorkommnisse dar. Ob es wirklich so war oder ob er mich belog, das stand auf einem anderen Blatt.

17. Kapitel

Die Frau mit den gelben Gummistiefeln, die einmal die Lehrerin Viola Läpple gewesen und dann jahrelang als Obdachlose durch Frankreich gezogen war, hatte ihre Toilette entsorgen wollen. Sie war dazu mit dem Einmachglas in den nahegelegenen Dennewitz-Park gegangen. Sie kannte sich ja aus, sie hatte lange im Kurfürstenstraßenkiez gewohnt. Im Park hatte sie im Gebüsch den Inhalt des Glases ausgeleert.

Viola war dabei von einem streunenden Hund aufgestöbert worden.

Der Hund hat die Frau angebellt. Sie hat ihn verjagen wollen. Der Hundehalter ist dazu gekommen und hat, als er bemerkte hat, was die Obdachlose im Gebüsch machte, aggressiv reagiert. Viola hat den Mann aufgefordert, seinen Hund zurückzurufen, was der aber nicht getan hat.

»Viola hatte immer schon einen Hass auf Hunde. Vor allem auf große Hunde«, erklärte mir Eugen Läpple. »Sie hat geschrien, wenn einer sich dem Kinderwagen mit Gudrun oder Leon genähert hat. Noch mehr aber hasste sie Hundehalter, die ihre Tiere frei laufen ließen und duldeten, ja, es sogar genossen, wenn die dann Passanten belästigten.«

Der Streit zwischen der Obdachlosen und dem Hundehalter wurde immer verbissener. Schließlich hat der Hundehalter seinen Hund auf die Frau gehetzt. Der hat sich in ihren rechten Unterarm verbissen. Erst als die Frau um Hilfe schrie, hat der Halter das Tier zurückgerufen und ist mit ihm verschwunden.

Viola aber hat sich, nachdem ihr niemand zu Hilfe gekommen ist, wieder zu ihrem ehemaligen Haus in der Kurfürstenstraße 7 begeben. Da sie sich nicht mehr anders zu helfen gewusst hat, hat sie bei ihrem Mann geläutet und ihn um Hilfe gebeten.

Eugen Läpple ist völlig überrumpelt worden. Es entwickelte sich ein Streit, als Viola sich zu erkennen gab und nach den Kindern fragte. Dann aber hat Eugen sich beruhigt und einen Arzt holen wollen, aber das hat Viola abgelehnt, sie hat ihn gebeten, die Bisswunde mit etwas Jod zu reinigen und sie dann zu verbinden.

Als die Blutung gestillt war, hat Viola sich mit Eugen an den Tisch gesetzt, Kaffee getrunken und geredet. Irgendwann hat sie wissen wollen, wo ihre Kinder sind.

Eugen war in einer schwierigen Situation – nach so vielen Jahren stand plötzlich seine tot geglaubte Frau, die Mutter seiner Kinder, verletzt und blutend vor der Tür und bat um seine Hilfe. Deshalb sagte er Viola nichts von Gudruns Tod. Er behauptete, sie sei bei einer Freundin und Leon arbeite in Wiesbaden, wobei das Letztere ja stimmte.

Viola hat ihm dann erklärt, sie sei jahrelang vor sich selbst auf der Flucht gewesen. Vor einigen Monaten aber sei sie schwer erkrankt; das Leben auf der Straße habe seinen Tribut gefordert. Man habe sie am Strand von Saintes-Maries-de-la-Mer gefunden und in ein Krankenhaus geschafft. Die Ärzte hätten eine schwere Lungenentzündung festgestellt. Wochenlang habe sie im Bett liegen müssen. Dann habe man ihr gesagt, sie hätte großes Glück gehabt und müsse ihr Leben ändern. Als sie von ihren beiden Kindern erzählt habe, die in Berlin lebten und die sie seit Jahren nicht mehr gesehen hatte, habe das Krankenhaus zu ihren Gunsten eine Weihnachtstombola veranstaltet. Den Erlös habe man ihr für die Reise nach Berlin zur Verfügung gestellt. So habe sie sich auf den Weg gemacht, um ihre Kinder zu sehen und ihr Leben zu ändern.

Eugen hat ihr angeboten, in ihrer alten Wohnung zu übernachten. Er hat sich aber fest vorgenommen, ihr am nächsten

Morgen reinen Wein einzuschenken – sowohl was Gudruns Tod anging als auch eine etwaige gemeinsame Zukunft.

»Man kann nicht seine Kinder und den Mann im Stich lassen, weil man sich darüber geärgert hat, dass die Kinder abends Würste zu essen bekommen haben, und dann nach Jahren wieder aus dem Nichts auftauchen und so tun, als wäre nichts geschehen«, sagte er.

Ich überlegte. »Das hat sich ja auch erledigt. Sie lag morgens tot im Hof.«

»Ja«, sagte Eugen Läpple.

Dann, als er zu bemerken schien, dass ich eine Erklärung von ihm erwartete, fügte er hinzu: »Ich habe ihr erlaubt, in Gudruns Zimmer zu schlafen. Das war ihr sehr recht, sie sagte, so könnte sie jetzt schon bei ihrer Tochter sein. Sie hat wohl nachts das Fenster geöffnet und ist rausgesprungen. Mehr kann ich nicht sagen.«

»Mehr können Sie nicht sagen?«

»Nein. Ich habe es nicht mal gehört. Ich habe tief geschlafen. Erst als ich aufgestanden bin und Kaffee gekocht habe, habe ich bemerkt, was passiert war. Ich klopfte an die Tür. Als sich nichts tat, bin ich reingegangen und habe das offene Fenster gesehen.« Er seufzte. »Typisch. Sie hat sich schon wieder aus dem Staub gemacht.«

Das verstand ich nicht. »Wieso sollte sie aus dem Fenster springen? Sie war endlich wieder zu Hause. Sie wartete auf ihre Kinder. Sie lag im Bett ihrer Tochter ...«

» ... die tot ist.«

» ... was Viola ja nicht wusste, wie Sie mir versichern.«

Eugen drehte mir den Rücken zu. »Sie war eben krank. Schwer depressiv. Warum sonst ist sie damals abgehauen? Warum sonst hat sie sich jahrelang herumgetrieben, in einem fremden Land, unter lauter fremden Menschen? Dass sie sich dann doch noch das Leben nimmt, hat mich – ehrlich gesagt – nicht überrascht.«

Er atmete ruhiger, Eugen schien einschlafen zu wollen. »So hart das klingt: Leon und ich, wir hätten sowieso nichts mehr mit ihr anfangen können.«

Ich wollte ihm sagen, dass er das doch besser seinen Sohn entscheiden lassen sollte. Aber ich ließ es. Die ganze Sache war mir zu vertrackt, und ich war todmüde.

Ich schlief schon fast, als Eugen Läpple sich wieder umdrehte. Er atmete mir ins Gesicht.

»Was soll das?«, fragte ich.

»Ich meine ja nur ... Der Arzt sagt, die Wirkung der Tablette hält fast zwölf Stunden an.«

»Welcher Tablette?«, fragte ich – schon im Halbschlaf.

»Sie wissen schon, Lore, der Viagra-Tablette. Und sie kostet zwölf Euro. Ist doch Verschwendung, oder?«

Ich fuhr hoch. »Vergiss es! Ganz schnell. Sonst hole ich doch noch das Telefon und hetzte dir das SEK auf den Hals.«

Eugen Läpple drehte sich maulend um und war in weniger als zehn Sekunden eingeschlafen.

Er schnarchte. Ein Mann in meinem Bett. Und er schnarchte. Was war bloß aus mir geworden?

Ich erwachte, bevor der Wecker rappelte. Ich war es nicht gewohnt, neben einem Mann zu schlafen. Noch dazu neben einem, der Viagra eingenommen hatte.

Ich lag wach und dachte nach. Etwas stimmte nicht an der Geschichte. Ich wusste nicht, was es war. Aber ich spürte es.

Um sieben stand ich auf. Ich ging in die Küche und machte das Frühstück für Nele und mich. Der Kaffee war noch nicht durchgelaufen, als sie in der Tür erschien. Sie war noch ganz verschlafen und rieb sich die Augen.

»Mamutschka«, jaulte sie. »Mir geht's nicht gut. Ich glaube, ich kann heute nicht zur Schule gehen.«

»Setz dich!«, befahl ich ihr und schloss die Küchentür.

Ich hätte gerne geschrien. Aber ich ließ es – ich wollte nicht, dass Eugen Läpple aufwachte. »Wo warst du gestern Abend?«

»Bei 'ner Freundin. Wir haben für unser Referat gelernt.«

»Bis Mitternacht?«

»Ja. Und?« Sie war jetzt hellwach und bereit, zickig zu reagieren, wenn meine Fragen ihr gegen den Strich gingen.

»Was fällt dir ein? Du bist noch nicht mal sechzehn Jahre alt und bleibst einfach weg.«

Sie trank einen Schluck Orangensaft. »Es lief halt gut. Wir wollten fertig werden.«

»Wie heißt die Freundin?«

»Jule. Du kennst sie.«

»Die Superschlanke?«

»Ja, aber sie ist nicht mehr so schlank. Du hast gesagt, sie ist ein guter Umgang für mich.«

Das stimmte – aber wenn sie gar nicht mehr so schlank war, lagen die Dinge anders.

»Ich werde sie anrufen und fragen.«

»Damit machst du dich zwar unmöglich. Aber meinetwegen – tu es!«

Ihr Ton passte mir nicht. Ich schenkte uns Kaffee aus und teilte jedem seinen Joghurt zu.

»Kann ich nicht mal morgens Nutella essen?«

»Hat Ufuk dir das aufgetragen?«

Sie schob den Joghurt weg. »Jetzt reicht es.«

Ich schob den Joghurt wieder zurück. »Iss!«

Sie rührte sich nicht.

»Ich bin noch nicht fertig«, fuhr ich fort. »Was fällt dir ein, einen wildfremden Mann in die Wohnung zu lassen und ihm dann auch noch zu erlauben, hier auf mich zu warten, während du zu dieser ...«

»Jule.«

» ... zu dieser Jule gehst. Schon der Name klingt ausgedacht.«

»Ruf sie doch an, du wirst schon sehen!«

Wenn sie wirklich bei dieser nicht mehr superschlanken Freundin Jule für ein Referat gelernt hatte, musste ich mich entschuldigen. Oder auch nicht. Sie hätte ja anrufen können. Sie wusste doch, dass ich mir Sorgen machte. Andererseits war sie ja wirklich schon fast 16.

»Eugen sagte, ihr seid Freunde. Und wildfremd war er auch nicht«, verteidigte sie sich. »Er war doch schon hier. Ich dachte, der Typ ist dein Lover.«

»Was?!«

»Naja, der ist doch nett und so. Warum nicht? Es würde dir sicher guttun, endlich mal wieder …«

»Bis hierher und nicht weiter!«, fuhr ich sie an. »Eugen Läpple ist Hauptverdächtiger in einer Mordermittlung. Und du lässt ihn hier in unserer Wohnung allein.«

Das machte Eindruck auf Nele. »Das hat er mir nicht gesagt. Ich dachte, du und er … Ihr seid ein Paar oder so …«

»Spinnst du?«, fuhr ich sie an.

In diesem Moment öffnete sich die Küchentür und Eugen Läpple erschien. Barfuß und in meiner Hose. »Kommst du nochmal ins Bett, Lore? Ich glaube, das Mittel wirkt noch.«

Nele schaute mich lange stumm an. Dann stand sie auf. »Ich muss los.«

»Dein Frühstück … Du hast noch nichts … gar nichts gegessen«, stammelte ich.

»Lass mal, Mama.« Sie drückte mir einen Kuss auf die Wange. »Macht's euch gemütlich! Ich hole mir zum Mittag einen Burger. Ausnahmsweise. Heiliges Ehrenwort.«

Da fiel mir ein, was an Eugen Läpples Geschichte nicht stimmte. Der Burger. Mein Hamburger. Er war weg gewesen, als ich mir die Schlafstelle von Viola angesehen hatte.

Deshalb stimmte seine Geschichte nicht.

Es hing alles an einem Burger.

18. Kapitel

Ich packte Eugen Läpple in meinem Wagen und fuhr zum Präsidium.

Wir passierten die Sperre am Eingang, ohne dass jemand einschritt. Kein Wunder, dass Läpple zwei Tage durch Berlin hatte marschieren können, ohne dass er festgenommen worden war.

Wir stiegen die Treppen hoch. »Und jetzt? Wirfst du mich ins Gefängnis?«

»Wir gehen zu Lewandowski, das ist mein Chef. Er macht mir die Hölle heiß, weil ich dich habe laufen lassen. Ach, übrigens: Können wir uns wieder siezen? Ich möchte nicht, dass mein Chef ...«

»Er darf nicht erfahren, dass wir zusammen in einem Bett geschlafen haben?«

Mir wurde schwindelig. »Du sagst nur was, wenn du gefragt wirst! Wenn du irgendwas von heute Nacht erzählst, werfe ich dich wirklich ins Gefängnis.«

Eugen Läpple schwieg. Ich hoffte, dass er sich an meine Ansage hielt. Wenn nicht, würde das für uns beide nicht gut ausgehen.

Lewandowski saß bei seiner Vorzimmerdame. Die beiden brüteten über dem Ikea-Katalog. Wir kamen ungelegen. Das sah man schon an der Art, wie mein Chef den Katalog zuklappte. »Was gibt's denn schon wieder, Loreley? Habe ich Ihnen nicht aufgetragen ...«

»Das hier ist Eugen Läpple.« Ich schob Eugen vor.

Lewandowski sprang auf und postierte sich so vor seiner Wespentaillen-Sekretärin, als müsste er sie mit seinem Körper vor einem Anschlag schützen.

»Sind Sie denn völlig verrückt geworden?!«, fuhr der Chef mich an. »Erst lassen Sie den Mann zur Fahndung ausschreiben. Dann schleppen Sie ihn hierher. Der gehört in eine Sicherheitszelle.«

Die Sekretärin wurde nervös. Sie lief etwas ziellos im Raum umher und piepste in hohen Tonlagen. Lewandowski legte beide Hände beschwichtigend auf ihren Unterarm. »Frau Stegmann, Sie brauchen keine Angst zu haben. Solange ich hier bin, geschieht Ihnen nichts!«

Doch Frau Stegmann beruhigte sich nicht. Sie begann zu zittern und bat um ihren Mantel.

»Sie müssen noch bis 16 Uhr 30 hier aushalten«, sagte Lewandowski. Er klang etwas amüsiert. Wie ein strenger, aber im Grunde gutmütiger Lehrer.

»Ich kündige«, erklärte sie. »Ich habe die Nase voll.«

Mir war nicht ganz klar, was sie meinte: Eugen Läpples Auftauchen in ihrem Büro oder die Zusammenarbeit mit Lewandowski.

Der Chef wuchs über sich selbst hinaus. Er legte beide Hände auf ihre Schultern und sagte: »Vertrauen Sie mir!« Frau Stegmann verdrehte die Augen.

Dann wandte sich Lewandowski uns beiden zu. »Also – ich höre, Frau Kubitko!«

»Eugen Läpple stellt sich freiwillig.« Das war gelogen. Ich hatte ihn gezwungen mitzukommen. Aber es war besser für ihn, wenn es freiwillig geschah.

Lewandowski schaute ihn an. »Sie haben also diese Frau aus dem Fenster gestoßen?«

»Nö«, sagte Eugen Läpple.

Lewandowski wandte sich an mich. »Was denn jetzt?«

»Er kann es erklären«, sagte ich. Das war schon meine zweite Lüge an diesem Morgen.

Die Fahndung wurde außer Kraft gesetzt. Ich schleppte Eugen in mein Büro.

Er sollte schmoren. »Ich würde jetzt gerne gehen«, sagte er nach einer Weile. Ich erledigte derweil die dringlichsten dienstlichen Aufgaben.

»Ich war seit fast zwei Tagen nicht zu Hause«, leierte er. »Da möchte ich Sie mal hören.«

»Wir sind noch nicht fertig«, sagte ich, ohne von meiner Arbeit aufzuschauen.

»Und warum nicht? Ich habe doch alles gesagt.«

Das ließ ich erst mal so stehen. Ich erledigte ein paar Telefongespräche.

»Werde ich nicht verhört?«, fragte Eugen.

»Kommt noch«, antwortete ich knapp.

»Ich muss mir das nicht gefallen lassen.« Er klang gereizt; meine Methode begann Wirkung zu zeigen.

»Was musst du dir nicht gefallen lassen?«

»Dass du mich hier schmoren lässt.«

»Ich kann dich auch in einer Ausnüchterungszelle warten lassen. Im Übrigen waren wir beim Sie!«

Er schwieg wieder. Dann hatte er einen grandiosen Einfall: »Ich will einen Anwalt.«

»Ich bin dein Anwalt, Eugen Läpple.«

Er legte die Beine übereinander und stierte ins Nichts. »Seltsame Rechtsauffassung. Wirklich.«

Dann grübelte er still vor sich hin. Ich erledigte an diesem Morgen einen Großteil der anliegenden Arbeiten. Eugen Läpple sorgte in meinem Büro für Effizienz.

»Was ist mit dem Mittagessen?«, fragte er. »Es ist schon spät. Ich habe seit dem Frühstück nichts mehr gegessen. Wobei man von Frühstück nicht reden kann. Ein Joghurt und einen Kaffee. Ich dachte, du hast einen anderen Lebensstil, Lore.«

»Sie!«, ermahnte ich ihn.

Er winkte ab. »Isst du erst neuerdings so wenig?«

Darauf antwortete ich nicht.

»Vorher hattest du mehr Sex-Appeal. Lass dir das von einem Mann gesagt sein.«

Es reichte. Ich drehte mich auf meinen Bürostuhl zu ihm hin. »Die Gerichtsmedizin hat den Mageninhalt deiner Frau untersucht. Viola hat an dem Abend gegessen. Hamburger. Und eine Cola hat sie getrunken. Gab's das bei dir?«

Ich gab ihm eine Chance zu lügen. Aber er schüttelte den Kopf.

»Der Hamburger war von mir«, sagte ich leise.

Eugens Kopf flog hoch. »Was?«

»Ich hatte ihn mir gekauft. Aber dann habe ich ihn Viola bringen wollen. Sie war nicht da. Ich habe ihn für sie zurückgelassen. Im fünften Stock. Dort, wo sie übernachtete.«

Eugen schaute mich groß an. »Du hast ...«

»Ja.«

Er dachte nach. »Sie ist nochmal raus. Ich lag gerade im Bett. Ich hörte die Tür. Ich dachte, sie muss aufs Klo. Aber dafür war sie sehr lange weg. Wahrscheinlich war sie nicht auf unserer Toilette. Als sie wieder in Gudruns Zimmer zurückkehrte, wurde ich geweckt.«

»Nehmen wir mal an, sie hat die Wohnung verlassen. Um etwas von ihrem Hab und Gut zu holen, was ihr wichtig war. Obdachlose haben manchmal solche Marotten.«

Eugen Läpple schaute mich groß an.

»Etwas muss passiert sein«, fuhr ich fort. »Sie ist hoch zu ihrem Matratzenlager, in den fünften Stock im Vorderhaus. Dort hat sie meinen Hamburger gefunden. Sie hat ihn gegessen – Menschen, die lange ohne Nahrung umherziehen, nutzen so eine Gelegenheit instinktiv. Sie wissen nie, wann sie wieder was zu essen kriegen.«

Eugen schüttelte den Kopf. »Ich habe ein ganz anderes Bild von Viola. Früher hat sie nur bei der LPG eingekauft.

Bioware. Fleisch und Wurst hat sie sowieso nicht angerührt. Auch die Kinder sollten möglichst vegetarisch leben. Sie war da wie besessen. Und jetzt soll sie einfach so einen Hamburger gegessen haben, den sie im Flur gefunden hat?«

Mir war das nicht so fremd. »Essen ist relativ. Wenn die Lebensumstände sich ändern, ändert man auch seine Essgewohnheiten. Dann schmecken Sachen, die einen vorher angewidert haben. Andere fressen aus Frust Unmengen. Ein Obdachloser ernährt sich da sicher gesünder – bei dem wenigen, was er bekommt.«

»Aber Viola war immer so ... penibel.«

»Das ändert sich, wenn man auf der Straße lebt.«

»Wahrscheinlich«, sagte er. »Ich habe das alles immer noch nicht begriffen. Gudrun ist tot. Und dann ist plötzlich Viola wieder da. Nach all den Jahren. Das war zu viel für mich. Deshalb bin ich auch abgehauen, als ich Viola im Hof liegen sah.«

Ich ließ ihm die Zeit, die er brauchte. Aber wir mussten weiterkommen. Lewandowski würde keine Ruhe geben, bis ich ihm eine überzeugende Lösung präsentierte. Ansonsten würde er sich an Eugen Läpple halten. Und das konnte ich meinem Chef nicht einmal verübeln.

»Irgendetwas ist passiert. Sie hatte keinen Grund, sich aus dem Fenster zu stürzen.«

Wir dachten beide nach.

»Entweder hat Chrissy sie im Flur aufgestöbert. Oder Viola hat noch bei denen geklingelt«, sagte Eugen.

»Bei den Bungerts? Warum denn?«

»Vielleicht um zu sagen, dass sie wieder da ist. Viola und Chrissy waren früher Freundinnen.«

Eigenartige Vorstellung. »Was hat die Bungert wohl getan, als Viola plötzlich vor der Tür stand?«

Eugen überlegte. »Das war eine komische Freundschaft zwischen den beiden Frauen. Einerseits steckten sie immer zusammen. Andererseits waren sie so verschieden, dass es ständig Krach gab. Viola war beileibe nicht so glamourös und durchgestylt wie Chrissy. Im Gegenteil: Als Gudrun und Leon klein waren, war Viola ziemlich durch den Wind. Sie mühte sich, alles richtig zu machen, aber sie war überfordert. Oder besser gesagt: Sie überforderte sich selbst.«

»Hast du sie nicht unterstützt?«

»Natürlich habe ich das. Ich habe ihr sogar vorgeschlagen, dass sie wieder arbeiten geht und ich mich ganz um die Kinder kümmere.«

Normalerweise wäre ich vorsichtig, wenn ein Mann behauptet, er wäre bereit gewesen, sich allein um seine Kinder zu kümmern. Aber Eugen Läpple musste ich es glauben – schließlich hatte er genau das nach Violas Verschwinden in der Bretagne 13 Jahre lang getan.

»Viola hat sich mit Händen und Füßen dagegen gewehrt. Sie wollte es schaffen. Dabei habe ich gesehen, dass sie es nicht schafft.«

»Warum hat sie sich so verhalten?«

Eugen breitete die Arme aus. »Warum? Warum? Frauen sind so, wenn sie Kinder haben. Das musst du doch wissen, oder?«

Ich drückte mich um eine Antwort. Ich war immer alleinerziehend gewesen. Davon, wie es war, wenn man einen Mann an seiner Seite hatte, hatte ich keine Ahnung.

»Sie wollte es hundertfünfzigprozentig machen. Deshalb gab es immer wieder Streit zwischen uns. Obwohl wir uns sonst gut verstanden. Ich meine, politisch und so. Sogar sexuell.«

So genau hatte ich es gar nicht wissen wollen. »Vielleicht sollten wir doch langsam was essen gehen«, schlug ich vor.

»Ich konnte es ihr nie recht machen«, fuhr Eugen unbeirrt fort. »Natürlich bin ich nur ein Mann. Ein Mann ist keine gute Mutter. Aber ich gab mein Bestes.«

Das glaubte ich ihm sogar – auch wenn ich mir vorstellen konnte, dass das nicht immer auch in den Augen einer Mutter das Beste gewesen sein mochte.

»Zwischen Viola und Chrissy – also Christiane Bungert – gab es so eine Art Konkurrenz. Ständig diskutierten sie über dies und jenes. Die gesündeste Nahrung. Die praktischste Kleidung. Wann müssen die Kinder ins Bett. Wo kann man großzügig sein. Wo muss man streng bleiben. Es war ziemlich nervig.«

Ich hatte solche Mütter schon oft erlebt. In Neles Schule. In ihrem Kinderladen. Überall, wo man mit seinem Kind hin musste, waren sie schon da. Die Berufsmütter. Die waren schlimmer als Kettenhunde. Selbst mir gingen sie auf die Nerven.

»Chrissy gab den Ton an. Sie war der Polit-Kommissar. Überall steckte sie ihre Nase rein. Sie wusste alles besser. Ständig hatte sie etwas daran zu mäkeln, wie wir das mit den Kindern machten. Oder besser: Wie Viola das machte. An mir hatte Chrissy nicht viel.«

Das hatte ich längst bemerkt. Ebenso wie ich bemerkt hatte, dass die Abneigung zwischen Eugen Läpple und Christiane Bungert beidseitig ausgeprägt war. »Aber die Bungerts hatten damals noch gar keine Kinder, oder?«

Eugen schüttelte heftig den Kopf. »Nö. Das machte mich ja so wütend. Chrissy Bungert hatte eigentlich gar keine Ahnung von Kindern. Alles, was sie von sich gab, hatte sie sich in Zeitschriften angelesen. Aber sie musste Viola beweisen, dass die ständig Fehler machte. Genauso wie sie ihr beweisen musste, dass sie schlampig aussah – im Gegensatz zu ihr. Ich habe Viola immer wieder gesagt: Lass die dumme Kuh doch quatschen! Aber Viola wollte auch in den Augen von Chrissy bestehen – zumindest als Mutter.«

Diese Frau Bungert war eine Plage – und in Viola Läpple hatte sie wohl ihr ideales Pendant gefunden: das graue

Ich stellte mich brav hinter den SEK-Leuten an und war froh, dass Horst mir nicht auflauerte, um mir einzuschärfen, dass ich auf das nicht-virtuelle Umfeld der Tötet-die-Dicken-Seite achten sollte. Ich ließ mir zweimal die Kohlrouladen und den Schokopudding geben und beeilte mich, wieder in mein Büro zu kommen, bevor die Kollegen auf die Idee kamen, mich wegen der zwei Essen auf dem Tablett aufzuziehen.

Der Duft der Kohlrouladen stieg mir in die Nase. Ich bekam richtigen Heißhunger.

Eugen Läpple hatte bereits den Schreibtisch freigeräumt. Ich stellte das Essen ab.

»Guten Appetit«, sagte ich.

Läpple machte sich über die Kohlroulade her. Die Jahre allein mit den Kindern, also ohne Frau, hatten sich schlecht auf sein Benehmen ausgewirkt.

Ich schnitt mir ein Stück von der Kohlroulade ab, entfernte vorsichtig den Faden und wollte gerade zubeißen, als Eugen mit vollem Mund sagte: »Mir ist da noch was eingefallen.«

Konnten wir das nicht nach dem Essen besprechen?

»Es hat mit dieser Website zu tun, toetet-die-dicken.de. Du weißt schon?«

Die Gabel mit dem würzig duftenden Stück Kohlroulade schwebte vor meinem Mund.

Aber mein Benehmen war besser als das von Läpple. Ich wartete, bis er zu Ende gesprochen hatte.

»Dieser Kerl. Der Freund von deiner Nele.«

»Ufuk heißt er. Hieß er.«

»Ufuk? Was ist denn das für ein Name?«

Nun wurde es mir zu viel. Ich biss zu. Sollte Läpple doch einfach weiterquatschen.

Es schmeckte ... eigenartig. Salzig. Scharf. Aber nicht angenehm scharf. Banal scharf. Und verbrannt, obwohl der Kohl nur leicht gebräunt war, also genau richtig. Ich hatte wohl zu lange gedarbt. Mein Geschmackssinn hatte sich verändert. Vielleicht war er durch die Hungerstrecke reifer geworden.

Auf jeden Fall schmeckte mir die Kohlroulade nicht. Ich fürchte, Kohlrouladen werden überschätzt, wie viele Hausmannskost-Gerichte. Eigentlich sind sie ein sehr plumpes Essen. Fettes Hackfleisch, gemahlen, damit man die Schwarte nicht schmeckt. Übertrieben gewürzt, weil dieses minderwertige Fleisch wenig Eigengeschmack hat. Umwickelt mit dem einfachsten und anspruchslosesten Gemüse der deutschen Küche: Kohl. Und das Ganze dann gebraten und gedünstet, bis es fast auseinanderfällt.

Eugen Läpple hatte seine Kohlroulade schon beinahe vertilgt. Ich mühte mich immer noch mit dem ersten Bissen ab. »Dieser Freund deiner Tochter – sagte er nicht, er weiß, was das ist, toetet-die-dicken.de?«

»Er hat eine große Klappe. Wollte sich wichtigmachen.«

Eugen schob den Rest des Pürees in die Soße und schaufelte auch das in seinen Mund. Ihm schmeckte es, das war unübersehbar. »Das glaube ich nicht.« Er sprach mit vollem Mund. Diese Unart musste er sich abgewöhnen. »Ich hatte den Eindruck, der Junge weiß, wovon er spricht. Hast du denn eine andere Spur?«

»Nein. Bisher nicht.«

Er wies mit der Gabel auf mich. »Dann würde ich mich an deiner Stelle mal dringend mit diesem Unfug unterhalten ...«

Ich legte das Besteck weg. Mir war der Appetit vergangen. »Er heißt Ufuk.«

»Egal. Der Kerl könnte ein wichtiger Zeuge sein.«

»Er ist ...«

»Ja?« Dieser Eugen Läpple hatte eine seltsame Art, den Dingen eine andere Richtung zu geben. Dabei war er immer noch der Hauptverdächtige, oder?

»Ich kümmere mich darum«, sagte ich.

»Sehr gut, Lore. Isst du deinen Krautwickel nicht?«

19. Kapitel

Niemand hielt uns auf. Wir stiegen in meinen Wagen und fuhren davon.

»Danke«, sagte Eugen Läpple. Das war zum ersten Mal, dass er sich für etwas bedankte.

»Wofür?«, fragte ich – mehr aus Verlegenheit, als dass ich es wirklich genau hätte wissen wollen.

»Dass du mich bei dir aufnimmst?«

Ich trat vor Schreck auf die Bremse. »Moment mal! Du wirst in deiner Wohnung wohnen.«

Läpple wäre fast mit dem Kopf durch die Scheibe gegangen. »In meiner Wohnung? Die ist doch bestimmt versiegelt.«

Ich wollte den Kerl nicht wieder in meinem Bett haben – und darauf wäre es hinausgelaufen, denn wir hatten kein Gästebett. »Ich kann ein Siegel anbringen. Also kann ich auch ein Siegel entfernen.«

Läpple versank im Beifahrersitz. »Wenn du dich da mal nicht überschätzt ...«

Es kostete mich keine zehn Sekunden, das Amtssiegel der Kollegen an Läpples Wohnungstür zu entfernen. Läpple stand daneben und schüttelte den Kopf. »Warum tust du das? Du setzt deine Rente aufs Spiel.«

»Meine Rente habe ich schon mehrmals aufs Spiel gesetzt, seit ich dich kenne, Eugen Läpple.«

Er wurde fast ein bisschen rot. »Klar. Du glaubst an meine Unschuld. Aber ...«

Ich unterbrach ihn barsch: »Bilde dir bloß nichts ein! Ich will dich nur nicht ständig um mich rum haben. Das ist alles.«

Eugen Läpple trat auf mich zu. Er lächelte. »War es denn

so schlimm? Hast du etwa Angst vor mir? Weil ich dieses Zeugs eingenommen habe ...«

Ich schloss schnell die Tür auf. »Bitteschön!«

Läpple trat ein. Ich blieb draußen. Er stutzte. »Wie ist es? Ich mach uns einen schönen Tee.«

Ich zögerte. Es war besser, wenn uns niemand zusammen sah. Vor allem nicht Frau Bungert oder ihr Gatte Walter. »Ich bin ich nicht der Typ für schöne Tees. Im Übrigen wartet meine Tochter auf mich.«

»Ach, ja, Nele, die Süße ...«

Ich beeilte mich. Als ich auf der Treppe war, rief Läpple: »Und vergiss diesen Ufuk nicht! Der Junge ist wichtig. Als Zeuge.«

Dazu hätte ich viel zu sagen gehabt. Aber ich wollte keine Diskussion im Treppenhaus.

Im Vorderhaus-Aufgang hörte ich laute Stimmen. Jemand war sehr aufgebracht. Ich horchte eine Weile, dann stieg ich die Treppe hoch.

Zwei uniformierte Kollegen und ein Handwerker standen vor der Tür der Bungerts. Soweit ich das hören konnte, verlangten sie hereingelassen zu werden.

Walter Bungert weigerte sich. »Ich bin Journalist. Ich weiß, dass Sie hier nicht so einfach reindürfen, wenn ich es Ihnen nicht erlaube.«

Doch der Uniformierte blieb ruhig. Er wies darauf hin, dass es einen förmlichen Beschluss gab und er sich sogar mit Gewalt Zutritt zur Wohnung verschaffen konnte. Da gab Walter Bungert nach. Er ließ die Männer herein und schlug die Tür zu.

Dann war es eine Weile still, bis Walter Bungert etwas schrie, was ich nicht verstand. Wenig später waren wieder aufgeregte Stimmen zu hören. Es ging hoch her in der Wohnung der Bungerts.

Ich stieg die Treppe wieder runter, verließ das Haus und ging zu meinem Wagen.

Der Streifenwagen der Kollegen stand in der zweiten Reihe. Ich beschloss zu warten.

Es dauerte, und mir war kalt. Ich wollte schon losfahren, da verließen die beiden Polizisten ohne den Handwerker das Haus. Einer sprach in sein Funkgerät.

»Einen Moment, bitte!«, rief ich.

Die Polizisten ignorierten mich. Sie stiegen in ihren Streifenwagen. Der Fahrer startete den Motor.

Ich kam atemlos an dem Wagen an und klopfte auf das Dach.

Der Fahrer ließ die Scheibe herunter. »Was gibt's?«

»Warum waren Sie bei den Bungerts?«

Er schaute erst seinen Kollegen an, dann mich: »Geht Sie das was an?«

»Ja. Ich bin von der dritten Mordkommission. Kubitko.«

»Kenn ich nicht. Wir haben einen Einsatz. Sorry.« Er betätigte den Fensterheber, die Scheibe schloss sich.

Ich wurde wütend.

Ich öffnete die Fahrertür.

Der Kollege maulte: »He, wat soll'n det?«

Der andere beugte sich zu mir herüber. »Hörste nich, Kollegin, wir haben einen Einsatz.«

»Ich will nur wissen, warum Sie da oben waren. Dann können Sie sofort weiter.«

»Wir kennen Sie nicht. Da könnte ja jeder kommen.«

Ich zog meinen Dienstausweis hervor. »Hauptkommissarin Kubitko. Mein Chef ist Kriminalrat Lewandowski. Den werden Sie doch kennen, oder? Das ist der, der gerne Rentenansprüche überprüfen lässt, wenn Kollegen ihm dumm kommen.«

Die beiden schauten sich an, dann sagte der Fahrer: »Das war bloß Amtshilfe für Vattenfall. Die Bungerts haben Strom gestohlen.«

»Strom gestohlen?«

»Ja, das war früher so 'ne Art Volkssport bei den Hausbesetzern. Kennen Sie nicht? Eine Überbrückung am Zähler. Gefährlich für den, der sich nicht auskennt. Aber praktisch.«

Die beiden lachten dämlich.

»Wie kam das raus?«

»Jemand hat sie angezeigt. Anonym, soweit ich weiß. Aber jetzt müssen wir, werte Kollegin.«

Er schaltete Blaulicht und Martinshorn ein und fuhr davon.

Eine anonyme Anzeige also. Wer sich da gerächt hatte, konnte ich mir denken.

»Was macht eigentlich dein Freund?«, fragte Nele.

Mir blieb fast der Weißkohl-Tofu-Salat im Hals stecken. »Wer?«

»Na, der Eugen. Also ich finde den richtig süß. Endlich mal einer, mit dem man reden kann. Der ist keiner von den Typen, die morgens mit hochrotem Kopf aus der Wohnung stürzen und sich nie wieder sehen lassen.«

Auch dazu hätte es einiges zu sagen gegeben. Vor allem, dass so etwas vielleicht ein oder zwei Mal vorgekommen war in all den Jahren. Höchstens.

Doch ich blieb ruhig. Wenigstens eine von uns beiden musste einen klaren Kopf bewahren. Ich legte das Besteck neben den Teller und tupfte mir den Mund mit der Zellstoffserviette ab. »Hör mal, Nele. Du hast da eine falsche Vorstellung. Eugen Läpple ist nicht mein Freund. Er ist Tatverdächtiger in einem Mordfall. In einem Mordfall mit zwei Toten. Verstehst du?«

»Und warum schläft er dann in deinem Bett, Mama?«

»Weil ... Ja, weil du ihm erlaubt hast, hier auf mich zu warten, du dummes Ding!«

Nele zuckte zusammen – ich war laut geworden, und das war mein Reh nicht gewöhnt.

»Mir ist es egal, wen du dir ins Bett mitnimmst«, fuhr sie mit vollem Mund fort. »Nur finde ich, wenn du mit ihm poppst, dann kannst du auch dazu stehen, oder? Er ist ja kein Monster oder so.«

Ich schlug mit der flachen Hand auf die Tischplatte. »Mach gefälligst den Mund leer, bevor du sprichst!«

Nele verdrehte die Augen – und aß schweigend weiter.

Auch ich aß meinen Salat zu Ende. Als ich fertig war, schob ich den Teller weg und sagte: »Was diesen Ufuk angeht ...«

Sofort klebte mein Reh an der Decke. »Hatten wir uns nicht darauf geeinigt, dass dieser Name in unserer Wohnung nicht mehr erwähnt wird?«

Ich tat so, als wüsste ich nicht, warum sie sich so aufregt. »Ich meinte nur: Er war doch eigentlich kein schlechter Kerl.«

»Mama, misch dich da gefälligst nicht ein!«

So ging das nicht. Ich konnte Nele nicht das Ruder überlassen. Nicht in dieser Sache. »Du weißt, dass mich der Mord an Gudrun sehr beschäftigt.«

Nele wurde kleinlaut. »Es war also wirklich Mord?«

»Ich glaube nicht, dass sie sich aus dem Fenster gestürzt hat. Und wenig später stürzt ihre Mutter sich aus dem gleichen Fenster ...«

Nele schob ihren Stuhl zurück und kreuzte die Arme vor der Brust. »Was? Ich dachte, ihre Mutter ist schon seit Jahren tot.«

»Das dachten alle. Aber sie ist plötzlich wiederaufgetaucht. Nur wenige Tage nach Gudruns Tod.«

»Wusste sie vom Tod ihrer Tochter?«

»Nein, ich glaube nicht. Sie kam einfach nach Berlin, um ihre Kinder wiederzusehen.«

»... und ihren Mann. Deinen Eugen.«

Das »dein« überhörte ich. »Auf jeden Fall hat sie diese Reise nicht überlebt. Und Eugen Läpple ist verdächtig.«

Nele beugte sich vor und streichelte meine Hand.

Sie war das Liebste, was ich hatte auf der Welt. Wenn ich mir vorstellte, dass ich sie verlieren könnte, möglicherweise auf so eine brutale Art wie Eugen Läpple seine Tochter Gudrun verloren hatte, dann wurde mir ganz schwindelig. Wie kann ein Vater oder eine Mutter so etwas verkraften?

»Arme Mama«, sagte Nele leise. »Was hat der blöde Ufuk damit zu tun?«

Ich zog meine Hand unter der ihren weg – obwohl ich nichts lieber getan hätte, als sie dort liegen zu lassen. »Kannst du dich erinnern, dass er gesagt hat, er würde diese Webseite kennen, von der Eugen Läpple geredet hat? Diese Tötet-die-Dicken-Seite.«

Nele lehnte sich wieder zurück und streckte ihre langen Beine unter dem Küchentisch aus. »Darauf kannst du nichts geben. Ufuk behauptet alles Mögliche. Das meiste davon ist aus der Luft gegriffen.«

Sie hatte sicher Recht. Aber momentan gab es nichts, woran ich mich halten konnte. Außer Eugen Läpple. Und an diese Möglichkeit mochte ich derzeit nicht mal denken.

»Es geht um Mord. Mord an einem Mädchen in deinem Alter. Und womöglich auch Mord an seiner Mutter. Da muss man einfach allem und jedem nachgehen. In so einem Mordfall ist nicht immer alles gleich offensichtlich, Nele.«

»Normalerweise arbeiten doch an so einem Mord viele Beamte. Ein ganzes Team, oder?«

»Ja, das stimmt.« Ich wusste, worauf mein Reh hinaus wollte.

»Aber du – du bist ganz allein auf dich gestellt. Warum eigentlich?«

»Weil im Präsidium niemand daran glaubt, dass Gudrun sich nicht selbst umgebracht hat. Sie haben nicht mal richtig Spuren aufgenommen oder sowas. Sie glaubten von Anfang an an Selbstmord.«

»Es ist also gar kein richtiger Mordfall. Du machst das alles auf eigene Faust?«

»Das stimmt auch nicht. Es ist nur so ... Diese Gudrun, die lässt mich nicht los. Ich kann nicht hinnehmen, dass das Mädchen ermordet wurde und niemand ihren Mörder sucht.«

Nele nickte nachdenklich. »Und? Was soll ich tun?«

Mein süßes Reh. »Nichts. Du sollst gar nichts tun. Sage mir einfach, wie ich diesen Ufuk finde!«

»Und dann?« Sie räusperte sich. »Was tust du dann?«

»Ich rede mit ihm. Nicht als deine Mutter. Das, was zwischen euch war, geht mich nichts an. Ich rede mit ihm als Kripo-Beamtin. Er soll sagen, was er weiß. Vielleicht hilft es uns weiter.«

Meine Tochter dachte nach. Dann sagte sie leise: »Er ist zwar ein Idiot. Aber ich möchte ihm keine Schwierigkeiten machen. Auf diese Art meine ich. Mit einem Mord hat er bestimmt nichts zu tun.«

Jetzt nahm ich ihre Hand. »Mach dir darüber keine Gedanken! Er hat Gudrun wahrscheinlich nicht mal gekannt. Er kennt möglicherweise nur die Leute, die die Seite machen, auf der sie bedroht wurde. Deshalb mache ich ihm noch keine Schwierigkeiten.«

»Versprochen?«

»Versprochen.«

Am nächsten Morgen fuhr ich zur Sophie-Scholl-Schule in der Pallasstraße in Schöneberg. Nele hatte mir zwar gesagt, dass Ufuk noch bei seinen Eltern wohnte – und zwar im Sozialpalast in unmittelbarer Nähe seiner Schule. Aber mir war klar, dass ich ihn zu Hause nicht antreffen würde.

Ich parkte unter dem Sozialpalast. An der Stelle, an der früher Goebbels' Sportpalast stand, hatten durchgeknallte Stadtplaner in den 70er-Jahren eine gigantische Wohnmaschine errichtet, die die vielbefahrene Straße überspannte. Auf der Seite des alten kasernenartigen Gebäudes der Gesamtschule schmiegte sich dieser Sozialpalast an einen der letzten Hochbunker an, die Berlin noch besaß. Die Amerikaner hatten nach dem Krieg mehrmals versucht, ihn zu sprengen, aber der Sprengstoff war wegen den Nachbarhäusern nie stark genug bemessen gewesen, um die meterdicken Mauern der Nazis zu zerstören, die alliierten Fliegerbomben hatten trotzten sollen. Früher hatte der Senat in dem Bunkerklotz Rindfleisch in Dosen gehortet – als Versorgung für den Kriegsfall. Diese sogenannten Senatsreserven wurden alle paar Jahre – wenn ihre Haltbarkeitsgrenze erreicht war – gegen neue Ware eingetauscht. Man konnte dann die alten Dosen ohne Etikett und nur mit dem aufgestempelten Schriftzug »Senatsreserve« billig kaufen. Meine Eltern hatten das immer getan und das Zeug an mich verfüttert.

Ich ging an der langen Straßenfront der Sophie-Scholl-Schule entlang zum Haupteingang, der sich in der Elsholzstraße befand. Er war geschmückt durch einen misslungenen Portikus, den ich in schlechter Erinnerung behalten hatte.

Zwei Jahre vorher war ich mit Nele hier gewesen. Sie hatte nach der sechsten Klasse in der Grundschule auf die Sophie-Scholl wechseln wollen – wie fast alle ihre Freundinnen in der Klasse. Da der Andrang enorm war, mussten die Anwärter auf einen Schulplatz sich zu einem Vorstellungsgespräch einfinden und das Ergebnis ihrer Expertenarbeit präsentieren.

Nele hatte auf mein Anraten hin ihre Arbeit über Schokolade geschrieben – uns war nichts Besseres eingefallen. Aber man hatte den Kindern gesagt, sie hätten die besten Chancen, wenn sie sich für ein Thema entschieden, das ihnen wirklich zusagte. Also waren wir auf Schokolade gekommen. Nele war verrückt nach Schokolade. Und ich natürlich auch.

Das Kind hatte alles in einer Mappe gesammelt, was sich

über Schokolade hatte finden lassen. Wir hatten einen Schokoladenkuchen gebacken und alle Arbeitsschritte in einer Fotoserie festgehalten. Dann hatte Nele in mühevoller Arbeit ein paar Pralinen hergestellt.

Diese kleinen Meisterwerke hatte sie auf einer Porzellanplatte drapiert, die sie stolz zum Vorstellungsgespräch in der Sophie-Scholl trug. Ich begleitete sie damals. Wir waren beide sehr aufgeregt. Wir saßen an einem dunklen Januarnachmittag in dem kalten Flur mit den hohen Decken und den plumpen Steinsäulen, und ich fragte mich, ob das wirklich der richtige Ort für meine Tochter war.

Sie ließen uns damals ewig warten. Und als uns der stellvertretende Schulleiter endlich hereinbat, zitterten wir vor Kälte. Der Mann ließ Nele über Schokolade sprechen. Dann stellte er Fragen. Was sie für ein Musikinstrument spielte, wie viele Sprachen sie schon lernte. Ich bemerkte, dass mein armes Reh immer scheuer wurde.

Irgendwann brach der Lehrer das Gespräch ab und fragte mit Blick auf die Pralinen: »Was hast du mir denn da Schönes mitgebracht?«

Mein Reh sah eine Chance, die Scharte auszuwetzen, und erzählte von der langen Tradition der Pralinenherstellung. Dass der Koch eines Ministers des Sonnenkönigs die Praline erfunden hatte, dass dieser Graf von Plessis-Praslin die ersten Kreationen aus Mandeln und Zucker hergestellt hatte, dass man zu Anfang einfach Nüsse oder kandierte Früchte in Sirup getaucht oder Marzipanstücke mit flüssiger Schokolade übergossen hatte.

Mir lief das Wasser im Mund zusammen, als ich meine Nele so reden hörte.

Toll machte sie das. Ich war mächtig stolz auf sie.

Meine kluge Tochter berichtete auch davon, dass ein gewisser Jean Neuhaus Anfang des vorigen Jahrhunderts damit begonnen hatte, Förmchen mit flüssiger Schokolade auszugießen, und diese dann mit gehackten Nüssen, Früchten und Likör angereichert hatte. Die Formen wurden zum Erkalten mit einem hauchdünnen Schokoladenplätzchen verschlossen. Wenn sie die richtige Temperatur hatten, konnte man die Pralinen aus den Förmchen stürzen.

Später hat man Maschinen erfunden, die dasselbe, was Neuhaus in seiner Manufaktur gemacht hatte, mit vorgefertigten Schokoladenriegeln machten. Indem man bei der Massenherstellung nicht mehr die teure Kakaobutter verwendete, sondern billige Pflanzenfette, wurden die Pralinen zwar nicht besser, sie wurden aber bezahlbar für die breite Masse der Bevölkerung, die früher immer nur den Reichen beim Genuss des edlen Konfekts hatte zuschauen können.

Nele ließ auch nicht unerwähnt, dass es in Deutschland einen exklusiven Pralinenklub gibt. Jeden Monat werden in diesem edlen Kreis neue, raffinierte Pralinenkollektionen aus handwerklicher Produktion vorgestellt und von den Klubmitgliedern probiert und beurteilt.

Der Lehrer schaute die ganze Zeit auf die schönen handgearbeiteten Pralinen meiner Tochter. Ich sah ihm an, dass er fasziniert war. Aber er hörte meiner Tochter nicht zu.

»Was ist jetzt?«, fragte ich, als Nele fertig war.

»Was soll sein?«

»Ja, nehmen Sie das Kind in Ihrer Schule auf?«

Der Mann breitete die Arme aus. »Das liegt nicht in meiner Macht, gute Frau. Wer letzten Endes im Sommer auf unsere Schule gehen wird, das wird ganz woanders beschlossen.«

Ich wusste in diesem Moment, dass die Entscheidung längst gefallen war – und dass meine Nele nicht unter den Glücklichen sein würde. »Warum laden Sie die Kinder denn zum Gespräch ein – wenn sowieso anderswo entschieden wird?«

Der Lehrer – ein feingliedriger, grauhaariger Mensch mit sehr unklarem Alter und unnahbarem Gesichtsausdruck, natürlich schlank und rank – zog wie ein Priester am Altar die Schultern hoch und markierte das Kreuz. »Weil wir das müssen, gute Frau!«

Ich hatte genug und wollte mit meiner armen Nele nur noch weg. Aber der Lehrer beugte sich über seinen schmalen Büroschreibtisch und nahm sich eine von Neles Pralinen.

Nele wollte protestieren, aber der Mann lächelte ihren Protest weg, spitzte die Lippen – und ließ das handgearbeitete Stück Konfekt in seinem Mund verschwinden.

Nele schaute ihm dabei stumm zu und staunte.

Auch ich sagte nichts mehr. Ich genoss den Anblick des mit geschlossenen Augen essenden Pädagogen. Er saugte die Wangen in den Mundraum und gab sich größte Mühe, die Praline langsam zergehen zu lassen und so den Genuss der Köstlichkeit noch zu steigern.

Doch dann verschwand der entrückte Zug aus seinem Gesicht. Die Miene des Lehrers wurde erst lang, dann bekam sie einen bitteren Zug. Er schluckte mehrmals, hielt die Hand vor den Mund, hustete, verschluckte sich, schnappte nach Luft. »Was ist das denn?«

Ich stand auf und zog auch meine Nele am Ärmel hoch. Das Mädchen konnte sich nicht vom Anblick des würgenden Lehrers lösen.

Wir gingen zur Tür. Ich hielt sie Nele auf, sie balancierte die Platte mit den restlichen Pralinen hinaus.

Als das Mädchen draußen war, wandte ich mich nochmal um. »Die Arbeit ist natürlich aus Knetmasse. Echte Pralinen wären längst verdorben und grau geworden. Das Mädchen hat ja auch wochenlang daran gearbeitet.«

Der Pädagoge beugte sich über den Tisch und spuckte die zerkaute Pralinenmasse auf den Boden.

Ich schlug die Tür zu, meine Tochter sollte das nicht ansehen müssen.

Und nun stand ich wieder in dem zugigen Gebäude der Gesamtschule, in dem es immer noch nach Desinfektionsmittel und Schweiß roch. Ich suchte mir den Weg ins Sekretariat.

Die Sekretärin hatte den Kopfhörer eines Diktiergerätes auf und tippte etwas in ihren Computer ein. Sie nahm mich aus den Augenwinkeln wahr, aber sie sah keine Veranlassung, meinetwegen ihre Arbeit zu unterbrechen. Das war ich gewöhnt. Es eilte ja nicht. Ich hatte Zeit.

Ich wartete also.

Irgendwann seufzte sie, drückte auf den Pausenkopf des Diktiergerätes und nahm vorsichtig den Kopfhörer ab.

»Um was geht es denn?«

Die Schulleitung der Sophie-Scholl-Gesamtschule wusste um ihre Bedeutung – und um die Bedeutungslosigkeit der Besucher. Die meisten kamen als Bittsteller. Für ihre abgewiesenen Kinder. Darauf hatte ich damals verzichtet und meine Nele auf die Georg-von-Giesche-Sekundarschule geschickt. Auch wenn der Vater einer Freundin meiner Tochter für 5.000 Euro Anwaltskosten einen Schulplatz auf der Sophie-Scholl-Schule erstritten hatte – ich hatte das Geld nicht und wollte mir und meinem Kind so etwas nicht antun.

»Ich hätte gerne den Direktor gesprochen.«

»In welcher Angelegenheit denn?«

»In der Angelegenheit eines Schülers Ihrer Schule.«

Die Sekretärin zögerte. Sie musterte mich eingehend. Ihr professioneller Blick suchte Anzeichen dafür, ob ich es wert war, dass sie sich meinem Anliegen widmete.

»Um welchen Schüler geht's denn?«

Ich nannte Ufuks vollen Namen.

Sie schaute an die Decke. Es sollte aussehen, als stöbere sie in ihrem Gedächtnis nach den Personaldaten des Schülers. In Wirklichkeit tat sie gar nichts. Sie wartete nur darauf, dass ich wieder verschwand.

»Ich müsste den Betreffenden dringend sprechen«, erklärte ich. Das klang zugegeben etwas vage. Aber mir widerstrebte es, vor der Sekretärin mit meinem Polizeiausweis herumzuwedeln und womöglich einen Riesenwirbel auszulösen. Schließlich war Ufuk nur ein Zeuge und in keiner Weise verdächtig.

»In welcher Angelegenheit denn?«

»Er ist ... er war der Freund meiner Tochter.«

Ihre Miene wurde bitter. »Hat er sie ... hat er ihr ein ... Ist sie etwa ... «

»Nein!«, antwortete ich entschlossen.

»Ja, was denn dann?«

»Ich bräuchte eine Auskunft von dem Schüler.«

Die Sekretärin rollte mit ihrem Stuhl zum Computer zurück und setzte den Kopfhörer wieder auf. »Aber doch nicht während der Unterrichtszeiten.«

»Wann denn dann? Er ist ja nie zu Hause.«

Sie begann wieder zu tippen. »Ich gebe dem Schüler Bescheid. Er soll Sie anrufen.« Das genügte ihr. Sie hatte zu tun.

»Aber dann bräuchten Sie doch meine Telefonnummer, oder?«

Sie dachte eine Weile über das Problem nach. »Legen Sie sie auf den Tresen!«

Ich atmete durch. »Ich glaube, es ist besser, ich spreche doch mit dem Direktor.«

»Der hat heute gar keine Zeit.«

»Ist er denn da?«

Die Sekretärin verstand, dass sie mich so nicht loswurde. Sie nahm den Kopfhörer wieder ab und stand auf. »Wir können nicht einfach einen Schüler aus dem Unterricht nehmen – nur weil Sie mit ihm reden wollen.«

»Bitte holen Sie den Direktor!«

»Aber ich sagte doch schon, er hat ...«

»Tun Sie's! Es dauert nicht lange.«

Wieder musterte sie mich. Diesmal schien sie zu dem Ergebnis zu kommen, dass ich es ernst meinte. Also bewegte sie sich auf Zehenspitzen zur Tür, horchte kurz und klopfte dann so sanft, als handele es sich um ein Krankenzimmer.

Ein Murmeln. In weiter Ferne.

Die Sekretärin atmete durch und schlüpfte hinein.

Ich wartete. Aus dem Direktorenzimmer war ein dünnes Rumoren zu hören.

Dennoch dauerte es ungewöhnlich lange. Dann aber flog die Tür auf und ein hochgewachsener Mann im dreiteiligen, taubengrauen Anzug erschien. Es war derselbe Lehrer, der zwei Jahre zuvor Neles Knetmassen-Praline verdrückt hatte. Er musste – womöglich aufgrund seiner zupackenden pädagogischen Art – zum Direktor aufgestiegen sein.

»Was gibt's denn?«, polterte er los.

Ich war einen Moment perplex. Ob er mich wiedererkannte?

»Unsere Frau Ohnemichel sagte mir, Sie wollen einen Schüler aus dem Unterricht holen, weil er mit Ihrer Tochter Schluss gemacht hat?«

»Nein, das ist jetzt ein Missverständnis. Natürlich nicht deshalb. Ich müsste nur mit ihm reden. Es geht um eine … dringende Angelegenheit.«

»Soso«, sagte der Direktor der Sophie-Scholl-Gesamtschule. »Können Sie nicht warten, bis der Unterricht zu Ende ist?« Er schaute sich nach seiner stocksteif dastehenden Frau Ohnemichel um, die ihm anerkennend zunickte.

Der Mann machte es mir wirklich schwer. Erst Neles Ablehnung – und jetzt das.

»Könnte ich Sie denn einen Moment alleine sprechen?«

Der Direktor wippte auf die Zehenspitzen. Auf dieses Stichwort hatte er gewartet. »Ich habe vor unserer Frau Ohnemichel keine Geheimnisse.« Frau Ohnemichel strahlte vor Glück, und der Direktor wurde noch einen halben Meter größer.

Ich hätte es gerne vermieden, aber die beiden ließen mir keine andere Wahl. »Ich bin nicht privat hier …«

»Sagten Sie nicht, Ufuk war mit Ihrer Tochter befreundet?«, hakte der schneidige Direktor nach und runzelte die Stirn. »Sie kennen ja den Witz, wo die Mutter eines Mädchens, das mit einem Gymnasiasten befreundet ist, in die Schule kommt und fragt: Was verdient denn so ein Gymnasiast bei Ihnen?«

Er lachte glucksend in sich hinein und versicherte sich mit steifem Hals, dass sein Witz auch bei Frau Ohnemichel gut ankam. Die Sekretärin hielt die flache Hand vor den Mund, um ihren unziemlichen Lachanfall zu kaschieren.

Ich konnte nicht lachen. Mir reichte es. »Ich bin von der Polizei.« Um erst gar keinen Zweifel daran aufkommen zu lassen, zeigte ich meine Marke. Die beiden schauten sie an, als handelte es sich um eine seltene Briefmarke.

»Könnten Sie jetzt diesen Ufuk holen?!«

Dem Direktor war nicht mehr ganz so wohl in seiner Haut wie vorher. Er konnte aber im Beisein von unserer Frau Ohnemichel auch nicht einfach parieren. »Worum geht es denn, verdammt nochmal?«

Ich wusste, dass Frau Ohnemichel in Windeseile verbreiten würde, dass die Mordkommission den Schüler Ufuk Ö. in ihre Ermittlungen einbezog. »Es geht um den Mord an einer Sechzehnjährigen. Aber Ufuk ist nur Zeuge. Sonst nichts.«

Die beiden schauten sich betreten an. Der Blick seiner Sekretärin aber machte dem Direktor Mut. »Sagen Sie, kennen wir uns nicht?«

Auch das noch. Ich hätte diese Befragung anders angehen müssen. »Möglich. Keine Ahnung.«

Er schloss die Augen und überlegte. »Doch, doch. Waren Sie nicht mit Ihrer Tochter hier? Genau. Die Expertenarbeit über Schokolade, stimmt's?«

»Ja, aber das ist schon eine ganze Weile her.«

»Waren Sie damals nicht sehr viel dicker?«

Das ging jetzt zu weit. Eine Polizistin darf sich nicht auf ein Geplänkel einlassen, wenn sie im Dienst ist. Ein Polizist kann das, eine Polizistin nicht. Vor allem nicht, wenn sie mehr als zwei Zentner wiegt. Oder wog.

»Ich möchte jetzt mit Ihrem Schüler Ufuk sprechen!«

»Was ist das für eine Mordgeschichte?«, fragte er.

Frau Ohnemichel spitzte die Ohren.

»Eine Sechzehnjährige wurde aus dem Fenster gestürzt. In der Kurfürstenstraße.«

»War sie Schülerin unserer Schule?«, fragte er erstaunlich ungerührt.

Ob Gudrun auf die Sophie-Scholl-Gesamtschule gegangen war, wusste ich nicht. Vielleicht hätte ich mich darum kümmern müssen. »Das darf ich Ihnen nicht sagen. Wir sind noch mitten in den Ermittlungen.«

»Was hat Ufuk damit zu tun?«

»Auch das darf ich Ihnen nicht sagen.«

Auf keinen Fall wollte ich mich jetzt über die Tötet-die-Dicken-Seite auslassen. »Aber er ist wirklich nur Zeuge, sonst nichts.«

Der Direktor holte tief Luft. »Ich fürchte, wir können Ihnen da nicht weiterhelfen. Wir haben auch eine Fürsorgepflicht unseren Schülern gegenüber. Vor allem wenn sie nur Zeugen sind. Wo kämen wir denn da hin?«

Frau Ohnemichel hätte am liebsten applaudiert.

Ich hingegen hatte die Nase voll. »Gut. Dann gehe ich wieder.«

Der Direktor schaute sich stolz um. Frau Ohnemichel schmolz dahin vor Bewunderung.

»Ich bin in einer halben Stunde wieder da. Mit zwanzig Bereitschaftspolizisten. Wir werden alle Klassen durchsuchen – bis wir diesen Ufuk aufgetrieben haben.« Natürlich würde ich das nicht tun: Ufuk war nur Zeuge, und er hätte Zeit genug, sich aus dem Staub zu machen.

Ich war schon auf dem Flur, als ich das sagte.

Nach nicht mal zehn Metern waren die beiden hinter mir. Der Direktor in großen selbstsicheren Schritten. Frau Ohnemichel im Geisha-Gang – ohne langsamer zu werden als ihr Chef. »So warten Sie doch«, sagte der Direktor und lachte dämlich. »Man kann doch über alles reden.«

Ich blieb stehen. »Habe ich das nicht versucht?«

Der Direktor zeigte ein besorgtes Gesicht. »Sagen Sie, handelt es sich bei der Toten um Gudrun Läpple, um das dicke Mädchen?«

Ich sah keinen Grund, ihm das zu verschweigen. »Ja, warum?«

Der Direktor warf unserer Frau Ohnemichel einen strafenden Blick zu. »Mein Gott, warum erfahre ich das jetzt erst?«

Frau Ohnemichel, die ja wirklich nichts dafür konnte, zuckte die Achseln.

»Das ist doch was ganz anderes. Der Vater – das ist doch ein Kollege, oder?«

»Ja, Herr Läpple ist Lehrer. War er an der Sophie-Scholl-Schule?«

»Ja, früher mal. Seine verstorbene Frau auch. Tragisch ist das alles. Sehr tragisch, Frau …«

»Kubitko. Loreley Kubitko. Ich muss los.«

Der Direktor überholte mich auf der Treppe und stellte sich mir in den Weg. »Wir holen Ufuk«, erklärte er atemlos.

Ich wartete im Büro des Direktors. Frau Ohnemichel führte Ufuk herein. Als er mich sah, blieb er stehen. »Schickt Ihre Tochter Sie?«

»Nein. Es geht nicht um Nele.«

Er schien aufzuatmen. »Ich habe nichts getan«, sagte er.

»Ich weiß. Ich will nur mit dir reden.«

»Und da kommen Sie in die Schule? Was soll das, Lady? Ich bin hier, um zu lernen, nicht um mit Müttern von Fotzen zu quatschen.«

Ich trat auf ihn zu. »Nele ist keine Fotze, du Depp.«

Hinter Frau Ohnemichel erschien der Direktor. Er war blass geworden. »Auch als Polizistin haben Sie nicht das Recht, so mit einem Schüler dieser Schule zu reden, Frau Kubitko!«

Ich ließ Ufuk stehen und drängte den Direktor ins Vorzimmer. »Ich lasse es nicht zu, dass dieses Großmaul meine Tochter eine Fotze nennt. Und nun möchte ich Sie bitten, mich ein paar Minuten mit Ufuk allein zu lassen.«

Der Pädagoge machte sein Pädagogengesicht. »Ich weiß nicht, ob ...«

»Ich kann den Jungen auch mitnehmen. Aufs Revier.«

Er blies die Backen auf. Klar, ich ging ihm mächtig auf die Nerven. Aber ich konnte mir diesen Eiertanz nicht länger gefallen lassen.

Als die Backen es nicht mehr länger aushielten, ließ er die eingeatmete Luft aus den Lungen – und knickte ein. »Kommen Sie, Frau Ohnemichel, erledigen wir schnell die Klassenbuchrevision für heute!«

Unsere Frau Ohnemichel schaute ihn groß an: »Die was?«

Er schob sie in ihr Sekretärinnenkabuff. »Nun kommen Sie schon!«

Ich ging in sein Zimmer und schloss die Tür hinter mir.

Ufuk hatte es sich mittlerweile auf dem Direktorenstuhl bequem gemacht. Es fehlte nur noch, dass er die Füße auf den Schreibtisch des Chefs legte. Aber den Film hatte er wahrscheinlich noch nicht gesehen.

Ich setzte mich auf den Besucherstuhl.

Ufuk schaute mich an. »Wollen Sie mir was anhängen, weil ich mit Nele Schluss gemacht habe?«

»Spinnst du?«

»Ist doch möglich, oder? Wenn man bei der Bullerei ist, kann man sich alles erlauben.«

Das ließ ich mal so stehen. Er hatte ja auch nicht ganz Unrecht – wenn ich an die Kapriolen so mancher Kollegen dachte. »Es geht um Gudrun, das Mädchen, das aus dem Fenster gestürzt wurde.«

Er setzte sich auf und drückte den Rücken durch. Plötzlich wirkte er anders, ernster als vorher. »Davon habe ich gehört. Aber ich kannte sie nicht einmal.«

»Aber du kennst diese Seite, toetet-die-dicken.de?«

Ufuk spreizte die Finger und schaute auf seine Fingernägel. Er schwieg.

»Hast du das nicht gesagt, als du bei uns warst?«

Ufuk setzte eine gekränkte Miene auf. »Müssen Sie mich ständig duzen? Ich sage ja auch nicht du zu Ihnen, oder?«

»Aber du nennst meine Tochter eine Fotze …«

»Ist mir so rausgerutscht. Wollt' ich nicht. Echt nicht. Das können Se mir glauben. Ich kann auch schwören, wenn Se wollen.«

Ufuk hatte die Hose voll. Er versuchte, vom eigentlichen Thema abzulenken. Von der Tötet-die-Dicken-Seite. Entweder hatte er Angst davor, als Großmaul entlarvt zu werden. Oder es war was dran – und er wusste, wer hinter der Seite steckte. Dann war es ihm damals so rausgerutscht, und nun traute er sich nicht mehr, den Mund aufzumachen.

»Nele sagt, du bist ein Schwätzer. Du erzählst Dinge, weil du dich dicke damit tun willst. Aber das meiste ist aus der Luft gegriffen. Sagt zumindest Nele.«

Sein Kopf flog hoch. »Haben Se nicht eben noch behauptet, es geht nicht um Nele?«

Er landete immer bei meiner Tochter. Diese Wunde schien noch offen zu sein. »Was ist jetzt? Hat Nele recht? Bist du ein Schwätzer?«

Er ging sofort an die Decke. »Diese dämliche …«

»Vorsicht!«, ermahnte ich ihn.

»Sie wissen ja gar nicht, was Sie da großgezogen haben, Lady!«

»Doch, das weiß ich. Ist aber egal. Also – was ist jetzt: Hast du nur rumgequatscht oder weißt du, wer diese Seite ...«

Er stellte sich in Positur. »Ich quatsche nicht bloß rum. Echt nicht. Das können Se auch Ihrer Nele sagen. Ich steh zu dem, was ich sage. Ich bin ein Mann. Kein Waschweib.«

»Geschenkt, Ufuk! Es ist ganz einfach: Du kannst beweisen, dass du kein Waschweib bist, wie du das nennst .... Wo hast du bloß diesen Ausdruck her? Selbst deine Mutter hat längst eine Waschmaschine, oder?«

Er schaute mich an, als käme ich von einem anderen Stern. »Klaro. Aber lassen Se gefälligst meine Mum da raus, ja! Sonst werde ich ziemlich kiebig ...«

»Kiebig? Du kennst ja Wörter, die kenn nicht mal ich. Was ist jetzt? Kennst du die Leute, die diese Seite machen?«

Er schaute aus dem Fenster und kaute an den Fingernägeln, die er eben noch so ergeben betrachtet hatte.

»Oder hat Nele recht?«

»Nele hat nicht recht«, sagte er überraschend ruhig. »Ich weiß, wer diese bescheuerte Site macht.«

»Dann sag es!«

Er biss sich auf die Unterlippe.

»Hast du Angst?«

Er fuhr mich an. »Ich habe nie Angst!«

Gut. Diesen Glauben ließ ich ihm. »Dann sag es!«

»Was passiert dann?«

»Mit wem?«

»Mit dem.«

Ich überlegte. Ufuk war kein Dummkopf, auch wenn er eine große Klappe hatte. Immerhin ging er auf die Sophie-Scholl-Gesamtschule. Im Gegensatz zu meiner klugen und schönen Nele. Ich musste ihm reinen Wein einschenken. »Wenn derjenige nichts mit Gudruns Tod zu tun hat, passiert ihm nichts. Wenn er allerdings …«

»Er hat nichts damit zu tun. Afra bringt niemanden um. Er ist ein Guter.«

»Afra? Ist das eine Frau?«

»Nein. Seid ihr Deutschen denn so blöd? Alle denken, Afra ist ein Mädchen. Aber er ist ein Mann. Ein richtiger Mann. Ein türkischer Mann.«

Warum regte er sich auf? Was ging ihn dieser Afra an?

Immerhin hatte ich einen Namen. Einen Vornamen, der weiblich klang, aber männlich war. Das war ja schon mal was.

»Mir tut das übrigens leid, das mit dir und Nele.« Das war gelogen. Aber ich wollte ihm was sagen, was ihn aufbaute. Ich spürte, dass es ihm nicht gut ging.

»Ja? Mir tut es auch leid. Ich mag Ihre Tochter nämlich. Sehr sogar.« Es klang nicht gelogen.

Ich seufzte. »Weißt du, in eurem Alter, da geschieht so etwas …«

»Ich hätte das nicht sagen sollen«, unterbrach er mich. »Niemals.«

»Was?«

»Das mit Ihnen. Dass sie zu dick sind. Dass das ungesund ist. Und scheiße aussieht. Dass Sie was tun müssen. Dass Nele Ihrer Fresssucht einen Riegel vorschieben muss.«

Was war das?

»Sie sind ja längst nicht mehr so dick. Jetzt sehen Sie fast schon gut aus. Echt. Ist 'n Wunder. Richtig cool.«

Er überschlug sich fast vor Komplimenten. Aber ich hörte gar nicht mehr hin. Ich dachte an mein Kind.

Nele hatte mich belogen. Sie hatte mir erzählt, sie hätte sich von Ufuk getrennt, weil sie ihm zu dünn war. Und ich hatte ihr geglaubt.

Er war aber alles ganz anders gewesen. Ufuk hatte Nele Vorwürfe gemacht, weil sie in seinen Augen nichts gegen meine Adipositas unternahm. Das hatte Nele gekränkt. Sie hatte sich meinetwegen von Ufuk getrennt.

Mein Reh. Mein geliebtes Reh.

Nele hatte es nicht ertragen, dass Ufuk sich an meiner Dickleibigkeit störte.

Dabei hatte Ufuk gar nicht so unrecht. Ich war wirklich zu dick. Viel zu dick. Aber das war jetzt vorbei. Ich hatte – wer weiß wie viele Kilos – abgenommen. Einfach so. Wegen Gudrun. Wegen einem dicken Mädchen, das so war wie ich. Wie ich früher. Ufuk hatte es gut gemeint. Aber Nele hatte seine Intervention in den falschen Hals bekommen.

»Woher kennst du eigentlich diesen Afra?«, fragte ich ihn.

Ufuk schaute mich verständnislos an. »Woher? Er ist mein Bruder.«

20. Kapitel

Der Wedding ist eine andere Welt. Anders als Kreuzberg und Neukölln. Man atmet dort freier als im Südosten, weil es mehr Grün gibt. Aber dennoch ist immer eine unklare Bedrohung zu spüren. Die geht nicht allein von den Türken und Arabern aus – die kommen in meiner Gegend wahrscheinlich ebenso häufig vor wie im Norden. Es sind oft auch die entwurzelten Deutschen, die die schlechte Stimmung ausmachen. Nirgendwo in Berlin gibt es so viele Alkoholiker wie im Wedding. Und gleichzeitig Muslime, die Alkohol für Teufelszeug halten. Eine riskante Mischung.

Wer in Berlin gesund bleiben will, macht einen Bogen um den Wedding.

Ich sah es als Glücksfall an, dass meine Nele im westlichen Schöneberg aufwuchs – und nicht in der Müllerstraße oder am Leopoldplatz. Dort wäre die Wahrscheinlichkeit, dass das Mädchen in schlechte Gesellschaft geriet, ungleich größer.

»Wieso wohnt dein Bruder im Wedding?«, fragte ich Ufuk.

»Wieso nicht?«

»Du und deine Eltern, ihr lebt doch im Sozialpalast.«

Ufuk gefiel diese Fragerei nicht. »Mein Bruder ist halt von zu Hause ausgezogen. Oder ist das verboten?«

»Nein. Wie alt ist er denn?«

»So alt wie ich.«

»Seid ihr Zwillinge?« Das war nicht ernst gemeint. Wenn Ufuk sagte, sein Bruder sei so alt wie er selbst, dann war Afra ein Jahr jünger oder älter.

»Ja. Und?«

»Ihr seid wirklich Zwillinge?«

Ufuks Familienverhältnisse schienen kein angenehmes Thema für ihn zu sein. »Ja, wir sind Zwillinge. Ist doch jetzt nicht so 'n Riesending, oder?«

Afra war also ein Abbild von Ufuk. Ufuk war jung und schlank und muskulös. Ein Bild von einem Mann. Meine Nele hatte einen guten Geschmack.

»Warum macht dein Bruder so etwas?«

»Von zu Hause ausziehen? Weil er Streit mit meinen Eltern hatte. Ist doch immer so, Lady, oder?«

»Das meine ich nicht. Warum macht Afra diese Webseite? Toetet-die-dicken.de.«

Ufuk rollte sich auf dem Beifahrersitz zusammen. »Warum? Keine Ahnung. Ich bin doch nicht für meinen Bruder verantwortlich.«

Mein Gott, war das zäh. Mittlerweile verstand ich, warum das Lehrpersonal an der Sophie-Scholl-Gesamtschule so verstockt war – wenn man Tag für Tag mit solchen Trantüten wie Ufuk zu tun hatte, wurde man wahrscheinlich eigenartig.

»Aber ihr seid doch Brüder. Sogar Zwillingsbrüder.«

Er schoss hoch. »Wir sind nicht solche Zwillinge.«

»Was für Zwillinge seid ihr denn?«

»Jedenfalls nicht solche, die alles voneinander wissen, ohne ein Wort darüber wechseln zu müssen.«

Aha. Ufuk und Afra hatten also keinen besonderen Draht zueinander. »Aber ihr habt doch über diese Seite gesprochen. Ich meine, was hat dein Bruder gegen dicke Menschen?«

»Er verachtet sie. Er findet sie widerlich. Er kann sie nicht ertragen.«

Vielleicht hatte Ufuk deshalb auch gezögert, mir zu helfen: Weil er selbst tief drinsteckte in diesem Sumpf.

»Hier ist es.«

Wir befanden uns in einer Seitenstraße der Müllerstraße.

Hier sah es aus wie überall im Wedding. Die Straße war

breit, aber schmucklos. An jeder zweiten Kreuzung gab es eine Eckkneipe – meistens deutsche Bierpinten, die 24 Stunden am Tag offen hatten und von den Kiezalkoholikern lebten. Geschäfte gab es keine, nur Spielotheken und Türkenclubs.

Parkplätze hatten sie allerdings genug – anders als in Schöneberg. Ich hielt vor einem Internetcafé, einer ehemaligen Kohlenhandlung, auf deren Brennstoff-Transparent die beiden Grubenhämmer durch ein @ ersetzt worden waren. Äußerlich hatte sich nichts geändert.

Ich wusste aus dem Polizeibericht, welche Delikte hier an der Tagesordnung waren. Zweimal am Tag wurde ein Jugendlicher von Gleichaltrigen auf offener Straße zusammengetreten. Die Täter waren meistens zu dritt oder zu viert. Einer hielt das Opfer fest, die anderen schlugen und traten gemeinsam so lange auf den Unglücklichen ein, bis er hilflos zu Boden ging. Um sicher zu gehen, setzten sie die Tritte und Schläge dann noch eine Weile fort. Meistens waren Kopfverletzungen die Folge. Schließlich raubten sie das Handy des Bewusstlosen und das wenige Bargeld, das er dabei hatte. Diese Delikte geschahen nicht mal so sehr aus Habgier – dazu war die Beute meistens zu belanglos. Es war eine Art Reflex. Man suchte sich ein Opfer, sobald man sich stark genug fühlte und den Mut dazu aufbrachte.

Nicht, dass es so etwas in Schöneberg nicht gab. Im Wedding aber gehörte es dazu wie der Schrippenkauf am Morgen.

Wir stiegen aus.

Es roch so stark nach Hausbrand, dass einem die Luft wegblieb. Das war noch das alte Berlin. Wenn im Winter Inversionswetterlage herrschte, wenn also die Schadstoffe aus den Schornsteinen der Mietskasernen nicht nach oben abziehen konnten, litt man tagelang unter Atembeschwerden und Husten. Schlimm war der faulige Gestank, wie nach verdorbenen Eiern. Dennoch hielten viele das für das originale Flair von West-Berlin. Im Osten brannten sie Braunkohle, die roch nochmal anders.

Es war sehr still für eine Großstadt.

Nur in der Ferne hörte man zwei Sirenen, dann gab es einen dumpfen Knall, dann war auch dieses Geräusch verschwunden. Ich hörte Ufuk atmen. Er schien aufgeregt zu sein.

Ufuk lehnte sich gegen meinen Wagen.

»Was ist?«, fragte ich. Ich war nervös.

Am Abend zuvor war ein Busfahrer am S-Bahnhof Wedding von vier Jugendlichen halbtot geschlagen worden. Die Täter hatten eine junge Frau, die mit ihrer sechsjährigen Tochter ebenfalls aus dem Bus der Linie M27 ausgestiegen war, bedrängt und herumgeschubst. Der Busfahrer hatte das bemerkt und war dazwischen gegangen. Daraufhin hatten die vier ihn zusammengeschlagen. Die Sache hatte Staub aufgewirbelt, weil ein vorbeikommender Kollege außer Dienst sich eingemischt und sich als Polizist zu erkennen gegeben hatte. Dazu gehörte Mut. Einer gegen vier. Aber der Kollege hatte Glück gehabt. Die vier Jugendlichen hatten wahrscheinlich Angst vor seiner Waffe bekommen.

»Ich bleibe im Wagen«, sagte Ufuk.

»Warum?«

Ufuk steckte sich eine Zigarette an und rauchte so angestrengt, als würde er dafür bezahlt werden. »Darum.«

»Das ist keine Antwort.«

»Ich habe keine bessere.«

Dabei blieb es. »Wo wohnt dein Bruder?«

Ufuk zeigte mit der Glut der Zigarette zum Internetcafé hinüber. »Hier. Das ist seins.«

»Es gehört deinem Bruder?«

Ufuk nickte.

Drinnen war es eiskalt, und eine Rauchwolke waberte auf Brusthöhe.

Es gab keine Tische. Ich sah auch nirgendwo Getränke – außer Cola- und Red-Bull-Dosen, die wie Trophäen in den Regalen standen. Es war kein Café, eher eine Art Call-Center. Es gab etwa zehn Computer-Sitzplätze, die durch plumpe Sperrholzwände voneinander getrennt waren. Jeder zweite war besetzt. Die Besucher waren meistens junge Türken, auch ein Schwarzer war dabei. Sie trugen Headsets und waren in ihre Computer-Tätigkeit vertieft.

Die Leute sprachen kaum, und wenn sie es taten, so flüsterten sie. Sie wollten nicht, dass die anderen mitbekamen, worüber sie sich gerade via Internet unterhielten.

Eine schmächtige, junge Frau mit kahlgeschorenem Kopf saß am Tresen und las eine Computerzeitung. Ihr Haarflaum war tiefschwarz, sie war Türkin oder Araberin.

Als ich auf sie zutrat, schaute sie auf. Sie musterte mich unverhohlen. Ich kannte diesen Blick; er war darauf trainiert, in kürzester Zeit zu sondieren, ob Gefahr drohte. Ihre Zungenspitze befeuchtete die Lippen, die Lippe war gepierced.

Bei mir war das Ergebnis negativ: Ich wirkte harmlos. Sie entspannte sich. »Platz vier ist frei.«

»Ich will nicht an den Computer«, sagte ich und versuchte zu lächeln.

»Was wollen Sie denn?« Ihr Deutsch war akzentfrei, aber das war es meistens in ihrer Generation, ihre Altersgenossen wuchsen von Kindesbeinen an in zwei Kulturen auf.

»Ich suche jemanden.«

Sie machte sich steif. Sie war sehr schlank. Schlanker noch als Nele. Sie hatte keinen Busen, und ihre Schulterknochen drückten sich durch das dünne Hemd. »Wen denn?«

»Den Besitzer.«

Sie schaute wieder in ihre Computerzeitung. »Ist nicht da.«

Damit war das Gespräch für sie beendet. Sie blätterte und ignorierte mich.

Wenn ich jetzt meine Marke zeigte, würde sie zwar munterer werden, aber meinem Ziel würde ich damit auch nicht näherkommen. Sicher würde der Chef auch für die Polizei nicht da sein. Dann erst recht nicht.

Allein Ufuks Hinweis auf seinen Bruder reichte nicht für einen Durchsuchungsbeschluss. Die Richter, die das zu entscheiden hatten, waren viel pingeliger, als man sich das gemeinhin vorstellte. Und bis ich mit einem solchen Beschluss wieder hier wäre, hätten die Verantwortlichen alles beseitigt, was strafrechtsrelevant sein könnte.

»Ich komme aus Schöneberg.«

Sie schaute nicht auf. »Ach, was.«

»Die Eltern von Afra haben mich geschickt. Ich bin Sozialarbeiterin. Afras Mutter möchte, dass ich vermittele.«

Jetzt schaute sie auf. »Vermitteln? Was gibt's da zu vermitteln?«

»Das würde ich gerne mit Afra selbst besprechen. Schließlich geht es um eine sehr private Angelegenheit. Um die F-a-m-i-l-i-e.«

Das Zauberwort wirkte auch im tiefsten Wedding.

»Ich gehöre auch zur Familie.«

Diesmal sagte ich: »Ach was.«

Sie stand von ihrem Hocker auf. Dennoch wurde sie nicht größer. Deshalb reckte sie den Hals. »Ich bin die Freundin von Afra.«

Sie war wahrscheinlich magersüchtig. Diese Menschen stecken sich den Finger in den Hals, um ihr persönliches Idealgewicht zu halten. Ich fragte mich, ob das auch das Idealgewicht war, das die Tötet-die-Dicken-Seite für den Teil der Menschheit propagierte, den sie leben lassen wollte.

»Dann kennen Sie auch Ufuk, seinen Bruder?«

Sie starrte mich an, ihre Lippen bewegten sich stumm.

»Sie kennen ihn also nicht?«

»Ich kenne ihn.«

»Ufuk möchte auch, dass sein Bruder wieder mit der Familie ins Gespräch kommt. Er bedauert sehr, dass …«

»Bedauert? Bedauert? Sie haben Afra verstoßen.«

Davon hatte Ufuk mir nichts erzählt.

»Ich glaube, die Familie würde das gerne rückgängig machen …«

Sie dachte angestrengt nach. Dann sagte sie leise: »Afra ist sehr unglücklich.«

»Vielleicht würde sich das ändern, wenn ich mit ihm reden könnte.« Ich weiß, das war gemein, aber ich fühlte mich gerade im Aufwind: »Ich habe auch eine persönliche Nachricht seiner Mutter zu überbringen.«

Sie wurde unsicher. Wenn sie ihr Piercing nicht daran gehindert hätte, hätte sie sich jetzt auf die Unterlippe gebissen. »Afra leidet vor allem darunter, dass sein Bruder …«

»Ufuk wartet draußen.«

»Echt?«

»Ja, der Junge traut sich nicht herein.«

Sie verließ ihren Tresen und schaute aus dem fast blinden Fenster. »Ich sehe ihn nicht. Wo ist er denn?«

»Kennen Sie ihn gar nicht?«

»Dochdoch. Aber ich sehe ihn nicht …«

»Da hinten. Der, der an meinem Wagen lehnt und eine Zigarette raucht.«

»Süüß!«

Das hatte ich nicht gewollt, das bestimmt nicht.

»Sollen wir ihn nicht hereinholen?«, fragte sie aufgeräumt.

»Er möchte, dass ich erst mit Afra spreche. Dann kommt er rein. Ufuk ist … sehr scheu.«

Sie war versunken in den Anblick von Neles Verflossenem. »Ja, das sieht man.«

»Also, was ist jetzt? Kann ich mit Afra sprechen?«

Sie wandte sich um und schaute mich besorgt an. »Das ist schwierig. Er ist so ... beschäftigt.«

»Es dauert nicht lange. Ich richte ihm die Grüße der Mutter aus und rede ihm gut zu.«

Sie gab sich einen Ruck. »Ja, reden Sie ihm gut zu! Tun Sie das! Das geht doch so nicht weiter. Wir leiden doch alle.«

Sie durchquerte das Internetcafé und öffnete eine Tür im Hintergrund. Ich folgte ihr in einen schmalen Flur. Sie lief flink eine Treppe hoch, ich hatte Mühe, ihr zu folgen. Im ersten Stock öffnete sie den Kragen ihres Hemdes und zog ein Schlüsselband in den deutschen Nationalfarben hervor. Sie schloss die Stahltür auf. Ich bemerkte, dass sie mehrfach gesichert war.

Sie schlüpfte hinein, durch einen dicken, roten Vorhang, war aber sofort wieder zurück. Etwas schien sie zu bedrücken. »Sie wissen doch, was mit Afra los ist, oder?«

Was? Dass er per Internet Todesdrohungen an dicke Menschen verschickte? Dass er womöglich diese Drohungen auch in die Tat umsetzte? Dass er ein Irrer war, der gute Afra?

»Klar weiß ich das. Ich kenne die Familie doch seit Jahren.«

»Dann ist ja gut.« Sie schob den Vorhang beiseite und ließ mich ein.

Die Luft war zum Schneiden dick. Muffig und verraucht. Ich presste die Lippen aufeinander.

Es war dunkel. Die dünne Frau ging vor. Sie klopfte vorsichtig an eine Tür. Es war nichts zu hören. Sie öffnete die Tür. Sie wedelte mit dem rechten Arm in meine Richtung: Ich sollte warten.

Sie trat ein. Ein Schlafzimmer, wie ich durch den Türspalt erkennen konnte. Die Fenster waren mit dunklen Vorhängen verhangen. Es roch nach Bett und Ausdünstungen. Der Raum lag weitgehend im Dunkeln. Nur das breite Ehebett war schwach erleuchtet – durch einen Monitor, der auf einem schwenkbaren Krankentisch stand.

In dem Bett lag jemand.

»Bringst du schon mein Mittagessen?«, fragte eine weiche, männliche Stimme.

»Das hattest du schon. Sogar schon zweimal.«

»Dann räum bitte das Geschirr weg!«

»Hab ich schon. Du – ich habe dir Besuch mitgebracht.«

Derjenige, der unter einem Bettenberg lag, versuchte sich aufzurichten, aber das gelang ihm nicht. Ächzend ließ er sich in die Kissen zurücksinken. »Wie oft habe ich dir schon gesagt: Du sollst hier niemanden reinbringen.« Er jammerte. »Du weißt doch, ich bin …«

Sie trat näher und tätschelte den Bettenberg da, wo sein Unterarm zu vermuten war. »Ich dachte, du freust dich. Es ist jemand aus Schöneberg. Sie kommt von deiner Familie.«

Es wurde still im Zimmer. Es war nur noch ein dumpfes Rauschen zu hören. Wahrscheinlich der Ventilator des Computers, der irgendwo versteckt war.

»Von meiner Mutter?«, fragte er schwach.

War Afra krank? Was war hier los?

Möglicherweise war ich auf einem Holzweg. Schwer vorstellbar, dass von dieser Miefbude aus die Hassseite, auf der man Gudrun mit dem Tod bedroht hatte, gesteuert wurde. Durch den kranken Afra?

»Ufuk ist auch da.« In der Stimme der Frau lag eine besondere Verlockung.

Im Bett kam etwas in Bewegung. »Mein Bruder? Wo ist er?«

»Unten. Die Frau soll vermitteln.«

»Vermitteln?« Das Bett quietschte. »Sie soll reinkommen.« Dann lauter und herrisch: »Kommen Sie rein! Bleiben Sie nicht draußen stehen!«

Die Freundin hielt mir die Tür auf.

Das Zimmer war unaufgeräumt, aber nicht verwahrlost. Ich hatte schon Schlimmeres gesehen. Aber das Wesen, das da in seinem Bett lag und auf einer Computertastatur klapperte, als wäre ich nicht vorhanden – es war dick. Sehr dick. Dicker als ich jemals war.

Wenn Ufuk und Afra wirklich Zwillinge waren, dann keine eineiigen.

»Wer sind Sie?«

»Mein Name ist Loreley Kubitko.«

Er grunzte und tippte weiter auf der Tastatur. Er trug ein Headset, wie es in seinem Internetcafé benutzt wurde – aber es hatte kein Mikro. Sein massiges Kinn dirigierte einen Sensor.

»Schöner Name«, sagte die dünne Frau. Sie schlüpfte hinaus und zog die Vorhänge hinter sich zu. Wenig später schlug die Stahltür zum Flur zu.

»Können wir nicht etwas Licht machen?«

»Warum? Damit Sie sehen, wie fett ich bin?«

»Ich bin selber keine Schlanke.«

Er hob den Kopf, um mich besser sehen zu können.

»Sie ... Sie sind allenfalls vollschlank. Das zählt nicht.«

»Ich war mal anders.«

»Das kann jeder sagen. Mein Arzt meint, ich werde bald nicht mehr gehen können. Die Gelenke – meine Gelenke sind nicht für mein Gewicht ausgelegt.«

Er bekam schlecht Luft. Über dem Bettpfosten hing eine Atemmaske griffbereit.

Ich arbeitete mich vor. Auf dem Boden lagen Computer-Zeitschriften und abgelegte Kleider. Aber kein Müll, den hatte die fleißige Freundin wahrscheinlich entsorgt.

Sein Blick klebte an dem großformatigen Monitor über dem Bettenberg. »Was will meine Mutter?«

»Ihre Mutter?«

»Ja, die schickt Sie doch.«

»Sie will, dass Sie wieder in den Schoß der Familie heimkehren.«

Er lachte glucksend. »Ich? Zurückkehren? Sie hat mich weggejagt – und nun soll ich zurückkehren?«

»Weggejagt ist ein hartes Wort für das, was Ihre Mutter getan hat und was ihr offensichtlich leid tut.« Ich hatte keine Ahnung, was die Mutter getan hatte, aber ich hatte jetzt schon Verständnis für die arme Frau.

Die Stimme wurde weinerlich. »Sie hat mich aus dem Haus gewiesen. Aus meinem Elternhaus.«

»Ja, aber doch nur weil …« Ich machte eine Pause. Es sollte klingen, als hätte ich Skrupel auszusprechen, was ihm widerfahren war.

»Sie hat mich verstoßen, weil ich … weil ich … zu viel gegessen habe. Sie hat gesagt, ich soll selbst für mich sorgen. Dabei weiß sie, dass ich krank bin.«

Er schnappte nach Luft und begann zu husten.

Ich nutzte die Gelegenheit und trat noch ein Stück vor. Nun konnte ich auf den Monitor blicken: Es war die Tötet-die-Dicken-Seite. Er war wohl gerade dabei, neue Einträge in seinen Blog zu machen. Ich hatte ihn bei der Arbeit gestört.

Also war ich richtig. Ich hatte den Webmaster gefunden. Den, der Gudrun mit dem Tod bedroht hatte.

»Sagen Sie meiner Mutter …« Er kämpfte mit den Tränen. »Sagen Sie ihr, dass ich ihr das nie verzeihe. Ich habe hier mein eigenes Leben.«

»Ihre Freundin ist … nett.«

»Sie hilft mir sehr. Bei allem. Sie schmeißt den Laden da unten allein. Sie hält auch den Kopf hin. Unter ihrem Namen haben wir das hier angemietet und so. Ich bin ja angeblich noch zu jung.« Er lachte bitter auf. »Sagen die Behörden. Dabei könnten wir beide gut von dem Internetcafé leben. Aber das haben wir gar nicht nötig. Wir haben Werbeinnahmen.« Er fing wieder an zu husten. »Hören Sie: Werbeeinnahmen. Durch meine Internetseiten. Davon allein kann eine Familie leben. Ich brauche meine Mutter gar nicht mehr. Sie hat mich enttäuscht – sowas von enttäuscht …«

»Wann haben Sie zum letzten Mal das Haus verlassen?«

»Will meine Mutter das wissen? Glaubt Sie, ich komme angekrochen und winsele? Dass ich darum bitte, dass sie mich wieder aufnimmt? Da kann sie lange warten. Eine Mutter, die ihr Kind verstößt, weil es Hunger hat, ist keine Mutter.«

Ich packte den nächstbesten Zipfel der Bettdecke und zog kräftig.

Er krallte sich fest, aber es war zu spät: Ich hatte die Decke bereits unter dem Monitor herausgezogen.

»Was fällt Ihnen ein?!«, fuhr er mich an. Dann schrie er jämmerlich: »Hilfe!«

Doch die Stahltür war zu. Niemand hörte ihn.

Ich warf ihm die Decke über den Kopf. Er gluckste, dann ruderte er mit seinen Armen. Er versuchte, sich zu befreien, doch dazu war er zu unbeweglich.

Ich folgte dem Kabel, das aus dem Monitor herauskam. Es führte zu einem mannshohen Schrank aus Holz. Ich öffnete die Flügeltüren. In den Regalen standen vier blinkende Klötze, halb aus Plexiglas und halb aus Metall.

Das war der Server, den niemand finden konnte. Nicht mal der gerissene Horst.

Ich griff in meine Umhängetasche und zog das Holster mit der Dienstwaffe hervor. Es dauerte, bis ich die Heckler & Koch aus dem Lederfutteral hatte. Dann musste ich sie entsichern. Geladen war sie.

Ich trat einen Schritt zurück.

»Was tun Sie da?« Afra hatte sich befreit. Er schnaufte vor Anstrengung. »Gehen Sie da weg! Das sind ungeheure Werte. Weg da!«

»Ich weiß«, sagte ich und hob den Arm mit der Waffe.

Ich zielte in den ersten Baustein. Als ich schoss, schloss ich die Augen.

Der Knall war nicht mal laut. Metall und Glas klirrten. Alle Lichter an dem Gerät erloschen.

Ich zielte in das zweite Regal und schoss. Dann mussten die beiden anderen Komponenten dran glauben. Ich schoss, bis alle Lichter aus waren.

Ich sicherte die Waffe, steckte sie ins Holster zurück und verpackte alles in meiner Tasche.

Afra richtete sich auf. Er schaute sich mit weit aufgerissenen Augen die Bescherung an. »Hat meine Mutter Ihnen das aufgetragen?« Er ließ sich zurückfallen. »Dann muss sie alles bezahlen. Alles.« Er schlug die Hände vors Gesicht. »Die Hexe!«

Afras Freundin stand schon wieder am Tresen des Internetcafés. Ein junger Türke bezahlte gerade. Sie rechnete routiniert ab und fragte mich, ohne aufzuschauen: »Was ist? Hat er eingewilligt?«

Hier unten schien man die Schüsse nicht gehört zu haben.

»Ich glaube, ja. Afra kehrt in den Schoß seiner Familie zurück.«

Sie machte ein betretenes Gesicht. »Und ich?«

»Wie gefällt Ihnen Ufuk?«

»Ganz gut. Meinen Sie, er wird mich mögen?« Sie regelte das so beiläufig, wie sie das Internetcafé führte.

»Er ist eigentlich sehr nett. Und er ist nicht so faul wie sein Bruder.«

»Faul? Afra ist dick, aber er ist nicht faul. Das hier hat er alles selbst aufgebaut. Und diese Websites – das stemmt der Junge ganz allein. Mit Werbung und so.«

»Er hat niemanden, der ihm hilft?«

Sie verzog ihren feingeschnittenen Mund. »Außer mir

hat er niemanden. Er ist ein Einzelgänger. Ich meine, wie soll er auch Freunde finden, wenn er nicht aus dem Haus geht?«

»Darf ich Ihnen einen Rat geben? So von Frau zu Frau.«

»Bitte.« Sie klang, als hätte ich nach der Toilette gefragt.

»Sie sind klug und fleißig. Machen Sie was aus Ihrem Leben!«

»Aber Afra ist nicht so, wie Sie glauben, er ist doch ...«, sagte sie.

Den Rest verstand ich nicht. Da war ich schon auf der Straße.

Ufuk stand immer noch an meinen Wagen gelehnt und rauchte. Als ich auf ihn zutrat, warf er die Zigarette in einem weiten Bogen auf die Straße. »Und? Ist jetzt eine Entschuldigung fällig?«

Ich schloss den Wagen auf. »Wieso?«

Wir stiegen ein. »Naja, von wegen Maulheld und so.«

Ufuk hatte Recht. »Du hast nicht gelogen. Dein Bruder Afra hat diese Seite wirklich aufgebaut. Aber jetzt ist Schluss damit.«

Ich fuhr los. Im Rückspiegel sah ich, dass Afras Freundin auf die Straße stürzte und sich nach allen Seiten umschaute. Gleichzeitig begann die Alarmleuchte über der Tür aufzuleuchten. Die Sirene hörten wir schon nicht mehr. Als ich in die Müllerstraße einbog, sah ich noch, wie die Freundin ihr Handy aus der Tasche zog und eine Nummer eingab. Sicher die Notrufnummer der Polizei.

»Und? Was hat er gesagt?«, fragte Ufuk.

»Nicht viel. Er liegt in seinem Bett und schreibt irgendwelche Computerprogramme.«

Ufuks Kopf fiel nach vorne. »Scheiße. Machen Sie ihm Ärger? Ich meine: Wegen dieser bescheuerten Seite.«

»Die Seite existiert nicht mehr. Sie wurde abgeschaltet.«

Ufuk atmete durch. Er richtete sich auf. »Allah sei Dank.

Ich habe nie verstanden, was der Scheiß soll. Ich meine: außer Knete verdienen. Aber das kann man auch anders.«

Ich schwieg.

»Er ist schon von Kindesbeinen an so dick gewesen. Meine Mutter hat ihn gemästet. So wie das viele türkische Mütter tun. Als er dann immer mehr in sich hineinstopfte und es für uns alle nicht mehr gereicht hat, hat sie einen Schreck bekommen. Dann hat sie ihm gesagt, er muss selbst für sich sorgen. Brutal, nicht?«

Ich überlegte. Ich hatte ja nur ein Kind. Wenn man als Mutter aber für eine ganze Familie zu sorgen hatte, dann musste man wahrscheinlich auch hart sein können.

»Immerhin hat sie Afra zu dem gemacht, was er ist«, sagte er.

»Zu einer Fressmaschine?«

»Das kann man auch anders sagen, Lady. Es ist halt kein Wunder, wenn er dann durchknallt und diesen Hass auf Dicke entwickelt. Das war schon ...« Er prustete. »... das war heavy. Wie der sich da reingesteigert hat. Und keiner durfte wissen, dass er selbst so fett ist. Er hat sich ein eigenes Leben im Internet aufgebaut: als schlanker, cooler Typ, der Fette hasst. Sie glauben ja nicht, wie gut das ankommt.«

»Doch, das glaube ich. Dein Bruder hat Glück gehabt. Beinahe wäre er dafür reingerasselt.«

»Reingerasselt?«

»Er hat zur Gewalt gegen Menschen aufgerufen. So etwas ist strafbar.«

Ufuk dachte nach. Irgendwann seufzte er auf. »Und was ist jetzt mit ... Nele?«

Dazu schwieg ich. So einfach war es ja nun auch nicht.

»Ich meine, ich habe Ihnen doch geholfen, Lady, oder? Sie haben Afra kennengelernt und haben mitbekommen, dass er ein echter Webmaster ist. Das wollten Sie doch.«

Der Kerl war richtig dreist. »Ja, und?«

»Eine Hand wäscht die andere, heißt es, oder?«

»Im Koran oder wo?«

Er schoss hoch. »Keine Witze über meine Religion! Sonst steige ich aus.«

Ich fuhr an den Bordstein und bremste. »Bitteschön!«

Ufuk schaute dumm aus der Wäsche. »Wollen Se mich jetzt hier rausschmeißen? Mitten im tiefsten Wedding?«

»Du wolltest doch aussteigen. Da hinten ist die U-Bahn Leopoldplatz.«

Er verzog sein Gesicht und stieß die Beifahrertür auf.

»Ich kann nichts dafür. Ich hätte das mit Ihnen vielleicht nicht sagen dürfen – Sie sind ja auch lange nicht mehr so dick ...«

»Schon gut. Ich lege ein gutes Wort für dich bei Nele ein.«

Ufuk stieg aus. Er strahlte. »Wenn Sie das tun würden, Lady, dann ...«

Was er mir in Aussicht stellte, bekam ich nicht mehr mit. Ich schoss davon.

21. Kapitel

Da Nele noch in der Schule war, blieb mir etwas Zeit. Ich fuhr in die Kurfürstenstraße. Zu dem Haus, in dem Gudrun gewohnt hatte.

Es hatte zwei Tote gegeben. Und ich war keinen Schritt weiter. Ich wurde immer ungeduldiger. Eigentlich trat ich seit Gudruns Tod auf der Stelle.

Eugen Läpple saß mal wieder beim Tee. Als wäre nichts geschehen. »Möchtest du auch ein Tässchen Maronentee? Der ist gut für die Nieren und schützt vor Erkältungen.«

Auch dieses Gesülze konnte ich nicht mehr ertragen. »Der Betreiber der Tötet-die-Dicken-Seite ist ein übergewichtiger Nerd, der seit Monaten nicht mehr das Haus verlassen hat. Er liegt nur im Bett und schreibt seinen Hass-Blog.«

Eugen schaute mich groß an. »Er ist selbst fett?«

Ich nickte. »Viel fetter als Gudrun oder ich.«

Eugen biss sich auf die Unterlippe. »Vielleicht hat er Helfer.«

»Der nicht. Seine Freundin ist nett und fleißig, die bringt aber niemanden um. Mehr ist da nicht.«

Eugen Läpple saß da und stierte auf die Tischplatte.

Ich schlug mit der Faust auf den Tisch. »Jetzt ist Schluss mit dem Getue. Ich kann noch weiter alle Möglichkeiten durchspielen – aber es bleibt immer nur einer übrig.«

Er wippte mit dem Oberkörper leicht vor und zurück. »Ich.«

»Genau. Du. Eigentlich müsstest du längst in Untersuchungshaft sitzen. Aber ich dumme Kuh habe dich gedeckt. Weißt du, was das heißt?«

Er stand auf, legte beide Hände auf die Stuhllehne. »Dann los! Wir fahren zurück. Ich gehe ins Gefängnis.«

Immer dieses Theater. »Setz dich wieder hin!«, befahl ich ihm.

Er reagierte nicht. »Ich will nicht, dass du durch mich ... Ich meine, du hast eine Tochter, für die du sorgen musst und ...«

»Setz dich endlich hin!«, brüllte ich.

Er tat es. Wir versuchten beide, uns zu beruhigen.

»Morgen früh gehst du ins Krankenhaus und machst den DNA-Test!«

Er machte eine abwehrende Geste und schaute weg.

»Wenigstens das!«, fuhr ich ihn an. »Sonst hast du meine Unterstützung verloren.«

Er rührte sich nicht.

»Haben wir uns verstanden, Eugen Läpple?!«

Er nickte.

Nele kam mit mir zusammen nach Hause. Ich hatte vorher noch schnell eingekauft. »Es gibt was zu essen. Was Gutes.«

Sie schaute groß.

Während sie die Schulsachen in ihr Zimmer brachte, begann ich zu kochen. Schweinesteaks. Nudeln. Sahnesoße. Feldsalat. Zum Nachtisch Tiramisu.

Sie kam barfuß in die Küche und schaute mir über die Schulter. »Mama, ich kann das nicht essen.«

»Musst du ja nicht. Ich koche für mich. Ich muss endlich wieder was Richtiges essen.«

»Geht's dir nicht gut?«

»Dochdoch. Mir geht's körperlich blendend. Das Abnehmen bekommt mir.«

»Sieht auch gut aus.«

»Aber ich brauche etwas für meine Nerven. Dann isst du eben nur Salat.«

»Genau«, sagte sie und verschwand in ihrem Zimmer.

Als das Essen fertig war und ich den Tisch gedeckt hatte, rief ich sie. Ich öffnete eine Flasche Wein. Wir stießen an.

»Gibt's was zu feiern?«, fragte Nele. Sie wirkte etwas verschreckt.

»Im Gegenteil. Ich war bei dem Betreiber dieser Webseite. Er hat nichts mit Gudruns Tod zu tun. Nun stehe ich wieder am Anfang.«

»Arme Mama«, flötete sie, stellte ihr Glas ab und nahm Platz.

Ich brachte das Essen auf den Tisch. Sie pickte nur in dem Salat herum, während ich mir richtig auftat.

»Hat Ufuk etwas mit dieser Website zu tun?«, fragte sie plötzlich.

»Sein Bruder. Afra. Kennst du den?«

Sie schüttelte den Kopf und schaute weg.

»Er ist sehr … dick. Hat Ufuk nie von ihm erzählt?«

Sie legte die Gabel weg und faltete die Hände. »Hatten wir nicht vereinbart, dass dieser Name nicht mehr fällt?«

Ich tat unbeeindruckt. »Du hast ihn genannt. Du hast mich gefragt, ob U …«

»Hör auf!«, zischte sie. »Hör endlich auf!«

Auch ich legte mein Besteck weg, obwohl ich noch keinen Bissen gegessen hatte. »Ich habe mit Ufuk geredet. Er hat mir die Geschichte ganz anders erzählt.«

Sie errötete. »Welche Geschichte?«

»Die Geschichte von dir und ihm. Und warum es auseinander gegangen ist.«

Sie sprang auf. »Soll das heißen, ich lüge?«

Ich griff nach ihrer Hand. Sie zog sie weg und rannte hinaus.

Der Appetit war mir vergangen. Ich aß etwas von dem Feldsalat. Doch er schmeckte nicht. Mir schmeckte gar nichts.

Langsam wurde es kritisch.

Als ich am Morgen aufstand, war Nele schon fertig. Immerhin – sie verabschiedete sich mit einem Kuss. Mein Mädchen sah verweint aus. Frühstücken wollte Nele nicht. Allein hatte ich auch keine Lust dazu, also trank ich nur meinen Kaffee. Beim zweiten Schluck wurde mir schwindelig. Mein Magen grummelte.

Gudrun war wieder in meinem Kopf. Derjenige, der sie in den Hof der Kurfürstenstraße gestürzt hatte, lief immer noch frei herum.

Eugen Läpple wartete schon vor dem Haus in der Kurfürstenstraße auf mich. Er war sehr still, schien in der Nacht nicht geschlafen zu haben.

»Was ist los?«, fragte ich.

Er schnallte sich umständlich an – nur um die Antwort hinauszuzögern.

»Hast du dir's überlegt? Willst du doch nicht zum Test?«

Wenn er jetzt »ja« sagte, war er für mich erledigt. Dann würde ich ihn sofort zur Gefangenensammelstelle der Berliner Polizei bringen.

Doch Eugen Läpple kniff nicht. Dazu war er nicht der Typ. »Wir fahren jetzt dahin. Basta.« Und er hatte immer noch eine große Klappe – viel zu groß für die Klemme, in der er steckte.

»Hast du Angst vor dem Test?«

Ich weiß – das war eine dumme Frage. Wenn er Angst hatte, hatte er Grund dazu. Und dann interessierte mich die Antwort nicht mehr.

»Eigentlich ist dieser Test völlig sinnlos«, sagte er und gähnte.

Also doch. Und ich hatte ihn für einen richtigen Mann gehalten.

»Sieh mal: Wenn sich bei dem Test herausstellt, dass ich der Vater des Kindes bin, dann heißt das doch noch lange nicht, dass ich meine Tochter umgebracht habe.«

Ich trat voll auf die Bremse.

Es knallte. Der Wagen machte einen Sprung. Mein Hintermann war aufgefahren.

»Was bist du bloß für ein Arschloch, Eugen Läpple!«, schrie ich.

Er schaute mich an, als hätte ich ihm zwischen die Augen geschossen. »Was hast du denn? Das war doch nur der erste Teil meiner Argumentation.«

»Den zweiten Teil will ich gar nicht mehr hören!«

»Loreley, so kenne ich dich ja gar nicht. Was ist denn los mit dir?«

»Das fragst du noch? Du redest über Inzest wie über ein Gesellschaftsspiel.«

»Bist du etwa auch ...«

»Was?«

»Ein Opfer.«

»Quatsch.«

Jemand klopfte hart gegen meine Scheibe. Eine junge Frau. Sie hatte einen roten Kopf. Ich betätigte den Fensterheber.

»Sind Sie bescheuert? Machen hier 'ne Vollbremsung und bleiben seelenruhig im Auto sitzen und quatschen!«

»Sorry, aber ...«

Sie stampfte wütend auf. Die Frau war höchstens vierzig, elegant gekleidet mit schwarzen Stiefeln, einem knallengen Rock und einer modischen Lederjacke. »Können Sie gefälligst Ihren Arsch aus dem Auto bewegen?«

Der Ton kam mir bekannt vor.

»Die klingt ja wie Christiane«, sagte Eugen Läpple und versank in seinem Sitz.

Ich stieg aus.

Die Frau war fuchsteufelswild. »Na, danke, dass Sie sich extra bemühen. Jetzt gucken Sie sich mal an, wie meine Kiste aussieht! Vorne alles eingedellt.«

Ich ging zum Heck meines Wagens. Die Stoßstange

war leicht abgeknickt. Sonst sah ich keinen Schaden. Der Wagen der jungen Frau, ein elfenbeinfarbener Mini Cooper, sah schlimmer aus. Er schien um eine gute Handbreit kürzer geworden zu sein. Aus dem Motorraum lief Benzin auf die Straße.

Sie ballte die Fäuste und presste sie gegen ihre Oberschenkel, als müsste sie sich selbst bändigen. »Du dämliche Kuh! Bist offensichtlich zu blöd zum Autofahren. Weißt du, was so ein Mini kostet?«

»Es tut mir leid, aber ...«

Ihre Augen quollen über. »Es tut dir leid? Ist nicht wahr. Es wird dir noch mehr leidtun, wenn du blöde Schnepfe die Rechnung bekommst.«

Etwas stimmte nicht. Sie schrie, fuchtelte mit den Armen in der Luft herum, warf den Kopf in den Nacken, schlug die Hände übers Gesicht, war den Tränen nahe, drohte mir, mich zu ruinieren – und ich blieb völlig ruhig und schaute zu, als wäre das Ganze ein Sketch bei *Ladykracher*.

Ich überlegte die ganze Zeit, was an dieser Szene nicht in Ordnung war.

Dann fiel es mir ein.

»Fett. Wollten Sie mich nicht fett nennen? Oder wenigstens dick?«

Sie musterte mich erstaunt. »Wieso denn das?«

Es gab also keinen Grund mehr, mich mit solchen Adjektiven zu beleidigen. Ich war normal geworden. Nicht schlank, aber auch nicht fett. Auf jeden Fall nicht mehr adipös.

Bisher hatte ich immer nur mitbekommen, dass da ein Kilo und hier ein Kilo gefallen war. Aber ich hatte keine Relation. Ich hielt mich immer noch für fett. Nicht mehr für ganz so fett wie früher, aber immer noch für fett.

Wenn man jahrelang adipös war, verliert man jede Vergleichsmöglichkeit. Der Geist muss sich schützen: Er weiß zwar, dass er in einem unförmigen Körper gefangen ist, aber er kann sich das ganze Ausmaß dieser Absonderlichkeit nicht Tag für Tag vor Augen führen. Das würde er nicht verkraften. Also pegelt er sich aus Gründen der Selbsterhaltung auf ein vages Maß des Dickseins ein. Er verzichtet auf unentwegte Vergleiche, die ihm zwar eine genaue Vorstellung von seiner Körperfülle und dem Eindruck, den er auf die Mitmenschen macht, vermitteln, ihn aber auch überfordern würden. Er begnügt sich damit, ziemlich dick zu sein. Natürlich gibt es auch welche, die selbst das abstreiten. Das sind die, die mit 300 Pfund noch Miniröcke und bauchfreie Shirts tragen.

Zu dieser Sorte der Dicken hatte ich zum Glück nie gehört. Ich hatte das Angebot meines Geistes angenommen und mich mit ihm auf ein vages Dicksein vereinbart. Wenn man lange genug damit lebt, kommen einem alle realistischen Möglichkeiten der Feinabstimmung abhanden. Das bleibt auch so, wenn man abnimmt. Man weiß zwar, dass man abnimmt, aber man kann den neuen Körper ebenso wenig in Relation zu anderen menschlichen Körpern setzen wie vorher.

Das war mein Status gewesen, als ich der toten Gudrun begegnet war und begonnen hatte abzunehmen, ohne dass ich das so zielstrebig beabsichtigt gehabt hätte. Deshalb war es mir bis jetzt unmöglich zu sagen, wie viel ich nun abgenommen hatte. Klar, ich hätte mich auf die Waage stellen können. Aber das ist für jemanden, der so lange so viel Übergewicht gehabt hatte wie ich, auch nur ein numerischer Erfolg. Was heißt das schon – 10 Kilo abgenommen, 20 Kilo abgenommen? Wie ist man mit 75 Kilo als Frau – noch dick oder schon normal? Das sind Fragen, die fast nicht zu beantworten sind, jedenfalls nicht durch Zählen und Rechnen.

Viel wichtiger ist der Eindruck, den man auf jemanden macht, der unbefangen schaut. So wie meine Unfallgegnerin.

Obwohl sie mich am liebsten auf den Mond geschossen hätte, war ihr nicht eingefallen, mich als »fette Kuh« oder »dickes Schwein« zu beschimpfen. Nicht dass sie einen Moment gezögert hätte, wenn sich diese Gelegenheit ergeben hätte – nein, sie hat mich einfach nicht als dick wahrgenommen. Nur als »dämliche Kuh« und »blöde Schnepfe« – Beleidigungen, die ich angesichts dessen, was ich sonst gewöhnt war, geradezu dankbar entgegennahm.

»Haben Sie was getrunken?«, fragte sie und lauerte.

»Nein. Wieso?«

Sie stemmte die Arme in die Seiten und legte ihren Kopf auf die rechte Schulter. »Sie verursachen einen Auffahrunfall und quatschen dann dummes Zeug.« Sie verzog angewidert das Gesicht. »Warum sollte ich sie ›fett‹ oder ›dick‹ nennen? Stehen Sie auf sowas?«

»Nein. Natürlich nicht. Es ist nur …«

»Ist mir auch egal. Bekennen Sie sich schuldig?«

Ich überlegte.

»Wird's bald! Wir halten den Verkehr auf, sehen Sie das nicht?«

»Schuldig? Woran?«

Sie schien jeden Moment auf mich losgehen zu wollen. »Das fragst du noch, du Dumpfbacke? Du kommst für den Schaden auf. Und das wird teuer.«

»Moment.«

»Jaaaa?«

»Sie sind mir aufgefahren«, erklärte ich ruhig.

Sie kam mir sehr nahe und hielt mir ihren Zeigefinger wie eine Stichwaffe entgegen. »Ich bin Anwältin.«

Ich winkte ab. »Ist doch egal. Sie sind aufgefahren. Das zählt.«

Die Angelegenheit war einfach nur komisch. Und erfreulich für mich: Man nahm mich nicht mehr als fett wahr. Welch ein Glück!

Ich öffnete die Wagentür und stieg ein.

»Wurde aber auch Zeit«, maulte Eugen Läpple. Und dann: »Was grinst du denn so?«

Bevor ich antworten konnte, hatte die Anwältin mich durch die offene Fahrertür an den Haaren gepackt. »Sofort steigst du aus und gibst mir deine Papiere!«

Ich hatte Mühe, mich zu befreien. Die Frau war völlig außer sich. »Deinetwegen verpasse ich meinen Gerichtstermin«, schrie sie. »Ich überziehe dich mit einer Schadenersatzklage nach der anderen. Du wirst bis zu deinem Achtzigsten anschaffen gehen müssen, um das alles zu bezahlen.«

Als ich mich wieder bewegen konnte, startete ich den Motor.

Die Anwältin griff mir ins Lenkrad. »Das könnte dir so passen, du Proll.«

Ich schob sie weg, legte den Gang ein und gab langsam Gas. Die Frau versuchte, sich am Dach festzuhalten. Doch dazu fehlte ihr die Kraft. Ich beschleunigte. Sie ließ los. Die Tür schlug zu.

Im Rückspiegel sah ich, wie sie mit ihren glänzenden, knielangen Stiefeln auf den Asphalt stampfte und sich dabei die Haare raufte. Sie sah wirklich schön aus, die Anwältin, selbst wenn sie sich so aufregte.

Um zu unterstreichen, dass ich es eilig hatte, ließ ich die Scheibe herunter und setzte das Blaulicht aufs Dach.

»Die war nett, nicht wahr?«, fragte ich Eugen Läpple.

Doch der hatte sein Gesicht in die Hände vergraben. »Loreley, du bist wahnsinnig«, seufzte er.

»Sag mir den zweiten Teil deiner Argumentationskette!«, forderte ich ihn auf, als ich endlich auf dem Parkplatz des Charité-Standortes im Wedding hielt.

Eugen Läpple sammelte sich kurz und erklärte dann: »Wenn der Test negativ ist …«

»Ja?« Das interessiert mich jetzt.

» … dann heißt es zwar, dass ich mich nicht an meiner Tochter vergangen habe …«

Mein Herz hämmerte, am liebsten hätte ich jetzt ein Stoßgebet zum Himmel gesandt: Lass den Test negativ ausgehen! Aber ich verzichtete darauf. Erstens hilft Beten in diesen Dingen nicht, und zweitens hätte das Eugen Läpple nur noch überheblicher gemacht.

»... aber es heißt noch lange nicht, dass ich sie nicht ermordet habe.«

Lewandowski erwartete mich schon wieder im Flur.

Möglicherweise hatte die Anwältin mich wegen Fahrerflucht angezeigt. Wenn ich keinen triftigen Grund für das Blaulicht angeben konnte, würde das unangenehm werden. Dass ich Eugen Läpple zum Gentest gefahren habe, konnte ich aber Lewandowski nicht erzählen.

»Frau Kubitko, wir haben ein Problem.«

»Wir? Wir beide?«

Lewandowski schnaufte. Er war wütend. Sehr wütend. Ich musste mich vorsehen. »Hören Sie, wenn es um diesen Auffahrunfall geht: Die Anwältin ist mir draufgefahren, nicht ich ihr. Im Übrigen war ich im Einsatz und ...«

Der Chef unterbrach mich unwillig: »Ich habe mir heute Morgen nochmal den Herrn Läpple kommen lassen wollen. Es gibt da noch die eine oder andere Frage, die ich gerne an ihn gerichtet hätte. Aber im Polizeigewahrsam sagte man mir, der Mann ist nie eingeliefert worden. Eine Stunde habe ich rumtelefoniert: Der Kerl ist verschwunden. Mit dem Haftrichter habe ich auch gesprochen. Er sieht Gründe genug für eine Untersuchungshaft: Verdunklungsgefahr, Fluchtgefahr, sogar Suizidgefahr. Schließlich sind Frau und Tochter tot. Was haben Sie dazu zu sagen, Lore?«

»Ich?«

»Wer sonst?!«, brüllte er mich an.

Ich schrak zusammen. »Warum schreien Sie so?«

»Weil Sie dabei sind, Ihre vielversprechende Karriere zu ruinieren.«

Was sollte ich ihm sagen? Dass ich Eugen Läpple erst zum DNA-Text ins Krankenhaus gebracht und dann wieder in der Kurfürstenstraße abgeliefert hatte, obwohl ich mir selbst nicht sicher war, ob er nicht der Mörder seiner Tochter und seiner Frau war? Nein, das konnte ich nicht.

»Anbrüllen lasse ich mich von Ihnen nicht«, beschwerte ich mich.

»Sie werden sich noch ganz andere Sachen gefallen lassen müssen, Loreley.«

»... erst recht nicht auf dem Flur. Das ist ja schon Mobbing, Herr Kriminalrat.«

»Ach, was«, sagte Lewandowski und lachte übertrieben laut.

»Ich werde mich jetzt sofort bei unserem Gewerkschaftssprecher über Sie beschweren.«

Lewandowski wurde augenblicklich krebsrot. »Wenn Sie das tun, Loreley, dann ...«

Doch ich drehte um und ging.

»Lore!«, schrie Lewandowski. Ich glaube, er stampfte auch wütend auf – wie die schöne Anwältin in den langen Lederstiefeln.

Von meinem Büro aus rief ich Eugen Läpple an. »Du musst sofort herkommen. Es gibt Ärger. Mein Chef hat festgestellt, dass du nicht in Polizeigewahrsam bist.«

»Das geht nicht.«

»Warum nicht?«

»Weil heute Mittag die Beerdigung ist.«

»Welche Beerdigung?«

Eugen wurde ungehalten. »Welche Beerdigung wohl? Die von Viola. Schließlich war sie ein paar Jahre lang meine Frau, und sie ist die Mutter meiner Kinder. Ich werde also da hingehen.«

Das hatte ich völlig vergessen. Ich hatte derzeit so viele

andere Sachen im Kopf. »Wo wird sie denn beigesetzt, deine Frau?«

»Auf dem Alten St. Matthäus-Kirchhof.«

»Du kannst doch hierher kommen. Ich sorge dafür, dass du schnell aufgenommen wirst, und anschließend bekommst du Urlaub für die Beerdigung.«

Eugen dachte kurz nach. »Du glaubst doch nicht im Ernst, dass das klappt? Die Beerdigung ist in zwei Stunden. Vorher hole ich noch meinen Sohn vom Bahnhof ab.«

Diesmal stampfte ich auf. Auch wenn ich keine Stiefel trug wie die Anwältin. »Nein, das tust du nicht. Du kommst jetzt hierher, und wir bringen die Einweisung in den Polizeigewahrsam über die Bühne. Anschließend fahre ich dich zur Beerdigung deiner Frau!«

Er atmete tief ein – so als hätte er es ganz besonders schwer mit mir, der Arme. »Lore, hast du irgendwas dagegen, dass ich zu dieser Beerdigung gehe?«

Das war ja nun wirklich die Höhe. »Was ist das denn für ein Scheiß?«

»Mal im Ernst – bist du eifersüchtig?«

Mir platzte der Kragen. »Auf deine tote Ex-Frau? Die Pennerin, die sich 13 Jahre lang nicht bei dir gemeldet hat? Auf die soll ich eifersüchtig sein, du Blödmann? Verdammt, es geht um meinen Job.«

Da tat Eugen Läpple etwas, was ich niemals von ihm erwartet hätte: Er legte wortlos auf. Und ich saß da – mit meinem schlechten Gewissen. Das hatte ich von meiner Gutmütigkeit. Mal wieder.

Den Alten St. Matthäus-Kirchhof kennt in Berlin jeder – auch wenn er etwas versteckt hinter der düsteren S-Bahnunterführung liegt, durch die man vom Türkenmarkt am unteren Ende der Crellestraße aus in wenigen Schritten zur Yorckstraße kommt. Früher gab es noch einen zweiten Eingang an der Monumentenstraße, also von der Roten Insel her. Der ist aber seit Jahren abgeschlossen, sodass man nur noch von der Großgörschenstraße aus auf den am Hang liegenden Friedhof gelangen kann.

Die Eingangspforte ist ein schmales Stahlgitter, das durch einen plumpen Mechanismus im Winter um 16 Uhr automatisch zuschlägt – wer sich dann immer noch auf dem Friedhofsgelände befindet, ist eingeschlossen und wird ohne fremde Hilfe das durch kahle Brandmauern, durch monumentale Mausoleen aus der Gründerzeit und durch den S-Bahndamm abgeschlossene Gelände nicht mehr verlassen können.

Ich sah die kleine Trauergemeinde schon von weitem.

Die Gruppe stand verlassen auf halber Höhe, unweit von dem Gedenkstein für die Hitler-Attentäter aus dem Bendlerblock. Stauffenberg und seine Mitkämpfer waren ursprünglich hier begraben worden, nachdem sie erschossen worden waren. Dann hatten die Nazis sich jedoch anders besonnen und sie – aus Angst, die Gräber auf dem Schöneberger Matthäus-Kirchhof könnten zu einer Wallfahrtsstätte für Regimegegner werden – in einer Nacht- und Nebelaktion ausgegraben und ihre Asche über den Spandauer Rieselfeldern, also auf den Güllefeldern Berlins, verstreut.

Es waren nur wenige Menschen zur Beerdigung von Viola Läpple gekommen.

Sie war eben zu lange verschwunden gewesen. Es gab kaum noch jemanden in ihrer alten Heimatstadt, der sich an die seltsame Frau erinnerte.

Die Bungerts – sie in einem dunklen Pelz über dem strengen grauen Hosenanzug, er in Jeans und schwarzer Lederjacke – standen auf dem Hauptweg, einige Meter von den übrigen Trauergästen entfernt. Die anderen, es waren nur eine Handvoll ausgekühlter Menschen, hatten sich um das Grab geschart. Zwei Männer des Bestattungsinstituts, die aussahen wie Hells Angels in ihren Sonntagsklamotten, ließen den Sarg mittels einer Winde in die Grube hinab.

Eugen Läpple war ganz in Schwarz und wirkte mitgenommen – sicher nicht nur aus Trauer über den Tod der Frau, die ihn mit seinen Kindern im Stich gelassen hatte, sondern auch aus Sorge darüber, dass er wahrscheinlich nach der Beerdigung in Haft genommen werden würde. Neben ihm stand ein schmaler, junger Mann. Er trug altmodische Schlaghosen und ein Jackett, darüber hatte er einen dunkelgrünen Anorak mit Fellkragen gezogen. Der Junge wirkte so, als sei er in aller Eile für die Feier eingekleidet worden.

Er hielt die flache Rechte vor seine Augen, drückte das Kinn auf die Brust und weinte.

Ich wartete hinter den Bungerts stehend, bis der Sarg im Grab war und jeder mit einer kleinen Schippe etwas Erde hinterher geschaufelt hatte. Ein evangelischer Pfarrer mit zerschlissenem schwarzen Rock und einem blütenweißen Beffchen segnete das Grab, senkte den Kopf, sprach leise ein Gebet, schüttelte Eugen und dem Jungen die Hand und ging mit weithausholenden Schritten davon.

Die anderen Trauergäste – drei alte Frauen und zwei gebeugte Männer – kondolierten den beiden Läpples und folgten im Abstand von etwa zehn Metern dem Geistlichen.

Als sie allein waren, verharrten Eugen und der Junge noch eine Weile am offenen Grab. Eugen legte dabei etwas linkisch seinen Arm um die Schulter seines Sohnes, der daraufhin wieder zu weinen begann. Dann wandten sich beide von dem Grab ab und kamen auf mich zu.

Als der Junge die Bungerts sah, blieb er erst stehen. Dann ging er, ohne auf Eugen zu achten, zu ihnen hin. Er sagte etwas. Christiane Bungert nickte. Dann umarmte der Junge die Nachbarin. Diese Geste war sehr emotional – von beiden Seiten. Walter Bungert aber nickte der Junge nur knapp zu und folgte dann Eugen Läpple, der achtlos weitergegangen war.

»Bist du gekommen, um mich zu verhaften?«, fragte Eugen im Vorübergehen.

»Ich bringe dich in Polizeigewahrsam«, antwortete ich. »Dann sehen wir weiter.«

Eugen wandte sich um und hielt mir beide Handgelenke hin.

»Lass den Quatsch!«, sagte ich leise.

Der Junge kam schnell heran. Er bot mir seine Hand an. »Sie sind also Lore?«

Ich war überrascht. »Ja. Woher kennen Sie meinen Namen?«

»Mein Vater hat mir viel von Ihnen erzählt.«

Eugen wurde rot.

»Was hat er denn erzählt?«

»Naja, dass Sie total nett sind und dass man mit Ihnen reden kann. Und dass Sie meiner Mutter was zu essen gebracht haben, kurz bevor sie …«

»Ja, kurz bevor sie starb. Deshalb bin ich auch hier. Deshalb und wegen Ihrer Schwester.«

Leon nickte und schaute auf seine Füße. Dann flog sein Kopf hoch. »Sie wollen meinen Vater mitnehmen? Er hat es nicht getan. So etwas könnte er gar nicht.«

Die Bungerts kamen näher. Der Junge nickte ihnen freundlich zu. Eugen schaute weg.

Als sie schon an uns vorbei waren, kehrte Christiane Bungert um und ging auf Eugen los. »Du wagst es, hier den Trauernden zu spielen?!«, kreischte sie.

Eugen war bleich geworden, rührte sich aber nicht. Er hatte keine Angst vor dieser Frau, das spürte ich. Ich hatte sogar das Gefühl, dass er, wenn sie ihn weiter bedrängte, zuschlagen würde.

»Du hast diese Frau auf dem Gewissen, Eugen. Diese Frau und Gudrun. Und dennoch kommst du hierher und spielst deinem Sohn dieses Theater vor. Erbärmlich!«

Sie spuckte aus.

Walter Bungert war ihr gefolgt und zog sie nun am Ärmel weg.

Sie riss sich wütend los. »Lass das!«

»Chrissy, bitte, wir sind auf einer Beerdigung«, mahnte ihr Mann.

»Das ist mir scheißegal«, schrie sie und hob die geballten Fäuste leicht an – wie ein Boxer, der sich nicht zum Kampf durchringen kann. Mit leicht vorgebeugtem Oberkörper wandte sie sich mir zu: »Sie wollen eine Kriminalbeamtin sein? Sie halten diesem Heuchler die Stange. Sie werden schon sehen, wo Sie damit enden, Frau Kubitko!«

»Nun regen Sie sich doch ab!«, sagte ich. »Diese Beschuldigungen haben sie doch alle schon mal vorgebracht.«

»Sie vermissen neue Beweise? Nun, dann werde ich Ihnen jetzt einen liefern, Frau Kubitko. Dieser Mann hier …« Sie zeigte mit ausgestrecktem Arm auf Eugen Läpple. » … dieser scheinheilige Schwabe hat seine Tochter missbraucht.«

Leon Läpple schoss auf Christiane Bungert zu und schlug mit beiden Fäusten – wie ein Schuljunge ungeschickt weit nach hinten ausholend – auf sie ein. Sie duckte sich unter seinen Schlägen einfach weg.

Ich brauchte eine Weile, bis ich verstand, was da geschah. Ebenso Walter Bungert. Er stand mit offenem Mund da und schaute zu.

Eugen aber packte seinen Sohn von hinten, umfasste beidseitig seine Schultern und riss ihn von der Bungert weg. Die Frau strauchelte und fiel rückwärts auf ein frisch angelegtes Grab.

Leon versuchte, sich von seinem Vater loszumachen. Er schrie etwas, was ich nicht verstand. Aber Eugen hielt ihn umfangen. So eisern wie er mich damals festgehalten hatte, als ich in Gudruns Zimmer nicht mehr vom Fußboden hochgekommen war.

»Hörst du auf?«

Leon schüttelte den Kopf und schrie – mit weit aufgerissenem Mund und geschlossenen Augen. Eugen schleuderte ihn auf den Gehweg. Leon schlug hart auf. Er war augenblicklich still und rührte sich nicht mehr.

Die Bungert hingegen versuchte aufzustehen, rutschte aber mit ihren hochhackigen Schuhen in der weichen Graberde aus und fiel erneut rückwärts auf das frische Grab, das nun ganz und gar ruiniert war.

»So hilf mir doch auf, du Vollidiot!«, fuhr sie ihren Mann an.

Walter Bungert erwachte aus seiner Lähmung. Er stürzte auf sie zu, packte sie etwas geziert an beiden Händen – es sah so aus, als fürchtete er, sich an ihr schmutzig zu machen. Aber er schaffte es, seiner Frau wieder auf die Beine zu helfen.

Die Bungert wackelte auf ihren hohen Absätzen. Sie klopfte ihre Hose ab, die dabei, weil sie mit den Händen in die Erde gegriffen hatte, noch schmutziger wurde.

Eugen half seinem Sohn beim Aufstehen. Der Junge ächzte. Er schien Probleme beim Atmen zu haben. Eugen klopfte ihm auf die Schulter. »Geht's?«

Der Junge nickte.

Die beiden gingen davon.

Walter Bungert nahm den Arm seiner Frau, doch sie riss sich los und schrie ihn an: »Fass mich nicht an!«

Walter Bungert stand da und lächelte unsicher. Er tat mir leid.

Was musste dieser Mann seit Jahren ausstehen! Und er ertrug sein Los immer noch, ohne aufzumucken. Vielleicht war er sogar glücklich dabei. Wenn ich es genau überlegte: Er war sicher glücklich. Sonst würde er das nicht mitmachen. Er war wahrscheinlich glücklicher als ich.

Leon Läpple begleitete seinen Vater. Die beiden verabschiedeten sich erst vor der Sicherheitsschleuse der Untersuchungshaftanstalt Moabit voneinander. Sie umarmten sich. Leon hatte Tränen in den Augen, während Eugen Läpple fast steinern wirkte. Mir nickte er bloß zu, als der mürrische Beamte ihn um den Oberarm fasste und wegführte.

Leon Läpple stand noch eine ganze Weile da und schaute seinem Vater hinterher, während der durch den Gang auf die Kleiderkammer zustrebte. Eugen Läpple wirkte wie bei der Einweisung ins Krankenhaus: Er ergab sich in sein Schicksal.

Ich hatte das schon oft erlebt – vor allem bei Menschen, die lange auf der Flucht gewesen waren und sich ihrer Festnahme mit allen Mitteln entzogen hatten. In dem Moment, in dem die Handschellen zuschnappten, entspannten sie sich völlig. Sie empfanden ihre Festnahme als Erlösung.

Es war vorbei. Endlich. Der Täter konnte sich in seine Rolle fügen.

Das ging mir durch den Kopf, als ich Eugen Läpple im Untersuchungsgewahrsam verschwinden sah. Und nun war auch klar, dass Walter Bungert, der mir eben noch leidgetan hatte, weil er so sehr unter seiner launischen Gattin zu leiden hatte, wirklich glücklicher war als ich. Viel glücklicher.

Ich hätte weinen können.

»Können Sie mich ein Stück mitnehmen?«, fragte Leon Läpple.

»Wo wollen Sie denn hin?«

»Eigentlich zum Hauptbahnhof. Sie können mich irgendwo an der U-Bahn rauslassen.«

Natürlich fuhr ich ihn bis zum Hauptbahnhof. Ich hatte ein schlechtes Gewissen.

»Was geschieht jetzt mit meinem Vater?«, fragte Leon.

Ich musste meine Gedanken ordnen. »Der Untersuchungsrichter hat Untersuchungshaft angeordnet. Wenn der Staatsanwalt die Anklageschrift fertig hat, wird Anklage erhoben.«

»Warum?«

»Wie?«

»Warum soll mein Vater meine Schwester umgebracht haben?«

»Es geht nicht nur um Ihre Schwester – auch im Fall Ihrer Mutter wird wahrscheinlich Mordanklage erhoben werden.« Dass ich diese unglaublichen Dinge dem Jungen so ungerührt ins Gesicht sagen konnte! Vielleicht lag es daran, dass auch ich mit meinen Kräften am Ende war – wie Eugen Läpple.

Wir standen im Dauerstau auf der Potsdamer Straße. »Hoffentlich schaffen wir es noch rechtzeitig zum Bahnhof«, sagte ich, um den Jungen abzulenken.

»Wenn nicht, nehme ich den nächsten Zug. Es fahren ständig welche nach Frankfurt. Also – was liegt konkret gegen meinen Vater vor?«

Ich wusste gar nicht recht, wo ich anfangen sollte. »Er hat einen Brief gefälscht. Einen Abschiedsbrief, damit es wie Selbstmord aussieht.«

Dass Eugen das getan hatte, um seinen Sohn zu entlasten, wollte ich Leon nicht auf die Nase binden – das hätte die Sache für den Jungen noch schwerer gemacht.

»Ja und? Was heißt das schon?«

Was sollte ich ihm sagen? Dass ich es auch lieber sehen würde, wenn sein Vater unschuldig wäre? Dass der aber alles getan hatte, um sich verdächtig zu machen?

»Es gab wohl ständig Ärger mit Gudrun. Sie hat Ihren Vater bis aufs Blut gereizt.«

»Das hat sie mit allen getan. Und? Hat in all den Jahren irgendjemand versucht, sie deshalb umzubringen?«

Er hatte Recht. Aber es gab einen Lewandowski und einen Staatsanwalt, die sahen das nicht so entspannt wie ich und Eugens Sohn. Und dann gab es eine Christiane Bungert.

»Es gibt Belastungszeugen. Die sagen aus, dass das Verhältnis Ihres Vater zu Ihrer Schwester sehr angespannt war. Mit Ihrer Mutter hatte er kurz vor deren Tod einen sehr heftigen Streit. Das alles zusammen reicht zumindest für eine U-Haft aus, sagt der Staatsanwalt, schon um Ihren Vater vor sich selbst zu schützen.«

»Wer ist dieser Belastungszeuge? Christiane Bungert?«

Ich schwieg. Der Stau löste sich hinter dem Landwehrkanal auf. Ich fuhr zügig an der Philharmonie vorbei und bog am Potsdamer Platz in Richtung Brandenburger Tor ab. Wir passierten das Holocaust-Mahnmal und kamen am Reichstag noch einmal zum Stehen, weil ein Doppeldecker der BVG sich ein Elefantenrennen mit einem der Ausflugsbusse lieferte. Ich hätte den Tiergarten-Tunnel nehmen sollen. Als wir am Kanzleramt vorbei waren, sagte ich: »Sie werden Ihren Zug noch bekommen.«

Leon Läpple schwieg.

Er hatte innerhalb von wenigen Tagen seine Schwester verloren. Seine tot geglaubte Mutter war nach Jahren aus dem Nichts wieder aufgetaucht, war ebenfalls aus dem Fenster gestürzt und gestorben, und sein Vater, der einzige Mensch, an den Leon Läpple sich noch halten konnte, war unter Mordverdacht verhaftet worden.

»Ich werde den besten Anwalt besorgen, den man kriegen kann«, sagte Leon, als er am Washington-Platz ausstieg. Hoffentlich dachte er dabei nicht an den Frosch Marc Lapui.

Ich beugte mich zur Beifahrertür hinüber. »Ich muss Ihnen noch etwas sagen. Es wurde ein DNA-Test gemacht. Ihr Vater hat sich lange geweigert …«

»Wieso das denn?«, fuhr er mich an.

Er wusste es also nicht. Eugen hatte ihm nichts gesagt. »Gudrun war schwanger.«

Leon wurde erst bleich, dann puterrot. Seine Lippen bewegten sich, aber er sagte nichts. Er musste nichts sagen. Ich sah es auch so. Es war unübersehbar, was in Leons Hirn vor sich ging. Manchmal ist es klar. Man muss nicht grübeln, nicht nachfragen. Es liegt auf der Hand. Man kann es in einem Gesicht lesen. In Großbuchstaben.

ALSO DOCH.

Leon schlug die Tür zu und lief zum Eingang des Hauptbahnhofs.

Ich stieg aus und rief seinen Namen. Er verschwand in einer der riesigen Drehtüren.

Hinter mir hupte der Bus M85. Ich stand ihm im Weg.

Schnell stieg ich wieder in den Wagen ein, fuhr um die nächste Ecke, stellte mein Blaulicht an und rannte hinter Leon her.

Wenn es einen Ort in Berlin gibt, der den Menschen überfordert, dann ist dies der Hauptbahnhof. Man betritt kein Bauwerk, man betritt eine riesige Maschine. Man steht im Eingangsbereich und versucht noch, sich auf einer der haushohen Anzeigetafeln zu orientieren, da fährt zwanzig Meter über dem Kopf des hilflosen Reisenden eine gigantische alte Diesellok ein. Gleichzeitig zischt zwei Ebenen tiefer im 90-Grad-Winkel dazu ein ICE durch das Gehäuse. Im Minutentakt rasen gleichzeitig S-Bahnen über die Gleise 15 und 16. Es ist wie auf einem dieser völlig unrealistischen futuristischen Plakate aus den 1920er-Jahren, auf denen die Vehikel des zukünftigen Massenverkehrs alle Grenzen des Raumes und der Zeit zu durchbrechen scheinen.

Meine Augen scannten die nach oben ratternden Zugnummern der Anzeigetafeln. Ich suchte den ICE nach Frankfurt, der natürlich als ICE nach Basel, Stuttgart, Mannheim oder München angezeigt wurde.

Gleis 8. In vier Minuten.

Ich rannte los. Erst über die endlose Rolltreppe ins Zwischengeschoss. Dann bemerkte ich, dass ich unter das Freidach musste, lief an den Geschäftsfronten vorbei durch ameisenhafte Menschenansammlungen zur nächsten Rolltreppe. Ich versuchte, mich neu zu orientieren, überlegte, ob ich einen der gläsernen Aufzüge nehmen sollte, entschied mich aber dann für eine der Rolltreppen. Ich drückte mich an Reisenden mit Riesenkoffern vorbei – etwas, was mir früher schon allein atmungstechnisch nicht möglich gewesen wäre – und kam oben in dem Moment an, als vom Ostbahnhof her der ICE einfuhr.

Ich sprintete dicht am Zug entlang. Die meisten Reisenden hielten noch Abstand, um ihre Wagennummer besser sehen zu können. Die Türen klappten auf. Obwohl der Zug erst drei Kilometer gefahren war, stiegen schon welche aus. Eine Frau machte zum Glück gleich wieder kehrt, sonst hätte ich sie umgerannt.

In der Mitte des Bahnsteigs sah ich Leon Läpple am Ende einer Schlange stehen. Mit hängendem Kopf, als bringe ihn der ICE Berlin – Mannheim ins Gefängnis. Oder ins Exil.

Die Leute beeilten sich mit dem Einsteigen, der Zug hielt nur zwei Minuten.

Bevor ich Leon erreichte, schlüpfte er schon in den ICE. Mir blieb nichts anderes übrig: Ich stieg auch ein. Im Gang hatte sich eine Schlange gebildet. Leon stand unter den letzten Wartenden. Ich drängelte mich zu ihm vor.

Er schaute mich groß an. »Sie? Was wollen Sie? Der Zug fährt gleich ab.«

»Sagen Sie mir, was Sie wissen!«

Er wandte sich unwillig ab. »Ich weiß gar nichts.«

»Das sah eben nicht so aus. Als ich Ihnen sagte, dass Ihre Schwester schwanger war, haben Sie …«

Leon rückte weiter vor. Er lachte nervös. »Wenn Sie nicht gleich aussteigen, werden Sie nicht mehr rauskommen, bevor der Zug losfährt.« Er warf einen Blick auf den Online-Ausdruck seines Tickets, den er gefaltet in der Hand trug. Dann bat er einen grimmig dreinschauenden Fahrgast, den belegten Platz frei zu machen. »Wagen 4, Platz 77. Ich habe reserviert.«

Der Mann erhob sich mürrisch, Leon ließ sich auf seinen Sitz fallen. »Sie sind ja immer noch da.«

»Sagen Sie mir, woran sie gedacht haben, als ich Ihnen sagte, Gudrun sei schwanger gewesen!«

Er schaute aus dem Fenster. Ein Pfiff ertönte. Die Türen gingen schnaufend zu. Ich saß fest.

»Ich lasse Sie nicht in Ruhe, bis Sie mir gesagt haben, was ich wissen will. Wenn es sein muss, weiche ich bis Wiesbaden nicht von Ihrer Seite.«

Der Zug setzte sich in Bewegung. Ich sah die winkenden Menschen auf dem Bahnsteig und dachte an meinen Wagen, der mit eingeschaltetem Blaulicht im Halteverbot stand.

Zum Glück hielt der ICE Berlin – Mannheim in Spandau. Ich wartete zehn Minuten auf den nächsten ICE aus Richtung Hannover und fuhr dann zurück.

Ein Abschleppunternehmen stand hinter meinem Dienstwagen. Eine kunstvoll ondulierte Dame von Ordnungsamt gab Anweisungen.

»Das ist ein Einsatz«, erklärte ich ihr und zeigte meine Dienstmarke.

»Kein Einsatz dauert eine Stunde. Und dann auch noch am Hauptbahnhof. Haben Sie Ihre Mutter zum Zug gebracht?« Sie wandte sich dem Abschleppunternehmer zu, das heißt, es war eigentlich ihre überdimensionierte Uniform, die sich drehte. »Weitermachen!«

Der Mann im Overall trug Bauhandschuhe. Er versuchte, einen Stahlkarabinerhaken unter meiner Stoßstange einzuhängen.

»Wenn Sie das tun, werde ich dafür sorgen, dass Sie Ihre Lizenz verlieren«, fuhr ich ihn an.

Er hielt in der Bewegung inne und schaute auf. »Welche Lizenz denn?«

»Naja, die zum Abschleppen.«

»Dafür braucht man doch keine Lizenz«, sagte er und grinste.

»Wird's bald oder soll ich die Konkurrenz rufen?!«, drängte die Frau vom Ordnungsamt.

Der Mann zuckte die Achseln und bückte sich, um den Karabinerhaken zu befestigen. Ich zog meine Geldbörse hervor, entnahm ihr einen Zwanzigeuroschein und bot ihm dem Abschleppunternehmer an. »Für Ihre Mühe.«

Der Mann erhob sich, schaute mich an, den Geldschein, dann wieder mich.

»Nun nehmen Se schon, sonst gebe ich den Schein der Dame vom Ordnungsamt!«

Da griff der Mann zu.

Ich stieg in meinen Wagen, startete den Motor und fuhr los. Im Rückspiegel sah ich, wie die Frau vom Ordnungsamt ihn anschrie.

22. Kapitel

Lewandowski brütete mit seiner Sekretärin über einem Katalog für Büromöbel. »Was sagen Sie, Loreley: Glauben Sie, Nussbaum wirkt beruhigender als Eiche?«

»Eiche ist viel zu teuer«, erklärte die Sekretärin und blätterte weiter, ohne mir einen Blick zu gönnen. »Das wird der Polizeipräsident nie dulden.«

Lewandowski brachte sich in Position. »Überlassen Sie das ruhig mir, Frau Stegmann! Mit dem komme ich schon klar.«

»Ich brauche eine Vorladung zum Gentest«, sagte ich.

Jetzt schaute die Sekretärin auf. »Für wen denn diesmal?«

Lewandowski setzte sein ernstes Chefgesicht auf. »Die habe ich Ihnen doch schon besorgt.«

»Ja, das war für Eugen Läpple. Der ist aber freiwillig zum Test gegangen.«

Die Sekretärin war genervt, offensichtlich duldete die Büromöbelauswahl keinen Aufschub. »Dann haben Sie doch noch eine Vorladung übrig, oder? Ist doch alles in Ordnung.«

Ich schaute sie ungläubig an.

Lewandowski lachte sein glockenhellstes Lachen. »So einfach geht das ja jetzt auch wieder nicht, liebe Frau Stegmann. Diese Vorladungen sind natürlich personenbezogen. Man kann sie nicht einfach austauschen wie ... wie ....«

Ich sprang ihm helfend zur Seite: »Wie eine Sekretärin.«

Frau Stegmann schlug den Büromöbelkatalog zu. Sie war verärgert.

Lewandowski schaute ganz besonders besorgt.

»Loreley, worum geht's denn schon wieder? Dieser Läpple sitzt doch in Haft. Es wird eine U-Haft-Anordnung geben, und der Staatsanwalt legt die Anklageschrift vor. Was wollen Sie denn noch mehr?«

»Ich habe eine neue Spur.«

Lewandowski stellte sich in Pose. »Lassen Sie sich das von einem alten Hasen wie mir gesagt sein, Loreley: Dieser Mann hat seine Tochter auf dem Gewissen. Wahrscheinlich sogar seine Frau. So etwas spüre ich.« Er rieb Daumen und Zeigefinger der rechten Hand aneinander. »Verstehen Sie? Ich habe so etwas in den Fingerspitzen. Hier drin.« Er zeigte Frau Stegmann seine Fingerspitzen. Die schaute sie sich an wie ein Naturwunder und nickte anerkennend.

»Ich weiß, wer der Vater des Kindes ist, mit dem Gudrun schwanger war. Und ich bin sicher, dass dieser Mann sie nicht nur geschwängert, sondern sie auch umgebracht hat.«

Lewandowski schaute mich mit großen Augen an. »Frau Kubitko, darf ich Sie darauf aufmerksam machen, dass wir den Täter schon haben!?«

»Das ist der Falsche.«

Lewandowski wurde laut. »Dieser Fall ist abgeschlossen. Und Sie – Sie machen endlich Ihre Arbeit!«

Das Telefon läutete. Die Sekretärin seufzte, ging aber ran und meldete sich. Sie streckte sich und hauchte: »Moment, bitte!« Dann hielt sie die Sprechmuschel zu, beugte sich über den Tisch und flüsterte Lewandowski zu: »Der Haftrichter.«

Lewandowski zog die Augenbrauen hoch. Er zögerte, ließ sich aber dann den Hörer geben. »Sei gegrüßt, Johannes. Wie geht's denn so?«

Dann sprach der Richter, und Lewandowski sank immer mehr in sich zusammen. Schließlich hauchte er nur noch: »Alles klar, Johannes.« Dann legte er auf. Er rieb sich mit beiden Händen das Gesicht. Auch Kriminalrat Lewandowski war am Ende seiner Kräfte. Obwohl er sich wirklich nicht verausgabt hatte.

»Was Ärgerliches?«, fragte Frau Stegmann und tätschelte ihm den Handrücken.

Lewandowski zog seine Hand so erschrocken weg, als hätte er einen Stromschlag erhalten.

»Die Charité hat das Ergebnis des DNA-Tests mitgeteilt: Es ist negativ. Dieser Läpple ist nicht der Vater seines eigenen Enkels.«

Ich verstand erst gar nicht, was das hieß. »Und?«

»Johannes sagt, das reicht jetzt nicht mehr aus für eine Anklage. Und er sagt, wir wären voreilig gewesen: Wir hätten Eugen Läpple gar nicht in Gewahrsam nehmen dürfen. Er sagt, das war purer Aktionismus, und er will nicht, dass sich so etwas wiederholt. Lassen Sie sich das also eine Lehre sein, Loreley!«

Ich musste drei Mal schlucken, um den schalen Geschmack loszuwerden.

»Und was ist jetzt mit der Vorladung zum DNA-Test?«, fragte ich trotzdem.

»Machen Sie sich vom Acker, bevor ich mir überlege, wie groß Ihr Anteil an dieser Blamage ist, Kollegin Kubitko!«

Ich holte Eugen Läpple aus der Untersuchungshaft ab. Er war guter Laune, wenn auch nicht sehr gesprächig. »Ich glaube, ich hätte da drinnen schnell Freunde finden können«, sagte er, als er sich anschnallte.

»Zuhälter, Totschläger, Betrüger?«

»Draußen gibt es weit unangenehmere Menschen.«

Ich verzichtete darauf, herauszufinden, ob ich dazu gehörte. Wir schwiegen. Ich fuhr in die Kurfürstenstraße. Eugen stieg aus. Ich folgte ihm. Im Treppenhaus holte ich ihn ein. »Würdest du es als kleine Wiedergutmachung ansehen, wenn ich dich heute Abend zu mir zu einem Essen einladen würde?«

Eugen blieb stehen und wandte sich um. Er sah müde aus.

Er dachte über mein Angebot nach. Dann fragte er: »Was gibt es denn zu essen?«

Mir fiel ein Stein vom Herzen. »Um acht?«

»Was es gibt?«

»Was Gutes.«

Läpple wurde ungehalten. »Damit kann ich nicht viel anfangen.«

»Ich weiß es noch nicht.«

Er schloss seine Wohnung auf. »Soll ich einen Wein mitbringen?«

»Warum nicht?«

Er verdrehte die Augen. »Kannst du nicht einmal auf eine Frage richtig antworten?« Er schlug mir die Tür vor der Nase zu.

Ich läutete. Es dauerte. Wie immer. Ich läutete wieder. Es tat sich nichts. Aber ich hörte ein Geräusch. Ich schlug mit der Faust gegen die Tür.

Die Tür wurde geöffnet. Walter Bungert. Verschlafen. Die Haare zerzaust.

»Was sind denn das für Sitten?«, fauchte er.

»Ich habe zwei Mal geläutet.«

»Ja, und? Es dauert halt einen Moment.« Er gähnte. »Ich hatte mich kurz hingelegt.«

Immerhin versuchte er nicht mehr, sein Bedürfnis nach Bettruhe abzustreiten. Wahrscheinlich verbrachte er so viel Zeit im Bett, weil er dort seine Ruhe vor der Gattin hatte.

»Das konnte ich ja nicht wissen. Es ist helllichter Tag.«

Bungert schaute mich nachdenklich an. »Schlaf kann man nicht nachholen. Wissen Sie das, Frau …?«

»Kubitko. Darf ich reinkommen?«

Er zog die Augenbrauen hoch. »Im Moment ist es ungünstig. Ich sitze mitten in einem Projekt … einem wichtigen Projekt …«

»Ein wichtiges Projekt. Gut, dann will ich auf keinen Fall stören. Ich hätte nur eine Bitte an Sie.«

»Ja?«

»Könnten Sie morgen früh um neun Uhr in die Charité kommen?« Ich zog einen Zettel hervor, auf dem ich die Adresse, die Raumnummer und den Namen des Arztes notiert hatte. »Es dauert nicht lange. Man wird eine Gewebeprobe von Ihnen nehmen.«

Er starrte mich an. »Wozu denn das?«

»Für einen DNA-Test.«

Er presste die Lippen so fest zusammen, dass sie zu einer violetten Linie wurden. »Und wozu soll das gut sein?«

»Es geht um Gudrun. Sie war schwanger. Wir bitten deshalb alle in Frage kommenden Personen zu diesem Test.«

Seine Hände zitterten. Er verbarg sie hinterm Rücken. »Und was hat das mit Gudruns Tod zu tun?« Dann hielt er sich mit der Rechten an der Tür fest. Es sah aus, als würde er jeden Moment zusammenklappen.

»Ist Ihnen nicht gut?«, fragte ich.

Er schloss kurz die Augen und schüttelte den Kopf. »Ist schon in Ordnung.« Er riss sich zusammen. »Brauchen Sie dazu nicht einen richterlichen Beschluss?« Er lachte so aufgekratzt, als hätte er mich bei einer kleinen Flunkerei erwischt.

»Wenn ich Sie vorführen lassen will. Aber davon ist keine Rede. Das Ganze ist eine Routinemaßnahme. Sie sind nicht der einzige Mann aus Gudruns Umfeld, der zum Test gebeten wird. In diesem Haus sind es allein drei Kandidaten. Ich hoffe einfach auf Ihre Kooperationsbereitschaft. Wir sind doch zivilisierte Menschen, oder?«

Er glaubte mir kein Wort. Ich hätte mir auch nicht geglaubt. Aber das war jetzt sowieso egal. Wir waren fast am Ziel. Und das wusste auch Walter Bungert.

»Werden Sie kommen?«, fragte ich.

Er brauchte sehr lange für eine Antwort. Es schien fast so, als würde er alle Argumente des Für und Wider sehr sorgsam nochmal abwägen. Dann sagte er: »Ja.«

Er schaute mich dabei an und ich wusste: Walter Bungert würde sich am nächsten Morgen in der Charité einem DNA-Test unterziehen.

Um acht Uhr standen vier Töpfe auf meinem Elektroherd. Es gab ein Festessen.

Die Stunden, die ich mit der Zubereitung verbracht hatte, waren Exerzitien gewesen. Ich büßte, und ich schöpfte neue Kraft. Vielleicht war durch dieses Essen ja der böse Zauber gebrochen. Vielleicht endete die Probezeit für Eugen und mich. Vielleicht kam jetzt das Glück.

Gut, Eugen Läpple war verschroben. Er war auch keine Schönheit. Er hatte eigenartige Ansichten, und er war offensichtlich stur. Das waren nicht die besten Voraussetzungen für eine Beziehung. Aber – und das machte so gut wie alles wett – er hatte seine Tochter nicht geschwängert.

Er hatte sie auch nicht umgebracht, dessen war ich mir nun sicher. Ich wusste, wer Gudrun auf dem Gewissen hatte. Und deshalb wusste ich auch, dass Eugen keine Schuld am Tod seiner Tochter trug. Er trug auch keine Schuld am Tod seiner Frau.

Eugen war durch und durch unschuldig. Ich hatte ihm Unrecht getan. Alle hatten ihm Unrecht getan. Er war ein liebender Vater.

Gut, er hatte seine schwierige Tochter Gudrun nicht so innig geliebt wie seinen erfolgreichen und schönen Sohn Leon. Aber konnte man ihm das verübeln? Er hatte sie geliebt. Und er hatte sie verloren. Auf grauenhafte Art und Weise.

Eugen war Hiob. Der kleine Mensch, der durch übermenschliche Schicksalsschläge auf die Probe gestellt wird.

Jeder andere wäre daran zerbrochen. Das fing schon an mit dem Verschwinden seiner Frau. Und es endete bei den zwei Fensterstürzen in seiner Wohnung.

Und dennoch hatte man ihn verdächtigt und ins Gefängnis geworfen.

War es also ein Wunder, dass ich mich bei der Zubereitung dieses Festmahls selbst übertraf?

Als Vorspeise gab es Blutwurst-Maultaschen in Gemüsebrühe. Die Maultaschen hatte ich in der Maultaschenmanufaktur in der Lützowstraße geholt. Danach gab es Tafelspitz von Neulandrindfleisch – aus dem schweineteuren Laden in der Maaßenstraße zwischen Nollendorf- und Winterfeldtplatz. Es folgte eine kleine Paella mit Tintenfischen und frischem Thunfisch, den ich auf dem Türkenmarkt in der Crellestraße gekauft hatte – natürlich bei Fisch- und Feinkost Nickel, der dort zweimal in der Woche mit seinem Riesenstand frische Ware anbot. Das dazugehörige Hühnchen hatte ich von dem Geflügel-Türken auf dem Crellemarkt, der jede Nacht frisch schlachtete.

Als Nachtisch hatte ich Schoko-Fondue vorgesehen. Ich wusste, dass Nele verrückt danach war. Mit frischen Trauben, ebenfalls vom Türkenmarkt, und die Schokolade hatte ich als Bruchware in der Schokoladenmanufaktur am oberen Ende der Goltzstraße gekauft.

Ich war noch in der Küchenschürze, als es an der Tür läutete.

Eugen Läpple mit einem riesigen Strauß roter Rosen.

Das hätte ich nicht erwartet. Ich war verlegen. »Meine Tochter ist noch nicht da«, plapperte ich los. »Sie muss jeden Moment kommen. Es kann aber auch noch dauern. Das weiß man bei Nele nie so genau. Aber wir können ja schon mal einen Aperitif trinken.«

Ich nahm Eugen die Blumen ab und brachte sie ins Bad, wo ich sie in die Badewanne legte – weil ich völlig durcheinander war: Noch nie hatte mir jemand einen solchen Strauß Rosen geschenkt.

Eugen hatte seinen Mantel ausgezogen und stand etwas verlegen lächelnd im Flur. »Ich soll dich von Leon grüßen.«

»Ist er gut angekommen?«

»Denke schon. Er sagte etwas davon, dass ihr ein Stück gemeinsam gefahren seid ...«

»Ja. Ich musste nach Spandau. Da bot sich der ICE an.«

»Nach Spandau? Wozu muss man denn nach Spandau?«

Ich hatte keine Lust, mich zu rechtfertigen. Also führte ich Eugen in die Küche und bat ihn, Platz zu nehmen. Ich holte zwei Gläser aus dem Schrank und schenkte uns einen Jägermeister ein. Wir stießen an.

»Ich dachte erst, ich bringe dir eine Flasche Apfelkorn mit ...«

Apfelkorn? »Die Rosen, das war die bessere Idee.«

Wir tranken den Jägermeister. »Dazu fehlt Eis«, sagte Eugen. Er hatte Recht.

Ich deckte den Tisch. »Soll ich helfen?«, fragte er, rührte sich aber nicht. Das heißt: Nein, er schenkte sich einen weiteren Jägermeister ein. Ich dachte: Hoffentlich besäuft er sich nicht mit dem süßen Zeugs, ich hatte schließlich noch eine Flasche teuren Sancerre im Eisschrank.

»Damit du schon mal Bescheid weißt: Es gibt Maultaschen als Vorspeise. Mit Blutwurst. Ich hoffe, du magst Blutwurst?«

Eugen nickte und trank Jägermeister.

»Dann Tafelspitz. Natürlich von Neuland.«

Eugen nickte und nahm einen weiteren Schluck.

»Dann Paella. Du magst doch Fisch?«

Eugen überlegte, nickte dann und trank.

»Und als Abschluss habe ich ein Schoko-Fondue vorbereitet.«

Eugen stutzte, er hielt das Glas Jägermeister auf Mundhöhe. »Ein was?«

»Ein Schoko-Fondue. Flüssige Schokolade wird mit Weintrauben umhüllt. Nele ist verrückt danach.«

»Ach was«, sagte Eugen und stürzte das Glas Jägermeister. Dann knallte er das Glas so fest auf dem Tisch ab, dass es gefährlich klirrte. Er erhob sich umständlich. »Darf ich mal sehen?«

»Was?«

»Was du da gekocht hast.«

Er war eben verschroben. Aber ich räumte den Platz vor dem Herd. »Bitteschön!«

Eugen schaute in jeden Topf. Er schnupperte und wedelte den Dampf mit der Linken in seine Nase. Er wirkte skeptisch.

»Wie gesagt: Sobald Nele da ist, essen wir«, sagte ich.

Eugen wandte sich mir zu. »Hast du das alles für mich gemacht?«

»Ja. Das heißt, eigentlich für uns drei.«

Eugen packte mich.

Ich konnte mich nicht mal wehren. Er legte seine Arme um mich und zog mich an sich. Er schaute mir in die Augen. Ich dachte, ich werde ohnmächtig – obwohl das ja Quatsch ist. Eine Frau wie ich wird nicht so leicht ohnmächtig. Dann küsste Eugen mich, und ich ließ es geschehen. Wie ein Teenie.

Das heißt: Er küsste mich nicht. Eugen versenkte seine Zunge in meinen Rachen. Das war auch keine Zunge, das war ein Schweinefilet. Ich dachte jedenfalls an ein Schweinefilet, als er mich küsste.

Was nicht heißt, dass es mir nicht gefiel.

Eugen war noch in mir drin, als es an der Wohnungstür Sturm läutete.

Ich riss die Augen auf. »Das ist Nele. Das dumme Ding hat schon wieder seinen Schlüssel vergessen.«

Eugen rollte von mir runter.

»Tut mir leid«, sagte ich. »Aber ich kann sie nicht vor der Tür stehen lassen. Sie weiß ja, dass ich da bin.«

»Schon gut«, sagte Eugen.

Ich schlüpfte in meine Hose und zog schnell mein T-Shirt über.

Es läutete schon wieder.

Im Flur rief ich: »Komme!«

Ich musste nur noch die Hose schließen. Dass ich barfuß war, machte nichts. Ich lief oft barfuß herum.

Vor der Tür stand nicht Nele.

Lewandowski. Er war nicht allein. Ein wilder Frauenschopf schaute hinter seiner Schulter hervor. »Dürfen wir reinkommen?«, fragte mein Chef.

»Momentan ist es schlecht.«

Lewandowski schlüpfte einfach an mir vorbei. Und die Bungert folgte ihm, bevor ich die Tür zuschlagen konnte.

Lewandowski musterte mich von Kopf bis Fuß. Er verzog das Gesicht.

Ich führte die beiden in die Küche. Das war unverfänglicher.

»Erwarten Sie Besuch?«, fragte Lewandowski und schnupperte.

»Warum wollen Sie das wissen?«

Lewandowski schaute Frau Bungert an. Er wirkte nicht sehr glücklich. »Frau Bungert behauptet, sie hätten mit dem Hauptverdächtigen in dem Mordfall Gudrun Läpple intimen Kontakt.«

So lief das also. »Erstens ist der Mann, den Sie meinen, aus dem Gewahrsam entlassen worden, weil ...«

»Soso, wen meinen wir denn?«, fuhr die Bungert mich an und warf gleichzeitig Lewandowski einen verschwörerischen Blick zu.

»Frau Bungert, Sie sollten sich mal mit Ihrem Gatten näher

über den Fall unterhalten. Er wird morgen früh einen Gentest machen. Und dann werden wir wissen, wer ...«

»Er wird gar nichts machen«, zischte sie. »Damit Sie's wissen: Das reicht jetzt. Sie versuchen mit kriminellen Methoden, den Verdacht auf andere zu lenken, damit ihr Bettgenosse Eugen Läpple nicht zur Verantwortung gezogen wird ...«

»Eugen Läpple ist nicht mein Bettgenosse«, brüllte ich. »Und Sie verlassen jetzt meine Wohnung.«

»Loreley, so geht das wirklich nicht«, sagte Lewandowski schon etwas umgänglicher. »Sie wissen genau, dass es ermittelnden Beamten strengstens verboten ist ...«

»Ich habe den Läpple gesehen«, behauptete die Bungert. »Er hat einen Riesenstrauß Rosen gekauft. Damit ist er hierher. Zu dieser Frau!«

Lewandowski fühlte sich nicht wohl in seiner Haut, das sah ich. »Lore, wenn das so ist, dann ...«

»Aber es ist nicht so!«

In diesem Moment erschien ein zweites Mal der Geist in meiner Küche. Es war wieder der Geist von Eugen Läpple. Diesmal in meinem Morgenmantel. »Was ist denn hier los?«, fragte er. Er versuchte, den Mantel zuzuziehen. Aber er war ihm zu klein.

»Das passt ja!«, triumphierte Frau Bungert.

Lewandowski schnappte nach Luft. Dann räusperte er sich und erklärte laut und deutlich: »Frau Hauptkommissarin Loreley Kubitko, Sie sind bis auf weiteres vom Dienst suspendiert!«

Komisch, dass ich noch dachte: Und jetzt bin ich schon wieder nicht zum Essen gekommen.

Letztes Kapitel

Ich saß in meinem Wagen und fror.

Es war schon fast elf Uhr. Seit eineinhalb Stunden beobachtete ich das Haus in der Kurfürstenstraße. Aber es passierte nichts. Zumindest nicht das, worauf ich wartete.

Die Knochen taten mir weh. Sobald der Motor aus war, heizte die Heizung nicht mehr. Wenn ich aber den Wagen startete, würde mich jemand, der aus dem Haus trat, sofort bemerken. Die Kurfürstenstraße ist – zumindest auf dieser Höhe, also zwischen Potsdamer Straße und dem Gleisdreieck – eine ruhige Straße.

Es kam immer mal wieder jemand aus dem Haus, und es ging auch ab und zu jemand hinein. Aber es war nicht die Person, auf die ich wartete.

Im Autoradio lief das rbb-Kulturradio. Sie brachten klassische Musik. Mozart, das Klarinettenkonzert. Davon wurde ich schläfrig. Ich suchte einen anderen Sender. Auf Deutschlandradio diskutierten sie über Diäten. Das interessierte mich. Ich bemühte mich zuzuhören. Meine Füße schliefen ein. Ich machte die Übungen, die man in solchen Fällen macht: Muskeln anspannen. Muskeln entspannen. Anspannen. Entspannen.

Die Diskussion über Diäten war langweilig. Es kamen nur die üblichen Verdächtigen zu Wort: eine Frau, die alles verteufelte, ein Mann, der schon alles versucht hatte, und ein Arzt, der alles besser machte. Ich gähnte.

Eigentlich brauchte ich gar keine Diät mehr. Ich hatte ja längst abgenommen. Mehr als ich mit jeder Diät der Welt würde abnehmen können. Einfach nur dadurch, dass es etwas gab, was mich sehr beschäftigte, was mich unablässig antrieb: Gudruns Schicksal.

Ich konnte mir all die Bücher, die CDs, die Artikel, die Radio- und Fernsehsendungen über die richtige Diät sparen.

Aber was war, wenn dieser Fall beendet sein würde? Dann fand Gudrun hoffentlich ihren Frieden und ließ mich in Ruhe. Würde ich dann wieder zu fressen anfangen und alles das zunehmen, was ich in diesen turbulenten Wochen abgenommen hatte? Was würde überhaupt mit mir sein, wenn Gudrun vergessen war?

Ein Taxi kam über das Kopfsteinpflaster der Kurfürstenstraße gehoppelt. Es hielt vor dem Portal des Hauses Nr. 7. Ich nahm an, dass der Taxifahrer jemanden zu dem Haus brachte, und rutschte tief in den Sitz, damit man mich nicht gleich sah.

Doch der Taxifahrer brachte keinen Fahrgast. Er wartete auf jemanden.

Das dauerte. Der Fahrer telefonierte.

Dann ging im Hausflur das Licht an.

War es endlich soweit?

Die Tür wurde geöffnet. Eine große, schlanke Gestalt lief in kleinen Schritten über den Bürgersteig zum Taxi. Fünf vor elf. In fünf Minuten begann ihre Nachtschicht im Krankenhaus. Der Taxifahrer drehte. Ich versank noch tiefer im Polster, als der Lichtkegel seines Scheinwerfers meinen Wagen berührte. Ich hielt die Luft an.

Das Taxi bremste quietschend ab. Hatte sie mich bemerkt?

Doch dann gab der Fahrer Gas, und der Wagen preschte davon. Es konnte losgehen.

Er war überhaupt nicht überrascht. Es schien fast so, als hätte er mich erwartet.

Diesmal ersparten wir uns das Vorgeplänkel. Er hielt mir bereitwillig die Tür auf.

Ich zögerte. »Ich bin vom Dienst suspendiert«, sagte ich – bloß um zu sehen, wie gut er Bescheid wusste. »Sie müssen mich nicht mal hereinlassen, wenn Sie nicht wollen.«

»Ich bitte Sie, Frau Kubitko, wir sind doch zivilisierte Menschen. Ich bin kein Gewohnheitsverbrecher, und Sie sind kein weiblicher *Dirty Harry*.«

Genauso war es.

Er führte mich ins Wohnzimmer. Der Fernseher lief. Maischberger. Auch die diskutierte über den Sinn und den Unsinn von Diäten. Mein Gastgeber nahm die Fernbedienung und stellte den Fernseher ab.

»Ich störe doch hoffentlich nicht?«, fragte ich.

»Überhaupt nicht«, sagte er. »Möchten Sie ein Glas Wein?«

Ohne meine Antwort abzuwarten, verschwand er in der Küche. Wenig später war er mit einer dunklen Flasche zurück. »Das ist ein Rotwein von der Etsch. Mögen Sie sowas?«

Er entkorkte die Flasche, ging zu dem Glasschrank, entnahm zwei bauchige Rotweingläser und stellte sie auf den Tisch. Er schenkte sorgfältig aus. Er schmunzelte dabei genießerisch. »So nehmen Sie doch Platz, Frau Kubitko!«

Ich setzte mich. Er legte eine CD in den Player.

Es war ein Klavierstück. Jazz. Sehr ruhig.

Alles war so kultiviert bei den Bungerts.

Und ich war so unkultiviert. Als Polizistin ist einem das egal. Aber jetzt war ich ein Mensch wie jeder andere, der in die Privatsphäre eines Fremden eindrang.

Er setzte sich zu mir. Wir stießen an. Er sah mir tief in die Augen. Das verunsicherte mich.

Nur gut, dass ich nicht mehr so dick bin, dachte ich. Das half.

Und dass ich einem Mörder gegenübersaß. Dem Mörder von Gudrun.

Als die Flasche leer war, holte er eine neue. Ich spürte kaum etwas von dem vielen Wein. Es ging mir prächtig. Ich fühlte mich gut aufgehoben. In angenehmer Gesellschaft.

»Nun erzählen Sie mal!«, sagte er, als er den Korken der zweiten Flasche mit einer eleganten Bewegung herausgezogen hatte.

»Was?«

»Wie Sie drauf gekommen sind.«

Gut, das stand ihm ja auch zu. »Es war nach der Beerdigung von Viola Läpple.«

»Schlimme Sache. Mir ist das sehr an die Nieren gegangen. Vor allem diese unschöne Szene am Schluss.«

»Ich habe Leon Läpple noch am Hauptbahnhof abgesetzt.«

»Stimmt. Er hat jetzt ein Engagement in Wiesbaden. *Hair* oder sowas. Er ist sehr talentiert. Ich glaube fast, das hat er von seiner Mutter.«

Von seinem Vater hat er es nicht, hätte ich beinahe gesagt. »Ich habe Leon erklärt, dass seine Schwester schwanger war. Daraufhin hat er sehr eigenartig reagiert. So als habe er sich das schon fast denken können. Ich bin hinter ihm hergerannt – und habe ihn zur Rede gestellt. Und dann hat er es mir erzählt.«

»Was?«

»Dass es bei einem seiner letzten Besuche in Berlin zu einem großen Krach mit seiner Schwester gekommen ist. Es ist wohl hoch hergegangen. Leon Läpple hat ein ganz anderes Bild von seiner Schwester als ich und die meisten Menschen, die Gudrun kannten. Vielleicht sogar als ihr Vater. Er hatte Erstaunliches über Gudrun zu berichten: Sie war beileibe nicht das selbstlose Hausmütterchen, das den Vater versorgte und sich um die Kinder der Nachbarn kümmerte. Wo sind eigentlich Ihre Kinder?«

Er musste erst einmal husten, bevor er antworten konnte.

»Bei Adoptiveltern. Bei sehr guten Adoptiveltern. Ich besuche sie regelmäßig.«

»Sie oder auch Ihre Frau?«

Er wich meinem Blick aus. »Christiane schafft das nicht. Emotional, meine ich.«

Das hatte ich mir schon gedacht.

»Diesmal war der Streit besonders erbittert«, fuhr ich fort. »Gudrun hat ihren Bruder sogar geschlagen. Leon sagte, er musste aus der Wohnung fliehen ...«

Walter Bungert fuhr hoch. »Dann hat er sie gekränkt. Er hat sie oft gekränkt. Der Junge glaubte immer, er sei was Besseres. Nur weil alle ihn für gut aussehend halten. Gut aussehend – was heißt das schon? Leon hat Gudrun schlecht behandelt. Sehr schlecht. Sie hat das nicht ertragen.« Er schluckte. »Verzeihen Sie, ich kann nicht weitersprechen. Das regt mich zu sehr auf. Entschuldigen Sie mich einen Augenblick.«

Er rannte aus dem Zimmer. Ich hörte ihn schluchzen.

Ich klemmte die Hände zwischen meine Knie, ließ den Kopf hängen und wartete.

Jetzt, wo mir warm geworden war, nahm die Müdigkeit zu. Mir fehlte meine alte Kraft – durch das Abnehmen hatte ich einen Großteil davon eingebüßt. Oder durch die Anstrengungen dieses Falles.

Ich wartete. Das konnte ich. Trotz der Müdigkeit.

Irgendwann stand ich auf, streckte mich und ging in den Flur. Die Tür zum Schlafzimmer der Bungerts war nur angelehnt. Ich trat vorsichtig ein.

Walter Bungert lag in den Kleidern in dem Himmelbett. Er war im Halbschlaf. Er sagte etwas, was ich nicht verstand. Ich ging zurück und trank mein Glas Wein aus. Dann setzte ich mich in den Ohrensessel der Bungerts und nickte ein.

Als ich Schritte im Flur hörte, schreckte ich hoch.

Bungert kam herein. Er sah furchtbar aus. Er nahm keine

Notiz von mir, setzte sich an den Tisch und nahm einen Schluck Wein.

Ich erhob mich aus dem Sessel.

»Bleiben Sie ruhig da sitzen, wenn Sie müde sind!« Er lachte nervös auf. »Ich laufe Ihnen nicht weg, Frau Kubitko. Ganz bestimmt nicht.«

Wir saßen uns eine Weile schweigend gegenüber. Er trank ab und zu einen Schluck.

»Können wir fortfahren?«, fragte ich. Er nickte. Also fuhr ich fort: »Der Streit zwischen Gudrun und ihrem Bruder Leon begann mit einem harmlosen Geplänkel. Sie warf ihm vor, sich zu wenig um den Vater zu kümmern. Er konterte, sie sitze zu Hause herum und liege dem Vater auf der Tasche.«

»Der hat's gerade nötig«, zischte Bungert. »Was der arme Eugen alles hat auf den Tisch legen müssen, damit der feine junge Herr seine Tanzkarriere durchziehen konnte.«

Damit hatte er wahrscheinlich recht, aber das tat jetzt nichts zur Sache. »Leon hat Gudrun so gereizt, dass sie ihm in ihrer Wut erzählte, sie sitze keineswegs zu Hause und falle dem Vater zur Last. Im Gegenteil hat sie behauptet, sie führe ein eigenes Leben.«

Ich wartete auf eine Reaktion, aber Walter Bungert schwieg.

Also setzte ich noch eins drauf: »Sie habe sogar eine Beziehung, hat Gudrun ihrem Bruder erklärt. Eine Beziehung mit einem älteren Mann.«

Bungert schaute mich an. Seine Augen waren leer.

»Der Mann, so Gudrun zu ihrem Bruder, sei verheiratet und habe zwei Kinder. Er habe eine hübsche Frau, eine schöne Wohnung – einfach alles. Aber dieser ältere Mann habe sich entschlossen, sich von seiner Frau zu trennen, um nur noch mit ihr, mit Gudrun zusammen zu sein. Als Leon seine Schwester deshalb auslachte und ihr sagte, kein vernünftiger Mann verlasse seine Frau ihretwegen, bekam Gudrun einen

Wutanfall und hat so lange auf ihn eingeschlagen, bis er die Flucht ergriff.«

Bungerts Mundwinkel zuckten unsicher. Dann sagte er leise, fast unhörbar: »Ich habe nie gesagt, ich hätte mich dazu entschlossen, meine Frau ihretwegen zu verlassen.«

»Was haben Sie denn gesagt?« Meine Frage war ohne Nachdruck gestellt – er sollte sich nicht in die Enge gedrängt fühlen.

»Ich habe nur gesagt, ich trage mich mit dem Gedanken, meine Familie zu verlassen. Mehr nicht. Das war auch nicht nur so dahingesagt. In diesem Moment habe ich es selbst geglaubt. Aber ich habe es nicht geschafft. In meinem Alter wirft man nicht mehr so leicht alles hin, um neu anzufangen wegen einem ...«

»... wegen einem fetten Mädchen.«

Bungerts Kopf flog hoch.

»Nein! So nicht!«

»Und wie dann?«

Bungert rieb sich mit beiden Händen durchs Gesicht. »Das ist nicht so einfach zu erklären. Sehen Sie, ich habe eine schöne, ernsthafte, aber auch sehr schwierige Frau.«

Das wusste ich längst. Und nicht nur ich.

»Ich liebe Christiane. Sie war ... Nein, sie ist die Frau meines Lebens.«

Ich fragte mich, warum er mir das ausgerechnet jetzt erzählte.

»Christiane ist perfekt – in allem. Sie sieht perfekt aus. Sie macht alles perfekt. Und Sie erwartet, dass um sie herum auch alle so perfekt sind. Das ist enorm wichtig für sie. Sie klammert sich daran. Vor allem seit die Kinder weg sind.«

»Aber die Kinder sind Ihnen doch nicht weggenommen worden. Sie haben sie weggegeben, oder?«

Bungert schüttelte leicht den Kopf. »Wir mussten sie weggeben. Christiane hat alles für sie getan. Sie hätten sehen müssen, mit welcher Sorgfalt sie sie anzog. Es waren die schönsten Kinder der Stadt. Wirklich.«

»Und?«

»Christiane hat das nicht gereicht. Es musste immer alles noch besser werden. Sie hatte schon Geld zurückgelegt. Für die Ärzte.«

»Welche Ärzte?« Ich ahnte es bereits.

»Christiane gehört zu den Müttern, die glauben, man kann das Glück seiner Kinder nicht der Natur überlassen.«

»Sie hat kosmetische Operationen an den Kindern vornehmen lassen wollen?«

Bungert nickte schwer. »Nicht damals. So vermessen war sie nicht. Sie wollte warten, bis die Kleinen älter sind. So zwölf oder dreizehn.«

»Und Sie? Sie hätten das mitgemacht?«

Bungert fuhr mich an: »Wollen Sie etwa nicht das Beste für Ihr Kind? Tun Sie nicht alles, damit es schön wird und klug und gut ausgebildet und erfolgreich im Leben?«

Ich überlegte. »Ich zwinge meine Tochter dazu, strenge Diät einzuhalten …«

»Obwohl Sie selbst …«

»Obwohl ich selbst übergewichtig bin.«

»Glauben Sie im Ernst, das wäre was anderes als das, was meine Frau beabsichtigt hat?«

Ich wusste es nicht. Wahrscheinlich war was dran. Aber das interessierte mich momentan wenig. Es ging um Gudrun.

»Meine Frau wurde krank. Sie scheiterte an ihren eigenen hohen Maßstäben. Die Kinder mussten …« Walter Bungert zögerte.

»Sie mussten vor ihr geschützt werden?«

»Ja. Und Christiane musste in die Psychiatrie. Als sie zurückkam, war sie wie ausgewechselt. Die Kinder interessierten sie nicht mehr. Als hätten sie dort eine Gehirnwäsche mit ihr veranstaltet. Ich habe alles getan – aber sie ließ sich nicht umstimmen. Die Kinder wurden zur Adoption freigegeben. Das war sehr schwierig für mich, glauben Sie mir!«

»Wir wollten eigentlich über Gudrun sprechen.«

»Alles hängt miteinander zusammen, Frau Kubitko. Das müssten Sie doch wissen, oder?«

Ich blieb die Antwort schuldig.

»Christiane hat von da an noch härter an sich gearbeitet. Alles musste stimmen. Unmengen Geld ging für Frisöre drauf. Wissen Sie, was Udo Walz gekostet hat? Und selbst der war irgendwann nicht mehr gut genug.«

Wäre sie besser mal bei dem geblieben. Ihre aktuelle Frisur war das viele Geld jedenfalls nicht wert.

»Dann die Garderobe. Wir verdienen beide nicht schlecht, aber es wurde zu viel. Sie bezahlte die Fitnessstudios, die Wellness-Wochenenden, die Beauty-Trainer. Als ich dachte, jetzt reicht es, fing sie mit mir an. Auch ich sollte schön werden. Durch Sport. Diäten. Medikamente. Nichts war ihr zu viel.«

»Und Ihnen?«

Er ächzte. »Neben einer Frau, für die der äußere Schein alles ist, lebt es sich sehr ungemütlich, kann ich Ihnen sagen.« Er lachte kurz auf, wurde aber sofort wieder ernst. »Es ist die Hölle. Man hat es mit einem Zombie zu tun. Es gibt keine normalen menschlichen Regungen mehr. Es gibt nur noch den Schein. Den schönen Schein.«

Gut, das hatte ich verstanden. »Und Gudrun?«

Er legte den Kopf auf den Tisch. Ich dachte schon, er würde wieder einschlafen. Doch dann setzte er sich aufrecht hin und schaute mich an. »Sie war so entspannt. So unverbraucht. Für sie war alles gut so. Ich war gut so. Sie selbst war gut so. Sogar Christiane war gut so. Gudrun war eine gute Fee. Sie half mir sehr. Als Christiane in der Psychiatrie war und als ich später versuchte, unsere Kinder zurückzubekommen. Sie hat sich angeboten – als Nanny. Sie ist mit mir zum Jugendamt gegangen. In dieser Zeit sind wir uns näher gekommen. Wir haben uns ... ineinander verliebt.«

»Obwohl sie so dick war.«

»Das habe ich gar nicht mehr wahrgenommen. Für mich war sie das Gegenteil meiner Frau. Sie lachte. Sie war guter Dinge. Sie hörte mir gerne zu. Sie schaute sogar zu mir auf. Zu mir – dem Mann, der von seiner Frau nur herabgesetzt wurde. Und ich fand sie schön.«

Er schaute mich herausfordernd an. Offensichtlich erwartete er Widerspruch. Als ich schwieg, fuhr er gelassener fort: »Sie hatte eine innere Schönheit. Etwas, was sehr stark war und was die äußere Zurschaustellung gar nicht brauchte. Etwas ...«

»... was Ihrer Frau fehlte.«

Bungert schossen die Tränen in die Augen. »Ich liebe Christiane über alles. Aber sie ist kalt und bitter. Sie schaut mich an und ich weiß, was sie denkt, ohne dass sie ein Wort sagt: Du bist nicht schön, du bist nicht anziehend. Das nagt an einem Menschen. Wenn Sie das Tag für Tag erleben. Und dann die Seitenhiebe. Wenn sie für einen jungen Schauspieler schwärmte oder für einen meiner sportlichen Kollegen. Diese Leute interessierten sie nicht wirklich, sie ging ihnen sogar aus dem Weg. Sie wollte nur eines: mich herabsetzen, indem sie mir vor Augen führte, dass alle anderen mehr zu bieten hatten als ich. Rein äußerlich. Der Rest interessierte sie nicht. Ob jemand anständig ist oder klug, ob er warmherzig ist oder sensibel – das alles spielt für Christiane keine Rolle.«

»Warum haben Sie sich nicht von ihr getrennt?«

Er fuhr mich an: »Weil ich sie liebe, verdammt!«

Davon verstand ich wenig. Ich hatte nicht oft geliebt in meinem Leben. Meine größte Liebe war mein Kind. Und von ihrem Kind trennt sich keine Mutter – egal, wie schlecht es sich ihr gegenüber auch benimmt. Die Liebe einer Mutter kennt kein Für oder Wider. Sie ist bedingungslos. Deshalb ist es ja auch so einfach, sein Kind zu lieben: Es bleibt einem nichts anderes übrig.

»Manchmal hätte ich sie umbringen können«, sagte Bungert – mehr zu sich als zu mir. Er lächelte dabei – so als sei er selbst über seine Duldsamkeit erstaunt. »Ich war es auch, der sie angezeigt hat.«

»Was? Sie haben Ihre eigene Frau angezeigt?«

Bungert wuchs ein kleines Stück. »Wegen des Stromdiebstahls. Das war ich. Anonym natürlich. Wir hatten oft Streit wegen dieser Sache – ich wollte nicht, dass sie Strom abzapfte. Das war kindisch. Aber sie zog es durch. Wir haben das gar nicht nötig. Sie tat es aus Trotz – weil ich dagegen war. Da habe ich ihr eins ausgewischt. Ich weiß, es ist schäbig, so etwas zu tun. Aber ich konnte nicht anders.« Er kniff die Augen zusammen, als müsste er mir einen komplizierten naturwissenschaftlichen Sachverhalt näherbringen. »Wissen Sie, wenn Sie andauernd gedemütigt werden, dann müssen Sie ihrer Wut irgendwo nachgeben. Sonst zerreißt sie Sie – diese Wut.«

»Aber Sie haben doch selbst … Ich meine, es ist doch Ihr Haushalt, in dem der Strom gestohlen wurde. Sie haben sich mit der Anzeige selbst geschadet.«

Er klang fast ein wenig stolz auf sich. »Klar habe ich das. Das war mir aber gleichgültig. Hauptsache, ich habe etwas getan, auch wenn ich selbst darunter litt. Kennen Sie diesen alten Berliner Spruch: Da wird meine Mutter aber blöd aus der Wäsche kieken, wenn mir die Hände abfrieren, weil sie mir keene Handschuhe kooft?«

Ja, den Spruch kannte ich, hatte ihm aber noch nie etwas abgewinnen können. Und ich hatte geglaubt, Eugen Läpple stecke hinter der Denunziation wegen des Stromdiebstahls. Schon wieder ein Grund, Abbitte zu leisten.

»Wir sollten zu Gudrun kommen«, drängte ich.

Bungert nickte ernst. »Ich weiß. Deshalb sind Sie ja hier.«

Genau – deshalb war ich hier. Auch wenn ich vom Dienst suspendiert war. Aber dieses nächtliche Gespräch, das war eine Sache zwischen Walter Bungert und mir.

»Gudrun, ja, sie war für mich so etwas wie ein Gegenentwurf. Sie war ja nicht nur viel jünger als Christiane. Sie war auch ganz anders. Sie schaute den Menschen ins Herz. Sie sah das Äußere gar nicht. Das heißt: Sie sah es und sie beurteilte es nach dem, was von innen kam. Ein Mensch war schön für sie, wenn er warmherzig war.«

»So wie Sie?«

Er nickte und schaute weg.

»Zuerst ging sie mir auf die Nerven. Sie war ja ein bisschen fordernd ... um nicht zu sagen ...«

»Aufdringlich?«

»Am Anfang ja. Bis ich verstanden hatte, worum es ihr ging. Sie sah meine Not und wollte helfen. Das tat sie auch. Mit den Kindern, als Christiane in der Psychiatrie war. Sie half mir auch im Haushalt. Sie saß abends bei mir und hörte mir zu, wenn ich nicht mehr weiterwusste. Das genügte schon. Sie erzählte auch von sich. Von ihren Träumen. Das Tanzen. Die Bühne. Ich hielt das alles für etwas naiv, aber dann ...«

»... dann haben Sie sie gefickt.« Seine Gefühligkeit ging mir auf die Nerven.

Das Seltsame war: Walter Bungert ließ sich nicht provozieren. Er dachte über meine Worte nach – und schien sich in der Erinnerung zu verlieren. »Es war anders. Zuerst hielt sie nur meine Hand. Das war, als ich die Kinder zurückhaben wollte und Christiane sich mit Zähnen und Klauen dagegen wehrte. Wochenlang hielt sie abends meine Hand. Dann streichelte sie meine Wange. Sie weinte dabei. Weil ich ihr leidtat.«

»Herr Bungert, lassen Sie uns dieses Kapitel überspringen! Sie haben mit Gudrun geschlafen?«

Seine Wangenknochen arbeiteten. »Ja, das habe ich. Mit

meiner Frau hatte ich schon seit Jahren keinen Sex mehr. Sie fand mich nicht würdig, ihren Körper zu berühren. Das durften nur Menschen, die in ihren Augen ebenso schön waren wie sie. Selbst die durften es aber nicht, denn Christiane hat eigentlich Angst vor Männern – vor realen Männern.«

»Angst?«

Er nickte. »Gudrun erregte mich. Sie fühlte sich von mir angezogen. Können Sie sich vorstellen, wie das auf einen Mann wie mich wirkt? Eine junge Frau, die ihn begehrt.«

»Ein Kind!«, sagte ich hart. »Wie alt war sie, als es losging? 14 oder 15?«

»Auf jeden Fall weit über ... Fast 16.«

Mit solchen Zahlenspielen versuchen Männer, die sich mit Jugendlichen eingelassen haben, im Nachhinein alles schön zu rechnen. Auf mich machte das keinen Eindruck.

»Es war für uns beide das erste Mal. Für mich und für Gudrun.«

Mir platzte der Kragen. »Wollen Sie mich veralbern? Sie hatten bereits zwei Kinder mit Ihrer Frau.«

Er wiegte den Kopf wie bei einem kniffligen Rätsel. »Ja, das mag stimmen.«

»Das stimmt, Herr Bungert!«

»Was ich meine, ist: Sie war noch Jungfrau. Und ich war es in gewisser Weise auch. Ich habe nicht mit vielen Frauen geschlafen in meinem Leben. Und noch nie mit so einer jungen Frau. Nur mit meiner Frau. Und die war immer kalt im Bett.« Er lächelte. »Ich glaube, ich war befangener als Gudrun. Wir haben uns die ersten Male einfach nur gestreichelt. Ich mochte ihren Körper. Er war so weich, so frisch. Und sie mochte meinen Körper. Das zeigte sie auch. Sie liebte es, das zu zeigen. Es war großartig. Wir haben uns ganze Nächte lang nur angefasst. Als wären wir das erste Paar auf der Welt. Adam und Eva.« »Aber dann muss es ja doch zum Verkehr gekommen sein. Schließlich wurde Gudrun schwanger.«

»Ja, ich weiß, das hätte nie passieren dürfen. Ich habe sie auch gefragt, ob sie die Pille nimmt. Sie hat gesagt, sie wird sie sich verschreiben lassen.«

»Nachher?«

»Sie hatte einen Termin beim Frauenarzt. Das war nicht so einfach. Ihr Vater durfte nichts erfahren.«

Das konnte ich mir vorstellen. »Und Ihre Frau?«

Walter Bungert entfuhr ein tiefer Seufzer. »Sie hat uns erwischt. Eines Nachts kam sie vom Dienst nach Hause, weil sie überraschend Fieber bekommen hatte. Das war vorher noch nie passiert. Ich war mir so sicher.«

»Und? Was hat sie gemacht?«

»Sie hat Gudrun rausgeschmissen. Es war unglaublich peinlich. Auch für mich. Sie hat ihr sogar das Haus verboten.«

»Mir hat Ihre Frau erzählt, Gudrun hätte Geld stehlen wollen und Sie hätten verlangt, dass das Mädchen nie wieder die Wohnung betritt.«

»Ich? Niemals? Gudrun hätte auch kein Geld gestohlen. Warum auch? Sie hat von mir bekommen, was sie wollte.«

»Geld?«

»Klar, wenn sie welches brauchte. Ich habe das Mädchen geliebt, Frau Kubitko!«

Als würde das etwas ändern. »Und dann war sie plötzlich schwanger?«

»Sie hat sich so einen Test in der Apotheke gekauft. Sie kam hoch und zeigte mir den Teststreifen. Ich sagte: Das kann doch nicht sein. Sie aber widersprach: Doch. Jetzt sind wir Mann und Frau.« Er weinte. »Mann und Frau! Stellen Sie sich das mal vor! Glauben Sie mir: Da war ich gerührt. Und da habe ich auch gesagt: Ich denke darüber nach, meine Familie zu verlassen.«

Langsam taten mir alle leid. Gudrun sowieso. Auch Eugen Läpple. Sogar Christiane Bungert. Nur Walter Bungert – der tat mir nicht leid.

Er floh in die Küche.

Ich dachte, er holt sich ein Tempotaschentuch. Aber es dauerte länger. Ich hörte ihn hantieren. Irgendwann stand ich auf und schaute nach. Er kochte Kaffee.

»Die Nacht ist fast vorbei«, sagte er. »Meine Frau kommt gleich nach Hause. Ich koche immer Kaffee. Sie bringt Brötchen mit. Wir frühstücken zusammen, bevor sie sich schlafen legt.«

Er sagte das so unbefangen, als käme ich von einer Frauen-Zeitschrift, die eine Homestory über die Bungerts machen wollte.

Er hielt in der Bewegung inne und sagte leise: »Sie war unglaublich.«

»Wer? Gudrun?« Hoffentlich bekam ich jetzt nicht noch mehr Details über den Sex mit dem dicken Mädchen zu hören.

»Meine Frau. Gudrun hat ihr aufgelauert. Auf der Straße. Sie hat ihr gesagt, dass sie schwanger ist. Christiane war außer sich. Doch dann hat sie mich gefragt: ›Wir bleiben doch zusammen, oder?‹«

»Wir bleiben doch zusammen? Mehr hat sie nicht gesagt?«

»Sie hat gespürt, in welchem Zwiespalt ich stecke. Deshalb hat sie auf mich eingewirkt. Sie hat mir vor Augen geführt, worauf ich mich einlasse. Mit einer fünfzehnjährigen Mutter.«

Jetzt war Gudrun erst fünfzehn. Eben war sie schon sechzehn gewesen.

»Christiane sagte: ›Stell dir vor – du und Gudrun, ihr schiebt zusammen einen Kinderwagen durch Schöneberg. Alle Leute sehen dich.‹ Da kam ich ins Grübeln. Nicht so sehr wegen dieses Eindrucks. Wegen der Gesamtperspektive. Ich bin keiner, der sich so leicht von Grund auf ändert.«

»Wollte Gudrun nicht abtreiben?«

Er breitete hilflos die Arme aus. »Nein. Auf keinen Fall.

Sie sagte: ›Es steht mir zu. Ich bin so gut wie jede andere. Das Kind wird mein Leben ändern.‹ Ich habe ihr alles Mögliche in Aussicht gestellt. Geld. Mich – natürlich nur als heimlichen Liebhaber.«

Ich musste lachen. »Da hat Ihre Frau ja noch ein Wörtchen mitzureden, oder?«

»Das war Christianes Idee«, erwiderte er ernst. Und nach einer Pause: »Da wurde mir klar, was für ein großes Herz sie wirklich hat. Von da an wollte ich bei Christiane bleiben. Gudrun und ich, das hätte nie geklappt.«

Draußen wurde es hell. Erst war der Fetzen Himmel, den ich durchs Fenster über dem Dach des Nachbargebäudes sah, grau, dann wurde er weiß, schließlich sogar ein bisschen blau.

Ich gähnte und streckte mich. Die Glieder taten mir weh. »Kommen wir zum Schluss! Sie waren an dem Tag, als Gudrun starb, in der Wohnung der Läpples?«

Er nickte. »Als Eugen einkaufen ging, klingelte ich bei Gudrun. Ich wollte nochmal mit ihr reden. Dass sie das Kind auf keinen Fall kriegen kann.«

»Warum nicht?«

Bungert schaute aus dem Fenster. »Christiane hat gesagt: ›Das überstehe ich nicht. Hier im Haus. Vor aller Augen. Vor unserer Tür.‹ Sie sagte, wenn Gudrun das Kind zur Welt bringt, wird sie sich umbringen.«

Das passte eher zu Christiane Bungert als die Großherzigkeit.

»Und dann haben Sie sich entschlossen, es zu tun.«

»Nein! Ich wollte Gudrun nicht töten. Wirklich nicht. Ich wollte ihr vor Augen führen, dass sie das Kind allein großziehen muss. Ohne meine Hilfe. Dass sie ganz allein mit dem Kind dastehen würde. Und dass ihr Leben damit gelaufen sein würde. Keine Ausbildung. Keine Arbeit. Kein Mann.«

»Ist das nicht etwas sehr konservativ gedacht?«, fragte ich.

Bungert stand auf und ging zum Fenster. »Machen Sie sich

nichts vor! Gudrun war kein normaler Mensch. Sie war sehr ichbezogen. Herrschsüchtig. Sie hatte wenig soziale Kompetenz, wenn ich das mal so sagen darf.« Er ließ den Kopf auf die Brust sinken. »Sie hätte es nicht geschafft. Das habe ich ihr gesagt. Sie hat getobt. Geschrien. Mich beschimpft. Ich sagte: ›Sei leise! Dein Vater kommt gleich vom Einkaufen zurück.‹ Da wurde sie noch wütender. ›Der wird es erfahren‹, sagte sie. ›Er bringt dich um. Alle werden es erfahren.‹ Ich habe sie beschworen, nicht durchzudrehen. Aber sie war außer sich. Sie ging zum Fenster und öffnete es. Sie schrie etwas hinaus. Ich wollte das Fenster schließen. Sie stieß mich weg. Sie nahm sich den Stuhl und stieg drauf, sie lehnte sich ganz weit hinaus und schrie: ›Ich bekomme ein Kind.‹ Da habe ich ihr einen Stoß versetzt. Es war ganz leicht.« Er schlug die Hände vors Gesicht. »Im gleichen Moment tat es mir leid. Ich wäre am liebsten hinterher gesprungen.«

Er ließ die Hände sinken und schaute mich an. »Christiane hat nichts damit zu tun.«

Walter Bungert hatte alles gesagt. Er stand nur noch da. Als wäre sein Leben aus ihm gewichen.

Allerletztes Kapitel

Im Flur wurde die Tür aufgeschlossen. Christiane Bungerts Nachtschicht war zu Ende. Ich hörte, wie sie aus ihren Schuhen schlüpfte und ihren Mantel an die Garderobe hängte.

»Hier riecht es ja schon nach Kaffee«, rief sie gut gelaunt.

Walter Bungert öffnete den Küchenschrank und begann den Tisch zu decken.

Ich ging in den Flur. Die Küchentür schloss ich hinter mir.

Christiane Bungert drehte mir den Rücken zu. Sie stand vor dem Spiegel.

»Guten Morgen«, sagte ich leise.

Sie fuhr herum. Für eine Sekunde dachte ich, sie geht auf mich los. Doch dann sank sie in sich zusammen. Christiane Bungert sah jetzt sehr alt aus. »Das war's, stimmt's?«

»Ja.«

Sie nickte und wollte an mir vorbei in die Küche. Ich verstellte ihr den Weg. »Wenn Gudrun auf einen Stuhl gestiegen und sich aus dem Fenster gelehnt hat, hätte auch eine Frau sie hinausstoßen können.«

Sie schaute an mir vorbei. »Was sagt mein Mann?«

»Dass er es war. Aber ich glaube ihm nicht.«

Sie legte ihre Hand auf die Türklinke. »Wenn er es sagt.« Ich hatte das Gefühl, sie wollte mich wegschieben. Aber sie blieb stehen.

»Was war mit Viola Läpple?«

»Nichts. Sie ist mir im Flur begegnet. Sie war so ... gut drauf. Eugen, der Feigling, hat sich nicht getraut, ihr zu sagen, dass Gudrun tot ist.«

»Und da haben Sie es ihr gesagt?«

Sie nickte.

»Sie haben es ihr gesagt, weil sie dachten, dann wird sie auf Eugen losgehen oder sonst irgendwas Schlimmes tun. Etwas, was den Verdacht von Ihnen und Ihrem Mann ab und noch stärker auf Eugen lenkt. Die Sache wird noch verfahrener werden.«

»Das hätte jede Frau getan. Sie auch – wenn Sie einen Mann hätten.«

»Sie haben damit erreicht, dass Viola Läpple sich aus dem gleichen Fenster gestürzt hat wie Gudrun. Aus Verzweiflung.«

»Das wollte ich nicht. Ich wollte nur den Verdacht von Walter ablenken.«

Sie versuchte erneut, an mir vorbei in die Küche zu schlüpfen. Doch ich versperrte ihr den Weg. »Ich gebe Ihnen jetzt eine Chance, Frau Bungert. Sagen Sie mir, wer Gudrun wirklich aus dem Fenster gestoßen hat! Sie sind nicht vorbestraft. Sie sind psychisch nicht belastbar. Ihre Notlage liegt auf der Hand. Sie kommen mit einer milden Strafe davon. Wenn Sie aber Ihren Mann für sich bluten zu lassen, dann ...«

»Lassen Sie mich durch!«

Ich ließ ihr keinen Zentimeter. Ich war stärker als sie. »Frau Bungert, überlegen Sie sich das gut! Ich werde aussagen, dass Sie sich mir offenbart haben. Das wird Ihnen vor Gericht helfen. Wenn Sie aber glauben, Sie kommen davon, irren Sie sich. Ihr Mann wird nach wenigen Stunden Verhör durch meine Kollegen einknicken. Er ist schwach. Er hat keine Widerstandskraft. Wir nehmen ihn in Untersuchungshaft und bearbeiten ihn so lange, bis er zusammenbricht. Sie kennen ihn besser als ich: Er steht das nicht durch. Er wird Sie verraten.«

Wir schauten uns in die Augen.

Für eine Sekunde fühlte ich alles das, was diese Frau auch

fühlte und gefühlt hatte. Die Ängste. Die Verletzungen. Die Wut. Die Verzweiflung. Aber nur für eine Sekunde.

»Mein Mann ist schwach, das stimmt. Aber ich gebe ihm die Chance, einmal im Leben zu beweisen, dass er auch stark sein kann. Und Walter wird das schaffen.«

Sie schob mich beiseite. Ich krallte mich an ihrem Arm fest. »Das dürfen Sie nicht!«

Sie schüttelte den Kopf. »Nein. Ich gehe nicht ins Gefängnis. Nicht wegen diesem fetten Mädchen. Walter hat sich mit ihr eingelassen – er soll die Folgen tragen.«

»Sie haben keine Chance.«

In diesem Moment knallte drinnen etwas auf den Boden.

Christiane Bungert stieß die Tür auf.

Das Erste, was ich wahrnahm, war ein kalter Luftzug.

»Walter!« Sie stürmte in den Raum. Ein Stuhl lag auf dem Boden.

Walter Bungert war nicht mehr da. Und das Fenster stand weit offen.

Christiane schaute mich ungläubig an – so als handelte es sich um einen banalen Streich.

Sie ging zum Fenster und schaute hinaus. Sie schlug die Hände vors Gesicht.

»Walter«, sagte sie wieder.

Sie setzte sich an den Tisch.

Sie schenkte sich eine Tasse Kaffee aus der Warmhaltekanne ein, gab Milch und Zucker dazu und trank. Sie wirkte, als sei sie mit den Gedanken woanders.

Ich ging zum Fenster. Unten im Hof lag Walter Bungert. Es sah aus, als breite er freudig die Arme aus. Um ihn herum war alles voller Blut.

»Jetzt geht keiner mehr für Sie ins Gefängnis«, sagte ich.

Sie trank ihren Kaffee. Dann sagte sie: »Und Sie haben niemanden mehr, der Ihnen erzählen kann, wie es wirklich war.«

Das stimmte. Ich setzte mich zu ihr.

Sie schenkte mir Kaffee ein. Ich gab Zucker und Milch dazu und trank.

Der Kaffee war gut.

ENDE